Anke Dietrich
Ramses
Der Prinz

Über die Autorin

Versunkene Zivilisationen, untergegangene Reiche, geheimnisvolle Religionen. Schon von Kindesbeinen an ist Anke Dietrich von den vergangenen Epochen der Menschheitsgeschichte fasziniert. Der Reiz, den Schleier der Vergangenheit immer weiter zu lüften, treibt sie dabei an.

Seit 2001 gehört ihre Liebe dem alten Land am Nil, das mit seiner 3000-jährigen Hochkultur eine Faszination auf sie ausübt, der sie sich einfach nicht entziehen kann. Ihr Herz schlägt aber auch für Geschichten, in denen vor historischem Hintergrund mysteriöse Dinge geschehen (Gräfin Anna-Reihe). Die Autorin wurde 1963 in Magdeburg geboren, ist aber ein Kind der Küste.

Anke Dietrich

RAMSES
DER PRINZ

Erster Teil des Romans

über Ramses II.

autorencontact@yahoo.com

V.i.S.d.P.
Autorencentrum.de
Ein Projekt der BlueCat Publishing GbR
Peter Maassen
Gneisenaustr. 64
10961 Berlin
E-Mail: bluecatmedia@web.de
Tel.: 030 / 61671496

Einbandgestaltung: Hannah Böving
http://www.hannahboeving.com/

ISBN-13: 978-1519701121
ISBN-10: 1519701128

Prolog

Die göttliche Zeugung

Es war die Jahreszeit der Überschwemmung. Die Menschen des Schwarzen Landes nannten sie *Achat*. Die Tage waren lang und mild, die Nächte kurz und kalt. Der beständig steigende Nil sorgte für Abkühlung nach den Monaten der Ernte, in denen das Land unter der Hitze und Trockenheit gelitten hatte. Trat Re jedoch seine Fahrt durch die Unterwelt an, wurde es empfindlich kühl.

Die Menschen genossen diese Zeit, wenn der Nil über seine Ufer trat. Seine Fluten tränkten den ausgedörrten Boden und ließen eine Schicht fruchtbaren Schlamms auf den Anbauflächen zurück. Bei einer ausreichenden Schwemme versprach dieser dunkle Schlick Nahrungsüberfluss im kommenden Jahr. Viele Feste wurden im *Achat* gefeiert, zu Ehren der Götter oder einfach nur im privaten Rahmen. Man sagte, selbst die Ewigwährenden ließen sich gerne während dieser Zeit in den Beiden Ländern sehen. So auch in diesem Jahr in der Mitte der Überschwemmungszeit.

An jenem Abend im Monat *Paophi* kehrte schon früh Ruhe auf dem Anwesen von Sethos und Tuja ein. Der Herr des Hauses hatte am Morgen seine Barke bestiegen und sich auf eine Reise Richtung Süden begeben, während seine Gemahlin mit den Kindern in Memphis geblieben war. Der Abend war kühl, sodass Tuja entschied, die Nacht nicht auf dem Dach ihrer Gemächer zu verbringen, sondern lieber in ihrem Bett. Ein Diener hatte die beiden Kohlenbecken entfacht, und das Knistern des Feuers und die sich im Schlafzimmer ausbreitende Wärme spendeten der jungen Frau das Gefühl anheimelnder Wohligkeit.

Sie saß auf der Kante ihres Bettes und ließ die Beine baumeln. Eine Nachtigall hatte ihr Lied angestimmt, ansonsten war es ruhig und still. Nicht einmal die unterdrückten Stimmen der Dienerschaft waren heute zu hören. Vom nahen Fluss her wehte eine kühle Brise in den Raum und verdrängte die wohlige Wärme des Feuers. Fröstelnd griff Tuja nach ihrem Laken und wickelte es sich um die Schultern, denn das zarte Gewebe ihres Nachtkleides wärmte nicht.

Gedankenverloren schweifte ihr Blick dabei hinaus in den Park, der entlang der Wege von Fackeln erleuchtet wurde. Deren unstetes Licht verwandelte die Akazien und Palmen in gespenstische Riesen. Als Kind, so erinnerte sie sich, hatte sie sich vor dem nächtlichen Garten gefürchtet. Heute schmunzelte sie darüber. Thots silberne Sichel spiegelte sich auf der Oberfläche des Teichs. In seinem fahlen Licht saß irgendwo ein Frosch und quakte hingebungsvoll. Ob er nach seiner Geliebten rief? Bei diesem Gedanken seufzte sie. Ach Sethos, warum bist du nicht hier?

Seit dem Aufstehen verspürte sie dieses seltsame Gefühl. Sie wusste nicht, was es war, hatte ihrem Mann aber auch nichts davon erzählt, um ihn nicht in Sorge um sie abreisen zu lassen. Es war keine Krankheit, das spürte sie; es war etwas anderes, ein Verlangen, doch wonach?

»Nach Liebe!«, formten ihre Lippen, ohne dass ein Laut ihren sinnlichen Mund verließ. Sie horchte in sich hinein. War da nicht so ein Prickeln und verlangendes Ziehen in ihrem Schoß?

Vor wenigen Wochen war sie achtzehn Jahre alt geworden; seit gerade fünf Nilschwemmen ihrer eigenen Kindheit entwachsen. Dennoch hatte sie bereits zwei Kindern das Leben geschenkt. Nebu war inzwischen vier Jahre alt und der Amme entwöhnt. Er entwickelte sich zu einem kräftigen Knaben. Tia war zwei und ein bildhübsches Mädchen, das den jungen Männern später den Kopf verdrehen würde. War es nun Zeit für eine weitere Schwangerschaft?

Ach mein Geliebter, warum bist du nicht da?

Sehnsüchtig ließ Tuja sich mit dem Rücken auf das frisch bezogene Bett fallen, das so verführerisch nach Lotos duftete. Sie zog die Füße auf die Matratze und winkelte die Beine an, wobei ihr Nachtgewand verrutschte und ihre schlanken Beine preisgab. Verlangend fuhr sie mit den Händen über ihren Oberkörper, umkreiste mit den Fingerspitzen die hart gewordenen

Knospen ihrer Brüste und strich schließlich sanft über ihren Bauch und die Innenseiten ihrer Schenkel. Ein Pochen erfasste ihren Unterleib und entlockte ihrer Kehle ein wohliges Stöhnen, das vom Knarren der Tür unterbrochen wurde.

Erschrocken setzte sie sich auf und blickte sich um. Sie fühlte sich wie ein kleines Mädchen, das bei etwas Verbotenem ertappt worden war. Im Türrahmen stand Sethos und trat in den Raum.

»Du …?« Sie klang verwirrt. Wieso war er hier? Hatte er unterwegs kehrtgemacht, um zu ihr zurückzukehren? Ungläubig schüttelte sie den Kopf und starrte ihn an. Er schloss die Tür hinter sich, ging zur Gartentür, um auch diese zu schließen, und trat anschließend lächelnd auf sie zu. Tuja hatte sich in der Zwischenzeit wieder auf die Kante ihres Bettes gesetzt und ihr Nachtgewand über ihre Beine drapiert. Sethos war zwar ihr Gemahl; dennoch wollte sie sich vor ihm nicht gehen lassen. Erst als er beinahe vor ihr stand, bemerkte sie das Anch-Zeichen, welches seine rechte Hand umschloss.

Verständnislos blickte sie zu ihm auf, hatte den Mund bereits zur Frage geöffnet, was er mit dem Henkelkreuz vorhätte, als sie erstarrte. Bei allen Göttern!, durchfuhr es sie, denn es stand vor ihr nicht mehr ihr Gemahl, sondern Amun-Re, der König der Götter, höchstselbst. Doch was wollte er hier? Sie schluckte hörbar und machte den Mund wieder zu.

Sie erinnerte sich, dass in den Überlieferungen geschrieben stand, dass Amun-Re stets die Gestalt des jeweiligen Mannes annahm, um die Ehrbarkeit der betreffenden Frau nicht in Verruf zu bringen, die er besuchen ging. Es hieß, erst wenn er sich mit ihr allein in ihrem Schlafgemach befand, gab er sich zu erkennen. Doch warum stand er nun hier vor ihrem Bett?

Ist das nicht egal?

»Ja!«, murmelte sie, und ein glückseliges Lächeln stahl sich in ihr Gesicht, da sie sich freute, den Gott zu schauen. Seine Haut schimmerte blau wie Lapislazuli, seine Gesichtszüge waren ebenmäßig und zeitlos schön. Der betörende Duft von göttlichem Weihrauch entströmte seinem makellosen Körper und verbreitete sich im gesamten Raum. »Amun-Re!«, hauchte sie und senkte den Blick vor seiner göttlichen Erhabenheit. Sie ahnte, es konnte kein Zufall sein, dass er hier in ihrem Schlafgemach stand. Nun erklärte sich auch ihre innere Unruhe, dieses Verlangen, welches sie seit dem Morgen empfunden hatte. Der König der Götter hatte sie erwählt, seinen Samen zu empfangen, seinen Sohn auszutragen. Welch eine Ehre! Welch ein Glück!

Sie konnte es kaum noch erwarten, sich mit ihm zu vereinen. Ihre Brustwarzen zeichneten sich deutlich unter dem dünnen Stoff ihres Hemdkleides ab. Ihr Atem ging schwer, ihre Lippen bebten. Sie faltete die feucht gewordenen Hände im Schoß, der vor Erregung pochte und zog.

Auch Amun-Re spürte, wie sein Körper beim Anblick dieser jungen Frau von unbändiger Liebe durchflutet wurde. Sie war die Richtige für ihn, das war ihm schon lange klar. Er setzte sich zu ihr auf die Kante des Bettes und hielt ihr das Anch unter die Nase. Es spendete den göttlichen Odem. Wohlig seufzend atmete sie ihn ein und blickte ihm dabei verträumt in die Augen. Sie war so schön, die Rechte, um seinen Sohn zu gebären. Er streichelte ihre Wange, ergriff ihr Kinn und hauchte ihr einen Kuss auf die vollen Lippen, die vor Erregung bebten. Anschließend drückte er sie sanft auf das weiche Bett, glitt über sie und pflanzte ihr seinen göttlichen Samen in den Leib.

Die ganze Nacht über liebte er sie. Sie gab sich ihm bedingungslos hin. Erst als der Morgen graute und Re sich anschickte, seine Nacht- gegen die Sonnenbarke zu tauschen, verließ er Tuja, die mit einem Lächeln im Gesicht friedlich schlief. Er begab sich zurück in den Kreis der Ewigwährenden und rief nach Chnum, dem Schöpfergott. Diesem befahl er, ein Kind und dessen Ka auf seiner Töpferscheibe zu formen, und der widderköpfige Gott begann sofort mit der ihm übertragenen Aufgabe.

Er erschuf ein Wesen, das göttlich und rein war wie dessen Vater Amun-Re, gerecht wie die Göttin Maat, kraftvoll und stark wie die Götter Month und Seth. Es sollte die Verkörperung der uralten Ordnung sein, der Traditionen und Sitten, welche die Beiden Länder seit nunmehr achtzehn Jahrhunderten zusammengehalten und unbezwingbar gemacht hatten. Der Rat der Ewigwährenden befand, dass aus ihm ein Großer werden sollte, ein König – reich an Siegen, groß an Jahren, geliebt von seinem Vater Amun.

Neun Monate später gebar Tuja ein Kind. Bereits im Mutterleib hatte Amun-Re ihm das Versprechen gegeben, dass es dereinst herrschen würde über das Land der Biene und über das Land der Binse und sich alle Fremdländer vor ihm und seiner Göttlichkeit verneigen sollten. Ein kräftiger Knabe war's, und er wurde Ramses genannt, *Re hat ihn geboren*.

1. Kapitel

UND WENN DIE GÖTTER MICH LIEB HABEN ...

Aufgeregt trat Ramses von einem Bein auf das andere. Stillstehen war heute einfach nicht drin. Die Tatsache, dass sein Vater wenige Stunden zuvor gekrönt worden war, ließ ihn aufgeregt zappeln, sodass ihn sein Leibdiener nicht zum ersten Mal mit einem missmutigen Blick bedachte.

»Weiß Setau, dass er zu mir kommen soll?«, plapperte Ramses. Er war völlig aufgeregt und fürchtete, zu spät im Thronsaal zu erscheinen. Der feierliche Aufzug der fremdländischen Abgesandten sollte schon bald beginnen.

»Ja, Hoheit«, antwortete Nebsumenu und legte ihm die Schärpe um die Mitte.

»Wo bleibt er dann?«

Nebsumenu verblieb nicht die Zeit zum Antworten.

Es klopfte, die Tür öffnete sich und der braun gebrannte und bis auf die Locke der Jugend kahl geschorene Kopf eines Achtjährigen erschien im Spalt. »Du hast mich rufen lassen?«

Erfreut winkte Ramses seinen Freund herein. »Stell dir bloß vor, was bald geschieht!«, begrüßte er ihn. Er drehte sich ihm zu, was seinem Leibdiener ein unterdrücktes Stöhnen entlockte.

Fragend zog Setau die Augenbrauen in die Höhe und lümmelte sich unaufgefordert auf einen Schemel, der am Zugang zum Garten stand. »Was meinst du denn?«

Ramses rollte mit den Augen. »Na, was wohl!« Er schnaubte über Setaus Ahnungslosigkeit und setzte eine belehrende Miene auf. »Wenn nachher die Festlichkeiten beginnen und die Nomarchen, Priester und Würdenträger am Thron meines Vaters vorüberziehen, werde ich neben ihm stehen oder ihm zu Füßen sitzen, und alle verneigen sich dann auch vor mir.« Er schnappte nach Luft und strahlte Setau begeistert an.

»Hat dein Vater, ähm ... ich meine natürlich Seine Majestät denn gesagt, dass du ihm zur Seite stehen wirst?«

»Nein, warum sollte er?« Jetzt war es an Ramses, Setau einen verständnislosen Blick zu schenken. »Ich bin doch sein Sohn, das Falkenjunge. Eigentlich könnte sogar ich sein Nachfolger, der Erbprinz, der Horus-im-Nest sein ...«

»... aber sicher werden deinem älteren Bruder diese Titel zuerkannt«, fuhr Setau naseweis dazwischen, und Ramses zog ein beleidigtes Gesicht.

»Das weiß ich auch«, moserte er. »Es könnte jedoch gut möglich sein, dass ...« Er schluckte und wagte nicht auszusprechen, was er gerade dachte. Wie kam er nur auf die Idee, dass sein Vater ihn und nicht seinen Bruder zum Erben erheben würde? Vor Scham begannen seine Ohren zu glühen, und er senkte den Blick, sodass eine Pause entstand. »Wahrscheinlich hast du recht«, fügte er nach einer Weile hinzu, in welcher er sich ergeben den fachkundigen Händen Nebsumenus anvertraut hatte. »Nebu ist meines Vaters ältester Sohn. Er ist der junge Horusfalke. Nur ihm steht der Titel Horus-im-Nest zu, nicht mir. Sollten die Götter anderes mit ihm oder mir geplant haben, werden wir es schon rechtzeitig erfahren.«

Setau nickte beipflichtend und kippelte mit seinem Schemel.

Nebsumenu war es in der Zwischenzeit gelungen, Ramses fertig anzukleiden und zu schminken. Mit einem flüchtigen Blick in den polierten Kupferspiegel befand der Prinz, dass er manierlich genug aussah, um seinem Vater unter die Augen zu treten. Normalerweise legte er auf solche Belanglosigkeiten keinerlei Wert. Er war zehn Jahre alt und unterwarf sich nur ungern der Etikette. Ginge es nach ihm, würde er den lieben langen Tag durch die Gärten tollen oder im Fluss herumplanschen und das natürlich splitternackt! Selbst für den täglichen Unterricht war ein Schurz überflüssig. Er bekam Flecken vom Gras und Falten vom Sitzen und er dafür wiederum Rügen von seinem Erzieher oder seinen Eltern, wenn er einem von ihnen in einem solchen Aufzug unter die Augen trat.

»Komm«, wandte er sich von seinem Spiegelbild ab und Setau zu, »lungern wir hier nicht unnütz herum. Gehen wir in den Thronsaal und schauen uns den Horusthron an.«

Nebsumenu räusperte sich leise. »Hoheit, dein Erzieher hat

dir gesagt, dass du hier auf ihn warten sollst, bis er dich abholen kommt«, wagte er, ihn zu erinnern.

Empört stützte Ramses die Hände in die Hüften. »Wieso muss ich auf ihn warten? Warum wartet er nicht bereits vor der Tür auf mich, bis ich angekleidet bin? Ist er der Prinz oder ich? Zudem, ich bin kein kleines Kind mehr. In finde den Weg schon allein!«

Errötend senkte Nebsumenu den Blick. »Ich wollte Deine Hoheit nur daran erinnern«, entgegnete er lahm.

»Das hast du getan, und nun bist du entlassen. Solltest du ihn sehen, richte ihm aus, dass er mich im Thronsaal findet.«

Ergeben verneigte sich der junge Mann, packte die Schminkutensilien zusammen und zog sich aus dem Zimmer zurück. Ramses und Setau folgten ihm.

Flink eilten sie den Gang entlang in Richtung des öffentlichen Palastbereiches, wo sich der Thronsaal befand. Einer der beiden Soldaten, die vor der Tür zu Ramses' Zimmer Wache hielten, folgte ihnen. Ramses kümmerte sich nicht weiter darum. Er war es gewohnt, dass er auf Schritt und Tritt einen Soldaten an seinen Fersen kleben hatte, der für seine Sicherheit verantwortlich war. Und manchmal erwiesen sich die ständig wechselnden Männer auch als äußerst nützlich so wie heute, denn je näher sie dem Thronsaal kamen, umso größer wurde das Gedränge. Im Thronsaal selbst wimmelte es schließlich von Würdenträgern aus ganz Kemi und den benachbarten Fremdländern. Alle waren erschienen, um einen Blick auf den neuen Pharao zu werfen. Sethos hatte sich bereits während der kurzen Regierungszeit seines Vaters Respekt verschafft, indem er zwei Aufstände in den östlichen Grenzgebieten sowie in der Libyschen Wüste niedergeschlagen hatte. Die Nachbarn wussten, dass er ein strenger Herr sein würde, mit dem nicht zu spaßen war.

Beim Anblick der vielen Menschen blieb Setau entmutigt stehen und zupfte Ramses an seinem Hemd. »Die vielen Menschen ... Da kommen wir nie bis nach ganz vorne durch.«

Ramses grinste nur und gab dem Wachmann ein Zeichen, der ihm und Setau einen Weg durch die Menge der Wartenden bahnte, bis sie nah genug an die Estrade herangekommen waren, auf der schon bald sein Vater erscheinen würde. »Schau nur«, flüsterte er voller Ehrfurcht vor dem erhabenen Sitzmöbel, welches auf der Empore stand, »dort hat mein Großvater gesessen, und dort wird bald mein Vater sitzen.«

... und, wenn die Götter mich lieb haben, vielleicht auch einmal ich!, fügte er in Gedanken sehnsüchtig hinzu.

Setau stand neben ihm und staunte mit offenem Mund. Ramses vermutete, dass er es sich niemals hätte träumen lassen, dem Thron der Beiden Länder so nahe zu kommen. Setau war eine Waise und eigentlich nur hier im Palast, um ihm als Spielkamerad und Diener zur Verfügung zu stehen. Ramses' Großvater, der zu den Göttern gegangene Menpethire Ramses, hatte ihn in seine Dienste genommen, wenn auch nur für kurze Zeit. Damals war Ramesse noch kein Gott gewesen, und noch bevor er göttlich geworden war, wechselte Setau bereits in die Dienste von Ramses' Vater. Seit heute Vormittag war die Situation nun eine andere. Der kleine Waisenjunge gehörte von nun an zum Haushalt des Herrn der Beiden Länder und war der Freund von dessen Sohn.

»Was ist?«, rief Ramses ihn an und stupste ihn in die Seite. »Hat es dir die Sprache verschlagen?«

Setau nickte und riss gewaltsam den Blick vom Thron. »Ja«, gab er ehrlich zu, und eine leichte Röte überzog seine Wangen.

Ramses grinste breit. »Verständlich. Ich war genauso beeindruckt, als ich ihn das erste Mal zu Gesicht bekam. Damals wurde mein Großvater gekrönt, und nun sitzt dort bald mein Vater.« Er schenkte dem hoheitsvollen Stuhl einen sehnsuchtsvollen Blick.

Er war aus kostbaren Hölzern gearbeitet und mit hauchdünnem Gold überzogen. Seine Verzierungen bestanden aus farbigen Halbedelsteinen und buntem Glas. Die Rückenlehne schmückten seines Vaters Kartuschen, die von den Göttinnen Isis und Nephthys flankiert wurden. Eine geflügelte Sonnenscheibe breitete über ihnen schützend ihre Schwingen aus. Die Beine des Sessels endeten in vergoldeten Stierhufen, denn der Herr der Beiden Länder wurde auch der Mächtige Stier der Maat genannt. Eine zierliche Bank erwartete vor dem Thron die erlauchten Füße des neuen Herrschers, deren Aufgabe darin bestand, die Neun Bogen, die Fremdländer, unter ihren Sohlen zu zermalmen.

Während Ramses dem Thron schmachtende Blicke zuwarf, fiel Setau mit einem Mal auf, dass der Prinz heute irgendwie anders aussah als sonst. Ramses trug ein fein gefälteltes Hemd, einen gestärkten Schurz und dazu eine gemusterte Schärpe um die Taille. Sein Halskragen bestand aus mehreren Reihen bunter Perlen, und darüber trug er ein Amulett des Gottes Re in Form eines Skarabäus. Seine Arm- und Fußgelenke schmückten silberne Reife, und sein Gesicht war von Nebsumenu fachgerecht geschminkt worden. Die geflochtene rotbraune Jugendlocke wurde von einer Spange hochgehalten, und seine Stirn zierte ein schmaler goldener Reif, in dessen Mitte sich eine Kobra mit Augen aus schwarzem Glas aufrichtete.

Gebannt hielt Setau den Atem an und starrte wie hypnotisiert auf den königlichen Uräus. Ja, Ramses war nun ein richtiger Prinz, sein Vater schon bald ein Gott – und er? Er war nur ein kleiner Waisenjunge aus den Straßen Thebens, der das Glück gehabt hatte, vom Großvater des Prinzen aufgenommen zu werden.

Ramses war aus seiner Betrachtung erwacht und erriet die Gedanken seines Spielkameraden. »Du bleibst mein Freund, egal was kommt«, meinte er und legte ihm freundschaftlich den Arm um die Schultern. »Das verspreche ich dir im Angesicht des Throns der Beiden Länder.«

Dankbar nickte Setau, und Ramses gab ihn aus seiner Umarmung wieder frei.

Es war ihm bekannt, dass sein Freund gelegentlich von Zweifeln geplagt wurde. Immerhin war Setau eine Waise, wusste kaum etwas darüber, woher er kam. Zusammen mit Ramses durfte er die Palastschule besuchen. Ramses spürte zwar auch im Unterricht hin und wieder, dass Setau sich unter all den hochgeborenen Knaben wie ein Außenseiter fühlte, doch dazu bestand seiner Meinung nach überhaupt kein Grund. Immerhin genoss er seine uneingeschränkte Gunst. Dieser Ehre konnten sich nur wenige rühmen, wenn Ramses ehrlich war eigentlich nur noch zwei andere Jungen. Der eine hieß Maj und war der Sohn des Obersten Baumeisters; der andere wurde Amuneminet gerufen, und sein Vater bekleidete in irgendeinem Tempel ein hohes Priesteramt.

Die Vier verband eine tiefe Freundschaft. Ramses war sich sicher, dass nichts und niemand sie entzweien könne. Setau war mit seinen knapp acht Nilschwemmen nicht nur der Jüngste; er bekleidete als einfacher Diener auch den niedersten Rang. Dennoch wurde er geachtet, und es kam selten vor, dass einer der Schulkameraden ihn seine geringe Herkunft spüren ließ. Nachdem seine Eltern gestorben waren, hatte er mit anderen Kindern auf der Straße gelebt. Verwandte gab es nicht, wie er ihm anvertraut hatte. Dass Ramses' Großvater ihn gefunden und sich seiner erbarmt hatte, war für Setau wie ein Geschenk der Götter gewesen und ein entscheidender Wendepunkt in seinem Leben.

Amuneminet und Maj hatten es da bei Weitem besser getroffen. Ramses kannte die beiden Knaben schon sein ganzes Leben. Sie stammten aus wohlhabenden Verhältnissen und waren in den Genuss gekommen, von klein auf mit den königlichen Kindern erzogen zu werden. Amuneminet war anderthalb Jahre jünger als er, zudem klug und für sein Alter kräftig gebaut. Trotzdem verlor er die Zweikämpfe, in denen er sich ständig mit Ramses maß. Maj war der Älteste, schon beinahe elf, was er die anderen ständig wissen ließ. Zu Ramses' Unmut interessierte er sich weder für Zweikämpfe noch fürs Militär. Dafür liebte er es, zusammen mit seinem Vater Pharaos Baustellen zu besuchen und den Handwerkern bei ihrer Arbeit über die Schulter zu sehen. Für dererlei Dinge zeigte Ramses kein großes Interesse. Vielleicht würde sich das einmal ändern, wenn er erst einmal älter war.

Plötzlich kam Bewegung in die Masse der Würdenträger. Diener forderten sie höflich auf, ihre Plätze einzunehmen, da schon bald der König erscheinen sollte. Auch Ramses wurde zu seinem Platz unweit des Thronpodestes geführt. Setau hingegen verbannte ein gewissenhafter Diener aus dem Saal. Trotz seiner Freundschaft zum Sohn des neuen Pharaos blieb er nur ein einfacher Junge, der nichts bei den Krönungsfeierlichkeiten verloren hatte. Ramses folgte ihm mit den Augen und erhaschte dabei einen Blick auf Amuneminet und Maj, die zusammen in unmittelbarer Nähe ihrer Eltern ausharrten und Setau freundlich zugrinsten, als dieser an ihnen vorüberging. Dann schlossen sich hinter dem Knaben die Türen zum Thronsaal, in dem allmählich Ruhe und Ordnung die Oberhand gewannen.

Erwartungsvoll reihten sich die Würdenträger beiderseits des Wegs vom Eingang zum Thronpodest auf und bildeten ein Spalier, durch welches später diejenigen schreiten würden, die dem Herrn von Kemi ihre Aufwartung machen wollten. Als sich endlich die Tür in der rückwärtigen Wand der Estrade öffnete und der Oberste Herold heraustrat, um den Herrscher anzukündigen, wurde es totenstill.

»Der von der Binse und der von der Biene, dem Leben gegeben wie Amun-Re ewiglich, Seine Majestät Menmaatre Sethos, der Geliebte des Ptah!«

Tief neigten sich die Rücken aller, um ihrem neuen Herrscher ihre Ehrerbietung zu bekunden. Dann ertönte das leise Klatschen von Ledersohlen. Sethos betrat den Saal.

Nachdem die Anwesenden die Erlaubnis erhalten hatten, sich wieder aufrichten zu dürften, glitten verstohlene Blicke hinauf zum Pharao. Dieser saß wie zu Granit erstarrt auf seinem Thron. Er hatte die Arme vor der Brust gekreuzt und strahlte eine Macht und Erhabenheit aus, die auf eine segensreiche Regentschaft hoffen ließen. Silberner Schmuck funkelte auf seiner gebräunten Haut. Die eingelassenen Edelsteine brachen Res goldene Strahlen, die durch die unterhalb der Decke befindlichen Fenster in den Thronsaal fielen. Sein Gewand war aus edelstem Leinen gefertigt und kunstvoll bestickt. Krummstab und Geißel bezeugten zusammen mit Uräus, Geier und Doppelkrone die Göttlichkeit, die Sethos fortan innewohnte.

Beeindruckt hielt nicht nur Ramses die Luft an.

Mit einer kaum merklichen Kopfbewegung befahl sein Vater den neu ernannten Hüter der königlichen Insignien an seine Seite und übergab ihm die Zeichen der Macht, damit er die Hände freihatte.

Gespannte Stille herrschte im Saal. Ramses fand, dass es so leise war, dass er seinen Herzschlag hören konnte. Das Ding in seiner Brust pochte wie wild gegen seine Rippen. Nun saß sein Vater auf dem Horusthron; vielleicht würde er ihm einmal folgen. Diese Hoffnung wurde im Keim erstickt, kaum dass er sie gedacht hatte.

»Tritt vor, Nebu«, hörte er die klare Stimme seines Vaters durch den lang gestreckten Saal hallen. Alle Augenpaare einschließlich seines richteten sich auf seinen Bruder. Mit gesenktem Kopf trat der Fünfzehnjährige auf das Thronpodest zu, während sich ihr Vater erhob und die Stufen zu seinem Ältesten herunterschritt. »Ich ernenne dich vor den Augen und Ohren meiner Untertanen zum Horus-im-Nest«, proklamierte er und befestigte an Nebus Stirnreif den königlichen Uräus, der ihn fortan als Thronfolger ausweisen sollte. »Zudem wird es Zeit, dass ich dich vermähle. Deshalb wirst du nach den Krönungsfeierlichkeiten einen Harim mit von mir und deiner Mutter auserwählten jungen Frauen erhalten, so wie es sich für einen Thronfolger geziemt. Ich werde dir eine Gemahlin zuführen, die an deiner Seite stehen soll. Als besonderes Geschenk erhältst du ein prächtiges Gespann mit zwei feurigen Pferden. Doch nun komm, mein Sohn, und nimm zu meinen Füßen Platz, um die Huldigung Meiner Majestät mitzuerleben.«

Gemeinsam schritten sie die Stufen zum Horusthron empor, während stürmischer Beifall anhob sowie Lobpreisungen auf den Herrn der Beiden Länder und seinen Erben erklangen. Und dann begann der schier endlose Zug der Gratulanten, die aus allen Winkeln der Welt Geschenke brachten und Ramses' Vater mit Glückwünschen und Schmeicheleien überhäuften. Zum Schluss wurden durch ihn die wichtigsten Posten am Hofe und in den Tempeln bestätigt oder neu besetzt.

Ramses musste sich ein ums andere Mal ein gelangweiltes Gähnen verkneifen, und er war froh, als die Zeremonie endlich zu Ende war. Ihm taten die Füße vom stundenlangen Stillstehen weh. Seine Mutter hatte als Große Königliche Gemahlin die Zeit über sitzend verbringen dürfen, während es für alle anderen Pflicht war, bei offiziellen Anlässen in Gegenwart des Pharaos zu stehen. Ein letztes Mal blickte er neidvoll zu seinem Bruder auf, wie sich dieser auf der obersten Stufe zu Füßen des Vaters rekelte, sich nun aber erhob, um mit Sethos im rückwärtigen Gang hinter dem Thronpodest zu verschwinden. Ramses' Stirn zierte zwar ebenfalls die königliche Kobra; dennoch legitimierte Nebus Uräus diesen als Nachfolger des Pharaos. Er wandte sich ab und suchte nach seinen Freunden.

»Ich wäre fast eingeschlafen«, gestand er ihnen, als er mit ihnen vor dem Thronsaal zusammentraf. Setau blinzelte ihn verschlafen an. Wahrscheinlich hatte er die Zeit für ein Nickerchen genutzt, während sich die Leute im Thronsaal die Beine in den Bauch gestanden hatten. Amuneminet und Maj trugen ebenfalls keinen euphorischen Gesichtsausdruck zur Schau. Sie schienen wie er gelangweilt.

Aufmerksam sah Ramses sich um, ob ihm jemand gefolgt war. Immerhin sollte er bei seiner Mutter und seiner Schwester bleiben, um mit ihnen in den Harim zurückzukehren und sich für das abendliche Fest umzuziehen. Danach stand ihm aber nicht im Geringsten der Sinn. Viel lieber wollte er jetzt im Fluss baden. Bis zum Fest waren noch gut zwei Stunden Zeit.

»Wir sehen uns nachher«, sagte Maj und wollte verschwinden.

Ramses hielt ihn zurück. »Wo willst du hin?«

»Ich muss zu meinen Eltern. Sie warten auf mich.« Maj wies mit dem Kopf auf ein elegant herausgeputztes Paar, das erwartungsvoll zu den vier Knaben sah und sich verneigte, als Ramses zu ihnen hinüberblickte.

»Ich habe mich heimlich aus dem Staub gemacht, um mich mit euch zu treffen, und nun habt ihr keine Zeit für mich?« Ramses schmollte und maß Maj mit einem beleidigten Blick.

»Tut mir leid, mein Freund. Ich habe versprochen, dass ich euch nur kurz begrüßen will.« Entschuldigend hob Maj die Schultern und eilte ohne ein weiteres Wort zu seiner Familie zurück.

»Ich werde dann ebenfalls wieder zu meinen Eltern gehen«, merkte Amuneminet leise an und folgte Maj auf dem Fuß.

Enttäuscht blieb Ramses zurück. »Und du«, maulte er und taxierte Setau herausfordernd, »musst du ebenfalls zu deinen Eltern?« Der Diener schluckte, und Ramses wurde bewusst, dass er gerade sehr taktlos gewesen war. »Verzeih«, entschuldigte er sich und legte Setau versöhnlich die Hand auf die Schulter, »das war gemein von mir.« Er seufzte und drängelte sich an den Würdenträgern vorbei, die noch immer zahlreich aus dem Thronsaal strömten, um zu seiner Mutter und seiner Schwester zurückzukehren. Wenn es sich denn nicht umgehen ließ, würde er gehorsam mit ihnen in den Harimsbereich zurückkehren. Zum Herumtoben war auch morgen noch Zeit.

2. Kapitel

MÄDCHEN SIND DOOF!

Am kommenden Morgen waren die Gänge des Palastes wie ausgestorben. Nur hin und wieder schlurfte ein Diener verschlafen durch die Flure. Selbst die Wachposten, welche die Zugänge sicherten, wirkten unaufmerksam und müde.

Ramses war schon kurz nach dem Erscheinen von Res Barke wach. Er hatte sich mit Setau, Amuneminet und Maj auf dem gestrigen Fest prächtig amüsiert. Es hatte Unmengen an Speisen und Getränken gegeben. So manchen Becher mit verdünntem Wein hatten sie heimlich genossen. Während des Mahls hatten Musikanten für leise Töne gesorgt. Nachdem die Tische aus der Mitte des Saals weggeräumt worden waren, erklangen dann flottere Rhythmen. Gebannt hatten die vier Freunde den Akrobaten und Tänzerinnen zugeschaut, den Feuerschluckern und Magiern, die mit ihren trickreichen Kunststücken nicht nur die Knaben verzaubert hatten. Erst nach Mitternacht hatte sich jemand ihrer erinnert und sie in ihre Betten gescheucht. Die Nacht war kurz gewesen; dennoch fühlte Ramses sich nun ausgeruht, und es stand ihm der Sinn nach Spiel und Spaß. Was gab es da Besseres, als sich beim Schwimmen im Nil auszutoben?

Er schwang die Beine aus dem Bett, lief zur Tür, die hinaus auf den Flur führte, und befahl einem Diener, Nebsumenu zu wecken. Diesem trug er wenig später auf, Brot und Käse aus den Küchen zu holen, dazu einen Krug Milch und einen mit Wasser. Er hatte Hunger und Durst.

»Auf dem Wege dorthin kannst du gleich Setau von seinem Lager scheuchen«, befahl er seinem Leibdiener und zwinkerte ihm zu. »Er soll umgehend bei mir erscheinen.«

»Wie du wünschst, Hoheit.« Gehorsam verneigte sich der junge Mann und verschwand.

Eine Viertelstunde später trat Setau in das Gemach. Ramses

sah ihm an, dass er noch tief und fest geschlafen hatte, als er von Nebsumenu geweckt worden war. Er schmunzelte. »Hast du Lust zum Schwimmen?«

»Was! – Zum Schwimmen? – Jetzt?« Setaus Miene verriet wenig Begeisterung. »Meinetwegen«, murrte er. »Bist du überhaupt im Bett gewesen?« Er blinzelte gegen die ersten Strahlen der morgendlichen Sonnenbarke an, die durch die geöffnete Tür zum Garten in Ramses' Zimmer fielen.

»Aber sicher doch«, antwortete Ramses und reckte sich. »Und nun habe ich Hunger und will anschließend hinunter an den Fluss. Die Luft ist noch angenehm kühl. Wenn Re höher steigt, wird es wieder so heiß.«

»Wie du meinst.« Setau gähnte ungeniert und streckte sich ebenfalls. Noch immer strotzte er nicht vor Begeisterung.

»Ein Bad im Nil wird dir sicher guttun«, merkte Ramses an. »Hinterher bist du dann sicher wach.«

»Oder ertrunken, weil ich beim Schwimmen eingeschlafen bin«, murmelte Setau zerknirscht.

Nebsumenu kam wieder in das Gemach und balancierte ein Tablett, auf dem sich frisch gebackenes Brot, Käse und zwei Krüge mit Wasser und Milch befanden. »Hast du sonst noch einen Wunsch?«, erkundigte er sich, nachdem er die Speisen auf einem Tisch platziert hatte.

Ramses verneinte. »Du kannst dich wieder schlafen legen.« Er grinste amüsiert. »Ich scheine der Einzige zu sein, der zu dieser frühen Stunde schon ausgeschlafen ist.«

Der Leibdiener verzog keine Miene. Er verneigte sich knapp und verschwand aus dem Raum.

Ramses machte sich über das Frühstück her und winkte Setau zu sich an den Tisch. Ihm knurrte seit dem Aufstehen der Magen. Während er tüchtig zulangte, kauerte Setau sich auf einen freien Schemel, griff nach einem Stück Brot und knabberte lustlos daran herum. Anscheinend verspürte er noch keinen Appetit. Ramses interessierte es nicht. Er stopfte sich den Bauch genüsslich voll. Als er satt war, trank er noch einen letzten Becher Milch und wischte sich zufrieden mit dem Handrücken über den Mund.

»Das war gut.« Er sah zu Setau, der schon seit geraumer Zeit mit dem Essen fertig war und aus den auf dem Tisch verstreuten Brotkrümeln undefinierbare Gebilde zusammenfügte. »Komm, dann lass uns gehen.«

Sie erhoben sich und traten auf den Gang hinaus. Sofort nahmen die beiden Wächter Habachtstellung ein und grüßten den Prinzen. Ramses nahm keinerlei Notiz davon, sondern hüpfte guter Laune Richtung Ausgang. Setau stolperte ihm hinterher, und auch einer der Soldaten folgte ihm.

Als der Zugang zum Garten in Sicht kam, blieb Ramses stehen und wartete, bis Setau zu ihm aufgeschlossen hatte. »Wer als Erster am Fluss ist!«, rief er und rannte augenblicklich los. Ein kurzer Blick über die Schulter sagte ihm, dass Setau sich nicht lumpen ließ und ihm hinterhersetzte. Gezwungenermaßen verfiel auch der Wachmann in Trab.

Ramses und Setau rannten um die Wette. Sie stürmten hinaus in den prachtvollen Garten mit seinen säuberlich geharkten Wegen und Beeten und den Schatten spendenden Hecken, Büschen und Bäumen. Sykomoren, Palmen und Feigenbäume, Akazien, Weiden und Tamarisken säumten die Wege, aber auch Rebstöcke mit saftigen dunklen Trauben waren sorgsam umhegt. Papyrusstauden, Rosen und Lilien erfüllten die morgendliche Luft mit dem schweren Duft ihrer Blüten. Die beiden Knaben nahmen von all dem nichts wahr. Wie einer der gefürchteten Sandstürme, die zum Beginn des *Schemu*, der Erntezeit, den Himmel tagelang verdunkelten, fegten sie über den kurz geschnittenen Rasen, zertrampelten die liebevoll geharkten Beete und konnten kurze Zeit später das Ufer des Nils erspähen.

Plötzlich blieb Ramses wie angewurzelt stehen und zupfte Setau am Arm, der keuchend neben ihm zum Stehen kam. »Sieh, da ist Anat.« Er wies auf eine Stelle am Ufer, die von ein paar Oleanderbüschen gesäumt wurde.

»Was macht die denn hier?«, fragte Setau verwundert. »Hat sie die Nacht nicht in ihrer Kammer verbracht?«

»Ist doch egal«, meinte Ramses. »Los komm, der werden wir einen Schreck einjagen.« Spitzbübisch grinste er Setau an. Dabei entging ihm nicht, dass sich dessen Begeisterung erneut in Grenzen hielt. Was war nur heute mit ihm los? Unwillig runzelte Ramses die Stirn. »Erst hast du keine Lust, Schwimmen zu gehen. Nun magst du Anat keinen Streich spielen«, beschwerte er sich. »Was ist los mit dir?«

Unentschlossen zuckte Setau mit den Schultern. Er wusste, dass Ramses sich mit Anat nicht verstand. Überhaupt waren Mädchen dem Prinzen ein Dorn im Auge. Setau konnte das nicht verstehen. Er hatte nichts gegen sie. Anat allerdings war nicht ganz unschuldig daran, dass der königliche Spross sie abgrundtief hasste. Immerhin nutzte sie jede sich bietende Gelegenheit, um ihn zu ärgern. Setau hingegen verstand sich ausgezeichnet mit ihr. Er hatte sich mit Anat im Haushalt von Ramses' Großvater angefreundet, wo das Mädchen zusammen mit ihrer Mutter Aschtara bis zum Tod des Gebieters gelebt und gearbeitet hatte. Von dieser Freundschaft aber wusste Ramses nichts, und Setau hatte es bisher tunlichst vermieden, es ihm zu erzählen.

»Ich weiß nicht so recht, ob wir es tun sollen«, wich er einer konkreten Antwort aus.

Verdutzt weiteten sich Ramses' Augen. »Was sollte denn daran nicht recht sein? Sie ist eine Dienerin, Setau. Die sind zum Ärgern doch da.«

Setau zuckte schüchtern mit den Schultern und sah hinüber zu Anat, die unter einem der Büsche friedlich schlief. »Weißt du«, sagte er nach einer Weile und nahm seinen ganzen Mut zusammen, »ich habe es dir nie gesagt, aber Anat ist meine Freundin. Ich mag sie, auch wenn sie manchmal ein wenig spinnt.« Verlegen lächelte er, wagte es aber nicht, Ramses ins Gesicht zu sehen. Dafür spürte er, wie ihm die Hitze in die Wangen schoss.

Ramses stand da, als hätte ihn aus heiterem Himmel ein Blitz des Gottes Seth getroffen. »*Du-hast-ein-Mäd-chen-zum-Freund?*« Er betonte jede einzelne Silbe und starrte Setau fassungslos ins Gesicht, dessen Kopf wie ein überreifer Granatapfel leuchtete. »Wie kann man *ein Mädchen* zum Freund haben? *Mädchen* sind allesamt *doof*! Das weißt du genau.« Er schüttelte verzweifelt den Kopf. »Ich kann überhaupt nicht verstehen, warum die erwachsenen Männer so hinter den Frauen her sind. Selbst Nebu stellt seit geraumer Zeit jeder Dienerin nach.«

Ein rascher Blick nach rechts und nach links; dann beugte er sich verschwörerisch Setau zu, der noch immer zu Boden starrte und es deshalb nicht bemerkte. Also zupfte Ramses ihn an seiner Locke der Jugend, bis er Setaus volle Aufmerksamkeit wieder genoss. Dann senkte er die Stimme. »Nebu lockt sie in die verfallene Geburtslaube, die noch immer im hinteren Teil des Gartens auf Vaters Anwesen in Memphis steht«, enthüllte er ihm. »Und dann küssen sie sich – igitt, Setau, das ist einfach widerlich!« Ramses schüttelte sich bei dieser Erinnerung. »Ich bin meinem Bruder mal heimlich gefolgt, als er mit einer Küchendienerin dort verschwunden ist, und habe die beiden vom Gebüsch aus beobachtet. Die dachten, sie wären allein.« Er kicherte schelmisch, und auch um Setaus Mundwinkel zuckte es. »Und dann haben sie sich geküsst, und Nebu hat ihr an die Brüste gefasst und zwischen die Schenkel ... Und dann bin ich abgehauen, denn ich fand das so widerlich.« Das Grinsen in seinem Gesicht machte einer angeekelten Miene Platz. Gleichzeitig durchfuhr seinen Körper ein Schütteln. »Eines weiß ich genau: Wenn *ich* einmal erwachsen bin, werde ich ganz bestimmt nicht den Frauen hinterherlaufen und solche widerlichen Dinge mit ihnen tun. Und deshalb rate ich dir, *nieee* ein Mädchen zum Freund zu haben. Mädchen sind einfach nur doof. Sie sind nur dazu da, dass man mit ihnen seinen Schabernack treibt.« Bestätigung heischend blickte Ramses zu dem Wachmann auf, der abseits stand, und seinen Blick geflissentlich übersah.

»Vielleicht hast du recht«, lenkte Setau nachdenklich ein und kratzte sich den Haaransatz seiner Locke. »Auch ich weiß, dass die Erwachsenen sich küssen. Ich habe es schon oft genug gesehen ... Sie sehen dabei so glücklich aus ... Vielleicht ist das ja schön?«

»Unfug, Setau! Was sollte daran wohl schön sein? Komm her, ich beweise es dir!« Ramses packte seinen Freund an den Oberarmen und zerrte ihn bis auf Armeslänge zu sich heran. »Das ist kein Kuss, wie ihn dir deine Eltern geben«, erklärte er mit altkluger Miene. »Die küssen sich auf den *Mu-und*!« Ohne Vorwarnung zog er den verdutzten Diener dichter an sich heran und drückte seine Lippen auf die des Knaben. Verzweifelt wehrte Setau sich, doch gegen ihn hatte er keine Chance. Nach kurzer Zeit ließ Ramses von ihm wieder ab.

»Pfui, Ramses, igitt, das war widerlich! Mache das nicht noch mal!« Angeekelt wischte sich Setau mit dem Handrücken über die Lippen, bis sie brannten.

»Siehst du, das habe ich dir doch gesagt.« Ramses grinste selbstzufrieden und wischte sich ebenfalls über den Mund. »Und nun komm, lass uns Anat erschrecken!« Er drehte sich auf dem Hacken um und pirschte auf das Gebüsch zu, unter dem die Dienerin schlief.

Unschlüssig folgte Setau ihm.

Anat war ein Jahr älter als er. Sie hatten sich vom ersten Moment an gemocht, nachdem er im Haushalt des damaligen Mitregenten aufgenommen worden war. Trotzdem war er auf das Mädchen böse, da sie ihm zum Beginn ihrer Freundschaft hatte einreden wollen, dass der Gebieter ihr Vater sei.

»Das glaube ich dir nicht«, hatte er leicht verstimmt erwidert. »Du schwindelst mich an.« Beleidigt hatte er sich weggedreht, doch Anat war vor ihn hingetreten, hatte die Hände in die Seiten gestemmt und entrüstet erwidert, dass es die Wahrheit sei. »Und warum bist du dann nur die Tochter einer Dienerin und nicht die Tochter unseres Gebieters Ramesse?«, hatte er sie naseweis gefragt.

Anat hatte nur mit dem Kopf geschüttelt und gleichzeitig mit den Augen gerollt. »Du bist wirklich dumm«, hatte sie erwidert. »Man merkt, dass du immer auf der Straße gelebt und dich vom Abfall ernährt hast. Anderenfalls wüsstest du, dass ich sehr wohl sein Kind, doch nicht seine Tochter sein kann.« Sie hatte eine Pause gemacht und hinzugefügt: »Zumindest hat mir das meine Mutter so erklärt, nachdem sie mir erzählt hat, wer mein Vater ist.«

Setau hatte daraufhin nur mit den Schultern gezuckt und es dabei belassen, doch er hatte Anat kein Wort geglaubt. Vielleicht sollte er ihr heute ihre Lügerei heimzahlen!

»Ja!«, murmelte er vor sich hin und schloss schleunigst zu Ramses auf. »Du hast recht«, wandte er sich an ihn, »Anat ist auch nur ein Mädchen wie alle anderen. Erschrecken wir sie!«

Ramses frohlockte zufrieden. Jetzt konnte ihm nur noch der

Soldat einen Strich durch die Rechnung machen. Verstohlen blickte er zu dem Wachmann hinüber, der sich in den Schatten einer Palme begab, um es sich bequem zu machen. Allem Anschein nach ließ er ihn gewähren. Zufrieden wandte Ramses sich wieder Setau zu.

»Wir beschmieren uns mit Schlamm«, instruierte er ihn. »Wir müssen dabei aber leise sein, damit Anat nicht erwacht. Und dann fallen wir mit Gebrüll über sie her. Anat wird glauben, dass zwei Dämonen erschienen sind, um sie zu holen. Wir packen sie an Armen und Beinen und werfen sie in den Fluss. Sie wird schreien und weinen, Setau. Das wird ein Riesenspaß!«

Sie liefen zum Ufer und beschmierten sich vollständig mit dem dunklen Schlamm des Nils. Dabei hatten sie alle Mühe, nicht über ihr Aussehen lauthals loszulachen. Erst sahen sie komisch aus wie zwei Schmutzfinken, dann ziemlich unheimlich wie böse Geister, die gerade den dunklen Gängen der Unterwelt entstiegen waren. Auf ein Zeichen von Ramses stürzten sie sich mit lautem Gebrüll auf Anat.

Verstört schreckte das Mädchen aus seinem Schlaf hoch und blickte die beiden schlammbeschmierten Gestalten verständnislos an. Dann kreischte es erschrocken los.

Ramses zögerte nicht lange und packte Anat unter den Achseln, während Setau sich die Fesseln der Dienerin schnappte, und gemeinsam trugen sie das Mädchen das kurze Stück zum Wasser. Dann schwangen sie es dreimal hin und her, und Anat landete mit einem lauten Platsch im Fluss. Dort ruderte sie hilflos im knietiefen Wasser umher, schlug um sich, hustete und schrie sich die Seele aus dem Leib. Ramses und Setau standen derweil am Ufer, lachten aus voller Kehle und hielten sich die Bäuche.

»Das ist dafür, weil du mich beschwindelt hast«, rief Setau. Vergnügt hüpfte er von einem Bein auf das andere.

»*Mädchen sind doo-oof! Mädchen sind doo-oof!*«, sang Ramses indes brüllend und begann ebenfalls, von einem Bein auf das andere zu springen.

Anat war in der Zwischenzeit wieder auf die Füße gekommen und stand heulend im Wasser. »Ihr seid beide so gemein!«, schrie sie, da sie erkannte, dass es sich nicht um Dämonen handelte, die sie holen wollten. »Von dir bin ich das ja gewöhnt, Ramses, aber dass auch du so gemein sein kannst, Setau, das hätte ich nicht gedacht. Ich dachte immer, wir sind Freunde.«

»Papperlapapp!«, krakeelte Ramses. »Mädchen können niemals einen Jungen zum Freund haben, Anat, denn: *Mädchen sind doo-oof! Mädchen sind doo-oof!*«

Er warf einen aufmunternden Seitenblick auf Setau, und beide sprangen zu Anat in den Fluss und begannen sie zu bespritzen. Als sie weglaufen wollte, hielten sie sie fest und warfen sie erneut ins Wasser. Anat weinte, und der Soldat sah die Zeit gekommen, dem Schabernack der Knaben ein Ende zu bereiten. Mit langen Schritten kam er hinunter zum Ufer, um dem Treiben Einhalt zu gebieten.

»Du hast mir gar nichts zu befehlen«, erwiderte Ramses frech und schubste Anat erneut, sodass sie ins Wasser fiel und untertauchte. »Du bist nur ein Soldat, doch mein Großvater war Pharao, und jetzt ist es mein Vater, und nach ihm werde ich es sein. Wer also hat hier die Befehle zu erteilen – du oder ich?«

»Weder du noch der Soldat«, ertönte die gebieterische Stimme eines Mannes Mitte dreißig, der sich unbemerkt dem Ufer genähert hatte.

Ramses erkannte die Stimme sofort und wäre am liebsten im Schlamm des Flusses versunken. Beschämt senkte er den Kopf und spürte, wie ihm die Schamesröte in die Wangen schoss.

»Ein Junge, der sich so benimmt, wie du es gerade getan hast«, fuhr sein Vater fort, »wird niemals den Thron der Beiden Länder besteigen.« Sein wütender Blick ging zwischen den Knaben hin und her. »Lasst Anat gehen!«, befahl er schroff. »Wascht euch den Dreck vom Leib, und dann raus aus dem Wasser und ab ins Haus mit euch! Ich werde mir überlegen, wie ich euch bestrafen lasse. Das Gleiche gilt für dich, Soldat«, wandte er sich dem Wachmann zu. »Du bist für die Sicherheit meines Sohnes verantwortlich, aber auch für seine schlechten Taten, die er unter deiner Aufsicht verübt. Geh mir aus den Augen, Mann!«

Erschrocken zog der Wächter den Kopf ein, verneigte sich und trabte eilends in Richtung des Harims.

Ramses war schon eifrig dabei, sich den Schlamm vom Körper zu spülen. Nur Setau stand noch immer regungslos da und starrte Sethos entgeistert an.

»Was ist mit dir? Bist du zu Granit erstarrt?«, schnauzte Sethos ihn barsch an. »Mein Befehl galt auch dir!«

»Los mach schon, was mein Vater dir sagt«, flüsterte Ramses, der inzwischen fast wieder sauber war. »Er ist sehr böse auf uns. Also solltest du ihm lieber gehorchen.«

Setau nickte und tauchte im Wasser unter. Er stand seit zwei Jahren in Sethos' Diensten und wusste, dass es besser war, sich ihm nicht zu wiedersetzen. »Das wird sicher eine schmerzhafte Strafe sein«, flüsterte er Ramses zu und sah verstohlen dessen Vater hinterher, der sich umgedreht hatte und dem Palast zustrebte.

Kurz darauf folgten ihm Setau und Ramses. Mit einem unguten Gefühl begaben sie sich in ihre Zimmer, um ihre Bestrafung zu erwarten, und diese ereilte sie bereits eine Stunde später. Beide erhielten jeweils zehn Stockhiebe, während der Wachmann fünfundzwanzig über seinen nackten Rücken ergehen lassen musste.

Ich hoffe, dass es allen eine Lehre ist, dachte Sethos, nachdem er die Maßregelungen verkündet hatte. Dann begab er sich in den Palasthafen, wo ihn Tuja zusammen mit seinen beiden anderen Kindern auf der königlichen Barke erwartete.

3. Kapitel

Ein Tag auf dem Nil

Wo ist Ramses?« Verwundert ruhte Tujas Blick auf Sethos, als dieser ohne den jüngeren Sohn die Laufplanke erklomm, um sich an Bord der Barke zu begeben.

»In seinem Zimmer im Harim. Da kann er bis zu unserer Rückkehr in den Norden darüber nachdenken, was er falsch gemacht hat.« Sethos gab dem Schiffsführer einen Wink. Die Barken sollten ablegen.

»Was hat er denn angestellt?«, erkundigte sich Tuja.

Tia und Nebu kamen vom Bug des Schiffes geeilt, um ihren Vater zu begrüßen. Sethos nahm sie in den Arm und gab ihnen einen Kuss auf die Stirn. Dann setzte er sich ebenfalls unter den Baldachin, der Schutz vor Res Strahlen bot, und berichtete Tuja in knappen Worten von dem Vorfall am Morgen, dessen Zeuge er geworden war. Während er sprach, grinste Nebu in sich hinein, während Tia ihm mit offenem Mund lauschte. Tuja hingegen zeigte keinerlei Reaktion. Dennoch wusste Sethos, dass sie Ramses' Verhalten nicht tolerierte.

»Doch nun lass uns nicht mehr darüber sprechen«, schloss er. »Ich will mich vom gestrigen Tag erholen und die Landschaft genießen.« Er lächelte.

Tuja angelte nach einem Kissen, schob es sich unter den Kopf und machte es sich auf der bunt gemusterten Matte bequem. Sethos wusste, sie hatte nicht gut geschlafen. Die ganze Nacht oder das, was von ihr noch übrig gewesen war, als sie das Fest verlassen hatten, hatte sie sich von einer Seite auf die andere gewälzt, und der Schlaf war ihr geflohen. Er beugte sich vor und strich ihr zärtlich über die Wange. Solche Intimitäten durften sie sich eigentlich nicht mehr leisten. Schon als Mitregent seines Vaters war ihre Privatsphäre stark eingeengt gewesen. Nun war sie gänzlich aus der Öffentlichkeit verbannt.

Die Barken hatten den Kanal zum Nil passiert und hielten

auf die Mitte des Flusses zu, der sich wie ein funkelndes Band aus Lapislazuli durch die fruchtbare Landschaft wand. An seinen Ufern war die Erde noch dunkel vom Schlamm, den die Flut aus dem Süden zurückgelassen hatte. Auf den höher gelegenen Anbauflächen wurde sie durch Kanäle feucht gehalten. Bauern bestellten die Äcker, säten und trieben anschließend Rinder über die Anbauflächen, um die Saat in den Boden zu treten.

Es wird eine gute Ernte geben, sinnierte Sethos und verlagerte das Gewicht seines Körpers auf die andere Gesäßhälfte.

Sein Blick schweifte zu seinen Kindern. Sie hatten es sich unter einem Sonnensegel gemütlich gemacht und spielten Senet. Nebu lag auf dem Bauch und hatte den Kopf in die Handfläche gestützt. Der Wind spielte mit seinen rotbraunen Haaren, die ihm widerspenstig immer wieder ins Gesicht fielen. Gespannt blickte er zu seiner jüngeren Schwester, die ihm mit angewinkelten Beinen gegenübersaß und gerade die Hölzchen warf.

»Dieses Mal gewinne ich«, hörte Sethos ihn leise sagen.

»Das werden wir noch sehen«, antwortete Tia, die vor Kurzem dreizehn Jahre alt geworden war, sodass er ihr die Locke der Jugend hatte abschneiden können.

Schmunzelnd wandte er seine Aufmerksamkeit dem östlichen Ufer zu, wo Opet-sut, Amun-Res Heiligtum, an ihnen vorüberglitt. Die Bauarbeiten am Zugangsbereich ruhten für die Dauer der Krönungsfeierlichkeiten. Einzig die Gerüste zeugten davon, dass am Tempelkomplex fleißig gewerkelt wurde.

Bereits unter Pharao Haremhab hatten die Arbeiten begonnen. Hinter dem Pylon entstand ein gewaltiger Saal. Die Decke sollte auf einem Wald aus Säulen ruhen, in den Außenwänden Steingitter unterhalb der Decke dafür sorgen, dass nur mäßig Tageslicht in das Innere des Bereiches drang, denn Amun nannte man den Verborgenen. Er lebte in jedem Hauch, doch konnte niemand sein wahres Wesen verstehen. Dieses gigantische Bauwerk stellte das Gegenstück zum Re-Tempel in Heliopolis dar, einem weiteren Projekt von Haremhab. Dort hatten die Handwerker in einer Entfernung von einhundert Ellen vom Pylon von Osiris Amunhotep III. einen weiteren Torbau errichtet, sodass ein großer Hof entstanden war, den umlaufende Kolonnaden säumten. Ein riesiger Sonnenhof, mit welchem Haremhab dem Gott Re seine Ehrerbietung bezeugen wollte. Er selbst hatte diesen Hof noch eigenhändig geweiht. Die Fertigstellung des Säulensaals in Theben zu erleben, war ihm hingegen nicht vergönnt gewesen.

Genau wie meinem Vater, dachte Sethos betrübt und fuhr sich mit der Hand übers Gesicht. Doch mein Vater hat die Arbeiten vorangetrieben, und ich, ich werde, so die Götter es wollen, sie beenden.

Sein Blick glitt zum westlichen Ufer, wo die Tempel der Millionen Jahre im weichen Licht der morgendlichen Sonnenbarke lagen. Davor erstreckten sich die Anbauflächen von Opetsut.

Trotz der Krönungsfeierlichkeiten gingen die Bauern fleißig ihrem Tagwerk nach. Die Aussaat durfte nicht vernachlässigt werden. Das Wohl der Menschen hing davon ab. Vereinzelt trug der Wind ein paar Fetzen ihres Gesangs herüber. Einige Bauern hatten die beiden Barken bemerkt und machten den Rücken gerade, um zu den Booten herüberzusehen. Wenn sie gewahr wurden, dass es sich um das Schiff des Pharaos handelte, winkten sie fröhlich und lobpreisten den Herrscher, auf dass er lebe, heil und gesund sein möge.

Sethos' Aufmerksamkeit wurde durch das Gebrüll zweier Nilpferdbullen abgelenkt, die im flachen Wasser um ein Weibchen buhlten. Angriffslustig gingen die beiden männlichen Tiere aufeinander los. Das Wasser brodelte durch die Kraft ihrer massigen Körper. Sie hatten die Mäuler weit aufgerissen. Ihre Furcht einflößenden Eckzähne jagten Sethos einen Schauer den Rücken hinab.

Es wurde laut im hinteren Teil der Barke. Die Schiffsführer brüllten Befehle. Es war nicht ratsam, wütenden Bullen oder Kühen, die ein Jungtier umsorgten, zu nahe zu kommen. Die Schiffe steuerten von der Mitte des Flusses etwas weiter dem anderen Ufer entgegen.

»Was ist geschehen?« Gähnend blinzelte Tuja zu Sethos auf.

»Nichts, Mutter.« Nebu reagierte schneller mit einer Antwort als Sethos. »Nur zwei Söhne Seths, die sich um ein Weibchen streiten.« Er sprang auf die Füße und lief zur Reling, um sich das Kräftemessen anzusehen.

Sethos seufzte und strich sich eine Strähne seiner Perücke aus dem Gesicht. »Genau. Die Schiffsführer haben bereits Anweisung gegeben, sie weiträumig zu umfahren.«

»Gut so«, murmelte Tuja und blickte zu ihrem Sohn. »Beuge dich nicht so weit über, Nebu. Sonst fällst du ins Wasser.«

»Ja, ja, Mutter«, antwortete Nebu mürrisch. »Vergiss bitte nicht: Ich kann auch schwimmen.«

»Die Krokodile ebenfalls«, erinnerte Tuja ihn. Sie zwinkerte Sethos kurz zu, schloss die Augen und döste weiter.

Sethos winkte seinen Leibdiener heran und trug ihm auf, einen Becher Bier zu bringen. Er hatte Durst. Die Luft war noch angenehm mild, der Wind aus dem Norden erfrischend. Trotzdem fühlte sich seine Kehle wie ausgedörrt an. Wahrscheinlich hatte er am Abend zuvor zu viel Bier und Wein vertilgt.

Die Barken näherten sich dem Felsentempel der Osiris Hatschepsut, an dessen Seite sich das weitaus kleinere Heiligtum von Osiris Mentuhotep II. schmiegte. Die einstmals prächtige Gartenanlage, die sich weitläufig vor dem Heiligtum jener Frau erstreckte, die sich angemaßt hatte, wie ein Mann über die Beiden Länder zu regieren, war verödet und tot. Und passend dazu ragten im Hintergrund die schroffen Felsen auf, die das Tal der königlichen Grabstätten vor fremden Augen bewahrten.

Erneut wurde Sethos an seinen verstorbenen Vater erinnert, der in einem bescheidenen Grab dort seine letzte Ruhe gefunden hatte. Ramesse hatte bereits vierundsechzig Nilschwemmen erlebt, als er den Horusthron bestieg. Als Sohn eines einfachen Offiziers der Streitwagentruppen geboren, hätte niemand vermutet, dass er einmal der Stammvater einer neuen Dynastie werden würde. Seine Laufbahn begann er als Aufseher der Pferde. Später wurde er der persönliche Wagenlenker des Pharaos. Mit den Jahren gewann er das Vertrauen des Herrschers und wurde zu seinem engen Vertrauten. Als die Zeit reif war, ernannte ihn der kinderlose Haremhab zu seinem Wesir und bald darauf zu seinem Nachfolger und ebnete damit Ramesse und dessen Familie den Weg an die Spitze der Macht.

Ramesse und Haremhab kannten sich schon lange vor Haremhabs Krönung. Sie hatten zusammen im Heer von Osiris Tutanchamun und dessen Nachfolger, Osiris Eje, gedient. Trotz seiner niederen Herkunft war Haremhab schnell zu Ruhm und Ehren gelangt. Schon Tutanchamun hatte ihn in den Rang eines Größten Generals des Herrn der Beiden Länder erhoben. Sethos' Vater hingegen wurden solche Ehren vorerst nicht zuteil. Erst als Haremhab den Thron als Pharao Djoserchepeperure Setepenre bestieg, begann auch sein Stern zu leuchten.

Haremhab zögerte nicht lange und krempelte die gesamte Verwaltung um. Er besetzte die wichtigsten Posten mit ihm treu ergebenen Männern aus dem Militär, zu denen auch sein Freund Ramesse gehörte. Gleiches galt für die Besetzung der wichtigsten Ämter in den Tempeln der bedeutendsten Gottheiten. Er überarbeitete die Gesetze, ließ jene streichen, die alt und überholt waren, und erließ neue, die dem zunehmenden Amtsmissbrauch unter seinen Vorgängern ein Ende bereiten sollten. Haremhab hatte es sich zum Ziel gesetzt, die Maat, die göttliche Ordnung, wieder herzustellen. Allen tausend Göttern des Schwarzen und des Roten Landes sollte fortan erneut die ihnen zustehende Verehrung zuteilwerden. Das Andenken seiner vier Vorgänger – Echnaton, Semenchkare, Tutanchamun und Eje – löschte er dabei fast gänzlich aus.

Eine Gänsehaut kroch Sethos bei dieser Erinnerung den Rücken hinab. Er war zu jung, um sich an die Wirren von damals zu erinnern. Sein Vater hatte ihm bildhaft erzählt, wie Kemi allmählich im Chaos versunken war, nachdem der König, der die Maat in den Beiden Ländern zum Wanken gebracht hat, seinen Feldzug gegen die Götter des Schwarzen Landes zugunsten eines einzigen Gottes begonnen hatte. Unwillkürlich schlang Sethos fröstelnd die Arme um den Leib. Wie konnte ein Pharao nur so etwas tun? Wie konnte er die Götter so verschmähen, sich ihnen widersetzen, bloß um nur noch einen einzigen Gott zu akzeptieren?

»Das konnte nicht gut gehen«, murmelte er vor sich hin und schüttelte das beklemmende Gefühl ab, das sich seiner bemächtigt hatte.

Die Schiffe glitten am Tempelkomplex vorbei. Die Landschaft öffnete sich nun und bot Blick auf weite Anbauflächen, grünende Ufer mit Oleanderbüschen und Palmen sowie kleine Ansiedlungen. Das Boot der Leibgarde fuhr vorweg und achtete darauf, dass die prachtvolle Königsbarke freie Fahrt hatte.

Der Nil war die Lebens- und Hauptverkehrsader der Beiden Länder. Ihre Gewässer wurden nicht nur von unzähligen Tieren bevölkert. Immer wieder kreuzten Fahrzeuge den Weg der königlichen Barke. Es waren einfache Nachen aus Papyrusstängeln, die von den Bauern genutzt wurden; es gab die vornehmen Schiffe der Adligen, die aus edlen Hölzern gefertigt waren. Ihre Besitzer ließen es sich bei einer Bootstour gut gehen und genossen wie er die herrliche Landschaft. Hinzu kamen Lastkähne, welche Baumaterial transportierten, und die Schiffe der Händler, die von Nord nach Süd und umgekehrt ihre Waren in ganz Kemi feilboten.

Entspannt schlug Sethos die Beine übereinander, griff nach dem Bier, das ihm sein Diener in der Zwischenzeit gereicht hatte, und genoss die betörende Schönheit der Landschaft, die sich ihm bot.

Überall grünte und blühte es. Es war Mitte des *Peret*, der Jahreszeit der Aussaat, und die Luft war noch mild. Der aus dem Delta wehende Wind, den die Bewohner des Schwarzen Landes den Atem Amuns nannten, spendete erfrischende Kühle. Res Strahlen brachen sich im glitzernden Nass des Leben spendenden Flusses, der Kemi zu einem derartigen Reichtum verholfen hatte, dass die Beiden Länder seit Jahrhunderten eine Begehrlichkeit für ihre Nachbarn darstellten. Wasservögel, Krokodile, Nilpferde und Fische tummelten sich in seinen Fluten. Der Wasserstand war hoch genug, sodass sich die Schiffsführer um eventuelle Hindernisse am Grund des Flusses keine Sorgen machen mussten. Nackte Kinder sprangen ausgelassen und fröhlich im flachen Wasser umher, während ihre Mütter am Ufer die Wäsche wuschen.

Mein Land ist wunderschön, dachte Sethos. Er hob den Becher an die Lippen und nippte an der kühlen Flüssigkeit. Dabei blickte er in die Ferne, wo er auf dem rechten Ufer die Fahnenmasten und Obelisken des Min-Tempels ausmachen konnte. Koptos kam in Sicht.

Koptos war keine so große Stadt wie Theben, Memphis oder

Heliopolis, dafür aber reich und bedeutend. Der Gott Min wurde in ihren Mauern verehrt, und sie war ein wichtiger Handelsknotenpunkt, da von hier aus die kürzeste Verbindung zum Roten Meer bestand.

»Wir haben Koptos erreicht«, machte er Tuja aufmerksam, doch sie reagierte nicht.

Lautlos glitten die Barken auf die Stadt der Fruchtbarkeitsgottheit zu. Dennoch stob ein Reiher protestierend aus dem Binsendickicht im Uferbereich, den die Schiffe gerade passierten. Kurz darauf wurde Sethos klar, was den majestätischen Vogel aufgeschreckt hatte. Ein Respekt einflößendes Krokodil glitt aus dem Dickicht und tauchte im Wasser unter.

Die vorausfahrende Barke der Getreuen setzte kurz darauf zum Wendemanöver an und fuhr im weiten Bogen am Schiff des Pharaos vorbei, welches ebenfalls zur Umkehr ausholte.

Tia und Nebu hatte ihre Partie Senet unterbrochen und eilten zum Bug. Neugierig blickten sie hinüber zur Stadt.

»Nicht ganz so beeindruckend wie der Ptah-Tempel oder Opet-sut«, rief Nebu seinem Vater zu. Er sah etwas enttäuscht aus, als er sich ihm zuwandte.

Sethos nickte beipflichtend, während Tuja aus ihrem Schlaf hochschreckte.

Sie öffnete die Augen und blinzelte zu ihm auf. »Hast du was gesagt?«

Er schüttelte den Kopf. »Nein, meine Liebe. Unser Sohn findet nur, dass Mins Heiligtum nicht mit dem von Ptah oder Amun-Re zu vergleichen sei.« Er lächelte, beugte sich zu ihr hinab und strich ihr liebevoll über die Wange.

Tuja reckte sich und setzte sich auf. Dabei blickte sie sich nach ihrer Leibdienerin um und winkte die Frau zu sich heran. »Bringe mir einen Spiegel«, trug sie ihr auf.

Aschtara eilte los und kam mit einem Kästchen aus Zedernholz unter dem Arm zurück. Sie entnahm der Truhe einen blank polierten Kupferspiegel und reichte ihn der Königin. »Du siehst wunderschön aus, Majestät«, wagte sie anzumerken.

Tuja schmunzelte und betrachtete kritisch ihr Gesicht, ob die Schminke noch perfekt war. Dann gab sie Aschtara den Spiegel zurück.

»Hast du sonst noch einen Wunsch?«, erkundigte sich ihre Leibdienerin.

»Mit Wasser verdünnter Wein wäre schön. Zudem wird es Zeit für das Mittagsmahl.« Tuja wandte sich Sethos zu. »Was für ein wundervoller, fauler Tag.« Sie schmunzelte verschmitzt. »Genießen wir ihn. Ich glaube kaum, dass wir ihn in absehbarer Zeit wiederholen können.«

»Da stimme ich dir zu«, antwortete er. »Meine Zeit war schon als Mitregent meines Vaters arg begrenzt. Von nun an wird sie fast ausschließlich den Beiden Ländern gehören.« Er zog Tuja, die sich neben ihn auf einen Stuhl gesetzt hatte, näher zu sich heran. Wie gerne hätte er sie jetzt geküsst, doch solche Intimitäten in der Öffentlichkeit gehörten der Vergangenheit an.

»Welche Strafe, außer Hausarrest, hast du Ramses und Setau auferlegt?«

»Jeder hat zehn Stockhiebe erhalten, der Wachmann, der tatenlos zugesehen hat, musste fünfundzwanzig über seinen Rücken ergehen lassen. Es wird ihnen allen hoffentlich eine Lehre sein.«

Die königliche Barke hatte gewendet. Der Mastbaum wurde aufgerichtet und das viereckige Segel gehisst. Die Rudergänger freute es. Nun hatten sie nichts weiter zu tun, als zu faulenzen und die Landschaft an sich vorüberziehen zu lassen.

Nebu und Tia kehrten wieder auf ihren Platz unter dem Sonnensegel zurück und spielten weiter. Aschtara näherte sich dem königlichen Paar und reichte Tuja den gewünschten Becher mit verdünntem Wein, während die Dienerschaft auf dem Vorschiff ein schmackhaftes Mahl anrichtete. Es gab frisch gebackenes Brot vom Morgen und kalte Gänsebrust sowie Hühnchen vom gestrigen Abend. Frische Salate, Melonenstücke und Datteln rundeten das Ganze ab. Dazu wurden kühles Wasser, Bier und Wein gereicht.

»Es ist angerichtet, Majestät.« Sethos' Haushofmeister verneigte sich wenig später vor ihm und seiner Frau.

Ächzend stand Sethos auf und half Tuja auf die Beine. Seine Kinder eilten bereits auf das Vordeck und nahmen auf den bereitgelegten Kissen unter dem Sonnensegel Platz. Kaum dass er sich gesetzt hatte, stürzte sich Nebu auf ein gebratenes Stück

Huhn. Hungrig biss er hinein und schaufelte sich dazu eine Handvoll Linsen in den Mund.

Missbilligend schüttelte Tuja den Kopf. Sie griff nach einem Stück Brot und tunkte es in Soße ein, bevor sie es sich in den Mund schob. Ihre Tochter begnügte sich mit etwas Salat.

»Hast du keinen Hunger, Tia?«, erkundigte sich Sethos und griff sich eine Gänsekeule.

»Nein, Vater. Es ist zum Essen viel zu warm.« Tia bedeutete einer Dienerin, ihr ihren Becher mit Wasser zu füllen.

Sethos zuckte mit den Achseln. Es war zwar warm. Dennoch schmeckte es ihm.

Während des Essens wurde nicht viel geredet. Die steigenden Temperaturen lähmten trotz des erfrischenden Windes den Drang zum Plaudern. Vielleicht, so dachte Sethos, lag es auch am gestrigen Tag und dem Fest, das bis in den frühen Morgen gedauert hatte. Auch er fühlte sich heute müde und schlapp.

Nachdem das Mahl beendet war, begaben sich alle wieder in den hinteren Teil der Barke. Tia fragte ihren Bruder, ob sie weiterspielen wollten, doch Nebu verspürte keine Lust dazu. Er legte sich im Schutz des Sonnensegels auf eine Matte, zog die Beine an den Körper und schloss die Augen. Kurz darauf schnarchte er leise vor sich hin.

»Ich habe mir überlegt«, nahm Sethos das Gespräch mit seiner Gemahlin wieder auf, »Ramses einen persönlichen Leibwächter zur Seite zu stellen, der ein wachsames Auge auf ihn hat. Anscheinend sind die Harimswächter mit dieser Aufgabe überfordert.«

»Denkst du an einen speziellen Mann?«, erkundigte sich Tuja.

»Ja, ich wüsste einen.« Er unterdrückte ein Gähnen. Die goldene Barke des Sonnengottes hatte den Zenit überschritten. Es war früher Nachmittag. Das gute Essen hatte auch ihn schläfrig gemacht. Er streckte sich auf einer bequemen Liege unter dem Baldachin aus.

Tuja hingegen fühlte sich erholt und wollte sich unterhalten. »Verrätst du mir seinen Namen?« Sie nahm auf einem Schemel Platz.

»Hm. Nachtamun.«

alle leer. Er war der einzige Bewohner, denn seine Geschwister waren inzwischen erwachsen. Nebu hatte bereits vor zwei Jahren, kurz nach der Thronbesteigung ihres Großvaters, eine weitläufige Zimmerflucht im Männerbereich des Palastes bezogen, und Tia war nach ihrem diesjährigen Geburtstag neben den Räumlichkeiten ihrer Mutter einquartiert worden. Somit hatte er den ganzen Flügel für sich allein.

Sie verließen den Harimsbereich und passierten einen Verbindungsgang. Von dort aus ging es weiter durch verwinkelte Flure und offene, helle Laubengänge, bis sie schließlich vor einer Tür aus Zedernholz standen, hinter der sich der Arbeitsbereich des Pharaos befand. Die beiden fremdländischen Getreuen musterten ihn und den Diener aufmerksam und ließen Ramses passieren.

Sethos saß hinter einem ausladenden Tisch, der mit Papyrusrollen förmlich übersät war. Neben ihm waren zwei weitere Männer im Raum. Der eine war, so schätzte Ramses, im Alter seines Bruders und trug die Kluft eines Kriegers. Der andere Mann, eindeutig ein Schreiber, war bei Weitem älter.

»Du hast mich rufen lassen?«, hob Ramses an, nachdem er sich verneigt hatte.

»In der Tat, das habe ich.« Sethos' Blick glitt einmal an ihm herunter und wieder hinauf. Sein Gesichtsausdruck verhieß dabei nichts Gutes. »Wie trittst du mir unter die Augen?«, schnarrte er.

Ramses spürte, wie ihm die Schamesröte in die Wangen schoss; er sagte aber kein Wort.

»Du läufst herum wie ein verwahrloster Straßenjunge. Deine Jugendlocke hängt dir ungekämmt und wild auf die Schulter herab. Dein Schurz ist verknittert und beschmutzt. In deinen Mundwinkeln kann ich erkennen, dass du eine klebrige Süßspeise gegessen hast. Du siehst dreckiger aus als ein Bauernkind!« Der Blick seines Vaters bohrte sich in ihn. »Du bist mein Sohn, der Sohn des Pharaos. Was sollen die Leute denken, wenn sie dich so sehen?«

Verstohlen feuchtete Ramses erst den einen, dann den anderen Mundwinkel an. Es schmeckte in der Tat nach Honig. Anschließend wischte er sich mit der Hand über die Lippen. »Verzeih, Vater, Majestät.« Gerne hätte er ihn noch darauf aufmerksam gemacht, dass ihn niemand hätte sehen können. Immerhin langweilte er sich seit geschlagenen vier Tagen in seinem Zimmer fast zu Tode. Das verkniff er sich jedoch. Er wollte seinen Vater nicht noch mehr erzürnen.

»Ich habe dich rufen lassen«, fuhr Sethos fort, »weil ich es für an der Zeit finde, dass ich dir einen persönlichen Leibwächter zur Seite stelle. Sein Name ist Nachtamun.« Der jüngere der beiden Männer neigte zackig den Kopf vor Ramses. »Er untersteht meinem Befehl. Es ist ihm freigestellt, weitere Männer zu rekrutieren, die fortan für deine Sicherheit sorgen werden.«

Und auch dafür, dass ich keinen Unsinn treibe, grollte Ramses still. Es war ihm bewusst, dass diese Entscheidung mit dem Streich zu tun hatte, den er und Setau Anat gespielt hatten.

»Des Weiteren wird Ani dir als dein persönlicher Schreiber zur Verfügung stehen.« Sethos nickte in die Richtung des Beamten. »Wenn du zum Mann gereift bist, kannst du selbst entscheiden, ob er dir auch weiterhin dienen soll. Das gilt ebenfalls für Nachtamun.«

»Ja, Vater, Majestät, wie du wünschst.« Ramses verneigte sich steif.

»Übermorgen kehre ich in den Norden zurück«, teilte Sethos ihm mit. »Dein Arrest ist dann aufgehoben. Du darfst dich zurückziehen, mein Sohn.«

Enttäuscht machte Ramses kehrt und verließ das Arbeitszimmer seines Vaters. Er hatte gehofft, dass Sethos ihm verziehen habe. Stattdessen hatte er ihm einen Bewacher an die Seite gestellt, der nicht älter war als sein Bruder.

***

Als Ramses aus dem Arbeitsbereich seines Vaters trat, warteten bereits mehrere hohe Beamte darauf, eingelassen zu werden. Sethos hatte sie gerufen, um ihnen letzte Anweisungen vor der Abreise in den Norden zu erteilen.

»Es ist während der Trauerzeit an den Grenzen erfreulicherweise ruhig geblieben«, kam er sofort zur Sache. »Dennoch kam mir zu Ohren, dass es immer wieder zu Übergriffen auf dem

Horusweg kommt. Die Händler fühlen sich nicht mehr sicher. Das kann und werde ich nicht hinnehmen. In den vergangenen Monaten wurden ständig Karawanen von diesen Gesetzlosen überfallen und ausgeraubt. Zudem habe ich erfahren, dass der Rädelsführer ein Mann des Schwarzen Landes sein soll. Das entfacht meinen königlichen Zorn.«

Entsetzt hielten die Beamten die Luft an. Einige nickten verständnisvoll. Allein der Umstand, dass der friedliche Handel zwischen den Ländern gefährdet war, konnte nicht hingenommen werden. Dass es sich bei dem Anführer dieser Banditen um einen Landsmann handeln sollte, brachte den Krug zum Überlaufen.

»Ist sein Name bekannt?«, fragte Aschahebu, der neben anderen Aufgaben bei Hof den Rang eines Generals bekleidete.

»Nein. Er ist wie ein Schatten, taucht auf aus dem Nichts und verschwindet unerkannt mit seiner Beute. Aber ich werde ihn fassen und bestrafen.« Sethos' Miene verriet unbeugsame Entschlossenheit. »Ruft die Truppen zusammen«, wandte er sich an Aschahebu und Mehi. »In einem Monat müssen die drei Divisionen abmarschbereit sein.«

»Die drei Divisionen?«, fragte einer der Beamten verwirrt dazwischen und errötete über seine Taktlosigkeit, dem Pharao ins Wort gefallen zu sein.

Sethos überging seinen Fehltritt. Stattdessen erklärte er: »Ich habe in den vergangenen Tagen den Entschluss gefasst, das bestehende Heer in drei Truppenteile zu untergliedern.« Bis auf Mehi, Aschahebu und den Wesir schauten die übrigen Männer verdutzt drein. »Jede Division wird aus fünftausend Soldaten bestehen«, fuhr Sethos fort. »Ich stelle sie unter den Schutz der drei mächtigsten Götter der Beiden Länder: Amun, Re und Ptah. Mehi wird das Regiment des Amun kommandieren, Aschahebu übertrage ich die Führung der Ptah-Division und dir, Urhije«, er nickte einem Mann Mitte zwanzig zu, »das des Re.«

Der Hurriter war sprachlos. Dankbar verneigte er sich vor seinem Herrn. »Majestät, ich bin überwältigt von der Ehre, die du mir zuteilwerden lässt, und weiß gar nicht, was ich sagen soll.«

»Dann schweig.« Sethos schmunzelte zufrieden. »Und nun geht und führt meine Befehle aus.«

Kaum dass sich die Tür hinter dem letzten Beamten geschlossen hatte, wurde sie erneut geöffnet. Ein Mann Anfang zwanzig trat in den Raum.

»Was gibt es, Paser?«

»Deine Tochter, Prinzessin Tia, wünscht, dich zu sprechen, Majestät.«

Sethos lächelte. »Bitte sie herein.«

Paser zog sich zurück, und Tia betrat das Arbeitszimmer ihres Vaters.

»Was kann ich für dich tun, meine Tochter?« Sethos stand auf und ging auf die Dreizehnjährige zu, um sie zu umarmen und ihr einen liebevollen Kuss auf die Stirn zu geben. Dabei entging ihm nicht, dass sie etwas bedrückte. Er gab sie aus seinen Armen wieder frei und gewährte ihr die Zeit, die sie benötigte, um ihm ihr Herz zu öffnen.

Verzagt trat Tia von einem Fuß auf den anderen. »Es geht um Teti«, hob sie schließlich zaghaft an, hielt den Blick aber auch weiterhin gesenkt.

»Was ist mit ihm?« Sethos ahnte, worauf seine Tochter hinauswollte.

Teti und Tia waren einander seit Jahren versprochen. Niemand hatte zum damaligen Zeitpunkt vorhersehen können, dass Ramesse und er die Doppelkrone tragen werden. Traditionsgemäß wurde eine Prinzessin nie mit einem gewöhnlichen Mann vermählt, selbst wenn dieser aus den höchsten Beamtenkreisen stammte. Nicht einmal ein fremdländischer König wäre für eine kemitische Prinzessin standesgemäß, denn sie trug in sich das Blut des Gottes und gab es an die männlichen Nachkommen weiter. Tia hatte aber nicht als königliche Tochter das Licht der Welt erblickt. Deshalb galt es, schnell zu handeln. Seine Krönung lag erst ein paar Tage zurück. Eigentlich war es bereits zu spät, doch er konnte das Herz seiner Tochter nicht brechen. Sie und Teti liebten einander so sehr.

Ramesse war völlig überraschend gestorben. Sicher, er war alt; dennoch hätte er auch gut und gern noch ein paar Monate oder Jahre leben können. Sethos hatte seiner Tochter ein paar Tage vor Ramesses Tod die Locke der Jugend abgeschert; von da an war sie erwachsen gewesen und hätte vermählt werden dürfen. Und Sethos hätte schon bald den beiden Verliebten erlaubt, zusammen unter ein Dach zu ziehen, wäre der Pharao nicht plötzlich gestorben und eine Hochzeit während der Zeit der Trauer unangemessen gewesen.

Verzweifelt und mitleidig sah er sie an.

»Die Leute tuscheln, dass du es mir verbieten wirst, ihn zum Gemahl zu nehmen«, sprach sie seine Gedanken aus. »Aber wir lieben uns, Vater.« Sie hob den Blick und sah ihn flehend an. »Das darfst du uns nicht antun. Wäre Großvater ein paar Monate später zu den Göttern befohlen worden, wären Teti und ich bereits zusammengezogen.«

Sethos zerriss es beinahe das Herz. Er musste es tun. Die Götter würden vielleicht Verständnis für sein Handeln aufbringen können, und wenn nicht, würde er ihre Strafe geduldig über sich ergehen lassen.

Er nahm sie erneut in die Arme und drückte sie an sich. »Das werde ich auch nicht, Tia. Ich beauftrage Paser, alles sofort zu veranlassen. Noch heute zieht ihr zusammen und seid somit vermählt. Ich schenke euch meine Sommerresidenz, die ich in der Nähe von Memphis besitze. Ich brauche sie nicht mehr. Sie soll dir und deinem Gemahl gehören. Sage Teti, dass er sich bereithalten soll. Ein Diener wird ihn heute in der elften Stunde des Tages abholen. Bis dahin muss seine Habe, die er auf dieser Reise mit sich führt, gepackt sein. Da wir uns in Theben befinden, zieht er mit dir in eine weitläufige Zimmerflucht im Nordflügel des Palastes ein. Weiterhin werden seine Eltern heute Nachmittag von Paser Besuch erhalten, um den Ehevertrag bis zur Vollendung der elften Stunde auszuhandeln. Zum Glück hatte ich diesen bereits vor ein paar Monaten aufgesetzt. Ich denke, weder Tetis Vater noch seine Mutter werden etwas gegen ihn einzuwenden haben.«

Tränen der Freude und des Glücks schimmerten in Tias Augen, als sie zu ihm aufsah. »Danke, Vater. Ich habe dich so lieb.«

5. Kapitel

Geh nach Hause, stinkender Nildreck!

Gut einen Monat später glich das Umland von Heliopolis einem Heerlager. Mehr als fünfzehntausend Soldaten warteten darauf, dass ihr Pharao sie in die kargen Regionen der nördlichen Nachbarn führte. Hinzu kamen Heilkundige, Priester und Schreiber, Bäcker, Köche, Waffenschmiede und Diener. Alles in allem umfasste das Heer um die zwanzigtausend Menschen.

Am Tage des Aufbruchs erschien Sethos in den Strahlen der zum Zenit hinaufstrebenden Sonnenbarke. Er hatte die blaue Chepresch-Krone aufgesetzt und trug dazu einen kunstvoll verzierten Waffenrock. Neben ihm stand Nebu auf der Plattform des Streitwagens, den er zum Oberbefehlshaber der Truppen ernannt hatte. Das war ein Ehrentitel. Sethos wusste, dass sein Sohn keinerlei Erfahrungen in der Kriegsführung besaß. Die Leitung der Strafexpedition lag auch weiterhin in seinen und in den Händen des Wesirs.

Die Bewohner Heliopolis' und des Umlands hatten sich zahlreich eingefunden, um ihn und seinen Ältesten aus der Nähe zu sehen und ihnen gutes Gelingen zu wünschen. Sie jubelten und lobpreisten ihn und Nebu. Frisch gepflückte Blumen wurden auf den Weg geworfen. Die Stimmung glich eher einem ausgelassenen Fest als dem Aufbruch eines Heeres zu einer Strafexpedition.

»Da sind Mutter, Ramses, Tia und Teti«, machte Nebu ihn aufmerksam und nickte in die entsprechende Richtung.

»Ich weiß«, gab Sethos einsilbig zurück. Vor gerade einmal zwei Tagen hatte der Hauptkonvoi Heliopolis erreicht. Er hingegen weilte bereits seit einer Woche in der Stadt des Re. Zusammen mit seinem Ältesten und seinen obersten Beamten hatte er den Weg von Theben in den Norden auf Schnellseglern zurückgelegt.

»Ramses wäre auch so gern mitgekommen«, fügte sein Sohn hinzu.

»Auch das ist mir bekannt.« Sethos seufzte leise. Ihm entging nicht der mitleidige Blick, den Nebu seinem Bruder schenkte, doch auch ihm sollte klar sein, dass ein Zehnjähriger nichts bei einer Strafexpedition verloren hatte. Das hatte Sethos auch Ramses mehr als einmal zu verstehen gegeben. Tags zuvor war sein Jüngster ein letztes Mal an ihn herangetreten, und er hatte sein Ansinnen wiederholt strikt abgelehnt.

Die Soldaten und Söldner bildeten eine Gasse, um Platz für ihren Streitwagen und den der sie begleitenden Leibwache zu machen. Priester sprachen Gebete und verbrannten Weihrauch, während die Sistren der Hathor-Priesterinnen die heilige Zeremonie untermalten.

Sethos sog die frische Morgenluft tief in seine Lungen ein. Seine erste Bewährungsprobe als Herr der Beiden Länder stand kurz bevor.

***

Nach dem Aufbruch der Truppenverbände marschierte Sethos mit ihnen unverzüglich zum Grenzposten Sile und griff in die Zwistigkeiten ein. Die Wüstenkrieger, die seine Entschlossenheit gänzlich unterschätzt hatten, wurden schnell eines Besseren belehrt. Unmissverständlich erinnerte er sie daran, dass mit Kemis Herrschern nicht zu spaßen war, wenn es um die Sicherheit der Beiden Länder und des Handels ging. Es waren kurze und zum Teil völlig unblutige Gefechte, da die Wüstenmänner schon beim Anblick der drei mächtigen Divisionen schnell ihr Mut verließ, sodass sie kampflos ihre Waffen streckten. Des Mannes aber, der für all die brutalen Übergriffe verantwortlich war, konnte Sethos nicht habhaft werden. Erst bei einem der letzten Scharmützel gelang es schließlich, einen Krieger festzunehmen, der eindeutig zum Führungsstab des Gesuchten gehörte.

»Sprich!«, forderte Urhije, welcher der Sprache der Wüstenvölker mächtig war, den Mann auf. »Wer ist euer Anführer?«

Anstatt einer Antwort spuckte der an Armen und Beinen zwischen zwei Pfählen Gefesselte dem General verächtlich vor die Füße.

»Ich kann es auch aus dir herausprügeln lassen«, drohte Urhije. Grimmig gab er einem der Soldaten, die im Halbkreis um den Gefangenen standen, ein Zeichen. Der Mann trat vor und ließ eine biegsame Rute auf dem Rücken des Gefangenen tanzen.

Der Wüstenmann schwieg. Erst als sein Rücken grün und blau geschlagen und von blutenden Striemen überzogen war, öffnete er den Mund. »Sein Name ist Schakal«, keuchte er.

»Ich will seinen richtigen Namen wissen!«, donnerte Urhije und gab dem Soldaten ein Zeichen, mit den Stockhieben fortzufahren.

»Ich kenne seinen richtigen Namen nicht.«

Der Tonfall des Gefangenen glich inzwischen einem Winseln. Die Hiebe zeigten Wirkung. Dennoch nickte Urhije dem Soldaten aufmunternd zu. Die Rute gab ein zischendes Geräusch von sich und landete klatschend auf dem geschundenen Rücken des Banditen.

Der Mann stöhnte auf. »Bitte, Herr, ich spreche die Wahrheit. Er hat uns nie seinen wahren Namen verraten. Er wurde von allen nur Schakal genannt. Er stammt aus Kemi. Zumindest hat er es uns so erzählt«, sprudelten die Antworten aus ihm heraus. »Er hat immer damit geprahlt, unter dem Pharao Haremhab als Befehlshaber seinen Dienst versehen zu haben.«

»Und das hat euch nicht stutzig gemacht?«

»Doch«, bestätigte der Wüstenmann. »Schakal erzählte uns, dass er nie dazu gekommen sei, seine Fähigkeiten unter Beweis zu stellen. Er hätte sich gelangweilt. Stets sei er nur als Begleitschutz von Händlerkarawanen oder bei Expeditionen zu entlegenen Steinbrüchen eingesetzt worden, anstatt wie ein Krieger zu kämpfen, so berichtete er uns.«

»Und da ist er zu euch gekommen und hat eine Bande aus Räubern um sich geschart.« Urhije war sichtlich verärgert.

Der Gefangene nickte stumm.

»Ist dir bekannt, wohin er geflohen ist?«

»Ich denke, in sein Versteck.«

»Geht es ein wenig genauer?« Urhije gab dem Soldaten, der mit der Rute in der Hand noch immer hinter dem Gefangenen stand, ein unmissverständliches Zeichen.

»Warte, Herr, halte ein«, bettelte der Wüstenmann. »Ich habe einmal gehört, dass er ein Anwesen in Gaza besitzen soll. Ob das der Wahrheit entspricht, weiß ich nicht.«

Urhije beließ es dabei. Aus dem Gefangenen war nicht mehr herauszuholen. Zwar hatte er nicht viel erfahren, doch zumindest einen Decknamen und ein mögliches Versteck dieses Verbrechers. Sofort begab er sich mit diesen Informationen zum Pharao, um sie ihm mitzuteilen.

***

»Dieser Verräter!«, knurrte Mehi erbost, nachdem Urhije ihm, dem Pharao sowie General Aschahebu über das Verhör Bericht erstattet hatte. Er warf Sethos einen flammenden Blick aus seinen dick mit Kohol umrandeten Augen zu. »Wie kann ein Soldat Seiner Majestät nur so tief sinken?«

»Wenn es denn stimmt, dass er unter Osiris Haremhab gedient hat«, gab Aschahebu zu bedenken.

»Warum sollte der Gefangene in diesem Punkt lügen?« Fragend zog Mehi die Augenbrauen in die Höhe und musterte Aschahebu.

Sowohl er als auch Aschahebu genossen das uneingeschränkte Vertrauen des Pharaos. Mehi vielleicht ein wenig mehr als der raubeinige General. Es lag wohl daran, dass Sethos und Mehi sich schon seit ihrer Kinderzeit kannten. Beide waren in Hutwaret geboren, hatten dieselbe Schule besucht und ihren Militärdienst in derselben Kaserne in Memphis begonnen. Mehis Vater war unter Haremhab zum Königlichen Schreiber aufgestiegen, Sethos' Vater hingegen war zum Kronprinzen ernannt worden und hatte sich auf den Thron der Beiden Länder gesetzt.

»Ich werde unverzüglich nach Gaza marschieren«, beschloss Sethos ohne Umschweife. »Die Stadt ist seit Langem von Kemi abtrünnig und liebäugelt mit dem elendigen Hatti. Der Stadthalter wird mir seine Treue schwören und mir diesen Verräter ausliefern müssen, wenn er sich nicht mit meiner Streitmacht anlegen will. Nicht einmal Muwatalli kann ihm jetzt noch helfen. Der Großkönig der Hethiter sitzt weit entfernt in Hattusa, in seiner kalten, zerklüfteten Felsenstadt.« Bei den letzten Worten huschte ein Schmunzeln über sein Ehrfurcht gebietendes Gesicht.

Argwöhnisch registrierte Mehi diese Gefühlsregung. »Wie weit gedenkst du, bei deinem Feldzug in den Norden vorzudringen?«, erkundigte er sich vorsichtig. Es war nicht unbedingt ratsam, das Hethiterreich zu reizen. Sie waren ein kriegerisches Volk und besaßen Furcht einflößende Streitwagen. Auch bestanden ihre Waffen aus Eisen, einem weitaus härteren Metall als Kupfer, das in den Beiden Ländern nicht vorrätig und deshalb sehr begehrt war.

Nachdenklich kratzte sich Sethos an der Augenbraue. »Wenn ich Gaza eingenommen und den Mann abgeurteilt habe, werde ich mit dem Heer über Kanaan nach Kemi zurückkehren.« Er schmunzelte, denn er schien zu ahnen, warum Mehi ihn danach gefragt hatte. »Ich gedenke nicht, mich mit Muwatalli zu messen«, zerstreute er dessen unausgesprochenen Befürchtungen. »Habe ich Gaza genommen und mich der Loyalität seiner Stadtältesten versichert, kehre ich nach Kemi zurück. Die Maat ist dann in den östlichen Landstrichen wiederhergestellt.«

Erleichtert atmete nicht nur Mehi auf.

***

Am nächsten Morgen setzte sich das Heer in Bewegung und erreichte nach einem Eilmarsch von zehn Tagen die Stadt Gaza.

Als die Wachen auf den Mauern der Streitmacht des Pharaos ansichtig wurden, verrammelten sie eiligst die Tore und informierten den Stadthalter. Die Nachricht über den Aufmarsch der kemitischen Regimenter verbreitete sich derweil wie ein Lauffeuer in den Straßen der Stadt. Die Menschen ließen ihre Arbeit liegen und strömten auf die Mauern, um sich mit eigenen Augen von ihrem Wahrheitsgehalt zu überzeugen.

Auch der Stadthalter eilte zusammen mit seinen obersten Beratern herbei. Prustend erklomm er die Stufen, die hinauf zum Wehrgang führten, und sah mit Entsetzen auf das gewaltige Heer hinab. Tausende von Soldaten waren im Begriff, außer Reichweite seiner Bogenschützen ein Lager zu errichten. Allem Anschein nach planten die Kemiter einen längeren Aufenthalt. Bei dieser Erkenntnis wurde ihm speiübel. Was sollte er nur tun?

Plötzlich löste sich ein Streitwagen aus der Menge und kam auf den Befestigungsring zugerollt. Der Wagenlenker trug einen weißen Schurz und ein weißes Hemd, das von einem ledernen Brustpanzer überdeckt wurde. Der Mann neben ihm war ebenfalls in edles, weißes Leinen gekleidet. Jedoch war sein knielanges Lederhemd über und über mit Goldplättchen verziert und glänzte so stark in der Sonne, dass der Stadtoberste geblendet die Augen zusammenkniff.

»Das muss der Pharao sein«, hauchte er, und die Knie wurden ihm weich. Sethos stand hocherhobenen Hauptes auf der Plattform des Kriegsgefährts und schien ihm geradewegs in die Augen zu starren. Verängstigt seufzte der Mann. Was wollte der Pharao nur hier? Wollte er seine Stadt einnehmen?

Verunsichert wandte er sich seinen Beratern zu, in deren Gesichtern er auch nur Furcht und Ratlosigkeit erkannte.

***

Sethos hatte die blaue Krone aufgesetzt, an deren Vorderseite sich die heilige Schlange und der heilige Geier aufbäumten. Beide schienen bereit, jeden zu vernichten, der sich ihm mit bösen Absichten zu nähern wagte. Seine Gesichtszüge waren maskenartig erstarrt, seine Augen auf die gewaltigen Mauern der Stadt gerichtet. Er hatte seinen Obersten Herold genau instruiert. Bevor er die Waffen sprechen lassen wollte, wollte er es mit Diplomatie versuchen.

»Hört, hört!«, ertönte die kraftvolle Stimme des Beamten neben ihm. »Ihr Bürger von Gaza, hört, was der Herr der Beiden Länder, der von der Biene und der von der Binse, Seine Majestät Menmaatre Sethos, der Geliebte des Ptah, dem es gewährt sein möge, wie sein göttlicher Vater Amun-Re ewig zu leben, euch zu sagen hat.«

Es folgte eine Pause. Der Oberste Herold hielt die Zügel fest in den Händen und schielte aus den Augenwinkeln zum Pharao. Dabei gab er Acht, dass er den Mauern der Stadt nicht zu nahe kam, damit kein Pfeil sie treffen konnte. Auf ein leichtes Nicken seines Herrn hin, fuhr er fort: »Der Mächtige Horus ist gekommen, um euer Treuegelöbnis entgegenzunehmen und einen Aufrührer und Verbrecher dingfest zu machen und zu bestrafen. Es wird euch nichts geschehen, wenn ihr gehorcht. Seine Majestät Menmaatre Sethos ist gnädig und großzügig zu denen, die sich ihm gegenüber treu und gehorsam verhalten. Die Falschen und Wortbrüchigen aber, die bestraft er hart und dennoch gerecht.«

Gemurmel wurde auf der Mauer hörbar. Vereinzelt war ein Auflachen zu vernehmen.

»Geh nach Hause, stinkender Nildreck!«, wehte ein Ruf zu Sethos und seinem Herold hinab. Ihm folgte ein Pfeifkonzert zusammen mit belustigtem Gejohle.

Sethos verzog keine Miene. Er ließ sich nicht reizen. Trotzdem entging ihm nicht, dass der Beamte entsetzt den Kopf einzog und verstohlen zu ihm lugte. »Ganz ruhig«, ermahnte er ihn, ohne beim Sprechen groß die Lippen zu bewegen. »Sie sind unbelehrbar. Wiederhole die Botschaft am Stadttor im Osten!«

Das Gefährt setzte sich in Bewegung und fuhr gemächlich um die Mauer zum Osttor, doch auch dort fanden die Worte kein Gehör.

Ich hätte niemals angenommen, dass sie so stur sind, dachte Sethos grollend. Wollen sie in der Tat eine Belagerung in Kauf nehmen? Das hätte ihm nicht gepasst. Er war davon ausgegangen, allein der Anblick der drei Divisionen sei ausreichend genug, um die Stadtobersten zum Einlenken zu bewegen. Da hatte er sich wohl getäuscht.

»Majestät, da.« Der Herold riss ihn aus seinen Gedanken. Mit einer Kopfbewegung wies er auf eine sich schnell nähernde Staubwolke, aus der sich ein Streitwagen löste und auf sie zugerast kam. Kurz vor Sethos' Wagen hielt das Gefährt. Ein Offizier sprang von der Plattform und beugte vor ihm das Knie.

»Was gibt es?«, fragte Sethos.

»Majestät, General Mehi schickt mich, dir mitzuteilen, dass

sich das Tor im Süden geöffnet hat. Eine Abordnung der Stadt bewegt sich auf das Lager zu. An ihrer Spitze befindet sich der Stadthalter von Gaza.«

»Na, also«, meinte Sethos zufrieden. Er gab dem Herold ein Zeichen, das Gefährt zu wenden und zum Lager zurückzukehren.

***

Als Sethos sich seinem Zelt näherte, sah er bereits die Stadtältesten, von seinen Gefolgsmännern streng bewacht. Nachdem sie seiner gewahr wurden, sanken sie auf die Knie und neigten ehrfürchtig die Köpfe.

Hoheitsvoll stieg Sethos vom Wagen und schritt langsam an der Reihe der gebeugte Rücken vorbei. Dann baute er sich breitbeinig vor ihnen auf und verschränkte die Arme vor der Brust. »Wer von euch ist das Oberhaupt dieser Stadt?«, fragte er auf Akkadisch, der Sprache der Diplomaten. Er gab ein Zeichen, dass sich die Männer erheben durften.

»Ich, Majestät«, vernahm er die unterwürfige Stimme eines kleinen, beleibten Mannes. Dieser trat zwei Schritte aus der Reihe auf ihn zu.

»Warum werde ich so unfreundlich empfangen?«, erkundigte sich Sethos barsch. Sein Ton verfehlte nicht seine Wirkung, denn der Stadthalter duckte sich.

»Bitte, vergib diesen Unbelehrbaren«, bat er verängstigt. »Sie sprechen weder für mich noch für die Würdenträger hier.« Mit einer ausladenden Handbewegung wies er auf die hinter ihm ausharrenden Edelleute. »Ihre Äußerungen entsprechen auch nicht den Gefühlen der Einwohner meiner schönen Stadt, die du hoffentlich nicht zu zerstören gedenkst. Sie empfinden keinerlei Verachtung für die Menschen und das Land am Nil.«

»Den Unbelehrbaren?«, gab Sethos knurrend zurück. »Ich würde eher sagen, den Undankbaren! Hat sich der Pharao nicht immer um euch gekümmert? Hat sein starker Arm euch nicht stets gegen eure Feinde beschützt? Warum also zeigt ihr euch so undankbar und bändelt mit dem Feind an?«

Der Stadthalter schluckte verzweifelt. »Vergib uns, Herr über

Leben und Tod, Sohn der Sonne, Geliebter des Ptah. Wie soll ich es ausdrücken? – Wir haben schon lange nichts mehr vom Herrn der Beiden Länder gehört oder gesehen.« Verständnis heischend wagte er, zu Sethos zu blicken, den er mit seinen Worten weder überzeugen noch besänftigen konnte.

»Und deshalb seid ihr sogleich zu dem Elendigen aus Hatti gerannt und habt um seinen Schutz gefleht?« Wütend wanderte Sethos' Blick zwischen dem Stadthalter und dessen obersten Beratern hin und her. Was bildeten sich diese Männer nur ein? Wollten sie ihn für dumm verkaufen? Dachten sie allen Ernstes, ihm wäre nicht bekannt, dass sie schon recht lange wortbrüchig waren und Muwatallis Speichel leckten? »Hat Osiris Haremhab und auch mein Vater, der zu Osiris gewordene Menpehtire Ramses, sich nicht stets um euch gekümmert?«, donnerte er.

»Ja, schon ...«, wimmerte der beleibte Mann, »doch da hatten wir uns bereits mit dem Elendigen aus Hatti ...« Ohne den Satz zu beenden, senkte das Stadtoberhaupt wieder den Blick auf seinen prallen Bauch.

»Verbrüdert?« Zumindest gaben sie ihren Treuebruch offen zu.

Beschämt nickte der Mann. »Vergib uns, Majestät. Nachdem Osiris Echnaton und seine Nachfolger unser Flehen um Beistand nicht erhört hatten ...«

Weiter ließ Sethos den Stadtältesten nicht kommen. Erbost fuhr er ihm ins Wort: »Schweig! Erwähne nie wieder den Namen des Königs, der die Maat in den Beiden Ländern zum Wanken gebracht hat, indem er den Göttern den ihnen zustehenden Respekt und Gehorsam verweigerte.«

Seine hellbraunen Augen bohrten sich in den fetten Leib des Stadthalters, der vor Schreck erstarrte und nicht wusste, wie er seinen fatalen Fehler wiedergutmachen sollte. Verängstigt schnappte er nach Luft, hob zu einer Antwort an, doch kein Laut kam aus seinem Mund. Schließlich entschied er sich für Demut. Reumütig beugte er die Knie und lag erneut vor Sethos im Staub.

Abschätzend musterte Sethos ihn, bevor er sagte: »Schwöre, Stadthalter von Gaza, schwöre mir zusammen mit deinen Männern hier und jetzt deine Treue, und ich vergebe dir und der Stadt. Doch solltest du oder einer deiner Berater erneut wortbrüchig werden, rollt dein Kopf. Hast du das verstanden?«

Der Stadtoberste nickte eifrig und gelobte ohne Umschweife Treue und Gehorsam.

»Und nun liefere mir den Mann aus, den man den Schakal nennt!«, befahl Sethos barsch.

»Den man den Schakal nennt, Majestät?« Überrascht sah der Dicke zu ihm auf. »Mir ist niemand mit einem solchen Namen bekannt.«

»Und euch?« Fragend wanderte Sethos' Blick zu den anderen Männern, die sich ratlos ansahen und verneinten. Einzig ein junger Mann trat unbehaglich von einem Fuß auf den anderen. Sethos entging das nicht. Er stellte eine verblüffende Ähnlichkeit zwischen dem Jüngling und dem Stadtoberhaupt fest. Es musste einer seiner Söhne sein. »Was ist mit dir? Kennst du diesen Kerl?«

Unschlüssig zuckte der Angesprochene mit den Schultern. Schweißtröpfchen bildeten sich auf seinem Gesicht, das die Farbe eines Granatapfels angenommen hatte. »Ich ... ich weiß nicht, Ma...Ma...Majestät«, stotterte er vor Aufregung. »Ich habe einmal gehört, wie einer der angesehensten Bürger Gazas von einem anderen Mann so angeredet wurde. Er reagierte ziemlich ungehalten darauf. Fast erschien es mir, als ob niemand diesen Namen hören dürfe. Ich hielt es für einen Scherz.« Verlegen sah der Jüngling, der kaum älter als sechzehn Jahre war, auf seine Fußspitzen und wagte nicht, den Blick zu heben.

Sein Vater hingegen war einer Ohnmacht nahe und starrte ihn mit weit aufgerissenem Mund an. »Was sagst du da? Hast du den Verstand verloren? Willst du behaupten, dass sich in den Mauern meiner schönen Stadt ein gemeiner Verbrecher und Aufrührer aufhält, der dazu noch ein angesehener Mann sein soll?«

Betreten seufzte der Sohn und bestätigte die Worte des Vaters mit einem zaghaften Nicken.

»Rede weiter!«, befahl Sethos an den jungen Mann gewandt. Er wusste anscheinend noch mehr.

»Sein Name ist Djehuti, o großer Pharao, Majestät. Er ist ein sehr wohlhabender Händler aus den Beiden Ländern, der durch Fleiß ein Vermögen angehäuft hat.«

»Durch Fleiß?« Sethos schnaubte verächtlich. »Wie mir bekannt ist, hat er sich dieses Vermögen durch Raub und Mord auf der Handelsstraße zwischen dem Delta und den Fremdländern angeeignet«, blaffte er.

Der Stadthalter wurde bleich und stöhnte bei seinen Worten auf. Dann schlug er die Hände vors Gesicht und begann, herzergreifend zu lamentieren. »O ihr Götter, warum straft ihr mich nur so hart? Was habe ich getan, dass ich das Herz meines guten Herrn, des Pharaos, der schützend die Hand über mich und diese Stadt hält, derart in Trauer stürzen muss? Was soll er nur von mir denken, nun, da er hört, dass sich – allerdings ohne mein Wissen! – ein solch verdorbener Mensch in den Mauern meiner schönen Stadt aufhält? Und ich, des Pharaos treuer und ergebener Diener, war blind und habe es nicht bemerkt.« Er schluchzte verzagt und streckte die Arme zum Himmel empor. »Bitte, ihr Götter, warum tut ihr meinem guten Herrn und mir das nur an?«

»Genug des Selbstmitleids!«, fuhr Sethos aufgebracht dazwischen. »Zeige lieber meinem General, wo dieser Mann sein Zuhause hat, damit er ihn gefangen nehmen und ich ihn aburteilen kann!« Er gab dem hinter ihm stehenden Mehi ein Zeichen. Dieser winkte einen Hauptmann und dessen Soldaten zu sich, und zusammen mit den Stadtältesten marschierten sie kurz darauf in Richtung des südlichen Tors.

Nachdem alle fort waren, wandte sich Sethos seinem Sohn zu, der die ganze Zeit schweigend zugehört hatte. »Nun, Nebu, was hast du daraus gelernt?«

»Dass man niemandem trauen kann, Vater, Majestät«, erwiderte der Prinz mit ernster Miene.

»Das ist richtig, mein Sohn. Doch du hast auch gelernt, dass der Pharao Gnade walten lässt und nicht jedes Vergehen bestraft. Stattdessen kann er den vom Wege der Maat Abgekommenen durch Milde zu Demut und Gehorsam führen.«

»Ja, Vater.« Nachdenklich kräuselte sich Nebus Stirn. »Woher willst du aber wissen, ob dieser Mann nicht wieder wortbrüchig wird, kaum dass du ihm den Rücken zugewandt hast?«

»Mit dieser Frage hast du recht, Nebu. Das weiß ich nicht. Doch der Stadthalter weiß, was ihm widerfährt, sollte er so handeln.«

»Und was gedenkt Deine Majestät mit diesem Djehuti zu tun, wenn Mehi seiner habhaft wird?«

»Was würdest du an meiner Stelle tun?« Fragend ruhte Sethos' Falkenblick auf seinem älteren Sohn, der von der Mutter die gerade Nase und die dunkelbraunen Augen vererbt bekommen hatte. »Würdest du gegen ihn Milde walten lassen, oder würdest du ihn bestrafen für das, was er getan hat?«

Nebu seufzte und dachte nach. Nach einer Weile meinte er: »Ich denke, Vater, ich würde ihm die härteste Strafe auferlegen, denn er hat anderen Menschen Schaden zugefügt. Er hat sie beraubt und ihnen das Leben genommen. Bei solchen Verbrechen kann man keine Milde walten lassen.« Er kratzte sich unter seinem Stirnreif mit der kleinen Kobra. »Wenn ich du wäre, würde ich ihn mit dem Tode bestrafen. Ich würde ihm das Leben nehmen, so wie er es aus Gier vielen unschuldigen Menschen genommen hat. Sollen die Götter in der Halle der Wahrheit über ihn richten. Sein Herz wiegt so oder so schwerer als die Feder der Göttin Maat.«

Sethos schmunzelte zufrieden. »Du hast klug und weise gesprochen. Deine Worte sind gut durchdacht. Du hast mir damit bewiesen, dass aus dir einmal ein gerechter Pharao werden wird, wenn meine Zeit gekommen ist, in den Schoß der Götter zurückzukehren. Doch nun, Nebu, müssen wir abwarten, ob Mehi diesen Schurken gefangen nimmt.«

6. Kapitel

Der Schakal und die Dienerin

Als Mehi zusammen mit den Soldaten das prächtige Haus des Djehuti stürmte, hatte dieser bereits das Weite gesucht. »Durchsucht jeden Winkel! Treibt alle zusammen, die ihr finden könnt!«, befahl der General barsch. »Und du«, wandte er sich an den Befehlshaber des Trupps, »nimmst die Hälfte der Männer und durchkämmst die Stadt. Die Tore sind seit unserer Ankunft fest verschlossen. Sollte sich dieser Kerl in Gaza aufgehalten haben, sitzt er in der Falle. Finde ihn!«

Der Mann verneigte sich zackig, brüllte ein paar Befehle und machte sich daran, seinen Auftrag zu erfüllen.

Grimmig sah Mehi ihm und den Männern hinterher, als sie das Anwesen verließen. Der Rest des Soldatentrupps schwärmte derweil aus, um das Grundstück zu durchsuchen, welches augenscheinlich recht beachtliche Ausmaße zu besitzen schien. Mehi selbst begab sich in die Haupthalle, die zu seinem Erstaunen nach kemitischem Vorbild eingerichtet war.

Die Säulen und Wände waren kunstvoll dekoriert. Er fragte sich, wie dieser Djehuti in der Fremde an einen Maler gekommen war, der sich mit kemitischer Wandmalerei auskannte. Auch die Einrichtung entsprach dem Geschmack der Beiden Länder. Überall standen erlesene Möbel und Vasen, die man eigentlich nur im Haushalt eines kemitischen Adligen fand. Eine bequeme Liege lud zum Verweilen ein. Gepolsterte Stühle und elegante Tischchen verrieten, dass der Hausherr zudem seine Ruhe genoss. Auf den ersten Blick fühlte Mehi sich an sein eigenes Heim erinnert.

Bewundernd trat er auf einen kostbaren Schrein zu, der aus wertvollem Zedernholz bestand und mit Einlagen aus Edelsteinen, Silber und Glas geschmückt war. Vorsichtig öffnete er die Tür und pfiff durch die Zähne. Eine mindestens zwei Ellen große Statue des Amun blickte ihn aus dunklen Obsidianaugen gütig an. Die Federn des hohen Kopfschmuckes waren aus durchscheinendem Bergkristall und mit Einlagen aus Silber verziert. Die Krone selbst bestand aus Lapislazuli. Der Rest erstrahlte in prachtvollem Gold.

Beeindruckt nahm Mehi die Figur aus dem Schrein. Wunderschön!, dachte er; dann besann er sich. Dieser Djehuti war kein wohlhabender Adliger wie er. Er war nur ein einfacher Soldat, der sich durch Raub und Mord bereichert hatte.

Angewidert wickelte er die Götterstatuette in eine Decke, die unweit von ihm auf der kostbaren Ruhestatt lag, und legte sie auf einen der Tische.

Durch die geöffnete Tür zum Garten drangen das Gezwitscher der Vögel und leises Weinen an seine Ohren, das vom Gebrüll der Soldaten übertönt wurde. Krieger trieben einen alten Mann vor sich her in das Gemach, der seinen Arm schützend um eine Frau gelegt hatte, die sich zitternd an ihn schmiegte. Hinter den beiden folgten zwei weitere Frauen, eine junge und eine alte. Fragend wanderte Mehis Blick zu einem der Soldaten.

»Das sind alle Leute, die sich hier auf dem Anwesen befinden, Herr«, erstattete ihm dieser Meldung. »Wir haben jeden Winkel durchsucht, Gebieter. Die anderen Bediensteten müssen vor unserer Ankunft geflohen sein.«

»Stimmt das?«, wandte sich Mehi an die vier verschüchterten Menschen, die vor ihm standen. Als er keine Antwort erhielt, besann er sich, dass die Gefangenen ihn sicher nicht verstanden hatten. Er winkte einen Krieger syrischer Herkunft an seine Seite, der seine Worte übersetzte. Nachdem der Mann geendet hatte, nickte eine der beiden älteren Frauen, sagte jedoch kein Wort. »Was ist, hat es euch die Sprache verschlagen?« Mehi war sich bewusst, dass er in seiner kriegerischen Tracht und mit dem Kurzschwert an der Seite einen Respekt einflößenden Eindruck auf die Diener ausüben musste. Es waren alte und einfache Menschen. Dennoch hatten sie ihm Rede und Antwort zu stehen.

Als hätte der Mann seine Gedanken erraten, schüttelte er den Kopf und räusperte sich. »Als sie erfuhren, dass die Kemiter vor den Toren stünden, haben sie das Anwesen fluchtartig verlassen«, bestätigte er.

»War dein Gebieter Djehuti auch unter ihnen?«, wollte Mehi wissen.

Nachdem der syrische Krieger seine Frage übersetzt hatte, nickte der Alte.

»Wo hält er sich versteckt?«, fauchte Mehi. »Ich will Antworten, Mann, und das sofort!«

Sein Untergebener übersetzte flink.

»Herr, das wissen wir nicht«, wagte der Alte zu entgegnen. »Wir sind nur einfache Diener. Der Gebieter hat es uns nicht gesagt. Zudem kennen wir niemanden von den Herrschaften, mit denen er verkehrt. Ich weiß nur, dass jene, die unserem Herrn persönlich zu Diensten sind, mit ihm das Grundstück verlassen haben.«

»Was, alle?« Überraschung schwang in Mehis Stimme, der sich nicht vorstellen konnte, dass jemand mit seinem gesamten Gefolge überstürzt die Flucht ergreift. Dennoch, der Alte nickte auf die Nachfrage seines Übersetzers unmissverständlich. »Du willst mir also erzählen, dein Gebieter hat seine gesamte Dienerschaft mitgenommen und nur euch zurückgelassen?«

»Ja, Hoher Herr.« Ein gutmütiges Lächeln huschte über den fast zahnlosen Mund des Alten. »Du musst wissen, Erhabener, obwohl mein Gebieter ein reicher Mann ist, hat er nicht viel Personal in seinen Diensten stehen. Du siehst hier die Hälfte derer, die für ihn arbeitet. Außer meiner Frau und ihrer Schwester, beide sind in der Küche tätig«, er wies mit dem Kopf auf die beiden älteren Frauen an seiner Seite, »gibt es nur noch dieses Mädchen hier sowie einen Leibdiener, einen Hausverwalter und zwei Soldaten, die sich um seine und die Sicherheit des Anwesens kümmern.«

Mehi kam aus dem Staunen nicht heraus. Ungläubig ruhte sein Blick auf dem gebeugten Mann und glitt anschließend zu dem syrischen Soldaten, der mit einem Nicken die Richtigkeit der Übersetzung bestätigte. Dann sah er durch die weit geöffneten Türen hinaus in den Garten. Wie konnte ein so großes Haus mit einer so weitläufigen Anlage von so wenigen Personen bewirtschaftet werden? Kritisch musterte er den Alten. »Und du belügst mich nicht?«

»Nein, Herr, das schwöre ich dir.« Trotz seiner unübersehbaren Furcht drückte der Alte den Rücken durch.

»Wofür bist du zuständig?«

»Ich kümmere mich um den Garten und das Vieh.«

»Ach, Vieh gibt es hier also auch noch, das versorgt werden muss?« Belustigt lachte Mehi auf. Wollte der Kerl ihn für dumm verkaufen?

»Nur ein paar Hühner und Gänse sowie eine alte Kuh«, übersetzte der syrische Krieger die Antwort des Mannes.

Mehi erwiderte darauf nichts. Was sollte er dazu auch sagen? Er konzentrierte sich stattdessen auf die Frauen. Vielleicht würde er von denen mehr erfahren. Zwei von ihnen waren wie der Alte durch die Last der Jahre gebeugt. Er schätzte sie auf Mitte fünfzig, ein respektables Alter, wie er fand. Ängstlich hielten sie den Blick vor ihm gesenkt und wagten kaum zu atmen. Eine der beiden, wahrscheinlich des Alten Frau, schmiegte sich zitternd an ihren Mann.

Nachdenklich wanderte sein Blick weiter zu dem Mädchen, das vielleicht vierzehn oder fünfzehn Jahre alt war. Auch sie wirkte völlig verschüchtert. »Welche Aufgaben hast du im Haus?«

Noch bevor der syrische Krieger seine Frage übersetzt hatte, hob sie den Kopf und sah ihn an. Anstatt einer Antwort begann sie, mit den Händen umherzufuchteln. Mehi war überrascht. Verstand sie etwa seine Sprache? Doch warum wirbelte sie dann mit ihren Armen so herum, anstatt was zu sagen?

Noch bevor er seine Fragen formulieren konnte, kam ihm der Alte zuvor. Väterlich legte er der jungen Frau seine Hand auf die Schulter und unterbrach sie damit sanft.

»Bitte verzeih ihr, Herr. Henut ist stumm. Sie versorgt mit mir im hinteren Teil des Anwesens das Vieh«, übersetzte der syrische Krieger seine Worte.

»Stammt sie aus Kemi?«

Verneinend schüttelte der Alte den Kopf.

Irgendwie wollte Mehi dieser Antwort nicht trauen. Er beließ es vorerst dabei. »Wenn du mit ihr zusammenarbeitest«, mutmaßte er stattdessen, »verstehst du sicher ihre Zeichensprache. Frage sie, ob sie weiß, wohin euer Gebieter geflohen ist, und übersetze ihre Gebärden!«

Bedauernd hob der Alte die welken Hände. »Nur mein Herr kann das, und natürlich sein Haushofmeister.«

»Ach, wirklich?« Seltsam, befand Mehi überrascht, legte den Kopf schief und dachte angestrengt nach. Irgendetwas erschien ihm hier nicht richtig zu sein. Nach kurzer Zeit stieß er auf die Ungereimtheit. »Du behauptest also, dass du ihre Zeichensprache nicht verstehst, wohingegen dein Herr und sein Hausverweser es aber können. Das ist recht ungewöhnlich. Findest du nicht auch?« Bedächtig nahm er die lederne Kappe vom Kopf und fuhr sich durch sein kurz geschnittenes Haar. Dabei fixierte er den Mann mit scharfem Blick. Der Alte nickte eifrig, nachdem der Krieger seine Worte übersetzt hatte. Ihm schien der fatale Widerspruch nicht aufzufallen. Er half ihm auf die Sprünge. »Du versorgst also täglich zusammen mit ihr das Vieh. Dennoch kannst du ihre Zeichensprache nicht verstehen. Das finde ich sehr fragwürdig? Ich frage mich nämlich, wieso der Herr des Hauses und sein oberster Diener es können, obwohl sie bedeutend weniger, wenn nicht sogar überhaupt nichts mit ihr zu tun haben dürften – im Gegensatz zu dir. Ich schätze, du belügst mich, was diese Frau betrifft.« Mehis Stimme war leise geworden, hatte aber einen bedrohlichen Unterton angenommen.

Ertappt seufzte der Alte und senkte beschämt den Blick. »Bitte, Herr, vergib mir meine Flunkerei und bestrafe mich nicht dafür. Ich wollte nur, dass ihr nichts passiert.« Er legte der jungen Frau schützend den dürren Arm um die Schulter und zog sie näher zu sich heran. »Sie ist eine Dienerin«, übersetzte der Syrer seine Worte, »doch sie arbeitet im Haus und steht dem Gebieter recht nah, aber nicht so, wie du das jetzt sicher denkst.« Nervös trat er von einem Fuß auf den anderen. »Henut kommt aus Kemi, Herr. Mein Gebieter nahm die Waise im Kindesalter in seinen Haushalt auf. Seitdem dient sie ihm, ist meinem Herrn aber wie eine Tochter ans Herz gewachsen.«

»Und warum hat er sie dann nicht mitgenommen?«

»Sie war auf dem Markt, als er das Haus verließ.«

Neugierig betrachtete Mehi die Dienerin. Sie war hübsch, und bei näherem Betrachten war nicht zu übersehen, dass sie keine Einheimische war. »Stimmt das, Henut?«

Sie hielt den Kopf wieder gesenkt und lugte kurz zu ihm auf. Dann nickte sie bejahend und starrte erneut verschüchtert auf ihre Füße.

Mehi beließ es dabei. Allem Anschein nach war nicht mehr aus diesen Menschen herauszuholen. Einzig der Umstand, dass die junge Frau Djehuti nahestand, konnte vielleicht von Nutzen sein. Er wandte sich den Soldaten zu, die stumm die Zugänge bewachten. »Bringt die Gefangenen ins Lager, und passt gut auf sie auf, vor allem auf die junge Frau!«

***

Am späten Abend lief Djehuti einer Patrouille in die Arme, wurde überwältigt und festgenommen. Als er wenig später mit auf dem Rücken gefesselten Händen vor dem Pharao kniete, konnte dieser sein Erstaunen nicht verbergen.

»Du bist das?«, fragte er. Die anfängliche Überraschung schlug in Verständnislosigkeit um.

Der Gefragte grinste frech zu ihm auf. »Ja, ich bin das. Aus mir ist zwar kein Pharao geworden, doch auch ich habe in den letzten Jahren nicht schlecht gelebt. Endlich konnte ich wieder zeigen, was für ein Krieger in mir steckt.«

»Indem du wehrlose Händler getötet und beraubt hast?«, entfuhr es Sethos zornig. »Du bist einst ein anständiger und geachteter Soldat gewesen. Du warst Hauptmann einer Abteilung von Fünfzig, du hast für Haremhab gekämpft! Was ist aus dir geworden, Mann?«

»*Gekämpft?*« Djehuti klang belustigt. »Das war doch jetzt nicht dein Ernst, Sethos! Wann ist Haremhab denn in einen Krieg gezogen? Ich habe meine Zeit damit vergeudet, mich um verweichlichte Kaufleute, weinerliche Handwerker oder vollgefressene Beamte zu kümmern, die sich schon beim Schrei eines Schakals vor Angst in ihr Lendentuch geschissen haben.« Er lachte verächtlich auf und spie auf den Boden, wofür ihm einer seiner Bewacher den Speerschaft in den Rücken stieß.

»Ist das der Grund, warum du dich jetzt Schakal nennst?«, wollte Sethos wissen. Der Zorn stand ihm deutlich ins Gesicht geschrieben.

»Schon möglich«, entgegnete Djehuti keuchend und warf dem Krieger einen wütenden Blick über die Schulter zu.

Währenddessen betrachtete Sethos mit angewiderter Miene den Mann, den er vor mehr als zehn Jahren im Heer Harembabs kennengelernt hatte. Djehuti war ein paar Jahre älter als er. Er hatte in ihm stets einen vielversprechenden jungen Mann gesehen, aus dem etwas hätte werden können, doch stets war er aufsässig und vorlaut gewesen und hatte es damit bei seinen Vorgesetzten nicht weit gebracht. Dass er eines Tages einmal ein Räuber und Mörder sein würde, das hätte allerdings sicher niemand geahnt.

»Du gibst also zu, all diese Scheußlichkeiten begangen zu haben?«, fragte er ihn.

»Welche Scheußlichkeiten, Sethos? Du kannst mir überhaupt nichts anlasten, geschweige nachweisen«, höhnte Djehuti. »Ich habe nichts getan, wozu du das Recht hättest, mich zu bestrafen. Was glaubst du denn, wer du bist?«

Zwischen Sethos' Augenbrauen bildete sich eine tiefe Falte. Er war über so viel Unverfrorenheit und mangelnden Respekt ihm gegenüber erzürnt. Sein flammender Blick wanderte zu Mehi und dem Schreiber zu seinen Füßen, der vor Schreck die Luft anhielt. Dann wandte er sich wieder dem Gefangenen zu. »Ich warne dich, Djehuti, treibe es nicht auf die Spitze. Ich bin der Herr der Beiden Länder. Meine Untertanen reden mich respektvoll mit *Majestät* an. Ich habe das Recht, dich für deine Schändlichkeiten zu belangen. Zudem bedenke: In meinem Gewahrsam befindet sich sowohl ein Gefangener, der bei seiner Befragung recht aussagefreudig war …«

»Wobei eine kräftige Tracht Prügel diese sicher gefördert hat«, höhnte Djehuti dazwischen und wurde dafür erneut mit einem Stoß in die Rippen belohnt.

»… als auch dein Dienstpersonal«, fuhr Sethos unbeirrt fort, »allen voran deine kleine stumme Dienerin, die dir wie eine Tochter ans Herz gewachsen sein soll.« Ein spöttisches Grinsen malte sich auf sein Ehrfurcht gebietendes Gesicht. Sethos mutmaßte, dass Djehuti darauf vertraut hatte, dass er das nicht in Erfahrung bringen würde, aber da hatte er sich verspekuliert. »Auch wenn sie stumm ist und nicht reden kann, so werde ich dennoch von ihr alles erfahren, was ich über dich wissen will. Du weißt, Djehuti, es gibt da so gewisse Mittel, um selbst einen Stummen zum Reden zu bringen. Und diese Henut ist schon lange genug bei dir, sodass sie mir sicher viel zu erzählen hat.«

Djehuti erbleichte, und seine Stimme wurde tonlos, hatte jeglichen Hohn und Spott verloren, als er sagte: »Nein, Sethos, Majestät, bitte, das darfst du nicht tun. Ich flehe dich an, bitte füge ihr kein Leid zu. Henut weiß von alledem nichts. Wenn du deine Rache haben willst, dann nimm sie an mir, aber bitte verschone sie.«

Sethos schmunzelte zufrieden. Djehuti hatte nach dem Köder geschnappt, und er lag ihm schwer im Magen. Niemals hätte er zugestimmt, die Frau zu foltern. Solche unmenschlichen Methoden verabscheute er. Eine kräftige Tracht Prügel, so wie sie der gefangene Wüstenmann erhalten hatte, war bisweilen vonnöten. Rohe Gewalt zum Erzwingen eines Geständnisses aber galten als Methoden der Barbaren, und zu denen gehörte der Pharao nicht.

Er räusperte sich. »Ich will keine Rache, Djehuti. Ich will Recht über Unrecht sprechen. Ich bin die Verkörperung der Maat, du bist die des Chaos'. Die Maat wird immer über das Chaos siegen. Das weißt du genau. Das war immer so, ist heute noch so, und es wird auch so bleiben bis ans Ende aller Zeiten.« Er blickte auf den Gefangenen hinab. Djehutis Kampfgeist war gebrochen. Mit hängendem Kopf kniete er vor ihm und nickte stumm.

Nach einer Weile sagte er: »Vielleicht hast du recht, Majestät, denn du hast mich und meine Männer in der Wüste besiegt und mich hier in Gaza gefunden. Du hast mich in Fesseln gelegt und wirst das Todesurteil über mich sprechen.« Er hob den Kopf und sah Sethos nachdenklich an. »Ich frage mich nur, warum du einen Menschen ungestraft töten darfst und warum ich es nicht darf? Warum ist dein Handeln Maat und meines nicht?«

»Weil du es aus Gier tust«, erwiderte Sethos sanft, als spräche er mit einem zu belehrenden Kind. »Wenn ich dich für deine schlechten Taten mit dem Tode bestrafe, dann ist das

Maat. Wenn du jemandem das Leben nimmst, ist es Chaos. Ich fälle solche Urteile nicht bedenkenlos, so wie du wahllos getötet hast. Ich habe meine Entscheidungen vor den Göttern zu rechtfertigen, so wie auch du deine Taten bald ihnen zu erklären hast – falls sie dich überhaupt finden werden. Ich bin der Herr der Beiden Länder, Djehuti, jener, der sich von der Maat ernährt. Du aber, du bist nur ein gefallener Soldat, der zum Räuber und Mörder geworden ist und nun seiner gerechten Strafe entgegensieht.«

Resigniert zuckte Djehuti mit den Schultern. »Dann töte mich, Majestät. Ich bin zum Sterben bereit.«

»So weit ist es noch nicht. Zuvor beantworte meine Frage: Bekennst du dich schuldig, der Anführer einer Bande von Wüstenräubern zu sein? Hast du die Stammesfehden ausgenutzt, um den friedvollen Handel auf dem Horusweg zu stören und dich durch Überfall, Raub und Mord zu bereichern?«

»Ja, Majestät, ich bekenne mich in allen Punkten schuldig.« Djehuti, der eben noch zusammengesunken vor Sethos auf den Knien gekauert hatte, straffte die Rückenmuskeln und begann zu erzählen. »Vor gut drei Jahren verließ ich Kemi und suchte mein Glück in der Fremde. Viel Erfolg hatte ich allerdings dabei nicht. Und so zog ich von Ort zu Ort und bot meine Dienste als Krieger den Fürsten und Stadtoberhäuptern an, aber niemand traute mir.

›Ein Mann des Schwarzen Landes‹, sagten sie. ›Warum verlässt er seine schöne Heimat und kommt zu uns? Die Kemiter lieben ihren Nil und wollen seiner Ufer nicht fliehen. Er muss wohl ein Spion sein!‹, mutmaßten sie.

Und so zog ich weiter von Stadt zu Stadt. Irgendwann fand ich mich in der Wüste vier Banditen gegenüber, die glaubten, mit mir leichtes Spiel zu haben. – Ich prügelte sie windelweich.« Er grinste bei dieser Erinnerung. »Im Anschluss ernannten sie mich zu ihrem Anführer. Mit der Zeit stießen weitere Männer zu uns, bis wir eine kleine Bande von Räubern mit Frauen und Kindern waren. Ich nannte mich fortan Schakal, lebte bei ihnen in der Wüste oder ging nach Gaza, um mir die Annehmlichkeiten meines Reichtums zu gönnen.« Er seufzte und blickte Sethos offen in die Augen. »Ich schäme mich nicht für das, was ich getan habe, obwohl mir bewusst ist, dass ich viel Leid über die Menschen brachte. Bestrafe mich, Majestät. Nimm mir mein Leben, so wie ich das der anderen bedenkenlos nahm. Doch ich habe eine Bitte an dich: Verschone meine Diener. Sie haben von alledem nichts gewusst. Sie glaubten, einem ehrenhaften Mann zu dienen, der geschäftlich sehr erfolgreich und viel auf Reisen ist.«

»So soll es geschehen, Djehuti«, bestätigte Sethos. »Mein Wedelträger und General ist neben meinem Schreiber Zeuge. Ich verurteile dich für deine schändlichen Taten zum Tod durch Erdrosseln. Deine Leiche soll anschließend in die Wüste geschafft und den wilden Tieren zum Fraß vorgeworfen werden. Die Urteilsvollstreckung erfolgt morgen früh, eine Stunde, nachdem Re in seiner Barke über den Horizont gesegelt ist. Ich habe gesprochen!«

Sethos gab den Soldaten ein Zeichen, Djehuti abzuführen, während die Binse des Schreibers flink über die auf dessen Beinen ausgerollte Schriftrolle glitt und dabei kratzende Geräusche von sich gab.

***

Am nächsten Morgen versammelten sich die Bürger Gazas auf dem Marktplatz, um der Hinrichtung beizuwohnen. Sethos hatte angeordnet, dass diese öffentlich sein sollte, um eventuelle Nachahmer abzuschrecken.

Als das Urteil den Zuschauern verlesen worden war und sich die Lederschlinge bereits um Djehutis Hals gelegt hatte, stürzte die stumme Dienerin auf den Verurteilten zu. Sie fiel vor ihm auf die Knie und umschlang ihn mit den Armen, während ihr schlanker Körper vor Weinen bebte, ohne dass sich ein Laut ihrer Kehle entrang.

Einer der Wachen sprang hinzu und packte sie grob am Arm. Er wollte sie von Djehuti wegzerren, doch sie gebärdete sich wie besessen, sodass sich ein zweiter Soldat genötigt sah, seinem Kameraden zu Hilfe zu eilen. Gemeinsam gelang es ihnen, die sich verzweifelt wehrende Frau zurück an ihren Platz in der Menge zu schaffen, wo sie tränenüberströmt zusammenbrach.

»Wie kommt sie hierher?«, raunte Sethos Mehi zu, der neben seinem Sessel stand und ratlos mit den Schultern zuckte.

»Ich weiß es nicht. Doch Djehuti ist wie ein Vater für sie gewesen«, entgegnete er und sah mitfühlend der jungen Frau hinterher.

»Ich weiß,« erwiderte Sethos und betrachtete Mehi scheel von der Seite. »Willst du sie haben? Dann nimm sie dir. Sie ist ein hübsches Ding. Die anderen Diener sind Einheimische. Ich gebe ihnen ihre Freiheit zurück. Sie dürfen gehen, wohin sie wollen. Henut jedoch stammt aus den Beiden Ländern und sollte nicht in der Fremde zurückgelassen werden.«

»Das denke ich ebenfalls, Majestät«, pflichtete Mehi ihm bei. »Es ist für sie sicher ein großer Schock, dass man ihr ihren Wohltäter nimmt, was auch immer er anderen angetan hat. Ihr gegenüber scheint er ein anständiger Mensch gewesen zu sein. Zudem bezweifele ich, dass sie über sein Tun im Bilde war.«

»Empfindest du etwa Mitleid mit ihm?«

»Nein, Majestät, mit Djehuti sicher nicht, mit der Frau aber schon.«

»Dann zögere nicht, mein Freund. Nimm sie als Geschenk von mir.«

»Das werde ich, Majestät. Ich danke dir.« Mehi neigte den Rücken und blickte anschließend zu der stummen Frau, die weinend auf dem Boden kauerte.

7. Kapitel

Triumphale Rückkehr

Auch für Ramses hatte der Alltag nach Beendigung der Krönungsfeierlichkeiten wieder begonnen. Von morgens bis abends hatte er seinem Vater in den Ohren gelegen, ihn doch bitte ebenfalls mit auf den Feldzug zu nehmen, doch Sethos hatte nicht im Traum daran gedacht, das zu tun. Und so war ihm nichts anderes übriggeblieben, als auch weiterhin mit seinen Freunden zum täglichen Unterricht in der Palastschule zu erscheinen.

Neben Amuneminet, Setau, Maj und ihm wurden noch weitere fünf Knaben von den Priestern des Ptah in den verschiedensten Fächern unterwiesen. Der Unterricht fand in einem abgelegenen Teil des weitläufigen Palastgartens statt, wo die Schüler vom Trubel des Hofes ungestört lernen konnten. Knorrige Bäume mit ausladenden Kronen spendeten erfrischenden Schatten. Blumenbeete säumten das Areal, welches von einer Mauer begrenzt wurde.

Mit gekreuzten Beinen saßen die Jungen auf ihren Matten und hatten ihre Schreibtafel auf den Beinen ruhen. Diese war mit einer dünnen Schicht Ton beschichtet, in welche die Kinder die heiligen Zeichen ritzten oder ihre mathematischen Berechnungen aufzeichneten.

Ramses gehörte nicht zu den eifrigsten Schülern; er besaß aber eine sehr gute Auffassungsgabe. Setau schien besonders für das Schreiben und Rechnen talentiert zu sein, während Majs Augen stets zu leuchten begannen, wenn Architektur auf dem Unterrichtsplan stand. Amuneminet tat sich im Verfassen von Verwaltungstexten schwer; dafür liebte er die Ausbildung auf dem Exerzierplatz im Haus des Krieges.

»Gestern erschien ein Bote in der Residenz«, flüsterte Ramses Amuneminet zu. »Mein Vater erreicht in wenigen Tagen Memphis.« Beglückt strahlte er übers ganze Gesicht.

»Dann fällt der Unterricht aus«, stellte Amuneminet zufrieden fest und grinste breit.

»Was gibt es denn da zu tuscheln?«, erkundigte sich der Ptah-Priester, ein älterer Mann mit kahl geschorenem Kopf, und maß die beiden Knaben mit einem fragenden Blick. »Hoheit, möchtest du nicht auch die anderen Kinder und mich daran teilhaben lassen?«

Ramses sog die Luft hörbar ein und stieß sie wieder aus. »Seine Majestät kehrt in wenigen Tagen nach Memphis zurück.«

»Das freut uns alle, zu hören«, meinte der Lehrer. »Dennoch wäre es schön, wenn ihr beide, du und Amuneminet, dem Unterricht folgen würdet.«

Ramses errötete und senkte den Blick auf seine Schreibtafel, die darauf wartete, mit heiligen Zeichen gefüllt zu werden.

Als zwei Stunden später dann endlich der Unterricht beendet war, beeilte er sich, in den Kinderflügel zurückzukehren, zu essen und sich anschließend zu baden und sauber zu kleiden. Ani schickte er in der Zwischenzeit zu den Gemächern seiner Mutter, um bei ihr anzufragen, ob sie ihrem Sohn ein wenig ihrer kostbaren Zeit opfern könne. Als der Schreiber zurückkehrte, blickte Ramses ihn erwartungsvoll an.

»Sprich!«, forderte er ihn auf.

»Ihre Majestät, die Große Königliche Gemahlin Tuja, deine verehrte Mutter, Hoheit, lässt dir ausrichten, dass sie dich heute zum Abendessen empfängt.«

Ramses zog ein langes Gesicht. Also musste er sich noch weitere Stunden gedulden, bis er mit ihr sprechen konnte. »Du darfst dich zurückziehen«, sagte er enttäuscht.

Als Re sich dann endlich dem Horizont näherte, begab er sich mit Nachtamun im Schlepptau zu Tujas Gemächern. Seine Mutter erwartete ihn bereits in ihrem Garten. Tia und Teti waren ebenfalls da. Die Diener waren im Begriff, ein leckeres Mahl aufzutragen, während die Leibdienerin seiner Mutter etwas abseits saß und eine Liebesmelodie auf ihrer Laute zupfte, zu der sie leise sang.

Ramses trat auf seine Mutter zu und umarmte sie. Seiner Schwester und deren frischgebackenem Gemahl schenkte er ein knappes Nicken. Dann ließ er sich auf eine Decke plumpsen und kreuzte die Beine. Es würde noch mehr Zeit vergehen, bis er sein Anliegen endlich zur Sprache bringen konnte. Jetzt stand erst einmal das gemeinsame Essen bevor, und da wäre sein Anliegen verfehlt.

Die Schatten wurden länger, je tiefer Re in seiner Barke sank. Die zunehmende Dunkelheit verdrängte die Hitze des Tages und spendete die von allen herbeigesehnte Frische. Die Vögel sammelten sich in den Ästen der Bäume. Eine Schar Spatzen drängte sich schilpend im Gebüsch unweit des Zugangs zum Garten. Diener gingen herum und entzündeten die ersten Fackeln, die entlang der Wege im Boden steckten. Ihre unsteten Flammen spendeten Wärme und Licht.

Sie begannen zu essen, und eine zwanglose Unterhaltung entspann sich zwischen ihnen. Es ging um belanglose Themen, die Ramses nicht im Geringsten interessierten. Er wollte wissen, wann genau sein Vater und Nebu Memphis erreichen würden und wo er sie empfangen durfte. Was interessierte ihn da das Geschwätz seiner Schwester, die von nichts anderem reden konnte als von ihrem neuen Leben an der Seite ihres Gemahls und den für sie ungewohnten Aufgaben, einen Haushalt zu führen?

Gelangweilt stopfte er sich das Essen in den Mund. Es schmeckte vorzüglich, doch verspürte er keinen Hunger. Den Nachmittag über hatte er sich die Zeit mit Naschen vertrieben und dabei faul auf seinem Bett gelegen. Sein Magen war von all den Süßigkeiten noch immer voll.

»Schmeckt es dir nicht oder hast du heute keinen Appetit?«, fragte ihn prompt seine Mutter.

»Es ist köstlich, doch ich verspüre keinen Hunger«, gab er ehrlich zurück.

Tuja musterte ihn besorgt. »Wirst du krank?«

Er schüttelte den Kopf. »Ich habe wohl zu viele Süßigkeiten genascht.« Er spürte, wie ihm die Röte in die Wangen schoss.

Verständnislos schüttelte seine Mutter den Kopf, sagte aber nichts dazu und widmete sich wieder ihrem Salat.

Als dann schließlich alle gesättigt waren und vor den leeren Platten und Schüsseln saßen, wagte er endlich, seine Fragen zu stellen. »Wann genau kehrt Vater nach Memphis zurück?«

Überrascht sah Tuja ihn an, machte aber keine Anstalten, ihm zu antworten.

»Ich hörte, gestern sei ein Bote beim Wesir erschienen, der Nachricht vom Pharao gebracht hat«, fügte Ramses erklärend hinzu.

Seine Mutter schmunzelte. »Das Heer befindet sich bereits im Delta und wird in spätestens zwei Tagen Memphis erreichen.«

»Geht es Vater und Nebu gut?«, platzte Tia dazwischen.

»Ja, mein Kind. Beide sind wohlauf. Der Bote brachte ein Schreiben, dass der Feldzug zur Zufriedenheit Seiner Majestät verlaufen sei. Sethos hat die Sicherheit auf dem Horusweg wiederhergestellt und die Schuldigen gerichtet. Zudem hat er eine stattliche Anzahl an Gefangenen gemacht, die während ihrer Zeit in den Beiden Ländern bei seinen zukünftigen Bauprojekten eingesetzt werden sollen.«

»Hat Nebu auch mitgekämpft?«, erkundigte sich Ramses neugierig. Wie beneidete er seinen Bruder, dass dieser an der Seite des Vaters mit in den Krieg hatte ziehen dürfen.

»Davon stand nichts in der Nachricht«, antwortete Tuja lächelnd. »Du kannst ihn fragen, wenn er wieder in Memphis weilt.«

Unruhig rutschte Ramses auf seiner Matte hin und her. »Werde ich meinen Vater an deiner Seite in der Residenz begrüßen?«, wagte er schließlich, die alles entscheidende Frage loszuwerden, die ihm auf der Seele brannte.

Verwundert hob seine Mutter die fein geschwungenen Brauen in die Höhe. »Nein, Ramses, denn du bist zwar ein Prinz, aber nicht der Nestfalke. Du wirst einen Platz zugewiesen bekommen, der deiner Stellung gebührt. Und dieser wird nicht neben mir in der vordersten Reihe sein.«

Ramses war enttäuscht und konnte dieses Gefühl nur schwer verbergen. Beleidigt senkte er den Blick auf seinen Schoß und presste die Lippen aufeinander. Sollte es wirklich so sein, dass er irgendwo zwischen den Höflingen platziert werden würde, wo ihn sein Vater und Nebu nicht sehen konnten, dann musste er sich schleunigst etwas einfallen lassen. Ein Platz abseits des Geschehens sagte ihm nicht zu.

***

Zwei Tage später war es dann soweit. Die Einwohner der nördlichen Königsstadt säumten lachend und singend den Weg, den der Streitwagen des Königs zum Palastbezirk nehmen sollte. Sie hielten Blumen in den Händen und priesen laut seinen Namen und den des Prinzen Nebu.

Hoch erhobenen Hauptes stand Sethos auf der Plattform seines Paradewagens, der von seinen beiden Hengsten gezogen wurde. Neben ihm hielt sein Sohn die Zügel fest in den Händen, der nur unschwer seinen Stolz über die durch seinen Vater zuteilgewordene Ehre zu verbergen vermochte.

Sethos schmunzelte vor sich hin. Nebu hatte es sich verdient. Er war zwar noch jung und in Kriegsdingen unerfahren. Trotzdem hatte er sich seine ersten Lorbeeren auf dieser Strafexpedition verdient und sich in einem der letzten Scharmützel eine bleibende Erinnerung daran zugezogen – eine Verletzung, die zu einer Narbe werden würde. Nebu hatte ihm aber mehr als einmal bewiesen, dass er neben Mut auch eine gehörige Portion an Verstand besaß und zudem lerneifrig war.

Sie bogen auf die Prachtstraße ein, die zur königlichen Residenz führte. Jubelnde Menschen schoben sich auf den Weg und wurden sofort von den Ordnungshütern wieder zu ihren Plätzen gescheucht. Dennoch zügelte Nebu vorsorglich das Gespann, damit niemand versehentlich unter die Hufe der prachtvollen Rösser geriet oder vom Wagen überrollt wurde.

»Da, ich kann Mutter sehen«, machte er seinen Vater aufmerksam und nickte voraus.

Tatsächlich erblickte auch Sethos seine geliebte Tuja, die ihm erwartungsvoll entgegensah. Sie trug die Geierhaube der Großen Königlichen Gemahlin und dazu ein fein gewebtes Kleid mit einem Überwurf, der in der Mitte gegürtet war. Sie war so wunderschön. Wie hatte er sie in den vergangenen Wochen vermisst! Der Thron neben ihr war leer und harrte seiner. Er drehte sich kurz um und schenkte Mehi, der gleich hinter ihm auf seinem Wagen folgte, einen knappen Blick. Auch ihm war unschwer anzusehen, dass er es kaum erwarten konnte, seine Tachat und die beiden Kinder wieder in die Arme zu nehmen.

***

Ramses hatte sich zusammen mit seinen drei Freunden einen guten Platz in der vordersten Reihe auf dem großen Innenhof des Palastes gesucht, wo er Vater und Bruder bei ihrer Ankunft ganz nahe sein würde. Es war ihm gelungen, sich unauffällig aus dem Staub zu machen. Einzig seinen Schatten Nachtamun hatte er nicht abzuschütteln vermocht. Der junge Leibwächter hatte ihn zwar energisch darauf hingewiesen, dass er sich als königlicher Spross oberhalb der Treppe, die zur Residenz hinaufführte, einzufinden habe, aber Ramses hatte diese Einwände ignoriert. Es war ihm bewusst, dass Nachtamun für sein halsstarriges Verhalten die Konsequenzen zu tragen hätte, aber dieser Gefahr setzte sich jeder in einer solchen Position aus. Schon so manche Palastwache hatte das schmerzhaft zu spüren bekommen. Ramses war das im Moment einerlei. Er hatte seinen Kopf durchgesetzt und harrte nun unweit der Haupttreppe auf das Eintreffen seines Vaters.

Besorgt, ob Sethos ihn auch wahrnehmen würde, trat er seit geraumer Zeit von einem Fuß auf den anderen und verrenkte sich den Hals. Wo blieben sie denn nur? Bisher konnte er den herannahenden Triumphzug nicht sehen.

»Was zappelst du so umher?«, fuhr Maj ihn an und grinste. »Du kannst es wohl kaum erwarten, den ruhmreichen Pharao und deinen Bruder wiederzusehen?« Majs Grinsen wurde breiter. Er legte Ramses den Arm um die Schultern; eine gönnerhafte Geste, die Ramses missfiel.

Es passte ihm überhaupt nicht, dass der Sohn des Obersten Baumeisters ständig so tat, als wäre er bedeutend älter und damit erfahrener als er und die anderen Jungs. Es waren doch nur ein paar Monate, die sie voneinander trennten, genau genommen ein dreiviertel Jahr! Ramses wusste aber, dass Maj sich auf diesen Umstand mächtig etwas einbildete und deshalb keine Gelegenheit ungenutzt verstreichen ließ, seine Freunde an diesen Umstand zu erinnern.

»Tu bloß nicht immer so, als wärest du schon erwachsen!«, fauchte er ihn an. »Deinen kahlen Schädel ziert ebenfalls noch die Locke der Jugend. Also bist du, genau wie Amuneminet,

Setau und ich, noch ein Kind. Ich aber, ich bin der Sohn des Pharaos! Vergiss das bitte nicht!«

Maj verkniff sich eine bissige Antwort, um keinen Streit mit ihm zu beginnen, und Ramses war ihm dankbar dafür. Sie waren Freunde und das bereits lange, bevor Ramses' Großvater Krummstab und Geißel in den Händen gehalten hatte; dennoch hatte bereits damals festgestanden, dass er eines Tages der Familie des Gottes angehören würde.

»Sei bitte nicht böse«, lenkte Maj nach einer Weile versöhnlich ein. »Ich wollte dich weder ärgern noch kränken.« Erneut versuchte er, ihm seinen Arm um die Schultern zu legen, und dieses Mal ließ Ramses es geschehen.

»Ist schon gut«, brummelte er und reckte den Hals, denn weiter vorn kam mit einem Mal Bewegung in die geduldig seit Stunden ausharrende Menschenmenge. »Ich glaube, da kommen sie!«, rief er erfreut, schüttelte Majs Arm von seiner Schulter ab und stellte sich auf die Zehenspitzen, damit er besser sah. »Ja, das sind sie. Da ist mein Vater und neben ihm Nebu!« Ramses' Augen strahlten vor Freude. Begeistert klatschte er in die Hände und begann, laut den König, seinen Vater, zu lobpreisen.

Sethos' Haut war von der heißen Sonne der Fremdländer dunkel gebräunt. Er hatte seine Prunkrüstung angelegt und die blaue Krone aufgesetzt, die sich seiner Kopfform anpasste. Seine Füße steckten in vergoldeten Sandalen, und der Schmuck an seinen Armen und auf seiner Brust glitzerte und funkelte in Res göttlichen Strahlen. Nechbet und Uadjet prangten an seiner Stirn, und unwillkürlich suchten Ramses' Finger den kleinen Reif mit dem königlichen Uräus, der seine eigene zierte.

»Ich bin ein Prinz, der leibliche Sohn des Gottes!«, wisperte er. »Ich bin das Junge des mächtigen Falken, des Großen Horus, meines Vaters, des Herrn der Beiden Länder!« Er ließ die Hand wieder sinken, doch schon wenig später hob er sie erneut und begann zu winken und von einem Bein auf das andere zu springen. »Vater, Vater!«, schrie er aus voller Kehle, als sich der Paradewagen auf seiner Höhe befand. »Hier bin ich, hier bin ich!«

Weder Sethos noch Nebu nahmen ihn in dem Lärm und

dem Freudentaumel der Höflinge wahr, sodass er entmutigt und traurig die Arme sinken ließ. Vielleicht war es doch kein so guter Einfall gewesen, seinen Vater am Fuße der Treppe zu erwarten. Vielleicht wäre der Platz, den man ihm hatte zuweisen wollen, doch der Bessere gewesen.

»Kommt, gehen wir«, wandte er sich den anderen zu, die noch immer begeistert klatschten und winkten.

»Aber warum?«, wollte Amuneminet wissen. Die Enttäuschung war ihm anzumerken. Er zog einen Flunsch, weil er keine Antwort erhielt, denn Ramses drehte sich wortlos um und folgte seinem Leibwächter, der ihm eine Schneise durch die jubelnden Höflinge schlug. Murrend trabten er und die beiden anderen Jungs ihm hinterher. »Was ist denn los?«, wandte sich Amuneminet erneut an Ramses, als sie das Gewühl der Leute hinter sich gelassen hatten.

»Ach, nichts«, meinte Ramses und zog ein miesepetriges Gesicht. Dann stapfte er zurück zum Kinderflügel, um sich dort bekümmert auf seinem Bett in den weichen Kissen zu vergraben und zu schmollen.

Seine anfängliche Hoffnung, sein Vater würde ihn schon bald zu sich rufen, wurde schnell zerstört. Er erhielt noch nicht mal eine Einladung zu der Festlichkeit, die anlässlich der ruhmreichen Rückkehr seines Vaters im großen Saal gegeben wurde, aber auch das verschmerzte er. Als dann aber selbst am dritten Tage seit seines Vaters Rückkehr nichts geschah, ging er zu seiner Mutter.

Verstört erkundigte er sich bei Tuja, ob sein Vater ihn vergessen habe, und die Königin nahm ihn liebevoll lächelnd in den Arm.

»Aber nein, Ramses«, beruhigte sie ihn, »dein Vater hat dich natürlich nicht vergessen. Gleich nach seiner Ankunft erkundigte er sich nach dir. Er wollte dich sehen, doch du warst nicht da, wo du hättest sein sollen.« Sie schob ihn auf Armeslänge von sich und musterte ihn genau, während Ramses sich hätte ohrfeigen können, dass er so dumm gewesen war, auf eigene Faust seinen Vater empfangen zu wollen. »Wo hast du gesteckt?«, fragte sie ihn. »Dein Erzieher war völlig aufgelöst, als er dich abholen wollte und du nicht in deinem Zimmer warst.«

»Aber, Mutter«, murrte Ramses tief gekränkt, »ich bin kein kleiner Junge mehr, den sein Erzieher an die Hand nehmen muss, damit er sich nicht in den Palastfluren verläuft. Ich kann schon allein auf mich aufpassen.«

Tuja schmunzelte. »Trotzdem hättest du nicht einfach weglaufen dürfen. So etwas machen nur kleine Jungs. Dir wurde ein Platz zugewiesen, den du hättest einnehmen müssen. Stattdessen hast du dich heimlich aus dem Staub gemacht. Nachtamun durfte sich deshalb bereits eine Strafpredigt anhören.«

Beleidigt senkte Ramses den Blick und sagte kein Wort. Er ärgerte sich gerade über sich selbst, und der Spott seiner Mutter traf ihn hart. Ja, er hatte sich wie ein Kleinkind benommen, und sein Leibwächter hatte sich einen Tadel dafür eingefangen, obwohl nur er die Schuld an allem trug. War nun die Strafe dafür die Nichtbeachtung durch seinen Vater? Wollte ihn dieser deshalb nicht sehen und hatte ihn auch vom Bankett ferngehalten?

Er seufzte bedrückt und hob den Kopf. »Hat Vater mich deshalb noch nicht zu sich gerufen?«

Tuja verneinte. Sie ging zu einem Stuhl, setzte sich und winkte ihn zu sich heran. »Ramses, dein Vater ist ein viel beschäftigter Mann. In den Monaten, in denen er nicht in den Beiden Ländern weilte, ging das Leben dennoch weiter. Ich habe mich zusammen mit seinen Beamten um alles gekümmert. Es gibt aber Dinge, die allein der Pharao entscheiden kann, weil nur ihm die göttliche Kraft innewohnt.« Sie lächelte, nahm seinen Kopf in ihre Hände und gab ihm einen Kuss auf die Stirn. »Das allein ist der Grund, warum dich dein Vater noch nicht zu sehen wünschte.«

Ramses fiel eine Last vom Herzen. Dennoch hakte er nach: »Und warum wurde ich vorgestern nicht zum Bankett eingeladen?«

Die gekräuselte Stirn seiner Mutter und ihre hochgezogenen Augenbrauen bedurften keiner weiteren Erklärung.

»Ich verstehe«, sagte er. Strafe musste eben sein. Er bedankte sich bei ihr für die Zeit, die sie ihm geopfert hatte, und kehrte beruhigt in den Kinderflügel zurück.

8. Kapitel

Wettstreit der Wagenlenker

Eine Woche nach der Rückkehr des Heeres gab Sethos aus Anlass der Neujahrsfeierlichkeiten ein weiteres großes Fest. Auch dieses Mal war der Saal zum Bersten gefüllt. Selbst in den lang gestreckten Fluren und den weitläufigen Parkanlagen drängten sich die geladenen Gäste, die von überallher erschienen waren, um am Bankett des Pharaos teilzunehmen.

Niedrige Tischchen und Hocker standen entlang des Wegs, der hoch zur Estrade führte, auf welcher der Herr der Beiden Länder mit auserwählten Beamten zu speisen gedachte. Eine Unmenge weicher bunter Kissen lag auf dem Fußboden verstreut und lud zum Verweilen ein. Diener eilten geschäftig umher und schleppten die leckersten Köstlichkeiten in den Saal, an denen sich die Gäste laben sollten. Nur mit einem Perlengürtel bekleidete Mädchen standen bereit, um die geladenen Herrschaften zu empfangen. Sie befestigten ihnen Duftkegel auf den Perücken, die im Laufe des Abends schmelzen und betörende Düfte verströmen würden.

Es wurde gelacht und gescherzt, und erwartungsvoll schweifte so mancher Blick zu der großen zweiflügeligen Tür in der rückwärtigen Wand der Estrade, durch die schon bald der Pharao mit seiner Großen Königlichen Gemahlin schreiten sollte. Als dann endlich der Oberste Herold erschien und die Ankunft des Starken Stiers verkündete, verstummten abrupt die Gespräche. Die Anwesenden erhoben und verneigten sich tief, um Sethos ihre Ehrerbietung zu bekunden.

Ramses und Setau saßen linker Hand der Estrade, auf der Ramses' Vater zusammen mit Ramses' Mutter, seinem Bruder sowie General Mehi, dem Hohepriester des Ptah und dem Wesir nebst deren Gemahlinnen Platz genommen hatte.

Neidisch spähte Ramses auf die rote, noch etwas geschwollene Narbe am Oberarm seines Bruders, die sich Nebu bei einem der letzten Scharmützel im Lande Kanaan zugezogen hatte. »Siehst du Nebus Verletzung?«, flüsterte er und stieß Setau in die Seite, doch dieser reagierte nicht. »He, hast du gehört, was ich dich gefragt habe?«

»Hm.«

»Was, hm?« Ramses klang gereizt.

»Ja, ich habe gehört, was du gesagt hast, und ja, ich habe sie gesehen«, erwiderte Setau kauend. Er widmete sich gerade einer saftigen Gänsekeule, und es war ihm völlig einerlei, ob der Thronfolger eine Verletzung hatte oder nicht. Er wollte essen, trinken und Spaß haben. Besonders freute er sich schon auf die Darbietungen der Magier. Was interessierte ihn da die Narbe am Oberarm des Thronerben?

»Jetzt ist Nebu ein richtiger Krieger«, schwärmte Ramses derweil, der nichts von Setaus Gedanken ahnte, und nippte an seinem mit Wasser verdünnten Wein. »Wenn Vater doch auch mir erlaubt hätte, mit in den Krieg zu ziehen. Vielleicht hätte ich dann auch so eine Verwundung abbekommen und wäre nun ein richtiger Soldat.«

»Jungs sind wirklich dumm!«, ertönte eine Stimme hinter den beiden Knaben.

Ramses musste sich nicht umsehen, um zu wissen, wem sie gehörte. Es war Anat, die wie aus dem Nichts aufgetaucht war, seine Worte vernommen hatte und diese wieder einmal ungefragt kommentieren musste.

»Glaubst du wirklich, dass du ein Krieger bist, nur weil du verwundet wurdest und davon eine Narbe hast?« Sie lachte, und Ramses trieb es die Zornesröte ins Gesicht.

Er wandte sich zu ihr um. »Was hast du hier zu suchen?«, fuhr er sie an.

»Ich komme meinen Pflichten als Dienerin Seiner Majestät nach und kümmere mich um das Wohl der Gäste«, erwiderte die Neunjährige keck.

»Beinhalten deine Pflichten auch, dass du die Gespräche der Gäste belauschst und deinen Kommentar dazu abgeben sollst?« Wütend funkelte er das Mädchen an.

»Das ergibt sich ebenso.« Unbeeindruckt zuckte Anat mit den Schultern.

»Ach ja? Vielleicht solltest du dich mit deinen Bemerkungen zurückhalten! Denn woher willst du schon wissen, was einen Krieger ausmacht?«, gab Ramses hochnäsig zurück. Bestätigung heischend blickte er zu Setau, der den Kopf gesenkt hielt und sich auch weiterhin auf sein Essen konzentrierte.

»Garantiert keine Narben auf seinem Körper«, entgegnete Anat und schnitt Ramses ein Gesicht. »Meine Mutter sagt immer, dass Verwundungen im Krieg zwei Ursachen haben können: Entweder der Mann war sehr tapfer und hat sich wacker und ohne Furcht geschlagen oder aber er war zu dumm zum Kämpfen und hatte Glück, dass er nicht getötet wurde.«

Ramses schnappte empört nach Luft. Das war zu viel! Was bildete sich dieses freche, kleine Ding bloß ein? Wie konnte sie es wagen, so über die tapferen Krieger Seiner Majestät zu reden? Abermals fühlte er, wie ihm die Zornesröte in die Wangen schoss, doch Anat plapperte munter weiter, ohne von seiner Wut Notiz zu nehmen.

»Eines weiß ich genau, ich werde niemals einen Mann zum Gemahl nehmen, dessen Körper durch hässliche Narben entstellt ist.«

»Pah! Dann bin ich ja beruhigt«, konterte Ramses bissig, »denn ich will einmal ganz viele Narben vom Kämpfen haben. Und abgesehen davon, dass ich sowieso niemals heiraten werde, würde ich *dich* ganz bestimmt nicht zu meiner Gemahlin machen. Und jetzt sieh zu, dass du mir aus den Augen verschwindest!« Demonstrativ drehte er sich wieder um und ihr den Rücken zu und sah hinauf zur Estrade, auf der die Gäste seines Vaters aßen und sich dabei angeregt unterhielten.

Auch Setau widmete sich weiterhin seiner Gänsekeule. Er hatte sich bewusst aus dem Streit herausgehalten. Das ging nur den Prinzen und die Dienerin etwas an. Seit Ramses und er Anat ins Wasser geworfen hatten, hatte Anat ihn nicht mehr beachtet. Er war Luft für sie. Sie hatte förmlich durch ihn hindurchgeschaut oder einfach weg, wenn sie sich begegnet waren. Das schmerzte ihn sehr. Auch wenn Ramses es nicht verstehen konnte; er mochte Anat.

Schweigend aßen sie weiter. Anat ließ sich nicht mehr in ihrer Nähe blicken. Nach dem Essen gesellten sich Maj und Amuneminet zu ihnen, die während des Mahls bei ihren Familien gesessen hatten, bis ein Diener erschien, der Ramses zu seinem Vater bringen sollte.

»Seine Majestät wünscht, dich zu sehen, Hoheit.« Der Mann verneigte sich.

Schnell sah Ramses an sich herunter. Sein Gewand war sauber. Er betrachtete seine Hände. Auch hier waren keine Überreste des Essens zu erkennen. Vorsorglich befeuchtete er seine Lippen mit der Zunge und wischte sich anschließend mit dem Handrücken über den Mund. Dann stand er auf, strich die Falten aus seinem Schurz und Hemd, richtete die Schärpe und folgte dem Mann.

Als er die Empore erklomm, lächelte ihm sein Vater entgegen. Er winkte ihn an seine Seite, wo er sich zwischen ihm und seinem Bruder auf einem Schemel niederließ.

»Wie geht es dir?«, erkundigte sich Sethos. »Ich habe dich bei meiner Ankunft vermisst.«

Zum dritten Mal an diesem Abend schoss Ramses die Hitze in die Wangen. Er schluckte. »Ich stand mit meinen Freunden unweit der Treppe, die zum Palast hochführt«, erklärte er. »Ich habe gerufen, doch weder du noch Nebu hat mich gehört.«

»Solltest du mich nicht zusammen mit deiner Mutter empfangen?« Sethos' beringte Rechte griff nach dem reich verzierten Kelch.

»Ja, Vater, doch sie hat mir gesagt, dass ich nicht an ihrer Seite sein werde. Und da dachte ich mir, du würdest mich vielleicht übersehen.« Verlegen wich er dem Blick seines Vaters aus.

Sethos schmunzelte. Tuja hatte ihm erzählt, dass Ramses sich bei ihr besorgt erkundigt hatte, ob er ihn vergessen habe. »Denkst du wirklich, ich würde das tun, dich einfach zu übersehen?«

Unmerklich schüttelte Ramses den Kopf und schaute auf seine Hände.

»Du bist mein Sohn, Ramses, und ich dein Vater. Dennoch bin ich jetzt auch der Herr der Beiden Länder. Ich habe Verpflichtungen, denen ich mich nicht entziehen kann. Manchmal muss die Familie hintenanstehen, auch wenn es mir nicht gefällt. Heute Abend jedoch will ich feiern.« Er legte Ramses den

Arm um die Schulter und drückte ihn kurz an seine Seite. Dann wandte er sich wieder dem Wesir zu, mit dem er zuvor geredet hatte.

Ramses hingegen nahm Nebu in Beschlag und löcherte ihn mit Fragen über den Feldzug. Er wollte unbedingt wissen, was sein Bruder alles erlebt hatte. Vor allem interessierte es ihn, wie sich Nebu im Gefecht seine Verletzung zugezogen hatte. Lächelnd ging sein Bruder auf all seine Fragen ein.

Zu vorgerückter Stunde nahm Ramses all seinen Mut zusammen und bat seinen Vater um die Erlaubnis, am kommenden Tag an den Wettkämpfen im Wagenrennen teilnehmen zu dürfen. Er zählte zu den besten Wagenlenkern seines Jahrgangs, doch sein Vater war wieder einmal der Meinung, er sei dafür einfach noch zu jung.

***

Am nächsten Vormittag trabten Ramses und Setau zum Haus des Krieges, auf dessen Hof die Wagenrennen stattfinden sollten. Nachtamun folgte ihnen in gebührendem Abstand.

Als sie die große Kaserne von Memphis erreichten, hatten sich erst wenige Zuschauer eingefunden. Die meisten lagen sicher noch in ihren Betten und schliefen ihren Rausch vom Vorabend aus. Einzig die Bediensteten eilten geschäftig umher und verneigten sich ehrfürchtig, wenn sie des Prinzen ansichtig wurden.

Die beiden Jungen überquerten den Hof und näherten sich zielstrebig den Pferdeställen, in denen auch die beiden Lieblingspferde des Pharaos standen. Als sie sie erreicht hatten, sagte Ramses: »Schau, Setau, das hier ist der Hengst Amun-schenkt-den-Sieg. Der andere heißt Amun-schenkt-die-Macht.« Liebevoll strich er über den Hals der beiden Tiere, die bei der Berührung zufrieden schnaubten. »Sind sie nicht prächtig?«

Setau nickte und näherte sich vorsichtig den beiden Hengsten.

Pferde waren wunderschöne Geschöpfe, doch sie waren so groß. Setau traute ihnen nicht so recht über den Weg. Er hatte einmal gesehen, wie ein Mann von einem Pferd getreten und im hohen Bogen durch die Luft geschleudert worden war. Seitdem hatte er gehörigen Respekt vor diesen Tieren, was ihm den Hohn und Spott der anderen Knaben eingebracht hatte, mit denen er im Kriegshandwerk unterrichtet wurde.

»Wenn ich einmal erwachsen und ein richtiger Soldat bin«, schwärmte Ramses derweil sehnsüchtig, »will ich auch so schöne Pferde mein Eigen nennen.«

»Das wirst du, Ramses. Da bin ich mir sicher«, ermutigte Setau ihn. »Du bist der Sohn des Herrn der Beiden Länder und der Bruder des zukünftigen Pharaos. Wer, wenn nicht du, wird solche edlen Tiere vor seinen Wagen spannen dürfen?«

»Da hast du wohl recht«, bestätigte Ramses. »Mein Vater hat Nebu anlässlich seiner Ernennung zum Thronfolger einen wunderschönen Streitwagen samt Pferden geschenkt.« Ihm kam eine Idee. »Los komm, Setau. Suchen wir meinen Bruder, und sehen wir uns seine Pferde an.«

Sie liefen aus dem Stall und fragten einen vorübereilenden Offizier nach Nebu. Dieser schüttelte den Kopf, verwies sie aber an den Oberaufseher der Ställe, der in seiner Amtsstube über dienstlichen Rollen saß und arbeitete.

»Meinst du, wir dürfen einen Oberaufseher stören?«, fragte Setau verzagt. Ihm war nicht recht wohl bei diesem Gedanken.

Ramses nickte. »Vielleicht nicht du, aber ich darf das sicher.« Er wandte sich um und marschierte geradewegs in das aus Lehmziegeln errichtete, weiß gestrichene Gebäude, das die Arbeitsräume und Schreibstuben der höheren Offiziere, Aufseher und ihrer Schreiber beherbergte.

Unentschlossen blieb Setau vor dem Eingang zurück und wartete. Er war nur ein gewöhnlicher Diener. Ramses hingegen war ein Prinz. Bei ihm würden die Beamten sicher ein Auge zudrücken, wenn er sie bei ihrer Arbeit störte.

Kurze Zeit später trat Ramses gut gelaunt wieder aus dem Gebäude heraus und grinste ihm schelmisch zu. Mit einer Kopfbewegung bedeutete er ihm, ihm zu folgen.

Flink überquerten sie den weitläufigen Hof, der sich mit Zuschauern zu füllen begann. Durch ein großes, bewachtes Tor betraten sie den Exerzierplatz und konnten Ramses' Bruder sehen, der sich mit einem höheren Offizier unterhielt.

»Wer zuerst bei Nebu ist«, rief Ramses, grinste fröhlich und rannte los.

Geschwind setzte Setau ihm nach.

»Was macht ihr denn hier?«, wollte Nebu erstaunt wissen, als die Jungen schnaufend neben ihm zum Stehen kamen.

»Was ... ich ... hier ... mache?«, gab Ramses, völlig außer Atem, zurück. »Ich will mir ... das Rennen ansehen ... und deine neuen Pferde, ... die Vater dir ... zum Geschenk gemacht hat.« Er keuchte.

Nebu grinste breit. »Na, dann kommt mal beide mit.« Er nickte sich verabschiedend in Richtung des Offiziers und gab Ramses und Setau zu verstehen, dass sie ihm folgen sollten. Dann führte er sie sowie den unauffällig im Hintergrund bleibenden, doch stets wachsamen Nachtamun an den Zuschauertribünen vorbei, die rings um den Exerzierplatz aus Holzgerüsten errichtet worden waren. Sie durchschritten ein weiteres Tor und befanden sich alsdann in einem Hof, in welchem die Wagen für die Wettkämpfe bereitstanden und sich im hinteren Teil weitere Stallungen befanden. Geschäftiges Treiben herrschte hier, denn die Pferdeknechte waren dabei, die Tiere für den bevorstehenden Wettkampf einzuspannen.

Neugierig sahen sich Ramses und Setau um, während Nebu auf ein wunderschönes Gefährt mit zwei prächtigen braunen Tieren zustrebte, denen man bunt gemusterte Decken mit Troddeln über den Rücken gebunden und dazu passende Hauben auf den Kopf gesetzt hatte, aus denen blaurote Federbüsche ragten.

»Das sind sie, meine beiden Lieblinge«, verkündete der Nestfalke stolz. Freundlich tätschelte er der Stute das Maul und kraulte mit der anderen Hand dem Hengst die Ohren. »Ich habe den Hengst Sieg-in-Theben genannt und die Stute Mut-ist-zufrieden. Sind sie nicht prachtvoll, die beiden?«

Ramses nickte beeindruckt. Es waren in der Tat wundervolle Geschöpfe, die sich farblich wie ein Ei dem anderen glichen. Ihr Fell glänzte regelrecht golden in den Strahlen Res. Mähne und Schweif waren hingegen schwarz. Sie hatten die Ohren gespitzt und sahen ihn aufmerksam an. »Darf ich sie einmal streicheln?« Ohne auf die Erlaubnis seines Bruders zu warten, trat

Ramses an die Tiere heran und streckte ihnen seine Hände mit dem Handrücken nach oben entgegen, damit sie seinen Geruch wahrnehmen konnten und sich an ihn gewöhnten. Neugierig schnupperten die Pferde. Dann beugte der Hengst seinen Kopf nach vorn und berührte mit seinem weichen Maul sanft Ramses' Hals. Die Stute tat es ihm nach.

»Sie mögen dich«, stellte Nebu lächelnd fest und blickte aufmunternd zu Setau, der abwehrend die Hände hob. Schulterzuckend nahm Nebu die ablehnende Geste zur Kenntnis und fuhr an Ramses gewandt fort: »Beide Tiere sind noch sehr jung, gerade einmal zwei Jahre alt. Ihre Eltern stehen in Vaters Stall.«

»Bitte, Nebu, lass sie mich fahren«, bat Ramses, doch sein Bruder verneinte.

»Du bist zu klein, um mit ihnen umgehen zu können. Sie sind noch unerfahren und etwas wild. Sie müssen sich erst daran gewöhnen, den Wagen zu ziehen. Mir gehorchen sie zwar, doch niemandem sonst.«

Beleidigt sah Ramses zu Nebu auf. »Ich bin nicht mehr klein. Ich bin größer als alle anderen Knaben in meinem Alter.«

Nebu grinste über seine Worte. »Das weiß ich, Ramses. Du bist aber noch zu jung. Werde ein Mann, und Vater wird dir auch so ein schönes Gespann schenken. Da bin ich mir sicher. Mit diesem werde ich dich nicht fahren lassen. Das würde mir Vater nicht verzeihen.« Versöhnlich streckte er die Hand nach Ramses aus, doch dieser wich zurück.

»Dann eben nicht!« Eingeschnappt drehte er sich auf dem Hacken um und stapfte wütend zum Tor, das hinaus auf den Exerzierplatz führte.

»Sei doch nicht eingeschnappt, Ramses, bitte. Du weißt, dass Vater es dir verboten hat«, rief Nebu ihm versöhnlich hinterher. Ramses war jedoch schon durch das Tor verschwunden, ohne sich noch einmal zu ihm umgedreht zu haben.

Betreten verneigte sich Setau vor dem Kronprinzen und trottete seinem Freund hinterher. Als er auf den Exerzierplatz trat, lehnte Ramses mit dem Rücken an der Mauer und zog ein zutiefst beleidigtes Gesicht.

»Nebu ist der gemeinste Bruder, den man sich vorstellen kann«, wetterte er, als Setau sich zu ihm gesellte. »Sei froh, dass du keinen älteren Bruder hast.« Er schmollte. »Hoffentlich sind die Pferde heute so wild, dass sie ihm nicht gehorchen und er das Rennen verliert.«

Setau erwiderte nichts darauf. Er hielt sich da lieber raus. »Komm, lass uns Maj und Amuneminet suchen«, schlug er stattdessen vor.

Ramses war einverstanden. Er stieß sich von der Mauer ab, und zusammen überquerten sie den großen Platz und traten auf den Verwaltungshof, wo sie die beiden Freunde nach kurzer Suche fanden. Maj und Amuneminet verhöhnten gerade Meriptah, einen ihrer Mitschüler. Wie immer hatten sie ihn beim Naschen ertappt. Rund wie ein Ball, stand der beleibte Sohn des Obersten königlichen Schreibers vor den beiden Knaben und lutschte eine riesige Honigwabe aus, sodass sein pausbäckiges Gesicht vom Honig nur so klebte.

»Na, Meriptah«, begrüßte Ramses ihn, »wie oft musst du dir eigentlich pro Jahr neue Hemden und Schurze nähen lassen, weil dir die alten nicht mehr passen?« Selbstzufrieden über seine Worte grinste er. Meriptah kam ihm gerade recht, um ihn von seinem Ärger mit Nebu abzulenken. »Wenn du so weiterisst, müssen wohl demnächst die Türen im Haus deines Vaters verbreitert werden, damit du nicht irgendwann mal stecken bleibst.«

Die vier Freunde lachten schallend, und Maj setzte noch einen drauf. »Meriptah bleibt nicht stecken. Der ist so mit Fett von seinen vielen Kuchen und gebratenen Fleischhappen überzogen, dass er überall problemlos durchflutschen kann.«

»Das stimmt«, erwiderte Ramses und bog sich vor Lachen, »doch der Honig ist klebrig. Irgendwann müssen sie ihn vom Türrahmen kratzen, an dem er festgebackst ist.«

Eine weitere Lachsalve schüttelte die Jungen.

Meriptah stand derweil hilflos mit feuerrotem Kopf vor ihnen und suchte nach einer passenden Erwiderung, doch ihm fiel keine ein. Also machte er zutiefst gekränkt kehrt und stampfte zu seinem Vater, der am anderen Ende des Hofs mit General Mehi zusammenstand. Belustigt sahen die vier Knaben dem dicklichen Sohn des Obersten Schreibers hinterher.

»Wir sollten uns auch unsere Sitzplätze suchen«, empfahl

Setau und wies in die Runde. Die Tribünen füllten sich immer mehr.

»Gute Idee«, pflichtete Amuneminet ihm bei. »Zudem habe ich Durst. Hier gibt es genügend Bier und Wein, und wenn wir uns weit weg unserer Eltern setzen, kriegen die es nicht einmal mit.« Er grinste breit.

»Wenn du ihnen nach dem Rennen schwankend entgegentrittst, merken sie es doch«, widersprach Maj und winkte ab. »Aber egal, ich habe ebenfalls Durst.« Sein Blick wanderte zu Setau.

»Ist schon gut«, murrte dieser. »Ich habe verstanden, doch zuvor muss ich wissen, wo wir sitzen, damit ich euch finde.«

Sie eilten los und suchten sich ihre Plätze in dem für die höheren Herrschaften abgeteilten Bereich der Zuschauertribünen. Eine Stunde später erschien dann auch Sethos zusammen mit Tuja und Tia nebst deren Mann. Der Wettstreit der Wagenlenker konnte beginnen.

Insgesamt traten zwölf der besten Männer gegeneinander an, die in Sethos' Heer dienten. Die Vorläufe dauerten fast den gesamten Vormittag und wurden in den Pausen von musikalischen und tänzerischen Darbietungen begleitet. Hinzu kamen Akrobaten und Jongleure, die ihr Publikum mit allerlei Kunststückchen zu begeistern wussten. Es gab zu essen und zu trinken; überall waren kleine überdachte Stände aufgebaut, an denen jeder sich auf Kosten des Palastes sättigen durfte.

Die vier Freunde hielten sich an das starke Bier, welches in großen bauchigen Krügen kühl gehalten wurde. Ramses hatte wie Amuneminet und Maj bereits zwei Becher geleert und hielt nun den dritten in seiner Hand. Solange er saß, ging es ihm gut. Wenn er sich aber erhob, schwankte er bereits, und so musste Setau als Rangniederster für ständigen Nachschub sorgen und hielt sich deshalb beim Trinken zurück. Zu Ramses' Verdruss war Nebu aus allen Vorläufen als Sieger hervorgegangen und trat im nun bevorstehenden Endkampf gegen General Mehi an.

Gespannte Stille herrschte, als sich die beiden Finalisten mit ihren Gefährten an den Startpunkt begaben. Auf ein Zeichen von Sethos persönlich, ließen Nebu und Mehi ihre Pferdchen lospreschen und lieferten sich ein dramatisches Kopf-an-Kopf-Rennen. In den ersten fünf von insgesamt zehn Runden führte das Gespann des Prinzen. Nebus Tiere waren jung und schnell, dafür aber unerfahren, und hatten von Beginn an all ihre Kräfte aufgeboten, um zu siegen. Das Gespann des Generals war älter. Seine Pferde waren keine Heißsporne mehr und teilten sich ihre Kräfte gut ein, sodass in der achten Runde noch immer nicht abzusehen war, wer in diesem Rennen siegen würde.

Gespannt hielten die Zuschauer den Atem an. Wetten wurden eifrig abgeschlossen.

»Was denkst du, wer wohl gewinnt?«, rief Amuneminet Ramses zu.

»Ich hoffe, nicht Nebu!«, zischte Ramses zurück und konzentrierte sich wieder auf das Finale, das in die entscheidende Phase ging. Nur noch knapp zwei Runden standen bevor.

Plötzlich strauchelte Nebus Stute und zog den Hengst mit sich zu Boden. Der Wagen ruckte, und Nebu, der auf solches nicht gefasst gewesen war, wurde im hohen Bogen vornüber aus dem Wagenkorb geschleudert.

Entsetzte Schreie hallten durch das Rund, doch Nebu rollte sich im Fallen ab und kam unversehrt wieder auf die Beine. Ein allgemeines Aufatmen erfüllte die Zuschauerreihen.

Das geschieht dir recht, mein lieber Bruder!, dachte Ramses indes schadenfroh. Nur mit Mühe konnte er sich ein hämisches Grinsen verkneifen. Das ist die Strafe der Götter, weil du vorhin so gemein zu mir gewesen bist. Er warf Nebu einen gehässigen Blick zu und hätte ihm am liebsten die Zunge herausgestreckt. Das ließ er jedoch bleiben. Zu viele Leute waren um ihn herum, die das hätten sehen können. Grinsend blickte er hinunter in das Rund, in welchem Nebu mit einem Mal zu taumeln begann, sich an den Kopf fasste und zusammenbrach.

Verstört riss Ramses die Augen auf. Was war hier los? Es ging seinem Bruder doch eben noch gut!

Mehi, der in der Zwischenzeit seine Pferde gezügelt hatte und vom Wagen gestiegen war, eilte an die Seite des Thronfolgers. Nachdem er ihn erreicht hatte, kniete er neben ihm nieder und sprach ihn an.

Wie hypnotisiert ließ Ramses Nebu nicht aus den Augen. Sein

Bruder rührte sich nicht. Selbst aus dieser Entfernung konnte er die Beklommenheit des Generals spüren, als dieser nach der Ader an Nebus Hals tastete. Beunruhigt hielt Ramses den Atem an. Als Mehi nach einer Weile sein Ohr auf die Brust seines Bruders legte, blieb ihm beinahe das Herz stehen. Was hatte das zu bedeuten? Er stieß die angehaltene Luft wieder aus. Die Angst um seinen Bruder schnürte ihm die Kehle zu.

Langsam hob Mehi den Oberkörper und blickte hoch zum Platz des Pharaos. Sethos hatte sich von seinem Stuhl erhoben und sah mit starrem Blick hinunter zu seinem älteren Sohn. Das unmerkliche Kopfschütteln und die Tränen in den Augen des Generals sagten nicht nur ihm, dass sich Nebus Körper mit seinem Ka wieder vereint hatte. Auch Ramses begriff, dass sein Bruder gestorben war.

Seine Mutter und seine Schwester traten neben seinen Vater, und dieser legte ihnen tröstend die Arme um die Schultern. Wie gern wäre Ramses jetzt an ihrer Seite gewesen, um die Trauer mit ihnen zu teilen. Nach einem kurzen Moment der inneren Andacht gab sein Vater Frau und Tochter wieder frei und begab sich, gefolgt von seiner Leibwache, hinunter auf den Platz, um Nebu ein letztes Mal in die Arme zu nehmen.

Auf den Tribünen war es totenstill.

Ramses stand wie gelähmt zwischen Amuneminet und Maj. Er wusste, was soeben geschehen war; er sah seinen Vater, der neben seinem Bruder auf die Knie sank und dessen leblosen Körper voller Schmerz an den seinen presste. Sein Herz aber weigerte sich, die gesamte Tragweite des schrecklichen Vorfalls an sich heranzulassen. Seine Augen füllten sich nicht mit Tränen, sie brannten nur. In seinem Herzen empfand er nichts, nur unsagbar trostlose Leere. Gefühle wie Trauer und Schmerz stellten sich erst sehr viel später ein.

Als er abends in seinem Bett lag und Nebsumenu die Lampen löschen wollte, befahl er ihm, ein Nachtlicht anzulassen. Heute Nacht fürchtete er die Dunkelheit.

Nachdem der Leibdiener sein Zimmer verlassen hatte und er endlich alleine war, verkroch er sich unter seiner dünnen Zudecke, und der Schmerz ergriff von seinem Herzen Besitz. Er begann zu weinen und zu schluchzen, denn er wollte und konnte nicht glauben, was geschehen war. Sein geliebter Bruder war von ihm gegangen. Nie würde er ihn wiedersehen, jedenfalls nicht mehr in diesem Leben.

»O Nebu«, schluchzte er, und die Tränen liefen ihm die Wangen hinab und benetzten das frische Laken, »bitte verzeihe mir. Ich habe das heute Morgen nicht so gemeint. Ich war böse auf dich, doch du warst der beste Bruder, den man sich wünschen kann.«

In diesem Augenblick schwor Ramses sich, dass er nie wieder einen Streit mit einem Freund ohne Versöhnung enden lassen würde. Der heutige Tag hatte ihm auf brutale Art gezeigt, wie unergründlich doch die Zukunft war.

Das Herz schwer vor Kummer und Schmerz, schlief er irgendwann gegen Morgen ein.

9. Kapitel

Eine angemessene Grabstätte

Tiefe Trauer hatte sich über den Palast von Memphis gelegt und die Neujahrsfeierlichkeiten abrupt enden lassen. Sethos rief am nächsten Tag nach Mehi und befahl ihm, sofort nach Theben aufzubrechen. Er sollte sich am Verborgenen Ort nach einem geeigneten Haus für die Ewigkeit umsehen. Würde er dort nicht fündig werden, sollte er in jenem anderen Tal suchen, dem Ort der Schönheit, in welchem sein Vater seine geliebte Gemahlin, Sethos' Mutter, zur letzten Ruhe gebettet hatte.

»Finde für meinen Sohn eine Grabstätte, in der er auf den göttlichen Fährmann warten kann.« Sethos' Stimme klang matt und zitterte leicht, als er Mehi diesen Befehl erteilte. Dem General und Fächerträger entging nicht, dass des Königs Gesicht um Jahre gealtert schien und sein sonst so durchdringender Blick am heutigen Tag müde und ausdruckslos war. »Warum gerade Nebu?«, fragte Sethos und seufzte bekümmert. »In sieben Tagen wäre er fünfzehn Jahre alt geworden.« Betrübt fuhr er sich über sein Gesicht. »Tuja zerbricht fast an dem Schmerz. Sie hat sich seit diesem schrecklichen Unglück in ihre Gemächer zurückgezogen und lässt noch nicht einmal mich zu sich vor.« Gedankenverloren spielte er mit der vergoldeten Schreibbinse, die vor ihm auf dem Tisch neben einem aufgerollten Papyrus lag. »Nun habe ich nur noch einen Sohn«, sinnierte er weiter, »und wenn auch der vor mir sterben sollte, gibt es nur noch Tia.«

»Mache dir darüber keine Sorgen«, versuchte Mehi ihn zu beruhigen, obwohl auch er dieses Thema am gestrigen Abend mit seiner Frau erörtert hatte. Tachat hatte in Bezug auf die Thronfolge gemeint, dass Ramses, dieses verzogene Kind, noch weit davon entfernt sei, die Nachfolge seines Vaters anzutreten, sollte Sethos in naher Zukunft etwas zustoßen. Davon ging er selbst erst einmal nicht aus. Und das auch Ramses überraschend sterben würde ... Er räusperte sich. »Ramses ist noch jung und gesund. Der wird nicht vor dir zu den Göttern gehen.«

Sethos lachte rau. »Nebu war ebenfalls noch jung und gesund. Trotzdem liegt er jetzt kalt und steif im Haus des Todes.« Betroffen schluckte Mehi bei diesen Worten und wich Sethos' Blick aus. »Ich habe davor Angst«, fuhr dieser fort, »dass das Land wieder ins Chaos zurückfällt, wenn ich keinen Thronerben hinterlasse oder wenn womöglich ich schon bald sterbe und es nur einen kleinen Jungen gibt, der gerade einmal zehn Jahre alt ist. Mein Vater hat mir oft genug erzählt, was geschah, als Osiris Tutanchamun im Alter von nur neun Nilschwemmen auf den Thron der Beiden Länder stieg. Damals war es, zugegeben, ein Segen für Kemi, nachdem jener, der die göttliche Maat in den Beiden Ländern zum Wanken gebracht hat, und sein ebenso unfähiger Bruder endlich zu den Göttern gegangen waren. Tutanchamuns Berater haben den jungen Pharao stets gut gelenkt, doch wer weiß, was dieses Mal passiert. Vielleicht käme ein allzu ehrgeiziger Hohepriester oder General auf die Idee, die Macht an sich zu reißen. Osiris Haremhab und mein Vater haben viel getan, auf dass die Maat in Kemi wieder regiert und die Neun Bogen vor unserer Macht im Staube liegen. Der Streit um die Thronfolge könnte allerdings verheerende Auswirkungen haben.«

»Das stimmt«, pflichtete Mehi ihm bei, »doch ich glaube, das wird nicht geschehen. Der Tod deines Ältesten lässt dich die Zukunft in düsteren Farben sehen. Du bist ebenfalls noch jung, gerade mal dreiunddreißig Nilschwemmen alt. Dein Vater, Osiris Menpehtire Ramses, wurde dreiundsechzig. Also, wenn kein weiteres Unglück geschieht, regierst du noch gut fünfundzwanzig bis dreißig Jahre. Bis dahin ist Ramses ein gestandener Mann, dem niemand die Macht aus den Händen reißt.«

Auf Sethos' Gesicht zeigte sich ein leichtes Lächeln. »Ja, Mehi, wenn die Götter es wollen, dann wird es so sein.«

***

Zwei Tage später begab sich Mehi auf seine Reise nach Theben. Er musste schnell sein, denn im Süden hatte bereits die Überschwemmung eingesetzt und würde ihn sicher auf halbem Wege überraschen. Die Nachrichten besagten, dass in diesem Jahr mit einem guten Hochwasser zu rechnen sei. Das wiederum verhieß eine vielversprechende Ernte; genug Korn, um alle hungrigen Mäuler im kommenden Jahr zu stopfen. Für ihn bedeutete es jedoch, dass es schwierig wäre, die Fahrt auf dem Nil bis Theben fortsetzen zu können.

In der Tat war es dann auch auf halbem Weg soweit. Die Strömung wurde immer stärker, sodass die Männer an den Rudern hinter Abydos kapitulieren mussten. Es war ihnen kaum noch möglich, die Barken auf Kurs zu halten und gegen die Wassermassen anzukämpfen.

»Steuert das rechte Ufer an!«, befahl Mehi dem Schiffsführer. »Von hier aus werde ich mich auf dem Landweg nach Theben begeben.«

»Das rechte?«, fragte der Mann besorgt. »Es ist das Reich der Toten«, setzte er ängstlich hinzu.

»Es ist aber der kürzere Weg, um in die südliche Königsstadt zu gelangen«, gab Mehi zurück. »Der Fluss macht eine gewaltige Biegung, die ich auf dem Ostufer umgehen muss. Somit nehme ich lieber den bequemeren Weg. Die Toten haben sicher Verständnis dafür.« Damit war für ihn das Thema erledigt.

Der Angesprochene verneigte sich. Er brüllte seine Befehle den Männern auf den anderen beiden Barken zu, und schon glitten die Schiffe dem westlichen Ufer entgegen. Sofort begannen die Diener mit dem Bau eines kleinen Lagers. Sie stellten ein Zelt für ihren Gebieter auf, entfachten Feuer und begannen mit der Zubereitung des Abendmahls, denn Res Barke befand sich im Sinken.

Als sich die Dunkelheit über dem Land ausbreitete, wurde es empfindlich kalt. Mehi war gesättigt und kuschelte sich in seine Decke, doch warm werden wollte ihm nicht. Mürrisch wälzte er sich auf seinem Lager hin und her und rief schließlich nach Henut, die irgendwo vor dem Zelt auf ihrem Strohsack lag und schlief. Kurze Zeit später schlüpfte sie verschlafen und zerzaust in sein Zelt.

»Komm her zu mir und lege dich neben mich«, befahl er leise. »Mir ist kalt.« Zögernd trat sie einen Schritt auf ihn zu und blieb unschlüssig stehen. »Komm schon, Henut«, munterte er sie auf. »Du brauchst dich doch nicht zu fürchten. Ich werde dir nichts tun. Ich will nur, dass du mich mit deinem Körper wärmst.«

Langsam trat Henut näher und ging neben ihm in die Hocke. Als er seine Zudecke anlüftete, kroch sie zaghaft darunter.

Starr wie eine Statue lag Henut neben ihm ausgestreckt und wagte kaum zu atmen. Mehi entging das nicht, und er hatte sogar Verständnis dafür. Immerhin war Henut noch nicht so lange bei ihm. Sie fürchtete sich, obwohl es keinen Grund dafür gab. Er war ihr gegenüber nie handgreiflich geworden und hatte sie stets gut und freundlich behandelt. Sanft legte er ihr den Arm um den nackten Oberkörper und zog sie näher zu sich heran. Widerstrebend gehorchte sie, winkelte jedoch eines ihrer Beine etwas an.

»Wage nicht, dass zu tun, woran du gerade denkst!«, warnte er sie. »Du würdest es bitter bereuen.« Er musterte sie in der Dunkelheit. »Hast du niemals Djehuti gewärmt?«

Sie schüttelte verneinend den Kopf, wagte aber nicht, ihm dabei ins Gesicht zu sehen.

Mehi wollte nicht so recht glauben, dass Djehuti Henuts Dienste nie in Anspruch genommen hatte. Er beließ es dabei, denn die angenehm wohlige Wärme von Henuts weichem Körper ließ ihn müde werden, und schon bald schlief er tief und fest ein.

Henut hingegen war noch eine ganze Weile wach. Ihr Herz pochte ihr bis zum Hals, beruhigte sich aber allmählich. Der Gebieter wollte ihr keine Gewalt antun. Erleichtert atmete sie auf und hing ihren Gedanken nach.

In den ersten Wochen hatte sie nur geweint. Djehutis Verlust saß unglaublich tief. Sie hatte ihn wie einen Vater geliebt, und sie hasste ihren neuen Herrn und den Pharao, weil diese Djehuti hatten töten lassen. Bis heute konnte sie nicht glauben, was ihrem Wohltäter vorgeworfen wurde. Er war kein Scheusal gewesen; er war ein herzensguter Mensch – zumindest zu ihr.

Irgendwann hatte der Schmerz dann nachgelassen und war verblasst, und auch ihre Tränen waren allmählich versiegt. Der Hass auf den General verflog, denn Mehi behandelte sie gut und tat ihr nicht weh. Er war Ende dreißig und sehr attraktiv. Zusammen mit seiner Gemahlin und einer ansehnlichen Schar Bediensteter bewohnte er ein weitläufiges Anwesen in der Nähe des Palastes. Tachat, seine Gemahlin, hatte sie bei ihrem ersten Zusammentreffen abschätzend gemustert, als Mehi sie vom Feldzug mit nach Hause gebracht hatte. Schließlich hatte sie ihrem Mann nur einen scheelen Blick geschenkt und süffisant gelächelt.

»Meinetwegen«, hatte sie zu ihm gesagt. »Amüsiere dich mit ihr.«

Henut konnte sich noch gut daran erinnern, wie sie in diesem Moment am liebsten im Boden versunken wäre, so peinlich empfand sie es.

Unsicher sah sie in sein schlafendes Gesicht, das aufgrund der Dunkelheit kaum zu erkennen war.

Wenn sie ehrlich war, mochte sie ihn inzwischen sehr. Die vergangenen zwei Monate hatten gereicht, um die Erinnerung und den Schmerz verblassen zu lassen und Platz für einen neuen Herrn in ihrem Herzen zu schaffen. Zwar war Mehi anders als Djehuti; dennoch fühlte sie sich in seiner Nähe geborgen und wohl, auch wenn sie vorhin gezögert hatte, mit ihm das Lager zu teilen. Es war keine Liebe, die sie für ihn empfand, aber Zuneigung allemal. Trotzdem stellte sich stets ein seltsames Gefühl in ihrem Bauch ein, wenn sie in seiner Nähe war. Bei Djehuti hatte sie dieses Kribbeln nie verspürt.

Still seufzte sie und legte schüchtern ihren Arm um seinen Nacken. Dann kuschelte sie sich an seine Brust und schlief kurze Zeit später ebenfalls ein.

***

Am nächsten Morgen machte sich Mehi mit ein paar Soldaten auf den Weg in die südliche Königsstadt. Dort angekommen, ließ er sich gar nicht erst auf das Ostufer übersetzen, sondern eilte sofort in das Dorf der Handwerker, welche die Häuser der

Ewigkeit am Verborgenen Platz aus dem Gestein schlugen. Er befahl, den Obersten Schreiber zu holen, und erstaunt erschien der Mann und fragte nach seinem Begehr.

»Dieser Befehl Seiner Majestät stellt mich vor ein großes Problem«, meinte er stirnrunzelnd, nachdem Mehi geendet hatte. Nachdenklich kratzte er sich unter seiner Perücke. »Der Horus-im-Nest hatte noch nicht einmal mit dem Bau seines Westlichen Hauses begonnen.« Er seufzte. »Sicher, es gibt eine Reihe unvollendeter Gräber am Verborgenen Platz, doch keines würde ich als geeignet erachten, den Leib des dahingeschiedenen Prinzen aufzunehmen.«

»Wir *müssen* aber eines finden«, mahnte Mehi. »Uns bleibt nicht genug Zeit, um ein standesgemäßes anzulegen.«

Bestätigend nickte der Beamte. »Das verstehe ich, Herr, doch ich kann dir wirklich nicht weiterhelfen. Die Arbeiter sind derzeit mit dem Bau des Ewigen Hauses Seiner Majestät beschäftigt. Letzte Woche wurde gerade der Eingangsbereich fertiggestellt.« Entschuldigend hoben sich seine gepflegten Hände, an denen zwei prachtvolle Ringe prangten, die er als Zeichen des Dankes von einem der zu Osiris gegangenen Könige erhalten hatte.

»Das kann ich als Antwort nicht akzeptieren«, moserte Mehi. Er konnte Sethos unmöglich schreiben, dass für dessen Sohn kein Grabmal zur Verfügung stand. »Ich will mich mit eigenen Augen vom Zustand der aufgegebenen Grabstätten überzeugen. Führe mich sofort hin!«

Sie begaben sich aus dem Dorf und stiegen einen holprigen Weg hinauf, in dessen Anschluss sie einen steilen Hang erklommem, der sie zum Verborgenen Platz bringen sollte. Es war Mittagszeit. Da der Weg nordwärts führte, hatten sie Res Sonnenbarke im Rücken. Trotzdem keuchte der Oberste Schreiber schon nach kurzer Zeit und wischte sich ein ums andere Mal den Schweiß aus dem Gesicht. Mehi hingegen schritt unbeirrt zügig aus. Marschieren unter heißer Sonne war für ihn nicht ungewohnt. Er war nicht nur Beamter, sondern auch Soldat, selbst wenn er dank seiner Stellung bei Hof inzwischen die Vorzüge des Streitwagens genoss. Er blickte zu seinem Begleiter, der sich ein gequältes Lächeln abrang.

Nach mehr als einer Stunde erreichten sie ein kleines Heiligtum, das dem Großen Gott Ptah, dem Schutzgott der Handwerker, geweiht war. »Lass uns hier einen Moment rasten und etwas Wasser trinken«, schlug Mehi vor.

Dankbar nahm der Beamte die Pause an.

Sie hatten es sich gerade im Schatten des Heiligtums gemütlich gemacht, als sich ihnen eine Patrouille näherte, nicht die erste auf ihrem Weg ins verbotene Tal. Mit finsterer Miene traten die beiden Medjai auf sie zu, die rechte Hand am Knauf ihres kurzen Schwertes.

»Was hat er hier zu suchen?«, fragte einer der dunkelhäutigen Männer. Mit einer Kopfbewegung deutete er auf Mehi, der völlig entspannt sitzen blieb, während der Schreiber auf die Füße sprang.

»Das ist der Hohe Herr Mehi, General des Herrn der Beiden Länder, Fächerträger zur Rechten Seiner Majestät – er lebe, sei heil und gesund!«

»Seine Titel können mich nicht beeindrucken«, schnarrte der Medjai. »Er hat auf diesem Weg nichts verloren!«

»Das denke ich schon«, mischte sich nun Mehi ein. Er erzählte von dem Auftrag, den ihm Sethos gegeben hatte, und zeigte den Wachleuten den offiziellen Befehl des Pharaos. In diesem wurde ihm auch das Betreten der beiden Schluchten erlaubt, in welchen sich die verborgenen Grabstätten befanden.

»Verzeih, Herr«, entgegnete der Wachmann und reichte ihm die Schriftrolle zurück. »Unser Befehl lautet, keinen Fremden in die Nähe des Tals zu lassen.« Er und sein Kamerad verneigten sich ehrerbietig vor ihm.

Mit einer Handbewegung gab Mehi ihnen zu verstehen, dass sie gehen durften. Wenig später machten er und der Schreiber sich ebenfalls wieder auf den Weg.

Als die Hütten der am Verborgenen Platz beschäftigten Arbeiter endlich in Sicht kamen, war es bereits früher Nachmittag. Ohne zu zögern, stieg Mehi hinunter ins Tal, und schnaufend folgte ihm der Beamte.

Dicke Schweißperlen standen dem Oberschreiber auf Stirn und Oberlippe, als sie endlich die Talsenke erreichten, und verstohlen wischte er sich diese mit dem bereits schweißgetränkten Stück Leinen vom Gesicht. »Da wären wir«, pustete er kurzatmig und lugte zu Mehi, dem der anstrengende Marsch nichts ausgemacht hatte. Dann winkte er einen Steinhauer zu sich heran, der sich im Schatten der Felsen eine kurze Pause gönnte, und befahl ihm, den Vorarbeiter zu holen. Der Mann verneigte sich und trabte davon.

Wenig später erschien ein älterer gebeugter Mann. In knappen Worten erklärte ihm der Dorfoberste Mehis Anliegen, und der Vorarbeiter runzelte nachdenklich die Stirn.

»Das wird nicht so leicht werden, Erhabener«, wandte er sich an Mehi. »Meines Wissens nach gibt es zurzeit kein Westliches Haus, das wir in so kurzer Zeit für den zu den Göttern gegangenen Thronfolger fertigstellen könnten. Meine Männer arbeiten unermüdlich am Grab Seiner Majestät; einige von ihnen an jenem für die Königsgemahlin. Keines von beiden ist jedoch so weit gediehen, dass man jemanden darin zur letzten Ruhe betten könnte. Zudem weiß ich nicht, ob Seine Majestät damit einverstanden wäre.« Entschuldigend zuckte er mit den gebeugten Schultern.

»Und es gibt wirklich kein anderes Grab? Denkt noch einmal nach!« Mehi war dem Verzweifeln nahe, da ihm die Zeit davonzulaufen begann. Immerhin dauerten die Mumifizierungsriten nur siebzig Tage. Hinzu käme zwar noch die Fahrt bis nach Theben, die sich mit einem solch großen Konvoi etwas länger als gewöhnlich hinziehen würde. Dennoch verblieb ihnen keine Ewigkeit.

»Nein, Hoher Herr, es tut mir leid. Hier am Verborgenen Ort jedenfalls nicht«, antwortete der Vorarbeiter. Das Bedauern war in seiner Stimme nicht zu überhören.

»Und wie sieht es in dem anderen Tal aus, dem Ort der Schönheit? Gibt es vielleicht dort eine ungenutzte Grabstätte?«, ließ Mehi nicht locker. Es musste doch möglich sein, ein leer stehendes Grab zu finden!

»Leider auch dort nicht. Dieser Platz wurde erst vor zwei Jahren von Osiris Menpehtire Ramses als Begräbnisstätte für die königlichen Frauen und die Prinzen auserwählt. Es gibt dort nur das Ewige Haus seiner Gemahlin sowie die begonnene Grabstätte für die Königin Tuja. Mir kommt da aber eine Idee.«

»Dann erzähle mir von ihr«, befahl Mehi unwirsch. Seine Laune hatte sich zusehends verschlechtert.

Verlegen trat der Mann von einem Fuß auf den anderen. »Ich traue mich kaum, diesen Einfall auszusprechen, Erhabener, aber …«

»Aber was?« Mehi wurde zornig. »Sprich endlich! Anderenfalls muss ich Seiner Majestät berichten, dass ich keinerlei Unterstützung von den königlichen Arbeitern und Beamten erhalten habe!«

Diese Androhung half, obwohl Mehi zugeben musste, dass sie nicht ganz gerechtfertigt war. Beide Männer konnten ihm nicht geben, was sie nicht hatten. Trotzdem entging ihm nicht, dass der Schreiber und der Vorarbeiter merklich zusammenzuckten und einen verstörten Blick austauschten.

»Ich habe mir gedacht«, hob daraufhin der Vormann an, »dass es vielleicht möglich wäre, den Thronfolger im Ewigen Haus seiner Großmutter beizusetzen. Das Grab ist nicht sehr groß und …« Verlegen senkte der Mann den Blick, doch der Oberste Schreiber kam ihm zu Hilfe.

»Er will sagen, Hoher Herr, dass das Westliche Haus von Osiris Menpehtire Ramses' Gemahlin aufgrund der zu geringen Zeit noch nicht vollständig fertig war, als sie zu den Göttern ging. Der Einfall ist allerdings überlegenswert in Anbetracht der Tatsache, dass ansonsten keine andere Grabstätte zur Verfügung steht und zudem auch nicht die Zeit verbleibt, um für den verblichenen Thronfolger eine neue anzulegen.«

Entsetzt hielt Mehi die Luft an und starrte den Beamten an. »Ich soll zum Pharao gehen und ihm sagen, dass er die Ruhe seiner Mutter stören soll, um seinen Sohn bestatten zu können?«

»Ja, Erhabener«, erwiderte der Oberste Schreiber kleinlaut und senkte nun ebenfalls verängstigt den Blick auf seine verstaubten Sandalen. »Es ist sicherlich nicht gang und gäbe, aber auch nicht ungewöhnlich, dass zwei Personen in ein und demselben Grab bestattet werden«, fügte er erklärend hinzu. »Das kommt des Öfteren vor.«

Nachdenklich betrachtete Mehi die beiden Männer, während er über den ungeheuerlichen Vorschlag nachzudenken begann. Es war ihm zwar noch nie zu Ohren gekommen, dass sich zwei Personen dasselbe Haus für die Ewigkeit teilten, doch ausgehend davon, dass die Männer die Wahrheit sprachen, hatten sie in diesem Punkt sicher mehr Erfahrungen als er. Was aber würde Sethos wohl dazu sagen, wenn er erfuhr, dass sein Sohn neben seiner Großmutter, also Sethos' Mutter, bestattet werden sollte? Eine solche Vorgehensweise stand sicher nicht im Einklang mit der Ruhe der Toten, doch die Not gebot ihm, diesen Gedanken nicht einfach abzulehnen.

»Ich werde diesen Vorschlag nicht gänzlich ignorieren«, sagte er schließlich, »auch wenn ich mich kaum wage, ihm dem Pharao zu unterbreiten. Dennoch, morgen früh will ich alle aufgegebenen Gräber inspizieren. Ihr werdet bis dahin noch einmal alle zur Verfügung stehenden Unterlagen durchsehen, ob es nicht doch eine andere Möglichkeit gibt!«

Am nächsten Morgen durchstreifte Mehi zusammen mit dem Obersten Schreiber und dem Vorarbeiter das Tal der königlichen Grabstätten. Wie beide Männer gesagt hatten, fand sich kein freies Westliches Haus, welches man als solches hätte bezeichnen können. Meist waren die Grabstätten bereits nach wenigen Ellen aufgegeben worden, da sich die Gesteinsschichten als schier unbezwingbar erwiesen hatten. Missmutig kehrte Mehi an diesem Tag in das königliche Palastviertel zurück und schrieb eine Botschaft an den Pharao.

Sethos schnaubte, als er las, dass es für seinen Sohn keine geeignete Grabstätte gab. Er schimpfte und tobte, doch ändern konnte er dadurch nichts. Ein paar Tage und Wutausbrüche später sah er schließlich ein, dass es keine andere Möglichkeit gab, als Nebu neben seiner Großmutter zu bestatten. Knurrend stimmte er dem Vorschlag des Vorarbeiters zu.

10. Kapitel

STREIFZUG DURCH THEBEN

Ende *Choiak*, dem vierten und letzten Monat in der Jahreszeit der Überschwemmung, erreichte das Trauergefolge mit dem königlichen Paar an der Spitze Theben, die Stadt des Großen Gottes Amun-Re, die Begräbnisstätte der Pharaonen und ihrer Angehörigen seit nunmehr zwei Jahrhunderten.

Setau war völlig aufgeregt, als die Barken auf die südliche Königsstadt zuhielten. Er stand am Bug des Schiffes, auf dem sich neben Ramses auch Amuneminet und Maj befanden, und starrte fasziniert auf die Silhouette der größten Stadt im Süden, die von den Tempeln des Amun-Re, der Mut und der anderen Götter überragt wurde. Es war früher Vormittag, und die Sonnenbarke ließ die mit Gold und Elektrum überzogenen Spitzen der Obelisken und Fahnenmasten funkeln, die sich förmlich in den tiefblauen Himmel bohrten. Die Luft war warm, jedoch noch frisch und klar und nicht so heiß und stickig wie in den Monaten der Ernte.

Beiderseits des Flusses war das Ufer von fröhlich winkenden Menschen gesäumt. Dicht gedrängt fieberten sie seit Stunden der Ankunft des Pharaos und seines Gefolges entgegen, selbst wenn der Anlass ihres Erscheinens ein trauriger war. Überall entlang der Uferwege hatten Händler ihre Stände errichtet und boten eifrig frisch gebackenes Brot, geröstetes Fleisch sowie kühles Bier und Fruchtsäfte den Wartenden feil. Der Wind trug den köstlichen Duft all dieser Leckereien bis hinaus auf den Nil.

»Da, Ramses, schau!«, rief Setau plötzlich. Er streckte den Arm aus und zeigte auf den Pylon des Mut-Tempels, der allmählich in Sicht kam. »Dort in der Nähe habe ich gewohnt.« Er wandte sein Gesicht dem Prinzen zu. Seine Augen leuchteten fröhlich.

»*Gewohnt?*« Maj rümpfte amüsiert die Nase. »Ich dachte, du

hast auf der Straße gelebt. Ich glaube kaum, dass man das als Wohnen bezeichnen kann.«

Gekränkt senkte Setau den Blick.

»Das war nicht gerade nett von dir«, knurrte Ramses und legte Setau freundschaftlich den Arm um die Schulter. »Sei nicht traurig«, tröstete er ihn. »Wenn du möchtest, gehen wir uns zusammen die Stadt ansehen. Dann kannst du mir alle Gassen und Straßenecken zeigen, wo du gelebt und gespielt hast, bevor dich mein Großvater mit nach Memphis nahm.«

»Ehrlich, das willst du tun?« Setau strahlte übers ganze Gesicht und wandte den Blick wieder seiner Heimatstadt zu.

Er war Ramses dankbar, dass ihn dieser nicht für seine Herkunft verspottete. Normalerweise taten es die anderen Jungen ebenfalls nicht. Nur manchmal, vielleicht sogar völlig unbewusst, ließen sie ihn spüren, dass sie von hoher Geburt waren und er nur ein armer Waisenjunge aus den Gassen Thebens.

Der Konvoi drehte bei und steuerte in den Kanal, der zum Palastbereich führte. Der Mastbaum wurde umgelegt, und die Ruderer manövrierten die Schiffe bis zu den Wasserstufen des Palasthafens. Dort standen bereits Männer bereit, die die Boote festzurren und die Laufplanken auslegen sollten.

Interessiert schauten die vier Freunde dem Anlegemanöver zu und verließen im Anschluss die Barke. Amuneminet und Maj suchten in dem Durcheinander, welches durch das gleichzeitige Eintreffen der vielen Schiffe am Landungssteg herrschte, ihre Familien, die auf ihren eigenen Booten angereist waren. Ramses wurde von einem Diener in Empfang genommen und mit Setau und Nachtamun im Schlepptau in den Harim zu seinem Zimmer geführt.

Als er das Gemach betrat, wurde er unwillkürlich daran erinnert, dass er bei seinem vorigen Besuch in Theben hier die letzten Tage zwangsläufig hatte verbringen müssen. Er nahm sich vor, seinen Vater dieses Mal nicht zu erzürnen, denn er verspürte keine Lust auf einen erneuten Stubenarrest.

Zwei Tage später fand die Beisetzung seines Bruders statt. Sie war bei Weitem nicht so aufwendig wie bei seinem Großvater, denn Nebu war zwar zum Nachfolger des Pharaos bestimmt gewesen; er war damit aber noch lange kein Gott und so fiel sein Trauerzug um einiges bescheidener aus. Dennoch war er noch immer recht imposant.

Nach der Beisetzung löste Ramses dann sein Versprechen ein. Gemeinsam zogen er und Setau los, um Theben zu erkunden. Maj und Amuneminet nahmen sie auf ihrem Streifzug nicht mit. Einen ganzen Tag lang ließ Ramses sich von Setau alle Ecken und Winkel der alten Königsstadt zeigen, von denen er einige sicher nie in seinem Leben zu Gesicht bekommen hätte. Manche Gassen und Plätze sahen ziemlich übel aus. Am Schlimmsten empfand er einen verwilderten Teil im südlichen Bereich der Stadt. Die Gebäude, offensichtlich früher einmal Werkstätten, waren fast gänzlich zerfallen und von hohem Gras und Unkraut überwuchert. Hinzu kam jede Menge Unrat, der achtlos abgelagert worden war, und ein unerträglicher Geruch, der ihm in der Nase biss. Entsetzt hielt er die Luft an.

»Hier stinkt es erbärmlich«, stellte er fest, stieß die angehaltene Luft wieder aus und rümpfte die Nase. »Haben sich die Leute nicht gewaschen, die hier einst lebten? Hier stinkt es nach Pipi!«

»Das weiß ich nicht«, erwiderte Setau. Er schnüffelte und zuckte mit den Schultern. Der Geruch war ihm vertraut. »Ich kenne sie nicht, denn schon damals war hier alles verlassen. Außer mir und meinem Freund gab es sonst niemanden, und wir haben regelmäßig im Fluss gebadet, wenn wir verschwitzt und schmutzig waren.«

»Aber ihr habt sicher in die Ecken gepieselt«, stellte Ramses fest. »Sonst würde es hier nicht so stinken.«

»Kann schon sein«, wich Setau aus und zeigte auf ein paar verfallene Gebäude, die vom Gras überwuchert wurden. »Da habe ich zusammen mit meinem Freund geschlafen.« Er trat ein paar Schritte auf das zerfallene Gebäude zu. »Wir haben hier oft gespielt bis zu dem Tag, an dem die Decke des Hauses einstürzte und ihn unter sich begrub.« Betroffen senkte er bei dieser Erinnerung den Kopf.

Ramses wurde neugierig. »Was ist denn damals geschehen?«, fragte er. Vergessen war der Gestank. Oder hatte sich seine Nase an ihn schon gewöhnt?

Setau seufzte und trat auf eine verwitterte Mauer zu. »Es war genau einen Tag, bevor mich dein Großvater auf dem Markt aufspürte und in seinen Haushalt aufnahm«, begann er zu erzählen und kauerte sich auf den Rest der eingestürzten Häuserwand. »Wir haben dort drüben Verstecken gespielt.« Erneut wies er auf jene Ruine, die einst eine Behausung gewesen war. »Wir haben immer dort gespielt. Kaum ein Mensch verirrt sich hierher. Nur manchmal kommen Bettler, die all den Unrat nach etwas Wertvollem durchwühlen. Dann haben wir uns versteckt, damit sie uns nicht sehen.« Er zog ein Bein an den Körper und umschloss es mit den Armen. Auch Ramses trat näher und ließ sich neben ihm auf dem Mäuerchen nieder. »An jenem Tag fiel mit einem Mal die Decke herunter und begrub meinen Freund unter sich. Ich war erst sechs und zu schwach, um den schweren Balken anzuheben, unter dem er lag. Er hat geweint, geschrien und gewimmert. Es war grauenvoll, und ich fühlte mich so hilflos. – Am folgenden Morgen war er tot.« Betroffen fuhr sich Setau über die Augen. Ramses konnte ein paar Tränen in den Augenwinkeln seines Freundes schimmern sehen. »Als aber die Decke einstürzte«, fuhr Setau schniefend fort, »purzelten mir plötzlich goldene Götter, Amulette und Halskragen vor die Füße. Anfangs war ich verwirrt und erschrocken. Zudem fragte ich mich, woher die wohl gekommen waren. Ich habe den ganzen Vormittag geweint und den Tod meines Freundes betrauert. Irgendwann meldete sich mein Magen. Sein Knurren war lauter als mein Wehklagen. Also nahm ich mir eine Figur, eine winzig kleine, und bin zum Markt gelaufen. Dort rannte ich einem Medjai in die Arme, der mich festnahm. Als er die Götterfigur bei mir fand, bezichtigte er mich, ein Dieb zu sein. Deinem Großvater habe ich es zu verdanken, dass ich nicht im Gefängnis gelandet bin, sondern fortan ein sorgenfreies Leben führen durfte.« Er sprang wieder auf die Füße und klopfte sich den Staub von seinem Schurz. »Du siehst ja, wie es hier inzwischen aussieht. Wer weiß, was aus mir geworden wäre. Vielleicht wäre ich meinem Freund schon in den Schönen Westen gefolgt.«

Ramses stand ebenfalls auf und sah sich kopfschüttend um. »Ich kann überhaupt nicht glauben, dass du hier wirklich geschlafen hast. Wie konntest du dich in all dem Abfall und

Schmutz bloß wohlfühlen?« Ein Schauer durchlief seinen Körper bei dem Gedanken, hier nächtigen zu müssen.

Setau ließ Kopf und Schultern hängen. »Was hätte ich denn tun sollen? Meine Eltern waren tot, Verwandte habe ich keine. Es gab niemanden mehr auf der Welt, dem ich was bedeutete und der sich um mich gekümmert hätte.« Er drückte den Rücken wieder durch. »Und außerdem sah es früher hier noch nicht ganz so schlimm aus wie heute.«

Wie zur Bestätigung des Gesagten, kam ein großer räudiger Hund aus einem der verfallenen Hauseingänge heraus und sah sich um. Anschließend lief er in respektvollem Abstand an den beiden Knaben und deren Leibwächtern vorbei, die sofort ihre Hand an den Dolchknauf legten, falls das Tier Anstalten machen sollte, die Kinder anzufallen.

Ramses folgte dem Tier mit seinem Blick. »Ich glaube, hier wird sich einiges ändern, wenn ich erst einmal Pharao bin«, murmelte er mehr zu sich selbst. Erschrocken über seine eigenen Worte, blickte er zu Setau. »Na ja, immerhin bin ich nun Pharaos einziger Sohn und somit sein rechtmäßiger Nachfolger«, fügte er kleinlaut hinzu und spürte, wie seine Wangen zu glühen begannen. Auch Setau hielt ob seiner Worte die Luft an und riss bestürzt die Augen auf.

Ramses hätte sich ohrfeigen können. Er hatte zwar recht; er war nun der einzige Sohn des Königs. Bis jetzt hatte sein Vater ihn allerdings noch nicht zum neuen Thronfolger ernannt, und niemandem, nicht einmal ihm, stand es deshalb zu, der Entscheidung des Herrn der Beiden Länder vorzugreifen.

Verstohlen glitt sein Blick zu den beiden neuen Wachen, denen er nicht ansehen konnte, ob sie seine unüberlegten Worte vernommen hatten. Auch Nachtamuns Miene gab keine Auskunft darüber.

»Komm, Setau, lass uns diesen trostlosen Ort verlassen«, sagte er. Er wollte weg von hier.

Geschwind kehrten sie dem verfallenen Viertel den Rücken zu, das von Thebens Bürgern in eine Müllhalde verwandelt worden war, und begaben sich wieder in die sauberen, belebten Straßen der Stadt, in denen das Leben pulsierte. Sie durchkämmten die Märkte und Plätze, liefen die breite Prozessionsstraße entlang, die die Tempelbezirke von Opet-sut und Opet-resut miteinander verband, und verrenkten sich die Hälse vor den mächtigen Pylonen und Statuen der zu Osiris gewordenen Pharaonen. Erst als es dunkel wurde, kehrten sie auf das Westufer in den Palast des Königs zurück. Sie badeten und kleideten sich frisch und schlangen anschließend alles in sich hinein, was man ihnen zum Essen vorsetzte. Sie waren mehr als ausgehungert und müde dazu.

Im Bett fielen Ramses dann seine unbedachten Worte wieder ein. Seitdem sein Bruder bestattet worden war, musste er ständig daran denken, dass sein Vater jetzt nur noch einen Sohn hatte, und der hieß Ramses. Er war der verbliebene Sohn, der eines Tages seinem Vater auf den Thron der Beiden Länder nachfolgen würde. Ramses fand diesen Gedanken faszinierend und beunruhigend zugleich. Er bekam jedes Mal ein flaues Gefühl im Magen, wenn er daran dachte. Gleichzeitig durchströmten ihn Glücksgefühle, die so unbeschreiblich waren, dass sie ihn ein ums andere Mal in Hochstimmung versetzten.

Hin- und hergerissen von seinem inneren Gefühlschaos, wälzte er sich von einer Seite auf die andere, blieb schließlich auf dem Rücken liegen und starrte an die Decke.

»Wovor fürchte ich mich überhaupt?«, machte er sich selber Mut. »Ich habe mir das seit jenem Tag gewünscht, an welchem mein Großvater von Haremhab zum Königssohn und Mitregenten ernannt worden ist. Ich habe immer davon geträumt – ich, Pharao Ramses –, und nun wird es so geschehen. Traurig bin ich nur, dass Nebu dafür sterben musste.« Er seufzte bedrückt. »Dennoch, so lautet der Wille der Götter. Ich werde der Nachfolger meines Vaters sein, der nächste Gott!« Mit sich und seiner Zukunft zufrieden, zog er sich die Zudecke bis hoch zum Kinn und schlief kurz darauf selig ein.

***

Am kommenden Morgen wusste Ramses nichts mit sich und seiner freien Zeit anzufangen. Der Unterricht ging erst wieder in zwei Tagen los. Er hatte zwar gehofft, in Theben davon verschont zu bleiben. Sein Vater gedachte jedoch, etwas länger in der südlichen Metropole zu verweilen, und so ließ es sich nicht vermeiden, dass er seine Vormittage mit Schreibübungen, Rechenaufgaben und alledem vertrödeln musste, was sonst so auf dem Unterrichtsplan stand.

Gelangweilt knabberte er an seinem Daumennagel. Amuneminet und Maj hatten ihm ausrichten lassen, dass sie bis zum Beginn der Schule bei ihren Familien bleiben mussten. Ramses vermutete, dass die beiden eingeschnappt waren und es ihm übel nahmen, dass er sie von ihrem gestrigen Streifzug durch Theben ausgeschlossen hatte. Einzig Setau stand ihm noch zur Verfügung.

Es klopfte, und Nebsumenus Kopf erschien im Türspalt.

»Was gibt es?«, fragte Ramses und winkte ihn herein.

»Hoheit, Nachtamun wünscht, dich zu sprechen.«

»Was will er denn?«

»Das entzieht sich meiner Kenntnis, mein Prinz. Er ist aber nicht allein erschienen.«

Ramses Neugier war geweckt. Zudem kam Nachtamuns Besuch einer willkommenen Abwechslung gleich. »Bitte ihn herein.«

Nebsumenu verneigte sich und verließ den Raum. Dafür trat Nachtamun vor Ramses hin. Ihm folgten zwei junge Männer.

Ramses verrenkte sich den Hals, um sie besser sehen zu können. Die beiden waren am gestrigen Tag zu seinem Schutz mit in Theben gewesen. Einen von ihnen kannte er und mochte ihn nicht. Der andere war ihm fremd. Er richtete seine Aufmerksamkeit auf Nachtamun. »Was kann ich für dich tun?«

»Wie dir bekannt sein sollte, Hoheit, hat mir Seine Majestät bei der Wahl weiterer Männer, die für deine Sicherheit sorgen sollen, freie Hand gelassen.«

»Ja, ich weiß.« Ramses ging zu seinem Bett und setzte sich.

»Und so habe ich mich entschieden, zwei weitere Krieger auszuwählen. Einer von ihnen dürfte dir bekannt sein, Hoheit. Es ist Intef, Sohn des Mehi und der Tachat. Der andere Mann heißt Paheri. Ich bürge für ihn.«

Und wer bürgt für Intef?, dachte Ramses, hielt aber den Mund. Er mochte den aufgeblasenen Sohn des Fächerträgers seines Vaters ganz und gar nicht. Intef war mit Nebu befreundet gewesen. Suchte er nun seine Nähe, um im Umfeld des künftigen Herrschers zu sein?

Er zuckte mürrisch mit den Schultern. »Es ist deine Entscheidung, Nachtamun. Ich werde dabei sowieso nicht gefragt. Wenn du die beiden für würdig erachtest, wird es seine Richtigkeit haben.«

Ramses war sich bewusst, dass er soeben die Loyalität der beiden Neuen infrage gestellt und ihnen seine ablehnende Haltung deutlich mitgeteilt hatte. Es war ihm egal. Nachtamun war ihm schon durch seinen Vater aufgezwungen worden. Er ließ es gehorsam über sich ergehen. Nur zu einfach wollte er es dem jungen Oberst nicht machen. Schon so manchen Rüffel hatte Nachtamun sich eingefangen, weil er ihn nicht zu bändigen verstand. Ramses grinste bei diesem Gedanken. Trotzdem musste auch er sich eingestehen, dass er Nachtamuns Vertrauen und Verschwiegenheit benötigte. Immerhin sollte dieser nicht all seine Streiche seinem Vater erzählen.

»Ich hätte da sogleich eine Aufgabe für euch«, wandte er sich den beiden neuen Wachmännern zu. Er wollte sie loszuwerden, um mit Nachtamun allein zu sein. »Bringt in Erfahrung, wer einstmals an jenem verlausten Ort gewohnt hat, den Setau mir gestern gezeigt hat.«

»Es waren so einige verlauste Orte, die wir abgeklappert haben«, meldete sich Intef zu Wort.

»Ich meine den, wo Setau früher geschlafen hat und wo sein Freund von dem Balken erschlagen wurde.«

Intef und Paheri verneigten sich. Ramses konnte zumindest Intef ansehen, dass es ihm nicht passte, von ihm mit solch belanglosen Dingen betraut zu werden. Daran sollte er sich schnell gewöhnen, dachte er und grinste innerlich. Mit einer Handbewegung gab er ihnen zu verstehen, dass sie entlassen waren.

Paheri verneigte sich ergeben. Intef hingegen sah betont fragend zu Nachtamun, um sich von ihm als seinen Vorgesetzten die Erlaubnis abzuholen, dass er gehen durfte. Das arrogante Schmunzeln entging Ramses dabei nicht. Er ballte die Fäuste.

Nachdem sich hinter Intef und Paheri die Tür geschlossen hatte, wandte sich Nachtamun an ihn. »Erlaube mir eine Frage, Hoheit.« Ohne auf seine Erlaubnis zu warten, sprach er sofort weiter. »Gibt es irgendetwas, was dich an den beiden Männern stört, vor allem an Intef? Ich ging davon aus, dass er als Sohn des Vertrauten deines Vaters und zudem Freund deines zu den Göttern befohlenen Bruders der Richtige sei.«

Ramses ließ sich mit dem Rücken auf das Bett fallen, baumelte mit den Beinen und starrte an die Decke. »Ich mag ihn nicht. Er ist aufgeblasen und doof«, teilte er seinem Leibwächter unverblümt seine Meinung über Intef mit. »Als er noch mit meinem Bruder befreundet war, war ich für ihn Luft. Er ist ja auch schon ziemlich alt, zwanzig oder so. Sicher ärgert er sich, dass er nun mir dienen muss.«

Nachtamun trat dichter an das Bett heran, um ihm ins Gesicht sehen zu können. »Ich hatte keine Ahnung, dass du so über ihn denkst. Er selbst kam zu mir und hat sich bereit erklärt, für deine Sicherheit zu sorgen.«

Erstaunt richtete sich Ramses wieder auf und blickte Nachtamun prüfend an. »Hast auch du dich freiwillig dafür gemeldet?«

Sein Leibwächter nickte. »Seine Majestät, dein Vater, hat mich dazu bestimmt, der Oberst deiner Leibwache zu sein, bis du zum Manne gereift bist. Ich habe dieses Amt gern übernommen.«

»Erzählst du ihm eigentlich alles, was ich so mache?«

»Ich unterstehe dem Befehl deines Vaters, mein Prinz.«

»Also verpetzt du mich an ihn!« Beleidigt ließ Ramses sich wieder auf den Rücken fallen. »Wenn du mein Zimmer verlässt, sage Nebsumenu, dass er Setau zu mir schicken soll.«

»Gedenkt Deine Hoheit, heute sein Zimmer noch zu verlassen?«

Ramses verneinte und rollte sich auf den Bauch, sodass er Nachtamun den Rücken zudrehte. Er hörte das Klatschen von dessen Sandalen auf dem gefliesten Boden, als Nachtamun dem Ausgang zustrebte. Dann fiel die Tür hinter ihm zu, die sich kurz darauf wieder öffnete. Setau kam ins Zimmer geplatzt.

»Du hast mich rufen lassen?«, fragte er und japste. Er musste gelaufen sein.

»Ja. Es ist so langweilig.« Ramses rollte sich wieder auf den Rücken und setzte sich auf.

»Dann lass uns hinunter an den Fluss gehen«, schlug Setau vor. »Wir können baden oder Steinchen über die Wasseroberfläche hüpfen lassen. Oder wir fangen ein paar Frösche und lassen sie auf dem Marktplatz frei.« Er grinste bei der Erinnerung an seine früheren Streiche. »Was denkst du, wie die Mädchen und Frauen zu kreischen beginnen, wenn sie ihnen auf die nackten Füße springen.«

Ramses zog ein langes Gesicht. »Früher hätte das sicher geklappt. Seit Nachtamun nun aber auf mich aufpasst, sind solche Ausflüge ohne die Erlaubnis meines Vaters vorbei.«

»Das ist ja doof«, meinte Setau. Er zog einen Flunsch und lümmelte sich neben Ramses aufs Bett. »Wir könnten Senet spielen.«

»Ach nein, das ist doch langweilig!« Ramses sprang auf. »Ich hab' 'ne Idee.« Seine Augen leuchteten mit einem Mal. »Wir gehen hinaus in den Garten an den Teich, dazu benötige ich nämlich nicht die Erlaubnis meines Vaters. Dort gibt es sicher auch ein paar Frösche. Und wenn nicht, dann versuchen wir, ein paar Fische zu fangen.«

Zweifelnd kräuselte Setau die Stirn. »Und dagegen hat Nachtamun nichts einzuwenden?« Seine Stimme klang zweifelnd.

Ramses schmunzelte verschlagen. »Wir bitten ihn nicht um seine Erlaubnis, Setau. Wir machen uns einfach aus dem Staub. Ich habe ihm gesagt, dass ich mein Zimmer heute nicht mehr verlassen werde. Der Weg in den Garten steht aber frei. Nur aus dem Harim werden wir nicht ungesehen verschwinden können. Finden wir aber ein paar Frösche, erschrecken wir Anat mit ihnen. Sie wohnt mit ihrer Mutter in diesem Bereich.« Er kicherte vergnügt. Gleich darauf wurde er todernst. »Stell dir bloß vor, Setau, jetzt hat Nachtamun noch zwei weitere Soldaten für meine Sicherheit verpflichtet. Einer von ihnen ist der ehemalige Freund von Nebu.«

»Intef?«, platzte Setau heraus, und Ramses nickte.

»Ich kann ihn nicht leiden, doch sowohl ihn als auch den anderen sind wir erst mal los. Ich habe sie mit einem Auftrag in die Stadt geschickt. So schnell kommen die nicht wieder zurück.«

Als wäre es das Stichwort gewesen, klopfte es erneut an der

Tür. Nebsumenu trat in den Raum und meldete Intef und Paheri.

Ramses war baff. Wieso waren sie schon wieder da?

»Hoheit«, sagte Intef, als er und sein Kamerad vor ihm standen, »in jenem Gebiet haben einst die Sandalenmacher und Gerber gesiedelt, bevor sie in den westlichen Teil Thebens abgewandert sind. Dort wurde eine neue Ansiedlung von Handwerkern gegründet, die dichter am Hafengelände liegt. Zumindest erklärt sich somit auch der erbärmliche Gestank, der dort noch immer in den Mauern steckt.«

Fragend zogen Ramses und Setau die Augenbrauen in die Höhe.

»Urin, mein Prinz, und rohe Häute«, erklärte Intef. »Tierhaut, also Leder, wird mit Urin weich gemacht.«

Ein Schütteln durchfuhr die beiden Knaben.

»Ich glaube, ich trage nie wieder etwas aus Leder oder fasse es an«, murmelte Ramses und verzog angewidert das Gesicht. Er musste zwar zugeben, dass neuem Leder ein angenehmer Geruch entströmte, den er mochte. Wenn er sich nun aber vorstellte, dass Leder zuvor in Pipi gelagert wurde. – Nein, er wollte darüber nicht länger nachsinnen.

»Genügen dir diese Auskünfte, Hoheit, oder hast du weitere Wünsche?« Intefs Blick ruhte fragend auf ihm.

Ramses verneinte und schickte die beiden Männer fort.

»Und nun lass uns verschwinden«, raunte er Setau zu, nachdem sich die Tür hinter seinen Bewachern geschlossen hatte.

Auf Zehenspitzen schlichen sie durch den Raum zum Ausgang, der hinaus in den Garten führte. Vorsichtig lugte Ramses aus der Tür. Er spähte nach links und linste nach rechts – und erstarrte. Nachtamun stand in voller Größe vor ihm.

»Kann ich etwas für dich tun, Hoheit?«, fragte er, und Ramses sackte förmlich in sich zusammen. »Nein? – Dann folge mir bitte. Seine Majestät, dein Vater, wünscht, dich zu sehen.«

Ramses wurde hellhörig. Sein Vater wollte ihn sehen? – Was wollte er von ihm. War der Zeitpunkt gekommen, ihm mitzuteilen, dass er ihn zum Nesthorus auszurufen gedachte? Immerhin war der Thronfolger tot. »Ich komme. Nur einen kurzen Moment!«

Er rannte in sein Zimmer zurück und befahl Setau, den großen Kupferspiegel zu holen. Dieses Mal wollte er seinem Vater nicht wie ein verwahrlostes Bauernkind unter die Augen treten. Pustend schleppte Setau das schwere Metall vor ihn, und mit fachkundigem Blick stellte Ramses fest, dass er, bis auf den verknitterten Schurz, standesgemäß gekleidet war.

»Ich brauche frisches Leinen!«, rief er und sah auffordernd zu seinem Freund, der sich mit dem Spiegel abmühte. Da Setau mit dem Festhalten und Ausbalancieren des Metalls vollauf beschäftigt war, brüllte Ramses nach Nebsumenu. Es dauerte ihm alles zu lange.

Die Tür flog auf, und Nebsumenu, durch den Schrei seines jungen Herrn erschrocken, stob förmlich in das Gemach. »Was ist geschehen, mein Prinz?«

»Ich brauche einen frischen Schurz!« Aufgeregt trat Ramses von einem Fuß auf den anderen. Erst als er das saubere Kleidungsstück angelegt und sein Leibdiener seine Jugendlocke mit einer Spange ordentlich hochgesteckt hatte, wurde er ruhiger.

Nachtamun stand derweil mit verschränkten Armen im Türrahmen und grinste in sich hinein. Als Ramses es bemerkte, mutmaßte er, dass sein Leibwächter sich der Rüge erinnern konnte, die er, Ramses, aus dem Munde seines Vaters erhalten hatte. Er schenkte ihm einen beleidigten Blick, den Nachtamun mit einem offenen Lächeln erwiderte.

»Seine Majestät wartet«, erinnerte er ihn.

»Ich bin schon fertig!« Zufrieden strahlte Ramses übers ganze Gesicht. Nachtamuns Grinsen war vergessen. Er sah an sich herunter und begutachtete ein letztes Mal den blütenweißen Schurz. Heute würde sein Vater keinen Grund finden, ihn zu tadeln.

Zügig begaben sie sich zu den Amtsräumen des Herrn der Beiden Länder. Sethos erwartete sie bereits.

»Wie geht es dir?«, fragte sein Vater ihn, nachdem Ramses sich vor ihm verneigt hatte. »Hast du den Schmerz um den Verlust deines Bruders einigermaßen überwunden?«

Ramses bejahte. Er hatte sich lange Zeit darüber Vorwürfe gemacht, dass die letzten Worte, die er zu Nebu gesagt hatte, im Zorn gesprochen waren. Er hatte seinen älteren Bruder geliebt, selbst wenn er sich öfter mit ihm gestritten hatte. Das lag wohl am Altersunterschied zwischen ihnen. Dennoch hatte er Nebu gemocht, und ihm war sein Herz fast zerbrochen, als er gestorben war. Seitdem Nebus Mumie nun aber das Westliche Haus ihrer Großmutter bezogen hatte, fühlte sich Ramses besser. Er wusste, dass seinem Bruder alle Riten zuteilgeworden waren und dass er nun, von Anubis geführt, dem Herrn der Unterwelt gegenübertreten würde, um sein Herz gegen die Feder der Göttin Maat zu wiegen. Für Ramses stand es außer Frage, dass Nebus Herz diese letzte Prüfung nicht überstehen könnte. Schon bald würde sein Bruder ein Gerechtfertigter in den Gefilden des Osiris sein.

Er sah zu seinem Vater, der ihn wortlos musterte. Worüber dachte er gerade nach? Wägte er ab, ob sein jüngerer Sohn imstande sei, ihm eines Tages auf dem Thron nachzufolgen?

Unruhig trat Ramses von einem Fuß auf den anderen und straffte den Rücken.

Er hatte gehört, dass Sethos die beiden folgenden Monate bis zu seinem ersten Thronjubiläum in Theben verbringen wollte. Er schien in der südlichen Königsstadt alle Hände voll zu tun zu haben. Maj wusste von seinem Vater, dass Sethos sich um seine Bauvorhaben zu kümmern gedachte, die hier im Süden im vollen Gange waren.

»Er will am Verborgenen Ort den Fortschritt an seinem Haus für die Ewigkeit in Augenschein nehmen«, hatte Maj mit wichtiger Miene berichtet, »und mit seinem Obersten Baumeister, also meinem Vater, die Pläne für seinen Tempel der Millionen Jahre besprechen. Der soll auf dem Westufer von Theben errichtet werden. Außerdem geht es um die überarbeiteten Pläne für den großen Säulensaal im Heiligtum des Amun-Re, die er bereits zu Lebzeiten deines Großvaters mit diesem erstellt hat.« Wissend hatte Maj von oben herab Ramses einen Blick geschenkt, was dieser mit einem Schulterzucken abgetan hatte. Sollte Maj ruhig prahlen. Auch wenn er es sich noch so sehr wünschte; er würde nicht zugegen sein, wenn ihre Väter über solch wichtige Dinge berieten.

Er kicherte schadenfroh bei diesem Gedanken. Als ihm bewusst wurde, dass er es laut getan hatte, hielt er sich beschämt die Hand vor den Mund. Entschuldigend sah er zu seinem Vater, der es wortlos überging.

»Das freut mich zu hören«, antwortete Sethos stattdessen. »Ich wollte mich vergewissern, das dich der Gram nicht zerfrisst.«

»Nein, Vater, ich werde meinen Bruder nie vergessen, doch mein Herz schmerzt nicht mehr.«

»Das ist gut so, Ramses.« Sethos sah auf seine gepflegten Hände, an denen ein paar prachtvolle Ringe funkelten. »Du darfst wieder gehen, mein Sohn.«

Gehorsam verneigte sich Ramses. Er war enttäuscht. War das alles gewesen? Mit hängendem Kopf trottete er zur Tür. Als er hinaus auf den Flur trat, wartete bereits der Hohepriester des Amun-Re auf seine Audienz beim Pharao. Würde sein Vater ihm auch nur einen winzigen Moment seiner kostbaren Zeit opfern können, so wie er es gerade mit seinem Sohn getan hatte? Traurig kehrte Ramses in sein Zimmer zurück.

***

Nachdem der Königssohn das Arbeitszimmer seines Vaters verlassen hatte, wurde der Hohepriester des Amun-Re hineingebeten.

Sethos' Augenmerk galt dem Stand der Ermittlungen in Opetsut. Vor gut drei Jahren war im Heiligtum der Diebstahl wertvoller Götterstatuen aufgedeckt, doch bis heute nicht aufgeklärt worden. Schon sein Vater hatte sich an diesem Fall die Zähne ausgebissen, und der Hohepriester gestand ihm gerade, noch immer keinen Schritt vorangekommen zu sein.

»Es ist, als hätte es diesen Mann nie gegeben«, schloss der Erste Prophet resigniert seinen Bericht und senkte beschämt den Kopf.

»Er kann sich aber nicht in Luft aufgelöst haben!«, antwortete Sethos. »Sind auch wirklich alle befragt worden?«

»Natürlich, Majestät«, erwiderte der Mann. »Jeder Priester, Diener oder Gehilfe wurde peinlichst genau überprüft und verhört. Bei der Masse der Bediensteten kein leichtes Unterfangen.«

»Das glaube ich gern. Dennoch bezweifele ich, dass wirklich alle genau überprüft wurden, denn einer von ihnen *muss* für die Diebstähle verantwortlich sein«, stellte Sethos fest. Der Tadel war in seiner Stimme nicht zu überhören. »Kein Fremder gelangt in das Heiligtum. Also fange noch einmal von vorne an. Ich will, dass dieser dreiste Dieb gefunden wird, und das so schnell wie möglich!«

»Wie du befiehlst, Majestät.« Unterwürfig verneigte sich der Erste Prophet und gelobte, all seine Anstrengungen auf die Lösung dieses Falls zu konzentrieren.

11. Kapitel

Wer in den Himmel spuckt …

Der Tag rückte näher, an welchem Sethos ein Jahr zuvor den Thron der Beiden Länder als Menmaatre Sethos Merienptah bestiegen und Krummstab und Geißel ergriffen hatte. Dieses erste Jahr nannte er *Wehem-mesut*, Wiedergeburt, da er seine Thronbesteigung als den Beginn einer neuen Ära ansah, der Wiedergeburt der göttlichen Maat in Kemi. Gemäß seinen beiden Vorgängern setzte auch er alles daran, um die Beiden Länder wie einst aufblühen zu lassen. Der Grundstein dafür war gelegt. Zudem zollte er allen Göttern den ihnen zustehenden Respekt. Nie wieder sollte es zu jenem Chaos kommen, das durch den König, der die Maat in den Beiden Ländern zum Wanken gebracht hatte, verursacht worden war.

Bei seinem Volk erfreute sich Sethos wachsender Beliebtheit. Die Menschen sahen in ihm den Garant für das Aufblühen des Landes. Endlich saß wieder ein kraftvoller König auf dem Horusthron, jung und voller Tatendrang, der über die Feinde des Schwarzen Landes triumphierte. Ihm zu Ehren sollte in Theben eine Prozession sowie eine Zeremonie ausgerichtet werden. Zudem wartete das ganze Land gespannt auf die Ernennung seines jüngeren Sohnes zum Horus-im-Nest.

Aber nicht nur Sethos' Untertanen fieberten diesem Ereignis entgegen. Auch Ramses selbst konnte es kaum noch erwarten. Schon jetzt sonnte er sich in dem Titel, der ihm noch nicht verliehen worden war. Wer aber sollte ihn diesen streitig machen? Seine Schwester kam nicht infrage; sie war eine Frau. Und auch ihr Gemahl konnte keine Ansprüche geltend machen. Also verblieb nur noch der letzte Sohn vom Leib des Pharaos, und das war er selbst.

»In drei Tagen werde ich offiziell der älteste Königssohn sein«, prahlte Ramses deshalb vollmundig und sah hoheitsvoll auf seine Freunde herab. Sie hatten sich in einem abgelegenen Teil des öffentlichen Residenzgartens getroffen, wollten herumalbern und nebenbei die drei Krüge Wein leeren, die Maj heimlich aus dem Vorrat seines Vaters stibitzen konnte. »Zu seinem ersten Thronjubiläum wird mein Vater mich an seine Seite holen, damit ich von ihm alles lerne, was es zu erlernen gibt.«

»Musst du denn überhaupt noch etwas lernen?« Überrascht wandten sich die vier Knaben der Dienerin Anat zu, die sich ihnen unbemerkt genähert hatte. »Ich dachte immer, dass du schon alles weißt.« Sie lachte keck. »Zumindest tust du ständig so.«

»Du schon wieder!«, brüllte Ramses. Der Wein zeigte bereits Wirkung bei ihm. Seine Zunge gehorchte ihm nur noch schwer. »Du scheinst ständig die Gespräche anderer Leute zu belauschen. Was hast du hier überhaupt zu suchen, Anat?«

»Der Palast Seiner Majestät ist genauso mein Zuhause, so wie es das deine ist«, erwiderte das Mädchen frech und streckte ihm die Zunge heraus.

»Ich habe mich wohl verhört!«, kläffte Ramses. Speicheltröpfchen schossen aus seinem Mund. »Es ist *mein* Zuhause, denn ich bin der älteste Sohn des Pharaos, doch du, du bist nur eine ... eine ... eine unbedeutende Dienerin, die ungehorsam ist und mir ständig Verdruss bereitet.«

Unbeeindruckt zuckte Anat mit den Schultern. »Ich mag in deinen Augen nur eine unbedeutende Dienerin sein, Ramses, trotzdem hat mich Seine Majestät in seine Dienste gestellt. Und da ich im Palast wohne, ist es also auch *mein* Zuhause!« Sie reckte ihr kleines Kinn empor. »Und nebenbei bemerkt, wird Seine Majestät nicht gerade erfreut sein zu erfahren, dass ihr euch hier heimlich betrinkt.« Sie kicherte vergnügt, drehte sich um und stolzierte Richtung Residenz.

Ramses war außer sich vor Zorn. Dieses freche Luder! Schwankend erhob er sich und wies mit dem Zeigefinger auf Anat, während er in der anderen Hand seinen Weinkrug hielt. »Meine getreuen Untertanen, nehmt dieses freche Ding gefangen, das es wagt, dem zukünftigen Pharao die Stirn zu bieten!«

Überrascht sahen sich seine Freunde an. Dann grinsten Maj und Amuneminet und stürzten Anat hinterher, die schleunigst das Weite suchte. Nur Setau blieb unschlüssig sitzen.

»Nehmt sie gefangen, und bringt sie vor mein Antlitz, damit ich über sie richten kann!«, grölte Ramses trunken und lachte boshaft. Dabei fiel sein Blick auf Setau. »Was ist mit dir? Verweigerst du mir den Gehorsam?«

Verstört schüttelte Setau den Kopf und kam flugs auf die Füße. »Nein, mein Prinz. Ich weiß nur nicht, ob es recht ist, was wir hier gerade tun.«

»Das lass nur meine Sorge sein«, erklärte Ramses und nahm einen tiefen Schluck aus dem Krug, wobei ihm der Wein das Kinn hinunterlief und sein Hemd befleckte. »Also auf mit dir, du fauler Strick! Den anderen hinterher!«

Unschlüssig trabte Setau Maj und Amuneminet hinterher, die beide ebenfalls ziemlich wackelig auf den Beinen waren, sodass Anat ihnen ohne Schwierigkeiten entwischen konnte. Die Jungen setzten ihr noch ein Weilchen hinterher und gaben schließlich die Verfolgung auf.

Anat rannte derweil um ihr Leben, als seien die Dämonen der Unterwelt hinter ihr her. Japsend floh sie durch den nächstbesten Eingang und befand sich im öffentlichen Bereich des Palastes, der um diese Zeit einsam und verlassen war. Ein Blick über die Schulter zeigte ihr, dass sie die Knaben abgehängt hatte. Dennoch stob sie um die nächste Ecke und stieß mit einem mittelgroßen Mann zusammen. Als sie erschrocken den Blick hob, erstarrte sie, denn es war der Pharao, der allein durch den Arbeitsbereich der königlichen Beamten wanderte und den sie glatt über den Haufen gerannt hatte. Entsetzt fiel sie vor Sethos auf die Knie und wagte kaum zu atmen.

»Was rennst du hier wie ein kopfloses Huhn umher?«, fuhr er sie unwirsch an.

»Ich ... ich bitte vielmals um Verzeihung, Majestät«, stammelte sie. Ihr Herz raste, und das kam sicher nicht nur von ihrem schnellen Lauf.

»Steh auf, Anat!«, befahl Sethos barsch, und sie gehorchte. »Was hast du hier zu suchen?«

Verlegen stand Anat mit gesenktem Kopf vor ihm. »Ich ... ich habe mich, glaube ich, verlaufen, Majestät.«

»Verlaufen?« Nachdenklich musterte Sethos sie. »Heraus mit der Sprache! Was ist geschehen, Anat? Du kamst um die

Ecke gerannt, als sei ein Horde Dämonen aus der Unterwelt hinter dir her.«

Anats Gedanken überschlugen sich. Was sollte sie dem Pharao darauf antworten? Sollte sie ihm die Wahrheit erzählen in der Gewissheit, dass Ramses und seine Freunde mächtig Ärger bekämen, oder sollte sie ihn beschwindeln? Verschüchtert hob sie den Blick und lugte zu Sethos auf, der die Arme vor der Brust verschränkt hatte und sie nicht aus den Augen ließ.

Da kam ihr eine Idee.

Vielleicht war nun der Zeitpunkt gekommen, um sich an Ramses für seine Unverschämtheiten und seine Überheblichkeit zu rächen. Bei diesem Gedanken musste sie sich ein Lachen verkneifen. Einzig ein Glucksen entrang sich ihrem Mund. Ja, wenn sie dem König die Wahrheit erzählte, bekämen Ramses und die Jungs mächtig Haue, und das geschah ihnen ganz recht!

»Was gibt es da zu kichern?«, fragte Sethos streng und trat einen Schritt auf sie zu.

Anat seufzte leise. »Ich habe soeben Seine Hoheit, Prinz Ramses, und seine drei Freunde im hinteren Teil des Gartens an dem kleinen Teich mit den Rosenbüschen gesehen, Majestät.« Mit auf dem Rücken verschränkten Händen und demutsvoll gesenktem Blick stand sie vor Sethos. »Und alle vier Knaben waren völlig betrunken. Und Ramses ... ähm ich meine natürlich Seine Hoheit hat geprahlt, dass er einmal Pharao sein wird. Und dann hat er den anderen Jungs befohlen, mich zu fangen, damit er über mich richten kann, weil ich sie bei ihrem Tun beobachtet habe.« Mit Unschuldsmiene lugte Anat zu Sethos auf, dessen Blick sich verfinstert hatte.

»Nun gut, Anat«, sagte er. »Anscheinend bist du ihnen erfolgreich entwischt, und dir ist kein Leid widerfahren. Gehe jetzt in deine Kammer und lege dich schlafen. Es ist schon spät, und morgen gibt es für dich wieder viel zu tun.«

Aufatmend verneigte sich Anat und war sofort verschwunden.

Sethos indes verließ den Arbeitsbereich der Schreiber und steuerte auf den von Anat beschriebenen Teich zu. Schon von Weitem konnte er das trunkene Grölen seines Sohns vernehmen. Leise näherte er sich den Knaben und blieb ungesehen im Schutz einer Sykomore stehen. Was er sah, verschlug ihm die Sprache. Sein Sohn stand hocherhobenen Hauptes vor Setau, der vor ihm im Gras kniete. Maj und Amuneminet hatten den Diener an den Oberarmen gepackt und hinderten ihn am Weglaufen.

»Nun, Setau«, krakeelte Ramses, »was hast du zu deiner Verteidigung zu sagen? Du hast deinem König den Gehorsam verweigert, und das wird streng bestraft.« Er setzte den Krug an den Mund, trank und wischte sich anschließend unbeholfen über die Lippen. »Du hast meinen Befehl missachtet, die Dienerin Anat gefangen zu nehmen und vor mein Antlitz zu bringen. Du hast dich feige deinem Pharao und dem Feind gegenüber verhalten. Meine Majestät ist darüber schwer enttäuscht.« Ramses machte eine Pause und trank erneut einen Schluck Wein. »Hier nun mein Urteilsspruch: Der Diener Setau wird von mir zu ... ähm ... ähm ...«

Anscheinend hatte der Wein Ramses' Herz gänzlich umnebelt, sodass ihm nicht mehr einfiel, welche Strafe er über Setau verhängen wollte.

Sethos reichte, was er gesehen und gehört hatte. Er kam hinter dem Baum hervor. »Der Diener Setau wird von mir begnadigt, doch die Knaben Ramses, Amuneminet und Maj sollen mit jeweils fünfundzwanzig Stockhieben bestraft werden, weil sie sich sinnlos betrunken und in ihrem Rausch nichts als dummes Zeug getan und geredet haben.«

Überrumpelt starrten die vier Jungen zu ihm auf. Es dauerte, bis sie begriffen, wer da vor ihnen stand. Als sie es erfassten, liefen ihre Köpfe dunkelrot an.

Unbeirrt fuhr Sethos fort: »Und nun seht zu, dass ihr in eure Zimmer verschwindet und dort euren Rausch ausschlaft. Doch seid leise, damit euch niemand in diesem Zustand zu Gesicht bekommt. Wenn ihr morgen wieder bei klarem Verstand seid und eure Strafe habt über euch ergehen lassen, schreibt mir jeder von euch hundertmal die folgende Weisheitslehre auf:

Wenn deine Freunde zu viel Bier trinken, so sage ihnen: ›Das ist nichts für mich.‹ Sonst findet man dich auf dem Boden liegend, als wärest du noch ein kleines Kind.

Das gilt auch für dich, Setau!«, wandte sich Sethos an den

Diener, der inzwischen wieder auf seinen Beinen stand und, genau wie seine Freunde, bedrohlich wankte. »Und nun ab mit euch ins Bett!«

Unbeholfen verneigten sich die Knaben vor ihm und stolperten alsdann in Richtung ihrer Gemächer. Kopfschüttelnd sah Sethos ihnen hinterher. Dann begab er sich zu Tuja, die er den ganzen Tag noch nicht zu Gesicht bekommen hatte.

Er betrat den von hohen Mauern umsäumten Bereich des Harims, und sofort liefen ihm ein paar seiner Konkubinen und Nebenfrauen über den Weg, die sich bei seinem Anblick entzückt verneigten. Er nickte ihnen freundlich zu, doch gedachte er nicht, sich mit ihnen zu vergnügen. Betrübt kehrten die Frauen in ihre Zimmer zurück.

Vor der Tür, die zu Tujas Gemächern führte, hockte Aschtara auf einem Schemel und döste. Als sie ihn gewahrte, sprang sie auf und verneigte sich tief. Wenn sie morgen früh von ihrer Tochter erführe, wie Ramses sie wieder einmal behandelt hatte, würde Aschtara sicher nicht begeistert sein. Zum Glück war sie seiner Frau und ihm gänzlich loyal ergeben und Fremden gegenüber zudem verschwiegen. Er seufzte und verscheuchte diesen Gedanken. Dann befahl er ihr, ihn bei seiner Gemahlin zu melden. Kurze Zeit später wurde er von Aschtara in Tujas Gemächer hineingebeten.

Als er in das prachtvolle Wohngemach seiner Großen Königlichen Gemahlin trat, saß diese zusammen mit ihrer Tochter an einem kleinen Tisch und spielte eine Partie Senet.

»Schön, dass du kommst, Majestät, und mich erlöst«, begrüßte ihn Tia. Sie erhob sich von ihrem Stuhl und verneigte sich ehrfürchtig vor ihm, bevor sie auf ihn zutrat und ihn umarmte. »Ich habe heute Abend keine Chance gegen Mutter«, fügte sie erklärend hinzu und lächelte verschmitzt. »Sie hat schon dreimal gewonnen, und auch dieses Spiel werde ich wieder verlieren.«

Sethos grinste zurück, nahm sie in die Arme und gab ihr einen Kuss auf die Stirn. Dann wandte er sich seiner Frau zu, um sie ebenfalls zu begrüßen. »Setzt euch wieder«, forderte er beide freundlich auf und zog sich selbst einen kleinen Hocker mit einem Sitzkissen heran. »Hattet ihr einen schönen Tag?«

Tuja und Tia bejahten. Sie waren noch vor Res Erscheinen am östlichen Horizont aufgestanden und zusammen mit ein paar Freundinnen auf dem Nil bis nach Esna gefahren, um der Göttin Neith in ihrem Tempel ein Trankopfer darzubringen.

»Es war ein wunderschöner Tag«, berichtete Tuja. »Die Luft war angenehm mild, und der Wind hat uns allen Erfrischung gebracht. Doch war ich betrübt, als ich den Tempel der Neith betrat. Er beginnt, allmählich zu verfallen. Überall Löcher im Putz, die Bilder verblassen. Die Priester geben sich alle Mühe, dem entgegenzuwirken, doch ohne fremde Hilfe wird schon bald das Haus der Göttin vom Gras überwuchert sein.«

»Steht es wirklich so schlimm um das Heiligtum der Neith?« Sethos klang besorgt. Es durfte kein Tempel vergessen werden, wenn das kosmische Gleichgewicht gesichert sein sollte.

Seine Tochter bestätigte die Worte ihrer Mutter. »Wenn du nichts unternimmst, Vater, wird bald niemand mehr der Göttin seine Huldigung entgegenbringen können.«

»Der alte Oberpriester sagte mir«, fügte Tuja hinzu, »dass bis zur Zeit des Königs, der die Maat in den Beiden Ländern zum Wanken brachte, der Tempel blühte und täglich viele Menschen erschienen, um der Göttin ein Opfer zu bringen, doch das ist lange her. Es kommt nicht nur ihm so vor, als wäre das Heiligtum der Neith in Vergessenheit geraten.«

Nachdenklich fuhr sich Sethos über sein Gesicht. »Ich werde mich darum kümmern«, versprach er. »Schon morgen befehle ich meinem Baumeister, die notwendigen Arbeiten zu veranlassen.«

»Darf ich mich zurückziehen, Vater?«, bat Tia, die zum wiederholten Mal ein Gähnen nur mühevoll hatte unterdrücken können. »Es war ein schöner, aber langer und anstrengender Tag«, fügte sie erklärend hinzu. »Ich bin müde. Zudem wartet sicher mein Gemahl auf mich.« Eine leichte Röte überzog ihre Wangen.

»Du darfst.« Sethos lächelte sanft. »Ruhe dich aus, meine wunderschöne Tochter, damit du mir auch morgen wieder dein bezauberndes Lächeln schenken kannst. – Möchtest du ebenfalls, dass ich gehe?«, wandte er sich alsdann an Tuja, nachdem sich hinter Tia die Tür geschlossen hatte.

Tuja verneinte. »Auch ich bin müde, doch ich sehe dir an, dass dir etwas auf dem Herzen liegt, das nicht warten kann.« Sie lächelte fein, und Sethos fragte sich, wie sie ihn immer wieder zu durchschauen vermochte.

»Du hast recht. Mir liegt in der Tat etwas auf dem Herzen.« Er beugte sich vor und griff nach dem Krug, der auf dem Tischchen neben seiner Gemahlin stand, um sich etwas Wein einzuschenken. »Möchtest du auch?« Er füllte beide Becher, stellte den Krug zurück auf den Tisch und sagte: »Ich habe vorhin Ramses und seine Freunde im Garten beobachtet, und das Benehmen unseres Sohns hat mir die Sprache verschlagen.« In knappen Worten erzählte er Tuja von seinem Zusammentreffen mit Anat und von Ramses' prahlerischen Reden, verschwieg ihr aber, dass die vier Knaben völlig betrunken waren. »Ich weiß wirklich nicht, was in den Jungen gefahren ist«, schloss er und sah zu seiner Frau, die ihm schweigend zuhörte. »Was soll ich deiner Meinung nach mit ihm tun? Er führt sich auf, als sei er bereits der Herr der Beiden Länder. Dabei ist er noch ein unmündiger Knabe, der durch mich noch nicht einmal zum Horus-im-Nest ernannt worden ist. Doch da er nun mein einziger Sohn ist, glaubt er anscheinend, dass ich es tun werde.«

»Und wirst du es tun?« Fragend kräuselte Tuja die Stirn.

»Ich weiß es nicht«, gestand er ihr. »Was würdest du an meiner Stelle machen?«

»Erteile ihm eine Lektion, die er nicht vergisst und aus welcher er lernt«, empfahl sie ihm. »Ernenne ihn einfach nicht in drei Tagen zum Falkenjungen.«

»Er ist es aber, und mein Volk erwartet von mir, dass ich ihn dazu ernenne. Bisher war Nebu mein Erbe. Da er nun tot ist, muss ich Ramses diesen Titel zugestehen.«

»*Du musst*, Sethos?« Erneut hob Tuja die fein geschwungenen Augenbrauen fragend in die Höhe. »Du bist der Herr über Kemi, Majestät; dir haben die Götter das Untere und das Obere Königreich gegeben. Du bist *ihnen* Rechenschaft schuldig, nicht deinem Volk.«

Verblüfft starrte Sethos sie an. »Es ist von alters her Sitte, dass der König einen Nachfolger benennt, damit es im Notfall keine Zwistigkeiten gibt«, erklärte er, obwohl ihm klar war, dass

Tuja das wusste. »Hätte ich keinen weiteren Sohn von meinem Leib, wäre das etwas anderes, doch Ramses *ist* mein Sohn.«

»Und auch meiner. Doch wenn der Junge sich so aufführt, dann belohne ihn nicht noch für seine Prahlerei. Auch mir ist des Öfteren schon zu Ohren gekommen, dass Ramses überheblich geworden ist, seit dein Vater gekrönt wurde.«

»Ich weiß«, bestätigte Sethos resigniert ihre Worte. »Der Wesir hat mir oft genug davon berichtet. Aschtara hat dir gegenüber verhaltene Andeutungen gemacht, da ihre Tochter sie immer über Ramses' Fehltritte auf dem Laufenden hält.« Er seufzte und fuhr sich müde über sein Gesicht. »Es ist das Letzte, das ich will, ihn für seine Überheblichkeit noch zu belohnen, doch ich muss und ich werde in drei Tagen einen Nachfolger benennen.« Ein geheimnisvolles Lächeln umspielte plötzlich seine Mundwinkel, denn es kam ihm eine Idee, wie er seinen Sohn zur Räson bringen konnte. Entschlossen stand er auf, stellte den Becher zurück auf das Tischchen und gab Tuja einen Kuss. »Ramses wird der nächste Pharao sein«, erklärte er mit fester Stimme. »Das schwöre ich bei meinem Vater Amun! Doch ich werde ihn nicht zum Horus-im-Nest ausrufen – zumindest noch nicht in drei Tagen!«

***

Am nächsten Morgen konnte Sethos eine schlaflose Nacht verbuchen, doch er hatte einen Entschluss gefasst, den er mit Tuja gleich nach den morgendlichen Berichterstattungen seiner obersten Beamten besprach.

Lächelnd stimmte sie ihm zu. »Tue das, mein Gemahl«, bestärkte sie ihn in seiner Entscheidung. »Erteile Ramses diese Lektion, auf dass er lernt, Verantwortung zu übernehmen und seine Überheblichkeit ein für alle Mal abzulegen.«

»Das werde ich.« Sethos straffte den Rücken. Er gab seiner Frau einen liebevollen Kuss und begab sich voller Tatendrang zurück an seine Aufgaben. Zuvor schickte er einen Boten zu Mehi, um diesen am Abend in seine privaten Gemächer einzuladen. Dort weihte er ihn zu vorgerückter Stunde in seinen Plan ein.

»Du willst Ramses sein Geburtsrecht entziehen?«, fragte Mehi verwirrt, nachdem Sethos ihm sein Vorhaben geschildert hatte.

Sethos konnte ihm ansehen, dass ihm diese Entscheidung nicht zusagte. »Nein, Mehi, das habe ich nicht vor. Ich bin es aber, der bestimmt, wer mir nachfolgen wird, und nicht mein erst zehn Jahre alter Sohn. Wenn Ramses reifer geworden ist und sich wie ein zukünftiger Herrscher zu benehmen weiß, dann erst werde ich ihm den Titel des Nesthorus' zugestehen. Bis dahin wirst du an meiner Seite als mein Thronerbe stehen.« Er sah seinen Freund eindringlich in die Augen. »Es ist eine Entscheidung, Mehi, die zugleich eine Vorsichtsmaßnahme ist, sollte mir etwas zustoßen, solange Ramses noch unmündig ist. In diesem Fall bitte ich dich, in seinem Namen die Regierungsgeschäfte zu übernehmen, bis er dazu aus eigener Kraft imstande ist. Ich werde dir allerdings nicht erlauben, die offiziellen Titulaturen *Hoheit* oder *Majestät* zu tragen. Du darfst auch deinen Namen nicht in die heilige Kartusche schreiben, und der Uräus wird deine Stirn nicht zieren. Das alles steht nur dem wahren Thronerben zu, meinem Sohn Ramses, wenn er die Mannesreife erlangt und auch im Herzen ein würdiger Nachfolger geworden ist.«

Mehi schluckte hörbar. »Das heißt also, du ernennst mich in zwei Tagen vor dem Hof zu deinem Nachfolger. Ich vermute mal, niemand darf erfahren, dass alles nur eine Finte ist. Somit gelte ich offiziell als Erbe deiner Herrschaft. Und wenn Ramses sich später als würdig erweist, nimmst du mir wieder meine Position, damit dein Sohn an meine Stelle treten kann«, fasste er zusammen und sah dabei alles andere als glücklich aus.

»Ja, mein Freund, doch mache dir deswegen keine Sorgen. Ich weiß, was dich bedrückt.« Sethos schmunzelte. Es war ihm bewusst, welche Last er Mehi aufbürdete. Er wollte ihn in den Stand des künftigen Pharaos erheben, um ihn eines schönen Tages wieder zu degradieren, ein gefundenes Fressen für alle Klatschmäuler. »Du fürchtest um deinen guten Ruf«, fuhr er fort, »und das kann ich verstehen. Es ist auch kein Befehl, den ich dir erteile. Es ist vielmehr eine Bitte von einem Vater an seinen Freund. Wenn ich dir wieder den Titel des Thronfolgers nehme, wirst du mir auch weiterhin so nahe stehen wie zuvor. All den Hofschranzen wird vor Erstaunen der Mund offen stehen. Und da ich gedenke, spätestens dann vor dem Hof meine List offiziell einzugestehen, werden sie begreifen, dass du nicht in Ungnade gefallen bist, sondern dass es eine Notwendigkeit war, um Ramses zur Vernunft zu bringen. Und da du es schon selbst zur Sprache gebracht hast: Ja, Mehi, niemand darf es erfahren, auch nicht Tachat oder deine Kinder. Das musst du mir hier und jetzt schwören. Anderenfalls wäre alles umsonst, wenn mein Sohn es erfährt!«

Nachdenklich kratzte sich Mehi am Kinn. »Nicht einmal Tachat darf es erfahren? Vergib mir, Sethos, das geht nicht. Sie *muss* es wissen, damit sie versteht, warum ich weder die Titel noch den Uräus tragen darf. Und auch Intef sollte darüber im Bilde sein. Immerhin wird er in dem Glauben belassen, sein Vater trägt irgendwann die Doppelkrone und danach er.«

Sethos griff nach seinem Wein. Wahrscheinlich hatte Mehi recht. Zumindest seine engste Familie sollte unterrichtet sein, um keine falschen Hoffnungen zu wecken. Zudem war ihm bewusst, dass über kurz oder lang die meisten seiner Beamten sich die Hintergründe für die überraschende Wahl seines Nachfolgers denken würden. Er konnte nur hoffen, dass seinem Sohn seine wahren Absichten lange genug verborgen blieben. Er setzte den Kelch an die Lippen und trank.

»Du hast recht, Mehi«, sagte er, nachdem er das Gefäß zurück auf den Tisch gestellt hatte. »Tachat und Intef dürfen es erfahren. Vor deiner Tochter bewahre das Geheimnis. Sie ist noch zu jung. Deine Frau und dein Sohn müssen es aber für sich behalten. Glaubst du, dass Tachat dazu imstande ist?«

»Ja, Majestät. Ich verbürge mich für sie.«

»Gut. Dennoch habe ich noch nicht dein Wort, ob du bereit bist, mir bei meiner List zu helfen.«

Mehi seufzte. Es klang unentschlossen. Dann neigte er ergeben das Haupt. »Du bist mein König, Sethos. Ich werde gehorchen.«

»So richtig passen tut es dir aber nicht.« Sethos musterte sein Gegenüber kritisch. »Ich wiederhole es noch einmal, Mehi: Es ist kein Befehl. Es ist vielmehr ein Gefallen, um den ich dich bitte. Und es steht dir frei, ihn auszuschlagen oder mir zu gewähren Ich spreche in diesem Punkt nicht als dein König zu dir. Wenn du dich aber entschließt, mir meine Bitte zu erfüllen, muss ich als dein Herr dir Stillschweigen befehlen.«

»Das alles kommt etwas überraschend«, wand Mehi sich und sah ihm offen ins Gesicht. »Ich fühle mich nicht recht wohl bei dem Gedanken, Ramses seine Position wegzunehmen. Bist du nicht zu streng zu ihm? Er ist noch ein Knabe, noch nicht einmal elf Nilschwemmen alt. Die Vorstellung, einmal die Macht in Händen zu halten, der lebende Gott des mächtigsten und schönsten Landes der Welt zu sein, hat ihm sein kindliches Herz verwirrt. Sie hat ihn seinen Gehorsam und seine Demut vergessen lassen ...«

»Nein!«, schnitt Sethos ihm barsch das Wort ab. »Sicherlich hast du nicht ganz unrecht, aber ein Knabe ist wie ein junger Baum. Bindet man ihn nicht in jungen Jahren an einen Stock, presst man ihn nicht in eine Richtung, damit er gerade in den Himmel wächst, so wird er zwar eines Tages groß und stark sein; er ist jedoch krumm gewachsen, und schon ein kleiner Sturm wird ihn biegen und zerbrechen.« Eindringlich ruhte sein Blick auf Mehi. Er konnte seinem General und Fächerträger ansehen, welchen inneren Kampf er mit sich ausfocht. Der Gedanke, als Thronfolger vor dem Volk ausgerufen zu werden, war faszinierend für ihn. Den Titel wieder abzugeben und sich dem möglichen Gespött der Leute auszusetzen, missfiel ihm hingegen sehr.

Mehi schien in der Zwischenzeit eingesehen zu haben, dass er Sethos nicht umzustimmen vermochte. Er willigte ein. »Deine Worte sind weise, Majestät.« Er neigte den Kopf und erhob sich von seinem Platz, um vor Sethos' Stuhl niederzuknien. »Für das Wohl der Beiden Länder nehme ich deinen Vorschlag an. Ich schwöre, niemandem von deinem Plan zu erzählen, ausgenommen meiner Frau und meinem Sohn. Wenn die Zeit gekommen ist und du es befiehlst, werde ich den Platz für den rechtmäßigen Thronerben räumen, damit der Sohn des lebenden Gottes die Doppelkrone trägt.«

***

Ramses fiel am darauffolgenden Tag aus allen Wolken. Er dachte, es sei alles nur ein böser Traum, als sein Vater nicht ihn zum Ältesten Königssohn und damit zum Horus-im-Nest ernannte, sondern seinen General und Fächerträger Mehi.

»Habe ich mich gerade verhört?«, wisperte er vor sich hin und blickte verdattert drein. Es war ihm schon seltsam erschienen, als er keinen Platz in der Nähe des Thronpodestes zugewiesen bekommen hatte. Er hatte sich nichts weiter dabei gedacht, besser, er redete sich ein, alles hätte seine Richtigkeit. Nie im Leben wäre er auf den Gedanken gekommen, sein Vater könne jemanden anderes als ihn zu seinem Nachfolger ernennen. Er war doch sein leiblicher Sohn, nicht dieser Mehi! Der war ja sogar noch älter als sein Vater.

Ratlos sah er sich um und spürte die Blicke einiger Würdenträger auf sich ruhen. Dann entdeckte er Mehi, der vor den Doppelthron trat. Sethos gab ihm ein Zeichen, dass er sich zu seiner Rechten hinter dem Sitzmöbel positionieren sollte.

Ramses war baff. Es war wohl doch kein Traum oder ein Versehen!

Nicht nur bei ihm löste Mehis Ernennung Überraschung und Erstaunen aus. Die meisten von Sethos' Beamten rissen verwundert die Münder auf, vor allem, weil Mehi nicht mit dem königlichen Uräus geadelt wurde. Und so wurde einigen recht schnell bewusst, was Sethos im Schilde führte. Sie zeigten sogar Verständnis dafür und ließen sich deshalb nichts anmerken.

In den folgenden zwei Jahren nahm Sethos keinerlei Notiz mehr von seinem Sohn. Er behandelte Ramses wie einen Fremden. Anfangs reagierte Ramses aufmüpfig und verstockt auf das offensichtliche Desinteresse seines Vaters. Letztlich musste er jedoch einsehen, dass er diesen mit einem solchen Verhalten nicht umzustimmen vermochte, sondern alles nur noch verschlimmerte. Sethos war der Pharao, der Herr über Kemi. Gegen sein Wort war Ramses machtlos.

Zwei Jahre später

12. Kapitel

Sati

Einen Monat vor Ramses' dreizehnten Geburtstag ließ sein Vater nach ihm rufen. Er lud ihn ein, am kommenden Tag zusammen mit ihm und ein paar hohen Beamten auf die Jagd in die Wüste zu gehen. Ramses konnte sein Glück kaum fassen. Es war das erste Mal seit jenem Vorfall in Theben, dass sein Vater sich seiner erinnerte. Anscheinend war ihm endlich sein fataler Fehler bei der Wahl seines Thronerben bewusst geworden. Ramses hatte sich geschworen, sich seinen verletzten Stolz nicht anmerken zu lassen, geschweige seinem Vater trotzig die Stirn zu bieten. Letzteres erwies sich sowieso als schwierig, da er Sethos höchstens noch bei offiziellen Anlässen zu Gesicht bekam. Dennoch hatte er die Hoffnung noch nicht begraben, dass er sein ihm zustehendes Geburtsrecht irgendwann erhielt. Da schmerzte es natürlich sehr, dass zu dieser Jagd auch der Thronräuber Mehi eingeladen war.

»Es wird auch langsam Zeit, dass Pharao erkennt, dass nicht Mehi sein Erbe ist«, verkündete Ramses am Morgen des Jagdausfluges seinem Freund Setau, der verstohlen grinste. Es war noch dunkel. Der Raum wurde durch Öllampen erhellt. Zudem hatte Nebsumenu ein Kohlenbecken entzündet, das wohlige Wärme spendete, denn die Nächte waren kühl, und kurz vor Res Wiedergeburt wurde es empfindlich kalt. »Immerhin bin ich sein Sohn, das Falkenjunge, der Horus-im-Nest«, beklagte Ramses sich, und Setau konnte sich einer spöttischen Bemerkung nicht mehr enthalten.

»Ja, aber ein Falkenjunges, dem man die Flügel gestutzt hat«, platzte er heraus und kicherte.

Ramses zog ein beleidigtes Gesicht. »Du musst mich nicht daran erinnern!«, grollte er. »Mehis Anblick erinnert mich ständig an diese Tatsache. Und heute ist er auch wieder dabei.« Wütend schnaubte er und stampfte mit dem Fuß erbost auf den

Boden. Der Stachel saß tief. Ramses konnte es einfach nicht verwinden, dass sein königlicher Vater seinem Freund den Vorzug gegeben hatte. »Dieser Erbschleicher!«, murmelte er so leise, dass Setau ihn zwar überrascht anblickte, seine Worte aber nicht verstanden hatte. Wieder laut fügte er hinzu: »Vielleicht ist nun der Zeitpunkt gekommen, dass sich alles zum Besten wendet.« Er gab seinem Freund ein Zeichen, ihm hinaus auf den Hof zu folgen, wo sie bereits erwartet wurden.

Es war Ende *Payni,* der zweite Monat der dritten Jahreszeit. Die Ernte war im vollen Gange. Überall auf den Feldern entlang des Flusses standen die Bauern mit gebeugten Rücken und arbeiten fleißig. Es war ein gutes Jahr. Das Hochwasser hatte pünktlich eingesetzt und war optimal ausgefallen. Die Speicherbecken waren ausreichend gefüllt, sodass genügend Wasser zur Verfügung stand, um die Anbauflächen zu bewässern. Zudem hatte die Flut keinerlei Schäden an den Kanälen und Dämmen hinterlassen. Bereits Mitte des *Peret,* der Jahreszeit der Aussaat, war eine vielversprechende Ernte absehbar gewesen.

Gleichmäßig bewegte sich die kleine Schwadron der Jagdwagen in Richtung Wüste. Angeführt wurde sie vom Pharao und dem Thronfolger. Re war eine Stunde zuvor von Nut wiedergeboren worden und befand sich noch am Anfang seiner täglichen Fahrt hinauf zum Zenit. Trotz der frühen Tageszeit hatte die Luft sich schon wieder aufgeheizt. Der Wind trieb den feinen Sand in Wölkchen vor sich her, und die scharfe Grenze zwischen dem fruchtbaren Uferstreifen und der roten Wüste zeichnete sich flimmernd vor den Augen der Jagdgesellschaft ab.

Ramses stand zusammen mit einem Lenker auf einem der leichten, wendigen Jagdwagen, den ihm sein Vater für diesen Ausflug zur Verfügung gestellt hatte. Zudem hatte Sethos ihm erlaubt, seine Freunde mitzubringen, und so durften Amuneminet, Setau und Maj ebenfalls an der königlichen Jagd teilnehmen; ein Umstand, der die drei Knaben vor Glück strahlen ließ.

Setau war ein Jahr zuvor aus Ramses' Diensten entlassen worden. Paser, ein enger Vertrauter des Pharaos und kürzlich erst zum Wesir des Südens ernannt, hatte seine Begabung zum Beamten und Schreiber erkannt und Ramses' Vater darauf aufmerksam gemacht. Sethos, der den Jungen mochte, hatte nicht lange überlegt und ihn zu Paser in die Lehre gegeben, und so sahen sich die beiden Knaben nur noch abends, wenn sie ihren Unterricht und ihre Pflichten erledigt hatten. Maj besuchte noch immer voller Eifer mit seinem Vater Pharaos Baustellen und ging neben seiner regulären Ausbildung in der Palastschule bei diesem in die Lehre, während Amuneminet es kaum erwarten konnte, dass er endlich den Kriegern Seiner Majestät beitreten durfte.

»Die Hitze saugt einem den letzten Tropfen Schweiß aus dem Körper«, stöhnte Maj und wischte sich mit dem Handrücken über sein Gesicht. »Vielleicht hätten wir lieber im Palast bleiben sollen oder wären hinunter an den Fluss zum Baden gegangen. Hinterher hätten wir uns erfrischt und uns anschließend mit ein paar Dienerinnen vergnügt.« Er spähte zu Ramses, der ihm, wie erwartet, einen verächtlichen Blick zuwarf.

Noch immer konnte Ramses dem weiblichen Geschlecht nichts abgewinnen. Maj hingegen war inzwischen in einem Alter, in dem er sich immer mehr für die jungen Dinger zu interessieren begann. Ramses fragte sich, ob mit dem Abschneiden der Jugendlocke sich irgendetwas grundlegend in den Ansichten eines Jungen veränderte. Zumindest war Maj seit jenem Tag wie verblendet, wenn es um Mädchen und Frauen ging, doch die ersten Anzeichen dafür hatte es bei ihm schon weitaus früher gegeben. Ramses selbst verachtete noch immer das weibliche Geschlecht, und vor allem hasste er ein Geschöpf dieser Gattung besonders abgrundtief: die Dienerin Anat!

»Du und deine Weibergeschichten«, knurrte er und schenkte Maj einen düsteren Blick.

Maj erwiderte diesen mit einem spöttischen Grinsen. »Werde etwas älter, Ramses, dann sprechen wir uns wieder«, entgegnete er gut gelaunt.

»Gib bloß nicht so an«, blaffte Ramses zurück. »Du bist gerade mal ein knappes dreiviertel Jahr älter als ich.«

»Immerhin«, entgegnete Maj und reckte sein Kinn empor. Nicht nur Ramses wusste, dass er auf diesen Umstand mächtig stolz war. »Das reicht allem Anschein nach aus, um inzwischen die Vorzüge der Frauen erkannt zu haben – im Gegensatz zu dir, Amuneminet und Setau.«

»Was gibt es da schon zu erkennen?« Verächtlich rümpfte Ramses die Nase. Maj würde ihn in seiner Meinung nicht umstimmen können. »Egal ob Mädchen oder Frauen; ich kann an ihnen keinerlei Vorzüge erkennen!«

»Wenn du wüsstest.« Vielsagend schmunzelte Maj. »Glaube mir, auch du wirst eines Tages dahinterkommen, mein Freund.«

»Das glaube ich kaum!« Unwirsch gab Ramses seinem Wagenlenker ein Zeichen, das Gefährt schneller traben zu lassen, um an die Spitze zu seinem Vater aufzuschließen und damit dieses leidliche Thema zu beenden.

Sethos fuhr neben Mehi in seinem prachtvollen Jagdwagen, der von seinen beiden Lieblingshengsten Amun-schenkt-die-Macht und Amun-schenkt-den-Sieg gezogen wurde. Flink trabten die beiden Pferde über den steinharten Boden, blähten die Nüstern und warfen die Köpfe, mit bunten Federbüschen geschmückt, voller Vorfreude auf die bevorstehende Jagd in den Nacken.

»Nun, Ramses«, wandte sich Sethos an ihn, als er mit ihm auf gleicher Höhe fuhr, »gefällt es dir, mit mir und dem Horus-im-Nest jagen zu dürfen?«

Ramses schluckte und warf einen kurzen, hasserfüllten Seitenblick auf Mehi. Sein Vater hatte diesem Kerl sogar die Ehre erwiesen, dicht hinter ihm auf der Tempelmauer von Opet-sut abgebildet zu werden, wo er seine Erfolge im Krieg gegen die Feinde Kemis verewigt hatte. Seltsamerweise gestand er ihm aber nicht die Ehre zu, seinen Namen in die heilige Kartusche zu schreiben. Mehi wurde auch nicht ehrfurchtsvoll mit *Hoheit* angeredet, und seine Stirn zierte nicht die königliche Schlange. Ramses hatte sich oftmals gefragt, warum das so war, doch war er nie zu einer befriedigenden Antwort gelangt. Zudem verspürte er auch wenig Lust, sich mit diesem Kerl länger als nötig zu beschäftigen. Es reichte schon, dass er ihn ab und an zu Gesicht bekam, und durch Intef, der mit seinem Vater große Ähnlichkeit aufwies, wurde er täglich an ihn erinnert.

»Ja, Majestät«, erwiderte er mit rauer Stimme und räusperte sich.

Überrascht sah sein Vater ihn an. »Du scheinst zum Manne zu reifen«, stellte er fest und schmunzelte verstohlen. »Deine Stimme verändert sich.« Sethos, der seinen Wagen selbst lenkte, spornte die Pferde zu einem leichten Galopp an.

Ramses gab seinem Lenker zu verstehen, dem König zu folgen. Natürlich beschleunigte auch Mehis Wagen. Er durfte ja nicht aus dem Dunstkreis des Pharaos gedrängt werden, wenn dieser sich mit seinem Sohn unterhielt. Verärgert ballte Ramses die Fäuste. Er sah zu seinem Vater, der sein Gespann etwas zügelte, sodass die Pferdchen nur noch trabten, und Sethos erwiderte seinen Blick.

»Wie alt wirst du im nächsten Monat?«

»Dreizehn Jahre, Majestät.« Ramses schluckte schwer. Hatte sein Vater etwa vergessen, wie alt er war? Erstaunlich, dass er sich noch daran erinnern konnte, an welchem Tag er geboren wurde.

»Dann werde ich wohl bald den Befehl erteilen, dir die Jugendlocke abzuschneiden«, stellte Sethos derweil unbekümmert fest.

»Tut so etwas nicht für gewöhnlich der Vater?« Ramses war verstimmt und wich dem erstaunten Blick Sethos' aus, der sich ihm erneut zugewandt hatte.

»Für gewöhnlich schon, Ramses, doch ich bin nicht gewöhnlich. Ich bin der Pharao, der Gott. Ich habe nicht die Zeit, um all meinen Söhnen die Jugendlocke abzuscheren.«

»All deinen Söhnen, Majestät?« Verständnislos blickte Ramses ihm in die Augen. »Ich bin dein einziger, noch lebender Sohn!«

»Nein, Ramses, du verstehst das nicht», widersprach Sethos sanft. »Du bist der einzige, noch lebende Sohn von meinem Leib. Das ist richtig. Ich aber bin der Vater aller Menschen, die unter der Barke des Re in den Beiden Ländern leben. Ich bin der, dem sie vertrauen und der sich um sie sorgt, so wie es nur ein liebevoller Vater tut.«

Betreten senkte Ramses den Kopf. Dabei entging ihm nicht das spöttische Grinsen Mehis, welches diesem bei den Worten des Pharaos um die Mundwinkel spielte.

Ich hasse ihn!, dachte Ramses und krallte sich mit beiden

Händen am Wagenkorb fest. Trotzig starrte er auf die Hinterteile seiner Pferde. Wie hatte dieser Kerl es nur geschafft, seinen Vater davon zu überzeugen, dass dieser ihn, den Freund, und nicht seinen eigenen Sohn zum Nestfalken erhoben hatte? Er seufzte verzagt. »Erlaubst du mir, zu meinen Freunden zurückkehren?«

Sethos bejahte.

Ramses' Wagenlenker zügelte die Pferde, bis Maj und die anderen beiden Knaben wieder zu ihnen aufgeschlossen hatten.

»Was sagt Seine Majestät?«, wollte Amuneminet aufgeregt wissen. »Jagen wir heute einen Löwen?«

Ramses zuckte mit den Schultern. »Ich habe ihn nicht danach gefragt. Doch sollten wir einem begegnen, wirst sicher weder du noch einer von uns ihn jagen, sondern nur der Pharao und der Horus-im Nest.«

Amuneminet, dem eine passende Erwiderung bereits auf der Zunge lag, merkte, dass er Ramses' wunde Stelle getroffen hatte, und hielt lieber den Mund.

Plötzlich wurde Setaus Aufmerksamkeit auf einen kleinen Punkt am Horizont gelenkt, der sich langsam zu bewegen schien. »Da, seht doch nur! Da ist irgendwas. Vielleicht sogar ein Löwe!« Sein Gesicht strahlte, und er wies mit der Hand in die Ferne. Die Freunde folgten seinem Blick, und sowohl Ramses als auch die anderen sahen, was er meinte.

»Was das wohl ist?«, fragte Amuneminet.

»Vielleicht hat Setau ja recht, und es ist ein Löwe«, antwortete Maj. Er blickte zum Pharao, der ebenfalls den Ruf vernommen hatte und den Wagen in die angegebene Richtung lenkte. Die übrigen Gespanne folgten ihm.

Als sie den vermeintlichen Punkt erreicht hatten, zügelten sie verstört ihre Pferde und starrten auf das kleine Wesen, welches dort vor ihnen mutterseelenallein in der Wüste stand und vor Angst am ganzen Körper bebte. Es war ein nacktes Kind, ein Mädchen, nicht älter als drei Jahre. Mit weit aufgerissenen Augen starrte es furchtsam auf die fremden Männer und begann zu weinen.

»Hab keine Angst, meine Kleine. Ich will dir nichts Böses tun.« Sethos übergab seinem Lenker die Zügel und sprang vom Wagenkorb. Er näherte sich dem Mädchen bis auf wenige Schritte und ging in die Hocke. »Was machst du hier so ganz allein in der Wüste? Wo sind deine Eltern?«

Mehi war ebenfalls vom Wagen gestiegen, trat neben ihn und zupfte ihn am Ärmel seines gefältelten Hemds. »Da, Majestät.« Er wies mit einer Kopfbewegung auf eine Sanddüne, hinter welcher der Arm eines Menschen hervorlugte.

»Sieh nach!«, befahl Sethos knapp, und Mehi stapfte los. »Ich bin der Pharao«, wandte Sethos sich wieder der Kleinen zu, die ihn wie hypnotisiert anstarrte. Zumindest hatte sie mit dem Weinen aufgehört. »Sagst du mir, wer du bist?«

Kein Wort drang aus dem Mund des Kindes, nur noch ein klägliches Wimmern war wieder zu hören.

»Vielleicht versteht sie dich nicht«, war dafür Ramses' Stimme zu vernehmen, der sich von hinten seinem Vater genähert hatte. Er blieb neben ihm stehen und sah auf das verängstigte Kind hinab.

Sethos Blick schweifte derweil zu Mehi. Dieser war hinter der Düne wieder hervorgetreten und schüttelte den Kopf, was zu bedeuten hatte, dass niemand mehr am Leben sei. »Was ist hier wohl passiert?«, murmelte Sethos bestürzt und streckte die Hand nach dem Mädchen aus, das keine Anstalten machte, sich ihm zu nähern. »Komm her zu mir, Kleine. Ich tue dir nichts.«

Zögernd setzte das Kind einen Fuß vor und verharrte erneut.

»Du brauchst dich vor Seiner Majestät nicht zu fürchten«, versuchte es nun Ramses. Überrascht sah die Kleine zu ihm auf. Also trat er zwei Schritte auf sie zu und ging ebenfalls in die Knie. »Wie heißt du?«

Schweigen.

»Hast du keinen Namen? Ich werde Ramses genannt.« Das Wimmern des Mädchens hatte gänzlich aufgehört. Gebannt starrte es ihn an. Anscheinend schien seine sich im Stimmbruch befindliche Stimme oder seine Jugend eine Erinnerung in ihm auszulösen, denn es tat einen weiteren Schritt auf ihn zu. Ramses lächelte, um ihm die Scheu zu nehmen. »Heißt du Anat?«, fragte er und hätte sich sogleich ohrfeigen können, weil ihm zuerst der Name des Mädchens eingefallen war, das er am meisten verabscheute.

Erstaunlicherweise reagierte jedoch die Kleine und schüttelte den Kopf, sodass ihre geflochtene Jugendlocke munter hin- und herwippte. »Ich heiße Sati«, erwiderte sie mit piepsiger Stimme und flog auf Ramses zu, der sie in die Arme schloss.

»Wo sind deine Eltern?«, erkundigte er sich und sah dem Mädchen in seine dunkelbraunen, vom Weinen geröteten Augen.

»Sie sind tot«, antwortete Mehi kalt, der wieder an Sethos' Seite zurückgekehrt war. »Allem Anschein nach wurden sie überfallen, ausgeraubt und getötet.«

Ramses schluckte und drückte die Kleine, einem inneren Impuls folgend, an seine Brust. Als ihm gewahr wurde, dass er sich in den Augen seiner Freunde und der anwesenden Beamten lächerlich machte, ließ er das Kind schleunigst los und erhob sich wieder. Verlegen drehte er sich zu seinem Vater um, der ihn verdutzt musterte.

»Wir nehmen die Kleine mit und bringen sie in den Tempel des Ptah«, befahl Sethos nach einer Weile. »Die Priester werden sich gut um sie kümmern und sie erziehen. Später kann sie dem Gott dann dienen.«

Zustimmendes Gemurmel setzte unter den Würdenträgern ein, die der Szene gebannt beigewohnt hatten. Auch Ramses fand, dass das eine gute Entscheidung war.

Plötzlich fühlte er, wie sich die kleine Hand des Mädchens in die seine stahl. Um sich nicht erneut der Lächerlichkeit preiszugeben, wollte er dem Kind schon seine Hand entziehen, als ihm eine spontane Idee kam. Allem Anschein nach mochte dieses Mädchen ihn. Was wäre, wenn er es bei sich aufnähme, sich um die Waise kümmerte? Vielleicht bewiese er damit endlich seinem Vater, dass er imstande war, Verantwortung zu tragen, und er somit der Richtige für den Horusthron war!

Ohne weiter darüber nachzudenken, was eine solche Entscheiung für Konsequenzen nach sich zog, nahm er das Kind auf den Arm. Dann räusperte er sich und wandte sich an seinen Vater: »Nein, Majestät, ich werde sie zu mir nehmen, wenn du es mir erlaubst.«

»Zu dir, Ramses?« Pure Verwunderung malte sich in das Ehrfurcht gebietende Gesicht seines Vaters. »Aber du bist doch selbst noch ein Kind.«

»Aber nur noch einen Monat lang. Du selbst hast vorhin gesagt, dass ich allmählich zum Manne reife. Ich denke, die Zeit ist gekommen, dass ich mich den Pflichten eines Mannes stelle und denen eines Sohns des Herrn der Beiden Länder.« Ramses drückte das Rückgrat durch und sah seinem Vater fest in die Augen. Ihre Blicke kreuzten sich.

»Es sei so, wie du es wünschst«, meinte Sethos nach einer kurzen Bedenkzeit. »Ich erteile dir die Erlaubnis, aber kümmere dich gut um das Kind. Meine allsehenden Augen werden stets auf dir ruhen.«

Ramses verneigte sich und schritt mit Sati auf dem Arm an den verblüfften Würdenträgern und Soldaten vorbei zu seinem Jagdwagen.

»Hast du einen Sonnenstich?«, raunte ihm Amuneminet verstört zu, als er an ihm vorüberging. »Willst du dich fortan um ein Kleinkind kümmern?«

Ramses blieb stehen und wandte sich ihm zu. »Ja«, erwiderte er so leise, dass es bis auf Amuneminet niemand hören konnte, »das werde ich tun. Ich werde meinem Vater beweisen, dass ich ein würdiger Nachfolger bin.« Dann ging er weiter und befahl seinem Wagenlenker, die Pferde ruhig zurück zum Palast traben zu lassen.

***

Als Ramses mit Sati in seinem Zimmer ankam, wirkte er recht unbeholfen. Hatte er zuvor noch getönt, er werde die Verantwortung für das Kind übernehmen, wusste er nun überhaupt nicht, was er mit dem Mädchen anstellen sollte. Hatte er nicht doch etwas vorschnell das Sorgerecht für diesen kleinen Menschen eingefordert?

Die ersten Zweifel breiteten sich in ihm aus.

Sein Vater hatte recht. Er war doch selbst noch ein Kind. Ramses wollte ihm jedoch beweisen, dass dem nicht so war. Im kommenden Monat würde er dreizehn Jahre alt werden und somit die Schwelle zum Mannesalter überschreiten. War es da nicht an der Zeit, dem Vater zu zeigen, dass er kein Kindskopf mehr war? Zudem, wie sonst könnte sein Vater erkennen, dass er und nicht Mehi das Anrecht auf die Thronfolge besaß? Doch war er dazu wirklich imstande?

»Wahrscheinlich nicht!«, murmelte er verdrießlich vor sich hin und schrak zusammen, als es klopfte und Nebsumenu in sein Zimmer trat.

Als der Leibdiener das Kind auf seinem Arm gewahrte, blieb er wie angewurzelt stehen und starrte erst Sati und schließlich ihn verwirrt an. Dann fasste er sich, senkte den Blick und verneigte sich. Nebsumenu war zu gut geschult, sodass er sich jeglichen Kommentars oder einer Frage enthielt. Und Ramses war ihm dankbar dafür.

»Was gibt es?«, erteilte er ihm das Wort.

»Ich wollte Deine Hoheit fragen, ob du etwas wünschst«, entgegnete der junge Mann.

Unschlüssig blickte Ramses an sich herunter. Er war von oben bis unten mit einer feinen Sandschicht überzogen. Selbst zwischen seinen Zähnen knirschte es. Dann schweifte sein Blick zu Sati, die ihn aus ihren großen, unschuldigen Augen anstarrte. Er trat auf die Sitzgruppe zu seiner Linken zu und setzte das Mädchen auf einen der Stühle. Dann räusperte er sich, doch bevor er Nebsumenu Anweisungen erteilen konnte, klopfte es erneut.

Die Tür schwang auf und Nachtamun trat in den Raum. Ihm folgten ein kahlköpfiger Mann und eine Frau mittleren Alters, die sich bei seinem Anblick sofort verneigten. Ohne auf seine Erlaubnis zum Sprechen zu warten, hob Nachtamun an: »Seine Majestät hat mir befohlen, einen der Palastheilkundigen zu dem Findelkind zu führen, damit er es untersuchen kann.« Er wedelte den Mann mit seiner Rechten dichter heran.

»Gut so«, antwortete Ramses. Erleichtert atmete er auf und war seinem Vater dankbar, dass dieser an eine solche Vorsichtsmaßnahme gedacht hatte. Wer weiß, ob das Kind nicht ärztlicher Hilfe bedurfte, auch wenn es augenscheinlich keinen kranken Eindruck auf ihn machte. Er wäre sicher nicht auf diesen Einfall gekommen. Das musste er sich ehrlich eingestehen. Dann richtete er seine Aufmerksamkeit auf die Frau, die sich mit gesenktem Blick im Hintergrund hielt. »Und was ist mit ihr?«

»Sie soll sich um das Wohlbefinden des Mädchens kümmern, bis Seine Majestät eine geeignete Kinderfrau gefunden hat.«

Hm, dachte Ramses, also traut mir Vater doch nicht zu, dass ich mich um die Kleine kümmere! Seine gute Laune verflog. Beleidigt wandte er sich an Nebsumenu. »Da für das Wohl des Kindes gesorgt ist, kann ich mich getrost um meines kümmern. Ich will baden und anschließend essen!« Mit diesen Worten stapfte er an Nachtamun, dem Heilkundigen und der Kinderfrau vorbei und folgte Nebsumenu, der ihm vorauseilte, um im Badehaus alles für ihn vorbereiten zu lassen.

Als Ramses eine halbe Stunde später wieder in sein Zimmer trat, waren bis auf Nebsumenu alle verschwunden. Nur noch sein Leibdiener erwartete ihn mit einem schmackhaften Mahl.

Hungrig ließ sich Ramses am Tisch nieder und schaufelte sich eine große Portion Gemüse und Fisch in seine Schale und verschlang es mit Appetit. Dazu trank er mit Wasser verdünnten Wein, aß ein paar mit Honig beträufelte Kuchen und lehnte sich anschließend satt und zufrieden an die Lehne seines Stuhls.

»Das war gut«, meinte er und wischte sich mit dem Handrücken den Mund sauber. »Wo ist das Kind?«

»Die Kinderfrau hat es nach der Untersuchung ins Badehaus gebracht. Der Heilkundige konnte keine Krankheit oder Verletzung feststellen«, teilte Nebsumenu ihm mit. »Ich denke, die Kleine wurde nach dem Mittagessen in ihr Bett gebracht, um zu schlafen. Ihr Zimmer befindet sich genau neben deinem, mein Prinz.«

Schlafen? – Gute Idee!, dachte Ramses und gähnte ungeniert. Er hatte zwar am heutigen Tag noch nicht viel getan; dennoch fühlte er sich durch die Hitze und das gute Essen erledigt.

»Ich lege mich auch ein wenig aufs Ohr.« Er stand auf und ging zu seiner Bettstatt, die mit einem frischen Laken bezogen war. Spätestens in einem Monat würde er dieses Zimmer im Kindertrakt des Harims nicht mehr bewohnen.

13. Kapitel

Verrat liegt in der Luft

Was sagst du da? Ramses will Vater spielen?« Tachat war sichtlich erheitert. Mehi hatte ihr, kaum dass er ihr Schlafgemach betreten hatte, die Neuigkeit mitgeteilt, dass der Königsspross die Verantwortung für ein dreijähriges Mädchen übernommen habe.

»Allerdings.« Mehi trat auf den Tisch zu, der an der gegenüberliegenden Wand stand, griff nach dem Krug und schenkte sich einen Becher Wein ein.

»Das arme Ding«, kicherte Tachat und nahm ihm den Becher aus der Hand. »Wie konnte Seine Majestät dem bloß zustimmen? Ramses ist doch selbst noch ein Kind – eitel, unerfahren, hochtrabend und dumm.«

»Schweig!«, knurrte Mehi und nickte in Henuts Richtung. »Sie muss nicht unbedingt erfahren, wie du über den Königssohn denkst.«

Unbeeindruckt zuckte Tachat mit den Schultern. »Wie sollte sie es ausplaudern? Sie ist stumm; niemand versteht sie außer dir und ein paar von unseren Dienern. Zudem ist sie dir inzwischen blind ergeben. Du holst sie regelmäßig auf dein Lager, und sie, sie himmelt dich dafür an. Henut wird die Letzte sein, die dich verrät. – Stimmt, doch, Henut?«, wandte sie sich im scharfen Ton an die Dienerin, die dabei war, die Dochte der Lampen zu kürzen. Ohne von ihrer Arbeit aufzusehen, nickte die junge Frau. »Siehst du, mein Gemahl, du brauchst dir keine Sorgen zu machen. Der Pharao wird nie etwas davon erfahren, und Ramses wird ihm wieder einmal beweisen, dass er unfähig ist, den Thron der Beiden Länder zu besteigen. Deiner glorreichen Zukunft steht nichts im Weg, mein Lieber. Eines Tages gehört er dir, der Horusthron. Du wirst die Doppelkrone tragen, und ich, ich werde an deiner Seite sein als deine Große Königin. Eine neue Dynastie wird geboren, und du wirst ihr

Stammvater sein.« Ein zufriedenes Lächeln stahl sich bei dieser Vorstellung in ihr Gesicht.

Als Mehi ihr vor gut zwei Jahren von seiner Unterredung mit dem Pharao und der daraus resultierenden Abmachung erzählt hatte, war sie bestürzt gewesen – natürlich nicht darüber, dass Sethos dem eigenen Sohn nicht zu seinem Erbrecht verhelfen wollte, sondern weil ihr Gemahl irgendwann den Titel wieder zurückgeben sollte. Was würden die Höflinge dazu sagen? Würden sie und Mehi sich nicht dem Gespött der Leute aussetzen? Hinzu kam, dass weder Mehi noch sie gebührend angeredet werden durften. Würde das nicht alle Welt stutzig machen?

Natürlich hatte sie sich dem Wunsch ihres Mannes und dem des Königs untergeordnet, und erfreulicherweise lief alles wie am Schnürchen. Niemand schöpfte Verdacht; zumindest gab es keiner offen zu. Selbst ihre Freundinnen ließen sich ihr gegenüber nichts anmerken, obwohl Tachat nicht entging, dass deren anfängliche Sprachlosigkeit über Mehis Wahl zum Thronerben schon bald hinter vorgehaltener Hand spöttelnden Bemerkungen wich. Immerhin wurde weder sie noch Mehi gebührend mit *Majestät* angeredet. Es dauerte eine Weile, doch dann fiel es auch diesen Tratschweibern wie Schuppen von den Augen, dass das Ganze nur eine List war, um den rechtmäßigen Thronerben zur Vernunft zu bringen. Ramses indes schien der Einzige zu sein, der von alledem nichts ahnte. Und das war auch gut so, wie Tachat befand. Sie gewöhnte sich nämlich schnell an die neue Stellung ihres Gemahls, und mit jedem neuen Tag gestaltete sich für sie die Vorstellung schwieriger, für diesen unfähigen Prinzen das Feld zu räumen.

»Dieser Tag wird niemals kommen«, murmelte sie grimmig vor sich hin und ballte die Fäuste. »Niemals wird dieses dumme, hochfahrende Kind vernünftig sein. Ramses wird sich auch in tausendmal tausend Jahren nicht ändern.« Aus dem Augenwinkel registrierte sie, dass Mehi verdutzt zu ihr herübersah, doch sie ignorierte seinen fragenden Blick.

Henut war mit ihrer Arbeit fertig und huschte aus dem Zimmer. Wenig später erschien sie in Begleitung eines minderjährigen Dieners, der in seinen Händen ein voll beladenes Tablett mit Kuchen und Früchten hielt.

»*Stell es dort ab*«, wies sie ihn in ihrer Zeichensprache an, und der Junge gehorchte, verneigte sich vor seiner Herrschaft und verschwand. »*Hast du sonst noch einen Wunsch, mein Herr?*«, wandte Henut sich Mehi zu, der verneinte und sie entließ.

»Es passt mir trotzdem nicht, wenn du so vor der Dienerschaft über die königliche Familie sprichst«, setzte er das Gespräch mit seiner Frau fort. »Um Henut mache ich mir in der Tat keine Gedanken. Deine Worte könnten aber in die falschen Ohren gelangen und dann zu Sethos weitergetragen werden«, ermahnte er sie.

»Ich werde es beherzigen«, erwiderte Tachat verstimmt. Sie hasste es, wenn er sie wie ein dummes Kind behandelte. Seine Belehrungen konnte er für sich behalten. Sie war nicht so blauäugig anzunehmen, dass Wände keine Ohren hätten. Dennoch, sie befand sich in ihrem Schlafgemach. Hier gab es niemanden, dem sie misstraute, selbst dieser stummen Dienerin nicht.

Verärgert biss sie die Zähne zusammen. Am liebsten hätte sie Mehi aus ihren Gemächern gescheucht, doch ihre Neugier war stärker. Zudem sehnte sich ihr Körper nach ihm. Also schluckte sie ihren Groll hinunter und setzte eine freundliche Miene auf.

»Nun lege dich endlich zu mir und erzähle mir genau, was in der Wüste passiert ist, mein Geliebter.« Wohlig seufzend glitt sie auf ihr Bett und rekelte sich splitternackt auf dem nach Lotos duftenden Laken.

Das ließ Mehi sich nicht zweimal sagen. Er entledigte sich seines Lendentuches, das er sich nach dem Baden um die Hüften gebunden hatte, und glitt neben sie. Dann nahm er ihren Kopf in seine Hände und gab ihr einen zärtlichen Kuss.

Tachat wusste, dass er sie bedingungslos liebte, und sie tat alles dafür, dass ihr Zauber nicht verblasste. Sie war wunderschön, das wurde ihr noch immer von allen Seiten bestätigt, und das, obwohl sie inzwischen weit mehr als dreißig Nilschwemmen gesehen hatte. Ihre Haut war ebenmäßig und zart, die dunklen Augen mandelförmig und klar. Ihre Nase war weder zu groß noch zu klein, und ihr Mund mit den vollen Lippen und der flinken Zunge schenkte ihrem Gemahl nicht nur beim Küssen ungeahnte Freuden. Sie schmunzelte verstohlen und befand, dass sie eine würdige Königsgemahlin sei, die zudem bereits einen kraftvollen Erben des Throns der Beiden Länder geboren hatte.

Mehi, der von ihren Gedanken nichts ahnte und diese sicher nicht gutgeheißen hätte, strich ihr liebevoll durch das dichte Haar, das sie sich stets kurz schneiden ließ, da sie sich in der Öffentlichkeit nur mit Perücke zeigte. »Ich liebe dich«, hauchte er ihr ins Ohr, und seine Hand tastete nach ihren Brüsten. Er küsste sie begehrender, und willig öffnete sie sich ihm.

Später, als beide erschöpft nebeneinander auf dem Bett lagen, schmiegte Tachat sich an seinen Körper. »Und nun erzähle mir endlich, was genau geschehen ist.«

Mehi schmunzelte, tat ihr aber den Gefallen. Ausführlich berichtete er, was sich auf der Jagd zugetragen hatte, wie sie auf das Kind aufmerksam geworden waren und dass Ramses von seinem Vater das Sorgerecht für das Mädchen eingefordert hatte.

Nachdem er mit seinem Bericht fertig war, kicherte sie amüsiert. »Glaubt der kleine Prinz tatsächlich, dass er Sethos mit diesem Manöver täuschen kann? Er macht das doch nur, um seinem königlichen Vater vorzugaukeln, er hätte sich geändert, doch das hat er nicht«, tat sie mit wissender Miene kund. »Ich genieße das Vertrauen von Tujas Leibdienerin Aschtara. Sie ist die Mutter von Anat und machte mir gegenüber schon des Öfteren Andeutungen, dass ihre Tochter ihr alles erzählt, was Ramses zusammen mit seinen Freunden treibt. Und glaube mir, Mehi, Ramses hat sich seit damals nicht ein bisschen geändert. Noch immer glaubt er, dass seinem Vater ein fataler Fehler bei der Wahl seines Thronerben unterlaufen ist. Zudem geht er fest davon aus, dass Sethos eines Tages ihn in den Stand des Horus-im-Nest erhebt.«

»Und das wird auch so sein«, erinnerte Mehi sie. »Ich habe dir gesagt, welche Abmachung ich mit Seiner Majestät getroffen habe. Wenn Ramses erwachsen und zur Vernunft gekommen ist, werde ich meinen Platz räumen, um ihn für den Prinzen freizumachen.«

»Willst du das wirklich?«, fragte sie verstört. Sie konnte nicht glauben, dass er seine Position einfach wegwerfen würde.

Nachdenklich rollte Mehi sich auf den Rücken und starrte an die Decke. Er war sich nicht sicher. Dennoch antwortete er: »Es ist Maat, Tachat, dass Ramses nach seinem Vater die Doppelkrone trägt. Er ist Sethos' Sohn. Er stammt aus königlichem Geblüt. Finde dich damit ab.«

»Papperlapapp!«, brauste sie auf. »Das ist Unsinn, Mehi, und das weißt du genau. Weder Osiris Menpehtire Ramses noch Sethos sind königlicher Abstammung. Selbst Haremhab, dem Menpehtire Ramses letzten Endes seinen Aufstieg zu verdanken hat, selbst er hatte keinen einzigen Tropfen königlichen Bluts in seinen Adern. Sie alle sind nicht königlicher oder göttlicher als du und ich! Sie waren bei ihrer Geburt gewöhnlich, hatten allerdings das Glück, dass die Ewigwährenden ihnen wohlgesonnen waren. Und nun sind sie es dir! Verspiel nicht einfach diese Chance!«, beschwor sie ihn. »Die Götter haben dich erwählt, der nächste Pharao zu sein und unter ihrem Schutz die Beiden Länder zu regieren. Lass dir dieses Privileg nicht von einem unmündigen Knaben streitig machen. Und denke auch an unseren Sohn. Intef wird nach dir den Thron besteigen, seine Schwester wird eine Prinzessin sein. Du wirst der Stammvater einer neuen Dynastie, Mehi. Wirf das nicht einfach weg! Die Götter reichen dir ihre Hand. Ergreife sie und lass sie nie wieder los!«

»Aber ich habe mein Wort gegeben«, kam sein lahmer Einwand.

»Na und?« Tachat spürte, dass er mit sich selbst nicht im Reinen war. Diese Unentschlossenheit ärgerte sie. Konnte oder wollte er denn nicht die Vorzüge erkennen, die ihm seine Stellung brachte, und dass Ramses sie ihm streitig machen konnte? Seufzend setzte sie sich auf und sah ihn eindringlich an. »Handele beizeiten, Mehi! Anderenfalls wirst du eines Tages das Knie vor diesem missratenen Bengel beugen? Bei Hofe wird man über uns lachen und mit dem Finger auf uns zeigen, wenn Sethos dich für Ramses deiner Position als Thronfolger enthebt und dir deine Privilegien wieder nimmt.«

»Pharao meint ...« Er wich ihrem Blick aus und starrte an die weiß gestrichene Decke.

»Ja, ich weiß, was Pharao meint«, fauchte sie. Es fiel ihr

schwer, nicht die Beherrschung zu verlieren. »Das hast du mir hundertmal schon erzählt. Ich werde es aber nicht zulassen, dass dir Ramses die Doppelkrone entreißt.«

Erstaunt richtete Mehi den Blick wieder auf sie. Dann rollte er sich auf die Seite und stützte sich auf den Ellenbogen. »Und was willst du dagegen unternehmen?«

»Mir wird schon etwas einfallen, wenn die Zeit gekommen ist, dass Ramses uns gefährlich wird.«

Unbehaglich strich Mehi sich über sein glatt rasiertes Kinn. Dann setzte er sich ebenfalls auf und straffte den Rücken. »Was redest du da für einen Unsinn, Tachat? Willst du dich gegen den Prinzen vergehen?«

»Wenn das die einzige Möglichkeit ist, damit du Sethos' Nachfolge antreten kannst, dann lautet die Antwort, ja!«

»Dir muss ein böser Dämon ins Herz gefahren sein«, knurrte er und musterte sie mit zusammengezogenen Augenbrauen.

»Nein, aber anscheinend sehe ich die Dinge klarer als du. Auch du willst inzwischen nicht mehr, dass Ramses einmal herrscht, und erzähle mir jetzt nicht, dass dem nicht so sei!«, warnte sie ihn mit scharfer Stimme. »Du verschließt jedoch dein Herz vor solchen Gedanken, obwohl sie dich tagaus und tagein quälen. Das sehe ich dir nämlich an. Und warum? – Weil du dein Wort gegeben hast!«

Bedrückt ließ sich Mehi zurück auf den Rücken fallen, verschränkte die Hände im Nacken und schwieg. Tachat hatte ins Schwarze getroffen. Auch er konnte sich, je länger er an Sethos' Seite saß, nicht an den Gedanken gewöhnen, die Doppelkrone wieder hergeben zu müssen, die früher einmal so unerreichbar für ihn gewesen war. Niemals hätte er es sich träumen lassen, dem Horusthron so nahe zu kommen. Dennoch verschloss er sein Herz vor diesen ungebührlichen Gedanken, damit sie sich seiner nicht bemächtigten. Sethos war sein Freund und inzwischen sein König. Zudem achtete er die göttliche Maat. Widersprach es nicht aber auch der Maat, jemandem in ein Amt einzusetzen, um es ihm später wieder zu nehmen?

Mehi seufzte leise. »Sprechen wir über etwas anderes, Tachat!«, befahl er schroff und fügte warnend hinzu: »Und ich verbiete dir, irgendetwas zu unternehmen, das dem Prinzen

Schaden zufügt! Habe ich mich klar und verständlich ausgedrückt?«

Unbeeindruckt zuckte Tachat mit den Schultern. »Wie du wünschst. Doch glaube mir, früher oder später wirst auch du der gleichen Meinung sein wie ich.«

***

Ein weiteres halbes Jahr verging. Tachats Hoffnungen, Ramses würde sich mit der Pflege von Sati übernehmen, gingen nicht in Erfüllung. Obwohl er selbst den Kinderschuhen gerade erst entwachsen war, kümmerte er sich liebevoll um das Kind. Das kleine Mädchen hatte in seinem Herzen eine Saite angeschlagen, von der noch nicht einmal er gewusst hatte, dass es sie gab. Wochen waren vergangen und zu Monaten geworden, und nichts deutete darauf hin, dass Ramses seiner Rolle als Ersatzvater überdrüssig wurde.

Tachat wurde unruhig.

Kurz nach seinem dreizehnten Geburtstag schnitt Sethos ihm die Locke der Jugend ab. Von nun an galt er als Erwachsener. Ramses bezog eine weitläufige Zimmerflucht im Männerflügel des Palastes und gründete seinen eigenen Haushalt. Sati bezeichnete er fortan als sein Töchterlein.

Sethos, der in Bezug auf seinen Thronerben bisher keinerlei Verdacht geschöpft hatte – warum auch, er war sein Freund –, hielt Mehi über die Entwicklung seines Sohnes stets auf dem Laufenden. Auch Intef war aus erster Hand unterrichtet, was in den prinzlichen Gemächern geschah. Es hatte den Anschein, dass der königliche Spross sich fing und tatsächlich erwachsen wurde. Selbst Aschtara machte keinerlei Andeutungen mehr über Ramses' sonst so rüpelhaftes Benehmen.

Tachat resümierte, dass es alles in allem mehr als beunruhigende Nachrichten waren. Es stand die Zukunft ihres Gemahls auf dem Spiel, sein Ansehen und natürlich auch ihres. Seit zweieinhalb Jahren sonnte sie sich in seinem Rang als Thronfolger des Pharaos. Wenn sie nicht achtsam wären, gelänge es diesem missratenen Bengel doch noch, ihnen einen Strich durch die Rechnung zu machen. Selbst Sethos und Tuja erkannten die

Veränderungen, die in Ramses vor sich gingen. Anderenfalls wäre die Unterhaltung sicher anders verlaufen, die Mehi eines Tages in privater Atmosphäre mit dem König führte ...

***

»Ich glaube, Ramses wird allmählich erwachsen«, stellte Sethos fest und griff nach seinem Bier. Er hatte seinen General und Fächerträger zu sich in seinen privaten Garten eingeladen, und sie hatten es sich im Schatten einer luftigen, von Weinreben umrankten Laube bequem gemacht. Hier konnten sie ungestört über alles miteinander reden.

Zwischen ihren Stühlen stand ein kleines Tischchen, welches sich unter der Last seiner Köstlichkeiten beinahe bog. Ein Krug mit Bier, einer mit Wein, dazu die passenden Schalen und Becher; frisches und kandiertes Obst, süßes Gebäck – es war alles vorhanden, um den Gaumen der beiden Männer zu verwöhnen. Vor dem Zugang zur Laube befand sich ein Teich, auf dem weißer Lotos schwamm. Die Oberfläche des Wassers kräuselte sich hin und wieder an jenen Stellen, an denen ein hungriges Fischmaul nach einem der vielen Insekten schnappte, die über das Wasser schossen.

Um nicht sofort antworten zu müssen, griff Mehi nach einer Traube und schob sie sich in den Mund. Ganz davon abgesehen, dass seine Frau ihn ständig auf diesen Umstand aufmerksam machte und einfach nicht locker ließ, er solle etwas dagegen unternehmen, war es ihm ebenfalls aufgefallen. Ramses legte die kindliche Sturheit ab, wurde besonnener und benahm sich allmählich wie ein erwachsener Mann. Wenn Mehi ehrlich war, sah auch er Ramses' positive Veränderungen mit gemischten Gefühlen. Zu lange trug er nun schon den Titel des Nestfalken, um ihn nun einfach herzugeben. Zu lange stichelte bereits Tachat und hatte inzwischen erfolgreich ihr Gift versprüht.

Als sein Schweigen allmählich peinlich wurde, schluckte er die Frucht hinunter und räusperte sich. »Ja, ich habe es bemerkt, Sethos. Seitdem er dieses kleine Mädchen bei sich aufgenommen hat, hat er sich stark verändert.« Vorsichtig lugte er in Sethos' Gesicht, um dessen Gedanken zu erraten. Keinerlei Reaktion war den Zügen des Pharaos zu entnehmen. Er starrte einfach nur nachdenklich in sein Bier. Also fügte Mehi hinzu: »Hoffentlich hält dieser Zustand auch an.«

»Warum sollte es nicht?«, erwiderte Sethos und erwachte aus seiner Lethargie. »Immerhin scheint sich mein Sohn länger als gewöhnlich für eine Sache zu interessieren, die nichts mit Wagenrennen zu tun hat oder mit Schwert- oder Ringkämpfen.«

Unwillkürlich musste Mehi schmunzeln. »Das ist in der Tat recht ungewöhnlich«, bestätigte er und wurde wieder ernst.

»Seine Lehrer können nur noch gute Dinge über ihn berichten«, fuhr Sethos fort. »Auch Nachtamun sind seit geraumer Zeit keine Streiche mehr zu Ohren gekommen, für die mein Sohn bisher bekannt gewesen ist. Selbst Anat beklagt sich kaum noch bei ihrer Mutter über sein Verhalten. Vielleicht ist der Zeitpunkt gekommen, dass ich ihn zum Horus-im-Nest ausrufen kann.«

Mehi schluckte betroffen und wandte den Blick hinaus auf den Teich, der von blühenden Sträuchern und ein paar Palmen gesäumt wurde. Er konnte und wollte Sethos nicht in die Augen schauen, der sich ihm bei den letzten Worten zugewandt hatte. »Wenn du dieser Meinung bist, dann ist es sicher richtig so, Majestät«, entgegnete er steif. »Niemand hat das Recht, dir zu widersprechen. Allerdings ...«

»Allerdings was, Mehi?« Überrascht zog Sethos die Augenbrauen in die Höhe. »Hattest du gehofft, auf ewig mein Nachfolger zu sein?«

Rasch schüttelte Mehi den Kopf und zwang sich, Sethos offen in die Augen zu schauen. »Nein. Ich meinte nur, ob es für diesen Schritt nicht noch etwas verfrüht ist.«

»Verfrüht?« Sethos klang erstaunt.

Unschlüssig zuckte Mehi die Schultern und nahm sich vor, bei seiner Wortwahl etwas bedachter zu sein. In Sethos durfte nicht der Verdacht zu keimen beginnen, dass er nicht mehr gewillt war, freiwillig auf seine Position als Thronerbe zu verzichten.

»Eigentlich hätte ich Ramses schon nach Nebus Beisetzung

zu meinem Nachfolger ernennen müssen«, fuhr derweil Sethos fort. »Er ist der einzige Sohn, der mir geblieben ist. Doch ich wollte ihn für seinen Hochmut strafen. Schon die Weisen sagen, dass demjenigen sein eigener Speichel ins Gesicht fällt, der in den Himmel spuckt. Und Ramses hat genau das getan. Nun wird er älter und vernünftiger, und ich sollte ihm das ihm zustehende Geburtsrecht gewähren.«

»Natürlich, Majestät«, entgegnete Mehi, um Haltung bemüht. »Dein Wort ist Maat, und ich werde gehorchen und meinem Schwur Folge leisten, den ich dir einst gab. Dennoch bin ich mir nicht sicher, ob der Prinz wirklich schon so weit gereift ist, um zu deinem Nachfolger auserkoren zu werden.« Erneut forschte Mehi in Sethos' Gesichtszügen, die keine Rückschlüsse auf dessen Gedanken zuließen. Er saß da, nippte an seinem Bier und musterte ihn kritisch über den Rand des Bechers hinweg. Anscheinend war ihm doch nicht entgangen, dass er, Mehi, alles andere als erfreut darüber war, seinen Titel und die damit verbundenen Annehmlichkeiten aufgeben zu müssen. So aber lautete die Vereinbarung, die sie miteinander getroffen hatten.

Mehi seufzte innerlich. Warum gab er sich nicht einfach damit zufrieden, was und wer er war, nämlich ein angesehener Beamter, der Einzige Freund des Pharaos? Er genoss ein sorgenfreies Leben, durfte den Herrn der Beiden Länder in privater Atmosphäre sogar mit dessen Namen anreden. Der Glanz des Königs fiel somit auch auf ihn und seine Familie, egal, ob er nun den Titel des Nestfalken trug oder nicht. Vielleicht sollte er sich diesen Umstand öfter einmal in Erinnerung rufen und vor allem Tachat für ihre ewigen Sticheleien tadeln. Sethos würde schon dafür Sorge tragen, dass niemand über ihn lästerte, wenn er nicht mehr der Thronfolger war.

Als hätte dieser seine Gedanken erraten, meinte er: »Machst du dir um deinen Ruf Gedanken?«

Unschlüssig zuckte Mehi mit den Schultern. »Ein bisschen schon.« Er griff nach einer weiteren prallen Traube und rollte sie zwischen Daumen und Zeigefinger. »Vor allem Tachat fürchtet sich vor der Tratscherei, wenn die Leute glauben, dass ich nicht mehr das Vertrauen Deiner Majestät genieße.« Das war zwar nur die halbe Wahrheit; es war aber auch nicht gelogen.

So mancher Höfling würde mit dem Finger auf sie zeigen. Zumindest wäre für genug Klatschstoff in der kommenden Zeit gesorgt. Er seufzte, dieses Mal hörbar. »Wann wirst du Ramses an deine Seite holen?«

»Das weiß ich noch nicht, vielleicht an seinem vierzehnten Geburtstag. Zuvor werde ich ihn noch ganz genau prüfen.«

»Also in ungefähr sieben Monaten«, stellte Mehi nüchtern fest und schob sich die Traube in den Mund.

»Wenn sich Ramses bis dahin keinen Fehler erlaubt, wird er der Kronprinz, während du mir genauso nahe stehen wirst wie sonst«, versprach Sethos. »Ich mache dich zu einem Erpa-ha und übertrage dir den überaus beneidenswerten Posten des Hohepriesters von Opet-sut. Der erste Amun-Prophet ist im vergangenen Monat zu den Göttern gegangen, und ich habe noch keinen neuen ernannt. Wenn du willst, erhältst du von mir dieses Amt, und niemand wird es wagen, mit dem Finger auf dich oder deine Familie zu zeigen.«

»Ich fühle mich geehrt, Majestät, und bedanke mich.« Ergeben neigte Mehi den Kopf, doch in seinem Innersten war er aufgewühlt, enttäuscht und leer.

***

Tachat kochte vor Zorn, nachdem Mehi ihr von seiner privaten Unterhaltung mit Sethos berichtet hatte. Lange konnte sie ihre Wut nicht im Zaum halten, vor allem, da ihr Mann sich mit seinem Schicksal abgefunden zu haben schien. »Was«, schrie sie ihn an und stemmte die Hände in die Hüften, »willst du dich nicht dagegen wehren? Willst du dich einfach mit einem Fürstentitel und dem Amt eines Priesters abspeisen lassen?«

»Beruhige dich doch«, erwiderte Mehi gereizt. »Es ist immerhin nicht irgendein Priesteramt, sondern das des Ersten Propheten des Amun-Re.«

»Ja, dem in Theben«, fuhr sie zornig dazwischen. »Was soll ich dort? Im Süden ist es mir zu heiß. Zudem liegt Theben zu weit vom Königshof entfernt. Dort verrotten wir!«

»Was für ein Unsinn!», begehrte Mehi auf. »Jeder andere würde Sethos die Füße küssen, wenn er ihm das Amt des ersten

Amun-Propheten überträgt, und vergiss bitte nicht: Ich werde ein Erpa-ha. Dieser Fürstentitel ist erblich, sodass Intef und dessen Söhne ihn ebenfalls tragen werden.«

»Das ist mir egal!«, keifte Tachat mit hochrotem Gesicht. »Glaubt dieser arrogante Pharao etwa, dass er das mit dir machen kann?« Sie funkelte Mehi wütend an. »Ich werde mir das nicht gefallen lassen, und ich hoffe, dass du Manns genug bist, dass auch du dir das nicht bieten lässt!«

»Was soll ich denn tun?«, brüllte nun auch Mehi, dem Tachats hysterisches Kreischen gegen den Strich ging. »Soll ich zu Sethos gehen und ihm sagen, dass ich meinen Platz als Thronfolger nicht räumen werde, oder soll ich meine Division zusammenrufen, damit sie Ramses und vielleicht auch gleich Sethos niedermetzeln?«

»Vielleicht wäre das gar keine so schlechte Idee«, gab Tachat zur Antwort, die sich, vom Wutanfall ihres Mannes überrascht, einigermaßen beruhigt hatte.

»Hast du dich in die Hände der Götter begeben?«, schnauzte er.

»Nein, Mehi, doch anscheinend sehe ich die Dinge klarer als du. Wenn du weiterhin der Horus-im-Nest bleiben und später einmal die Doppelkrone tragen willst, musst du etwas unternehmen! Entweder du beseitigst den Prinzen oder er muss bei seinem königlichen Vater erneut in Ungnade fallen.« Sie sah ihn aus blitzenden Augen an. »Wir beide hatten gehofft, dass Ramses sich mit Sati übernimmt. Leider ist dies nicht der Fall. Also müssen wir andere Wege beschreiten, oder wir müssen etwas finden, womit er seine Unfähigkeit erneut unter Beweis stellen wird.«

»Und was sollte das deiner Meinung nach sein?«

»Mir wird schon etwas einfallen, Mehi, sei unbesorgt. Ich sehe aber deiner Degradierung nicht tatenlos zu! Du bist der zukünftige Herr der Beiden Länder. Dieses Anrecht lasse ich mir von einem missratenen Bengel nicht streitig machen!« Abrupt drehte sie sich um und rauschte aus dem Gemach.

14. Kapitel

VERTRÄUMTE WORTE – VERWIRRTE HERZEN

Ramses saß mit Sati unter einer Sykomore und las dem Mädchen ein Märchen vor. Mit großen Augen lauschte das Kind und hing an seinen Lippen. Zu Füßen der beiden hatte sich ein getigertes Kätzchen zusammengerollt, das Ramses seiner kleinen Tochter ein paar Tage zuvor geschenkt hatte. Plötzlich nahm er ein Geräusch hinter sich wahr und drehte sich um. »Na, Anat, spionierst du mir wieder hinterher?«

Gekränkt zog die Dienerin ein Gesicht. »Du weißt, dass das nicht stimmt. Ich muss allerdings zugeben, vorhin gesehen zu haben, wie du mit Sati in den Garten gegangen bist.« Anat trat vor ihn und Sati hin und ging in die Hocke. Freundlich lächelte sie das Mädchen an. »Die Kleine ist süß. Darf ich sie mal auf den Arm nehmen?«

»Heb' dir bloß keinen Bruch«, erwiderte er säuerlich.

»Mache dir darüber keine Gedanken«, konterte Anat. »Ich bin eine Dienerin und gewohnt, hart zu arbeiten.« Sie nahm das Kind und hob es zu sich auf den Arm.

Belustigt zog Ramses derweil eine Augenbraue hoch. »Du und hart arbeiten?« Er prustete amüsiert. »Die Küchendiener und die Bauern auf dem Feld, die arbeiten hart. Mein Stalljunge, der den Mist meiner beiden Pferde beseitigen muss, er arbeitet hart, aber doch nicht du, Anat. Sieh dich nur an! Deine Hände sind glatt und zart, dein Gesicht jung und frisch. Deine Augen strahlen wie die Sterne des Nachts am Himmel. Dein Haar schimmert seidig weich, dein Rücken ist gerade und nicht von harter Arbeit gebeugt. Dein Gang ist zwar noch etwas kindlich, aber ...« Er stockte und biss sich auf die Zunge. Was hatte er da gerade für törichte Worte gesagt? Verstohlen lugte er zu Anat, der vor Verwunderung der Mund offen stand. Verblüfft musterte sie ihn, und er wich verlegen ihrem Blick aus, da er spürte, wie ihm die Hitze in die Wangen schoss.

Anat wurde wie er allmählich erwachsen und begann, sich zu einer wunderschönen jungen Frau zu entwickeln, was seit einiger Zeit selbst ihm nicht mehr verborgen blieb. Immer öfter hatte er sich in den letzten Wochen dabei ertappt, dass er ihr verträumt hinterherstarrte, ganz zu schweigen von den absonderlichen Gefühlen, die sich seiner bei ihrem Anblick bemächtigten. Es waren Gefühle, die ihm bisher fremd gewesen waren und ihn verwirrten. Was geschah nur mit ihm? Sollte es etwa stimmen, dass mit dem Älterwerden sich seine Meinung über das weibliche Geschlecht änderte?

»Das kann nicht sein!«, wisperte er und spürte, wie die erneute Verlegenheit sein Gesicht zum Glühen brachte.

Aber nicht nur bei Anat passierte ihm das. Auch bei den Gastmählern seines Vaters blieb sein Blick immer öfter an den spärlich bekleideten Dienerinnen und Tänzerinnen hängen, die zumeist nichts weiter trugen als einen Perlengürtel und damit all ihre jugendlichen Reize offenbarten. Er schämte sich dafür, denn bisher hatte er Mädchen für einfältig und dumm gehalten, auf gar keinen Fall für beachtenswert. Es hatte für ihn immer festgestanden, dass sich daran auch niemals etwas ändern würde, und nun waren ihm solch verträumte Worte gegenüber seiner Todfeindin entschlüpft! Wie unangenehm und peinlich das doch war.

Er räusperte sich und hoffte, dass seine Stimme das Gefühlschaos nicht verraten würde, das in ihm tobte. »Vergiss, was ich soeben gesagt habe. Ich muss mich wohl zu lange auf dem Drillplatz in Res heißen Strahlen aufgehalten haben.« Er stand auf und winkte Satis Kinderfrau heran, die außer Hörweite im Schatten eines Oleanderbusches kauerte und an einer kandierten Feige knabberte.

»Nein, Ramses«, erwiderte Anat. Ihre Stimme klang sanft. Sie beugte sich hinab und setzte Sati zurück auf die bunt gemusterte Matte. »Das war wunderschön, was du eben über mich gesagt hast. Wirklich.«

»Ach, Unsinn!«, beharrte er störrisch. »Das war dummes Geschwätz, wie es eigentlich nur Mädchen von sich geben.« Abrupt drehte er sich um und strebte steifbeinig dem Männerflügel des Palastes zu. Er musste jetzt erst einmal ein kühles

Bad nehmen, um sich von den verwirrenden Gedanken und Gefühlen zu befreien, die sein Herz völlig durcheinanderbrachten. Zudem hatte es auch ein gewisses Körperteil dringend nötig, wenn er so an sich heruntersah. Es baute bereits ein Zelt.

***

Verstohlen schaute Anat dem Königssohn hinterher. Satis Kinderfrau hatte in der Zwischenzeit das Mädchen an die Hand genommen und ging mit ihr zu den Kindergemächern. Sie blieb allein zurück.

Ihr Blick fiel auf die Schriftrolle, aus der Ramses vorgelesen hatte. Sie lag zusammengerollt im Gras. Weder Ramses noch die Kinderfrau hatten daran gedacht, sie mitzunehmen. Also bückte sich Anat, hob sie auf und öffnete sie.

Benommen starrte sie auf die heiligen Zeichen, die in wunderschönen Kolumnen untereinander aufgereiht standen. Wenn ich sie doch nur lesen könnte, dachte sie betrübt. Sie hatte zwar von ihrer Mutter ein paar der heiligen Zeichen gelernt, doch es reichte nicht aus, um zusammenhängend einen Text entschlüsseln zu können. Sie rollte das Schriftstück wieder zusammen und wollte es Ramses hinterhertragen, als sie beinahe mit der Gemahlin des Thronfolgers zusammenstieß.

»Bitte, verzeih«, stammelte Anat und verneigte sich tief. »Ich habe geträumt und dich nicht gesehen, Herrin.«

»Du hast geträumt? Doch nicht etwa von Prinz Ramses?«, fragte Tachat belustigt und kicherte über ihren gelungenen Scherz. »Wie man so hört, versteht ihr beiden euch überhaupt nicht.« Sie musterte Anat aufmerksam, die ihren Blick gesenkt hielt und schwieg. »Er eilte gerade an mir vorbei, und ich frage mich, ob er dich wieder geärgert hat, so wie er und seine Freunde es ständig tun?«

»Nein, Herrin, heute mal nicht.« Anat biss sich auf die Unterlippe. Was plapperte sie für einen Unsinn! Eine solche Wortwahl war anmaßend und ziemte sich nicht für eine einfache Dienerin.

Tachat überging ihren Fehltritt. »Aber ansonsten macht er das ständig. Es stimmt doch, was ich sage?«, mutmaßte sie.

Unschlüssig zuckte Anat mit den Schultern. Sie wusste nicht, wie sie sich verhalten sollte. Was wollte die Gemahlin des Thronfolgers von ihr? Was interessierte es sie, wie Ramses sich ihr gegenüber verhielt? Sie war eine Dienerin, Ramses hingegen der Sohn des Pharaos.

»Komm, meine Kleine«, versuchte Tachat, sie zu ermuntern, und riss sie aus ihren Überlegungen, »mir kannst du dich ruhig anvertrauen. Ich weiß von deiner Mutter, dass Prinz Ramses ständig auf dir herumtrampelt, als wäre er bereits der Pharao, der die Neun Bogen unter seinen Fußsohlen zermalmt.«

Verstört hob Anat nun doch den Blick, um ihn gleich darauf wieder auf ihre Füße zu senken. »Seine Hoheit hat sich verändert«, antwortete sie und spürte, wie zaghaft ihre Stimme klang. Trotzdem fühlte sie sich aus einem unerklärlichen Grund verpflichtet, ihn in Schutz zu nehmen, und es stimmte ja auch. Ramses' Benehmen hatte sich in den letzten Wochen und Monaten gewandelt, nicht nur ihr gegenüber. »Er ist nicht mehr so wild, seitdem er Prinzessin Sati bei sich aufgenommen hat«, fügte sie hinzu und lugte kurz zu Tachat, deren Stirn sich unwillig runzelte.

»Ich weiß, Anat. Er gaukelt aller Welt vor, dass er sich geändert habe. Doch ich denke, es ist allgemein bekannt, dass das nicht stimmt. Mein Gemahl und ich stehen der königlichen Familie sehr nahe. Wir wissen über Ramses Bescheid. Er mag inzwischen ein Mann geworden sein, nachdem ihm Seine Majestät die Locke der Jugend abgeschnitten hat. In seinem Herzen aber ist er noch immer der ungehobelte Junge, der er schon immer gewesen ist.« Tachat seufzte und setzte hinzu: »Und ich fürchte, daran wird sich auch nie etwas ändern.«

Vor Schreck hielt Anat die Luft an. Wie kam es, dass die Gemahlin des Thronfolgers so offen zu ihr, einer einfachen Dienerin, über Mitglieder der königlichen Familie sprach? Zudem schien sie dem Prinzen gegenüber nicht gerade sehr wohlgesonnen zu sein. Was hatte das nur zu bedeuten? Was bezweckte sie damit? Vor Angst bekam Anat schweißnasse Hände und wischte sie sich unauffällig an ihrem Hemdkleid ab.

»Wenn du wieder einmal mit Ramses Probleme haben solltest, mein Kind«, fuhr Tachat derweil unbeirrt fort, »habe keine Angst und komme zu mir. Ich werde dich vor ihm beschützen. Das kann ich aber nur, wenn ich über sein unflätiges Benehmen dir gegenüber unterrichtet bin. Willst du das tun?«

»Ja, Herrin«, krächzte Anat. Sie war verstört. »Wenn du es befiehlst, werde ich es tun.«

»Aber, aber, Anat.« Tachat lächelte gönnerhaft und tätschelte ihr die Wange. »Das war doch kein Befehl, meine Kleine. Mir liegt dein Wohlergehen am Herzen. Wir beide wissen doch, wer dein Vater war.« Sie hob mit dem Zeigefinger Anats Kinn in die Höhe und sah ihr wissend in die Augen. »Nur wenigen ist deine Herkunft bekannt. Allein schon aus diesem Grund sollte der Prinz dir ein wenig mehr Respekt entgegenbringen. Immerhin bist du in gewisser Weise mit ihm verwandt.«

Anat erblasste und schluckte schwer. »Darf ich dann bitte gehen, Herrin? Man wird schon nach mir suchen.«

»Aber sicher doch, Anat, und denke an mein Angebot.« Tachat lächelte süffisant, während Anat sich schleunigst verneigte und in Richtung der Palastküchen verschwand.

Sie war ganz wirr im Herzen, und der Kopf begann ihr zu schmerzen. Was hatte die Gemahlin des Thronfolgers von ihr nur gewollt? Es war doch nicht ungewöhnlich, dass Dienerinnen mit ihren Gebietern das Lager teilten und Kinder von ihnen gebaren, die keinerlei Ansprüche aus ihrer Geburt ziehen konnten. Sie waren, wie ihre Mütter, ebenfalls nur Diener. Warum also hatte Tachat auf den Umstand angespielt, dass der zu Osiris gewordene Pharao Menpehtire Ramses Anats leiblicher Vater war? Und warum interessierte sie sich überhaupt dafür, ob Ramses sich ihr gegenüber unhöflich benahm? Das waren doch alle jungen Herren in seinem Alter. Als Knaben ärgerten sie die Mädchen, und wenn diese dann zu jungen Frauen und die Knaben zu jungen Männern gereift waren, stiegen sie ihnen nach und lockten sie in ihr Bett. Das war doch völlig normal – sagte zumindest immer ihre Mutter!

Anat hatte die Küchengebäude erreicht und bog ab, um sich zu ihrer Kammer zu begeben, die sie zusammen mit ihrer Mutter im Harimsbereich bewohnte.

»Würdest du mit Ramses das Lager teilen, wenn er dich fragen würde?«, überlegte sie laut.

Unschlüssig blieb sie vor der Kammertür stehen und legte die Stirn nachdenklich in Falten.

Früher hatte sie ihn überheblich und eingebildet gefunden. Seit einiger Zeit empfand sie so etwas wie Freude, wenn sie ihn in den Palastfluren oder im Garten sah. Ramses war auch nicht mehr ganz so unhöflich zu ihr. Sie musste sich sogar eingestehen, dass er, seitdem er nun ein Mann geworden war, immer hübscher wurde. Allein seine Größe beeindruckte sie sehr. Ramses war gut einen halben Kopf größer als all die anderen jungen Männer in seinem Alter und hatte auch bald seinen Vater an Körperhöhe überholt. Sie hingegen war winzig klein. Genau wie ihrer Mutter hatten ihr die Götter keine hohe Gestalt geschenkt.

Nur sein schlaksiger Gang ist komisch, dachte sie und musste kichern. Aber seine Augen, wanderten ihre Gedanken verzückt weiter, während sie noch immer vor der Kammertür verharrte, den Türriegel in der Hand. Er hat die Augen seines Vaters, diese hellbraunen Augen mit einem Stich Gelb darin, die einen wie der Blick eines Falken durchbohren können. Ein Schauer durchfuhr ihren Leib.

Sie riss sich aus ihren Überlegungen und öffnete die Tür. Ihre Mutter war nicht da. Sicher war sie bei Tuja, um die Große Königliche Gemahlin zu unterhalten, und würde erst wieder zum gemeinsamen Essen mit ihrer Tochter in ihrem Quartier erscheinen.

Anat trat in die Kammer und schloss die Tür. Dann ging sie zu ihrem Lager und ließ sich auf das frische Laken fallen, verschränkte die Hände hinter dem Kopf und starrte hoch zur Decke.

Was war bloß mit einem Mal mit ihr los? Waren es die Worte, die Ramses zu ihr gesagt hatte und die nach seiner Meinung leeres, dummes Geschwätz waren, oder gab es einen anderen Grund, warum sie sich so seltsam fühlte?

Mit sich selbst und dieser Flut an fremdartigen Gefühlen unzufrieden und überfordert, schloss sie die Augen und seufzte leise.

Warum zerbreche ich mir überhaupt das Herz über diesen Prinzen! Sein ganzes Leben hat er nur auf mir herumgehackt.

Die Gemahlin des Thronfolgers hat recht. Ramses wird sich niemals ändern. Ewig wird er der ungehobelte Junge sein, der er schon immer gewesen ist!

Missmutig drehte Anat sich auf die Seite. Und jetzt will ich darüber nicht mehr nachdenken! Sie schloss die Augen und versuchte, einen Moment zu ruhen.

***

»Was spricht man denn so in den Gemächern des Prinzen?«, wollte Wesir Paser wissen, der sich Ramses' ehemaligen Leibdiener in sein Arbeitszimmer befohlen hatte.

Verstört wich Nebsumenu der Frage aus. »Was sollte dort gesprochen werden, Herr? Ich bin inzwischen der Haushofmeister Seiner Hoheit. Du solltest Pentawer befragen. Er ist fortan der Leibdiener des Prinzen.«

Mit dem Umzug in den Männerflügel des Palastes, hatte Ramses seinen eigenen Hausstand gegründet und die Posten neu verteilt. Nebsumenu bekleidete fortan das Amt des obersten Dieners des prinzlichen Haushalts, während Pentawer neu eingestellt worden war und die Dienste des Leibdieners versah.

»Das glaube ich nicht«, hielt Paser dagegen. »Bis vor Kurzem hast noch du Ramses umsorgt. Also sage mir, worüber er und seine Freunde reden!«

Unbehaglich wand sich Nebsumenu. »Vergib mir, Tjati. Ich denke, es steht mir nicht zu, auszuplaudern, was mein Gebieter in seinen privaten Räumen spricht.« Entschuldigend sah er zum Wesir, der respektvoll mit *Tjati* angeredet wurde. »Verschwiegenheit ist oberstes Gebot für einen guten Diener.«

»Damit hast du recht«, bestätigte Paser, »doch bedenke, dass du nicht von Seiner Hoheit, sondern von Seiner Majestät einst dein Amt in des Prinzen Diensten erhalten hast. Und ich bin das Auge und Ohr des Pharaos. Also beantworte mir meine Frage. Du hast mein Wort, dass niemand, außer Seiner Majestät, davon erfährt.«

»Darf ich fragen, was genau dich interessiert?«, lenkte Nebsumenu ein. Immerhin waren die beiden Wesire neben dem Vizekönig von Kusch die mächtigsten Männer nach dem Pharao.

Zufrieden schmunzelte Paser. »Es hat nach außen den Anschein, als hätte sich Prinz Ramses zu seinem Besten gewandelt«, antwortete er. Bequem lehnte er sich zurück und faltete die Hände vor seinem Bauch, um der Befragung das Offizielle und Nebsumenu die Anspannung zu nehmen. »Er scheint akzeptiert zu haben, dass nicht er entscheidet, was ist, sondern sein Vater, der Herr der Beiden Länder. Er sorgt sich auch rührend um die kleine Sati. Dennoch gibt es Stimmen bei Hofe, die behaupten, Ramses sei ein ausgezeichneter Blender und nur darauf bedacht, Seine Majestät zu täuschen.« Das war eine glatte Lüge, doch Paser musste sie Nebsumenu auftischen, um diesen zum Reden zu animieren. Unbeirrt setzte er deshalb hinzu: »Man munkelt, der Prinz wolle sich damit das Vertrauen seines Vaters erschleichen. Weißt du darüber mehr?«

Bei den letzten Worten sog Nebsumenu hörbar die Luft ein und stieß sie wieder aus, hatte sich aber sofort wieder unter Kontrolle. »Hoher Herr, Tjati, wer das behauptet, der will den Prinzen, meinen Gebieter, verunglimpfen. Seine Hoheit versucht keineswegs, Seine Majestät zu täuschen. Seine Liebe und Zuneigung zu Prinzessin Sati sind aufrichtig und ehrlich. Wer anderes behauptet, der lügt! Der Prinz gehört nicht zu jenen, die sich hinterhältig etwas erschleichen wollen, das ihnen nicht gebührt.« Er hob den Blick und starrte Paser verärgert ins Gesicht, während er die Stimme senkte. »Ich weiß, was genau du mit deiner Frage bezweckst, Tjati; du kannst mir aber glauben, Ramses hat sich geändert.« Nebsumenu entspannte sich ein wenig. »Zu Anfang war er enttäuscht, verletzt und traurig, als nicht er von Sethos zum Falkenjungen ernannt wurde. Ein ums andere Mal hat er sich darüber bei seinen Freunden beschwert. Irgendwann sah er schließlich ein, dass ihm Beschweren und Bockigsein nichts nutzen.« Nebsumenu schmunzelte vor sich hin. »Auch ich vermute«, fuhr er fort, »dass er seinem Vater etwas vormachen wollte, als er leichtfertig die Sorge für Prinzessin Sati übernahm. Es war sicher kein hehres Mitgefühl für die Waise, sondern unbedachtes Kalkül. Er war nämlich ziemlich überfordert, als ich ihn mit der Kleinen in seinem Zimmer antraf.« Bei dieser Erinnerung huschte erneut ein verstohlenes Schmunzeln über sein Gesicht. »Zum Glück war Seine Majestät so umsichtig, für das Wohl des Kindes Sorge zu tragen. Eines steht aber fest, Tjati. Auch wenn Sati sicher nur Mittel zum Zweck gewesen ist; schnell wuchs sie Ramses ans Herz, und seine wahren Absichten waren vergessen.«

Paser schürzte zufrieden die Lippen. »Also entspricht sein jetziges Verhalten der Wandlung, die sein Herz durchgemacht hat?«

»Auf jeden Fall, Tjati. Ramses ist weder hinterhältig noch feige; er ist kein Skorpion, der sich hinterrücks anschleicht, um im rechten Moment sein Gift zu versprühen. Er ist vielmehr ein Löwe – leicht verletzbar und schnell aufbrausend, dafür aber ehrlich und auf keinen Fall nachtragend. Was er sagt, meint er auch so. Er zeigt allen sein wahres Gesicht und versteckt sich nicht hinter Heucheleien. Im Gegenteil, Heuchler und Schmeichler sind ihm zuwider. Lieber hört er die Wahrheit und brüllt, wenn sie ihm nicht gefällt. Hinterher denkt er darüber nach, und wenn die Kritik berechtigt ist, nimmt er sie sich zu Herzen.« Abschätzend musterte Nebsumenu sein Gegenüber. »Darf ich dir eine Frage stellen, Tjati, eine Frage, die ich sicherlich nicht stellen sollte?« Ohne auf Pasers Zustimmung zu warten, fuhr er fort: »Mehi wurde nur zum Schein zum Thronfolger ernannt, um dem Prinzen eine Lektion für seine Überheblichkeit zu erteilen, habe ich recht? – Damals war mir das noch nicht klar, und so war ich ebenfalls bestürzt, die Entscheidung aus dem Munde Seiner Majestät zu vernehmen. Irgendwann verstand ich es. Mehi trägt keinen der königlichen Titel, seinen Namen darf er nicht in die heilige Kartusche schreiben, und Seine Majestät gesteht ihm auch nicht den Uräus zu. Eigentlich wundert es mich, dass Ramses das noch nicht zu denken gegeben hat.«

Paser verzog keine Miene, denn offiziell war auch er nicht über die wahren Beweggründe von Sethos bei der Wahl seines Nachfolgers unterrichtet worden. Er hatte allerdings dieselben Schlussfolgerungen gezogen. Dennoch tadelte er Nebsumenu. »Das sind reine Mutmaßungen. Mir ist darüber nichts bekannt. Seine Majestät hatte sicher seine Gründe, als er seinen General und Fächerträger zu seinem Nachfolger erkor und nicht seinen erst zehnjährigen Sohn. Ich glaube kaum, dass es dir oder irgendjemandem sonst zusteht, die Befehle des Herrn der Beiden Länder infrage zu stellen. Oder siehst du das etwa anders, Nebsumenu?«

Beschämt senkte Nebsumenu den Kopf und errötete. »Natürlich nicht, Tjati, verzeih!«

»Dennoch«, schloss Paser, »ich danke dir für deine Offenheit. Gehe nun und bewahre Stillschweigen über diese Unterredung! Niemand darf davon erfahren.«

15. Kapitel

LÜGEN HABEN KURZE BEINE

In der Folgezeit vermied Ramses es tunlichst, Anat unter die Augen zu treten. Es war ihm unangenehm, was er über sie geäußert hatte. Anat musste ja denken, er verspürte so etwas wie Zuneigung zu ihr. Sie konnten sich doch nicht leiden! Es fiel natürlich nicht schwer, einer bestimmten Person im Palast aus dem Weg zu gehen. Anat diente jedoch im privaten Bereich der königlichen Familie, und diesen zu betreten, war nur einer begrenzten Anzahl an Dienerinnen und Dienern erlaubt. Somit ließ es sich nicht verhindern, immer denselben Gesichtern zu begegnen. Sein eigener Vater half ihm schließlich und das ungewollt.

Ein paar Tage nach dem peinlichen Vorfall beschloss Sethos, eine Inspektionsreise in den Süden zu unternehmen, bei welcher er seinen Sohn mitzunehmen gedachte. Sethos wollte sich in Abydos und Theben über den Fortschritt der dortigen Bauarbeiten informieren und anschließend zu den Granitsteinbrüchen von Sunu weiterreisen. Alles in allem sollte diese Exkursion mehrere Monate in Anspruch nehmen, und Ramses war darüber alles andere als böse. Zum einen brachte es ihn aus dem Umfeld von Anat; zum anderen durfte er zum ersten Mal an der Seite seines Vaters reisen. Über Ersteres war er erleichtert, über Letzteres stolz und glücklich wie lange nicht mehr.

»Ich kann es gar nicht glauben, dass Sethos mich mitnehmen will«, sprudelte er deshalb überglücklich los, als er mit Amuneminet und Maj im Palastgarten zum täglichen Unterricht zusammentraf. Auch wenn er nun das Mannesalter erreicht hatte, besuchte er mit seinen Freunden noch immer die täglichen Unterweisungen, die allerdings nur auserwählten Schülern in seinem Alter zuteilwurden.

Verdutzt sah Amuneminet ihn an. »Wovon redest du?«, fragte er und kräuselte ratlos die Stirn.

Majs Gesichtsausdruck zeugte von weniger Ahnungslosigkeit. »Unser Prinz darf an der Seite seines königlichen Vaters in den Süden reisen«, platzte er heraus und grinste breit.

»Wirklich!« Amuneminet war baff.

»Ja, es stimmt«, antwortete Ramses. »Zum ersten Mal darf ich meinen Vater auf einer seiner Inspektionsreisen begleiten. Ich hatte die Hoffnung schon fast begraben, dass das mal eines Tages passiert.« Er zuckte mit den Schultern. »Vielleicht habe ich ihn nun endlich besänftigt und er zürnt mir nicht mehr wegen dieses unsäglichen Vorfalls in Theben.«

»Es war auch ziemlich dumm, was wir dort getrieben haben«, pflichtete Amuneminet ihm bei.

Maj bestätigte das und fügte hinzu: »Doch mit Sati hast du Seiner Majestät bewiesen, dass du Verantwortung übernehmen kannst. Weißt du eigentlich, dass ich ebenfalls dabei sein werde?«

Ramses schüttelte überrascht den Kopf. »Das hat mir keiner gesagt. Es erschien heute Morgen nur ein Bote in meinen Gemächern, der mir den Befehl meines Vaters überbrachte, mich für die Abfahrt in einer Woche bereitzuhalten.«

»Auch ich erhielt diese Aufforderung kurz nach dem Aufstehen«, bestätigte Maj. »Immerhin trete ich als Sohn des Obersten Baumeisters in die Fußstapfen meines Vaters, der, wie ihr sicher wisst, mich persönlich unterweist, wenn es ihm seine knapp bemessene Zeit erlaubt.«

»Gib bloß nicht so an!«, polterte Amuneminet. »Auch mein Vater gibt mir regelmäßig Unterweisungen, wenn es seine Zeit erlaubt.«

Nur mein Vater bisher nicht!, dachte Ramses geknickt. Schnell verdrängte er diesen düsteren Gedanken. Immerhin schien der erste Schritt in diese Richtung nun getan.

»Wie dem auch sei«, fuhr Maj fort, von Amuneminets Rüge keineswegs beeindruckt. »Wenn ich ehrlich sein soll, bin ich über den Zeitpunkt der Reise nicht ganz so begeistert. Ich habe nämlich vor ein paar Tagen ein ganz liebreizendes Geschöpf unter den neuen Dienerinnen entdeckt, die Seine Majestät von seinem letzten Feldzug aus der Fremde mit nach Hause gebracht hat.« Er setzte ein anzügliches Grinsen auf und schnalzte mit der Zunge, während seine Hände die kurvenreiche Gestalt einer Frau nachzeichneten.

»Du und deine Weibergeschichten!«, brauste Amuneminet erneut auf und lugte Unterstützung heischend zu Ramses. Erstaunlicherweise fiel dessen zustimmendes Gebrummel weniger enthusiastisch aus als sonst.

»Was soll's?«, meinte er nur. »Du wirst es sicher nicht wagen, Sethos deshalb den Gehorsam zu verweigern. Allerdings fürchte ich, dass – so unglaublich das auch aus meinem Munde klingen mag – ich ebenfalls ein Mädchen vermissen werde – nämlich mein kleines Töchterlein.« Er lächelte verschmitzt und wurde dann wieder ernst. »Ich hätte niemals gedacht, dass ich so etwas je einmal sagen werde oder je für ein Mädchen empfinden könnte.«

»Du wirst dich wundern, was du alles für sie empfinden wirst, wenn du erst mal älter geworden bist und deine ersten Erfahrungen machen konntest«, entgegnete Maj und kicherte vergnügt. »Dann, mein Prinz, wirst du vor Sehnsucht nach ihnen vergehen, so wie ich sicher in den nächsten Monaten vor Sehnsucht nach dieser kleinen phönizischen Dienerin verwelken werde wie eine Blume, der man kein Wasser gibt.«

Amuneminet rollte mit den Augen, enthielt sich allerdings eines weiteren Kommentars. Auch Ramses sagte nichts dazu und zuckte nur mit den Schultern. Er würde das erst glauben, wenn er es selbst erlebt hatte. Weiter wollte er auf dieses Thema nicht eingehen. Es erzeugte einen faden Beigeschmack bei ihm, da es ihn wieder an Anat denken ließ und an die Worte, die ihm ihr gegenüber entschlüpft waren.

Am ersten Tag des *Tybi*, dem ersten Monat in der Jahreszeit der Aussaat, setzte sich die Flotte Seiner Majestät in Bewegung. Ganz Memphis war auf den Beinen, um dem Pharao und seinem Gefolge eine glückliche Reise zu wünschen. Das gleiche Schauspiel bot sich zuerst in Abydos, wenn auch dort bei Weitem in einem bescheideneren Ausmaß, und schließlich eine Woche später in der südlichen Königsstadt.

Der Empfang in Theben stand dem Abschied in Memphis in nichts nach. Auch in der ehemaligen Residenzstadt hielt es keinen Bürger mehr in seinem Heim. Ein paar Tage zuvor hatte der zu den Göttern gegangene Hohepriester des Amun-Re in seinem Haus für die Ewigkeit seine letzte Ruhe gefunden, und die ganze Stadt, allen voran die Amun-Priesterschaft, wartete nun gespannt darauf, wen Sethos in dieses mächtige Amt berufen würde. Umso erstaunter waren sie, als der Pharao dem Zweiten Propheten befahl, vorübergehend die Aufgaben des ersten Gottesdieners zu übernehmen, bis er seine endgültige Wahl getroffen habe.

In der Folgezeit besuchte Sethos zusammen mit dem Wesir und seinem Obersten Baumeister den Verborgenen Platz, um sich vom Stand der Arbeiten an seiner Grabstätte zu überzeugen. Er begutachtete den Fortgang der Arbeiten am Ewigen Haus seiner Gemahlin und an seinem Tempel der Millionen Jahre. Auch dem noch immer unvollendeten Säulensaal in Opetsut galt sein Augenmerk. Sethos nutzte aber auch die Zeit und sprach mit den Arbeitern und deren Aufsehern, führte Unterredungen mit Priestern und Beamten. Er widmete sich allen Dingen, die hier im Süden seiner persönlichen Entscheidung und seiner Weitsicht bedurften. Einen Tag lang saß er sogar im Tempel der Maat zu Gericht; ein Schauspiel, das sich kaum einer der thebanischen Würdenträger entgehen ließ. Sethos selbst stellte die Vermutung an, dass an jenem Tag das gesamte politische, religiöse und wirtschaftliche Leben in Theben zum Stillstand kam.

Einen Monat später reiste das königliche Gefolge dann weiter und erreichte ein paar Tage danach die Insel Abu am ersten Nilkatarakt, wo sich weiter südlich auf dem Festland die Granitsteinbrüche von Sunu befanden.

***

Seit die Nachricht in der Provinzmetropole des ersten Gaus eingetroffen war, der Pharao gedächte, den Steinbrüchen einen Besuch abzustatten, waren die Beamten und Vorarbeiter in Aufruhr versetzt und spornten ihre Untergebenen zu Höchstleistungen an. Der Termin der Fertigstellung und Verschiffung des Obelisken für den Ptah-Tempel in Memphis rückte immer näher. Unmissverständlich hatte Sethos in seiner Botschaft darauf hingewiesen, dass er diesem Ereignis persönlich beiwohnen wolle. Die Realität sah allerdings anders aus. Es würde noch ein paar Monate dauern, bis der Koloss zur Verladung bereit wäre, und dem königlichen Schreiben war zu entnehmen, dass der Herrscher zum Ende des zweiten Monats der Aussaat die Elefanteninsel mit seiner Gegenwart beehrte.

Mit einem unguten Gefühl sah der Oberaufseher der Steinbrüche dem Eintreffen des Pharaos entgegen. Was sollte er nur tun? Wie konnte der zeitliche Rückstand wieder aufgeholt werden, den nicht er zu verschulden hatte? Er befahl, Sonderschichten einzulegen, die freien Wochentage wurden gestrichen. Sogar des Nachts sollten die Männer arbeiten, denn in dieser Jahreszeit waren die Tage besonders kurz, die Nächte dafür umso länger. Sie durften nicht ungenutzt verstreichen. Mit unzähligen Öllampen wurde für genügend Licht gesorgt. Trotzdem war allen bewusst, dass die Fertigstellung des Obelisken nie im Leben zu schaffen war, als Mitte *Mechir*, dem zweiten Monat der Aussaat, ein Bote aus Theben erschien, der verkündete, das königliche Gefolge träfe in genau einer Woche in Abu ein.

»Was sollen wir nur tun?«, fragte der Oberaufseher den Obersten Schreiber. Verzweiflung, gepaart mit einer gehörigen Portion an Angst vor der Strafe, die auf Pflichtverletzung stand, schwang in seiner Stimme mit.

Ratlos ließ der Gefragte die Schultern hängen. »Ich weiß es auch nicht«, gestand er ehrlich ein. »In spätestens einer Woche sollte der Obelisk aus der Grube gehoben sein und auf den Transportschlitten ruhen. Das ist nie im Leben zu schaffen. Er ist ja noch nicht einmal komplett vom Untergrund gelöst.«

»Und wird es bis dahin auch nicht sein«, warf der Vormann ein.

»Dann sprengen wir ihn eben ab«, schlug der Oberaufseher vor.

Hörbar sog der Vorarbeiter die Luft zwischen seinen Zähnen ein und stieß sie wieder aus. Dann protestierte er: »Gebieter, bei allem nötigen Respekt! Willst du riskieren, dass der Obelisk Risse bekommt und unbrauchbar wird?«

»Natürlich nicht«, brummte der Oberaufseher gereizt. »Was

aber sollen wir tun? Deine Männer werden nicht rechtzeitig fertig. Zudem wäre schon jetzt die Zeit viel zu knapp, um die Nadel aus der Grube zu heben.«

»Da stimme ich dir zu, Herr«, antwortete der Vorarbeiter. »Dennoch darf ein Obelisk nicht durch die Kraft der aufquellenden Hölzer vom Untergrund gelöst werden. Das ist zu gefährlich. Das weiß jeder Knabe, der die Tempelschule besucht. Die Spannungen sind einfach zu groß.«

»Samut hat recht«, bestätigte der Oberschreiber die Worte des Vorarbeiters der Steinmetze, wurde aber sogleich von seinem Vorgesetzten unterbrochen.

»Heute vielleicht; in einer Woche sieht es sicher schon besser aus«, verteidigte der Oberaufseher seinen Vorschlag. »Bis dahin haben die Arbeiter weitere Teile des Obelisken vom Untergrund getrennt.« Zuversichtlich strich er sich über sein glatt rasiertes Kinn, doch sein Optimismus war nur Schein. In Wahrheit schlotterten ihm die Knie. Allerdings wollte er vor seinen Untergebenen nicht klein beigeben. »Wir müssen es riskieren. Seine Majestät wird schon darüber erbost sein, dass der Obelisk noch nicht verladen werden kann. Ihr wisst beide, wie lange es dauert, ihn aus dem Schacht zu heben. Dem Pharao dann auch noch gestehen zu müssen, dass selbst das sich um Tage und Wochen verzögert ...« Verzweifelt hob er die manikürten Hände.

»Wäre es vielleicht nicht einfach ratsam, es Seiner Majestät – er lebe, sei heil und gesund! – ehrlich zu gestehen? Immerhin trifft niemanden eine Schuld«, meinte der Vorsteher, dessen Arbeitertrupp während des Tages in den schmalen Gräben schuftete.

»Bist du von Sinnen?«, fuhr der Oberaufseher ihn an. »Willst du es ihm sagen? – Ich sicher nicht!«

Verlegen zog Samut den Kopf ein, war aber nicht bereit, so schnell klein beizugeben. »Ich denke, Seine Majestät wird dafür Verständnis aufbringen, wenn du es ihm vernünftig und sachlich erklärst, Gebieter. Ich bezweifele nämlich, dass er es wegen ein oder zwei Monaten Verzögerung riskieren wird, dass der Obelisk Risse bekommt. Dann wäre die Arbeit eines ganzen Jahres verloren.«

Ratlos tauschten die beiden Beamten einen Blick. Keiner hatte eine Lösung parat.

»Es verbleiben noch genau zehn Tage und Nächte, bis Seine Majestät Abu erreicht und sich in den Steinbruch begibt«, merkte der Oberschreiber schließlich an. »Wenn die Männer sich anstrengen und nicht herumtrödeln, könnte es zu schaffen sein, dass nur noch ein paar winzige Stellen mit dem Muttergestein verwachsen sind.« Aufmunternd blickte er zu Samut. »Also sporne deine Leute zu mehr Fleiß und Ausdauer an!«

Diese Aufforderung schmeckte Samut überhaupt nicht. Es war ja nicht so, dass seine Männer faul wären. Sie hatten bereits den letzten Monat ohne einen freien Tag durchgearbeitet, um die Fertigstellung der steinernen Nadel voranzutreiben. Ihre Kräfte waren allmählich erschöpft; einige konnten sich kaum noch auf den Beinen halten, da entgegen der üblichen zweimal Vierstundenschichten nun im dreimal dreieinhalb Stundenrhythmus mit jeweils einer halben Stunde Ruhepause gearbeitet wurde. Die folgenden zwölf Stunden waren dann frei, doch keiner konnte sie noch genießen. Alle schleppten sich nur noch nach Hause, aßen etwas und fielen anschließend hundemüde in ihr Bett.

»Das werde ich auch dem Vorsteher des anderen Arbeitertrupps ausrichten, der während der Nachtstunden am Obelisken tätig ist«, fügte der Oberaufseher hinzu und ignorierte Samuts mürrischen Gesichtsausdruck. Mit einem Wink gab er ihm zu verstehen, dass er sich wieder an seine Arbeit begeben durfte.

Eine Woche später erreichte dann der königliche Konvoi die Insel Abu. Nachdem Sethos seinen Fuß auf die Elefanteninsel gesetzt hatte, erteilte er dem vor ihm buckelnden Oberaufseher der Steinbrüche das Wort.

»Wir freuen uns, Majestät, dass du uns mit deiner Anwesenheit beehrst«, säuselte der Mann und wies mit einer ausladenden Geste auf sich und den Obersten Schreiber. Die übrigen Beamten des Steinbruchs hielten sich in respektvoller Entfernung und starrten auf ihre Sandalen.

»Wie steht es um die Arbeiten am Obelisken?«, kam Sethos sofort zur Sache.

»Ich bin stolz, dir mitteilen zu dürfen, o großer Pharao, dass schon bald dieses Schmuckstück für den Tempel des Ptah aus dem Gestein gehauen sein wird«, verkündete der Oberaufseher und verneigte sich.

Verwundert legte Sethos den Kopf schräg und hob eine Augenbraue. »Was heißt, schon bald?«, wollte er wissen und musterte die beiden vor ihm stehenden Beamten aufmerksam. »Wenn ich mich recht entsinne, sollte morgen der Obelisk auf den Transportschlitten ruhen, damit er verladen und in drei Tagen in den Norden verschifft werden kann. Er muss rechtzeitig in Memphis eintreffen; anderenfalls geraten die Bauarbeiten ins Stocken.«

»Aber natürlich, Majestät, das ist mir bewusst«, versicherte der Oberaufseher geschwind und fügte kleinlaut hinzu: »Es kam leider zu ein paar Verzögerungen, Sohn der Sonne, Geliebter des Ptah.« Er seufzte und beschloss, entgegen den Warnungen des Vorstehers der Steinmetze das nicht fachgerechte Lösen des Monolithen vom Untergrund zu befehlen – natürlich ohne das Wissen des Pharaos. »Morgen früh ist es so weit: Der Obelisk ist vom Untergrund gelöst.«

»Vom Untergrund gelöst?«, fragte Sethos stirnrunzelnd zurück. Seine Stimme war bedrohlich leise geworden, denn ihm wurde bewusst, dass der Zeitplan in Memphis nicht eingehalten werden konnte. Der Zorn brach aus ihm heraus. »Es ist ja schön und gut, dass er morgen vom Felsen getrennt sein wird. Er liegt dann allerdings noch immer im Schacht, aus welchem er erst herausgehoben werden muss. Wie dir bekannt sein dürfte, nimmt das wiederum Wochen in Anspruch, bevor er schließlich zum Verladen hinunter an den Nil gebracht werden kann.«

»Das stimmt, o großer Pharao.« Der Oberaufseher wagte kaum, zu atmen oder sich zu rühren. Ihm war bewusst, dass er soeben den Herrscher enttäuscht und sich zudem seinen Groll zugezogen hatte.

»Und warum erfahre ich das erst jetzt?«, brüllte Sethos. Sein Blick schweifte zu Wesir Paser, der etwas hinter ihm stand und den Kopf schüttelte. Anscheinend war auch ihm davon nichts bekannt.

»Weil die Schwierigkeiten erst vor gut anderthalb Monaten

begannen, Majestät. Die Nachricht hätte dich erst auf deiner Reise in den Süden erreicht«, erklärte der Oberaufseher geschwind, obwohl es dennoch seine Pflicht gewesen wäre, es zu melden. »Aber morgen ist es soweit, o Sohn der Sonne: Der Obelisk ist gelöst, und es kann mit dem Heben begonnen werden.« Bei diesen Worten glitt sein Blick verstohlen zum Gesicht des Pharaos und von dort weiter zum Obersten Schreiber, der ihn nicht wahrnahm, weil er beharrlich auf seine Sandalen starrte.

Sethos entging das nicht. »Gut, dann will ich mich jetzt mit eigenen Augen von seiner Güte und Qualität überzeugen.«

»Jetzt sofort?«, rutschte es dem Oberaufseher heraus, und er errötete. Er neigte den Rücken und streckte die Arme nach vorn. Anschließend folgte er Sethos, der wortlos an ihm vorüberschritt.

Schnurgerade und ohne jeglichen Makel lag der riesige Steinblock in der prallen Sonne. Die Arbeiter warfen sich auf ein Zeichen Samuts bäuchlings in die schmalen Gräben, die im Laufe der Monate zwischen Fels und Obelisk entstanden waren, während Sethos leichtfüßig die schmale Bohle überquerte, die über den Schacht gelegt worden war.

Mit fachkundigen Augen begutachtete er den glatten, ebenmäßigen Stein. Als er sich hinhockte und mit der Hand über seine Oberfläche strich, fühlte er, wie warm sie war. Es war eine prachtvolle Granitnadel, wie er befand, würdig, den Tempel des Großen Gottes Ptah zu zieren. Dennoch blieb Sethos wachsam. Irgendetwas ging hier vor. Irgendwie traute er der Aussage des Beamten nicht, dass der Obelisk morgen früh gelöst sein würde. Vielleicht wäre er nicht stutzig geworden, wenn ihm nicht der verstohlene Blick des Oberaufsehers aufgefallen wäre, den dieser Unterstützung heischend dem Oberschreiber geschenkt hatte. Oder bildete er sich das nur ein?

Er räusperte sich und wandte sich den Arbeitern zu, die vor ihm in dem schmalen Spalt auf den Knien kauerten. »Es gefällt mir, was ich sehe. Dieser Obelisk wird zum Ruhme des Ptah, eures Schutzgottes, vor seinem Tempel in Memphis aufgerichtet werden, und ihr habt dazu beigetragen. Ich will euch dafür belohnen und erhöhe vom heutigen Tage an eure täglichen Rationen an Brot, Gemüse, Fleisch und Bier um ein Drittel.«

Freudiges Gemurmel und Lobpreisungen wehten durch die Reihen der knienden Arbeiter. Sethos fiel auf, dass viele von ihnen hohlwangig aussahen und einen schlappen und müden Eindruck auf ihn machten. War das ein weiteres Indiz dafür, dass hier etwas nicht stimmte? Hatte der Oberaufseher Unmögliches von den Männern verlangt? Immerhin gab es fest vorgegebene Arbeitszeiten, um die Männer nicht an den Rand ihrer Leistungskraft zu bringen.

»Wer in meinen Diensten gute Arbeit leistet«, fuhr er fort, »soll auch gut zu essen und zu trinken bekommen. Es wird für euch und eure Familien gesorgt. Weiterhin soll jeder Arbeiter ein paar neue Sandalen und zwei Schurze erhalten. Doch nun arbeitet weiter. Der Termin der Fertigstellung wird zwar nicht gehalten; er ist aber nah. Wenn morgen der Obelisk vom Untergrund gelöst ist, beginnt das Herausheben aus dem Schacht. Ist das erledigt und der Monolith ruht auf seiner Transportbarke, sollt ihr euch auf Kosten Meiner Majestät amüsieren.«

Erneut ertönte Gemurmel, dieses Mal fiel die Stimmung zweigeteilt aus. Die Aussicht, sich auf Kosten des Königs zu amüsieren, freute die Männer. Allerdings konnte Sethos diese Euphorie nicht erkennen, als er davon sprach, dass am morgigen Tag der Obelisk fertiggestellt sein würde. Aufmerksam registrierte er auch das, während die Binse seines Schreibers geschwind über den Papyrus flog.

Als Sethos im Haus des Oberaufsehers ankam, welches dieser ihm aus Ermangelung eines Palastes während seines Aufenthaltes auf der Insel Abu zur Verfügung stellte, rief er sogleich nach Mehi. Er befahl ihm, sich unauffällig unter den Arbeitern und Aufsehern umzuhören. Es stand für ihn fest, dass irgendetwas nicht stimmte.

»Ich werde das Gefühl nicht los, dass man mir etwas verheimlicht«, sagte er an seinen Freund gewandt. »Finde heraus, was es ist! Ich vermute beinah, dass der Obelisk noch nicht bis morgen früh freigelegt sein wird, wie der Oberaufseher es mir weismachen will. Ich möchte nicht hoffen, dass er wagen wird, ihn vom Untergrund zu sprengen.«

Verwirrt sah Mehi ihn an. »Du meinst, er würde es riskieren, dass er Schaden nimmt, nur um seine Haut zu retten?«

»Genau, Mehi, das vermute ich. Also ziehe deine Erkundigungen ein! Zudem bringe in Erfahrung, seit wann und warum es zu diesen Verzögerungen gekommen ist und ob die Männer über die festgesetzten Zeiten hinweg arbeiten mussten. Sie machen einen schlechten Zustand auf mich. Womöglich werden sie nicht ausreichend mit Nahrung versorgt. Irgendetwas liegt hier im Argen.«

Mehi war schockiert. Ohne Umwege begab er sich erneut in den Steinbruch, konnte aber niemanden finden, der bereit war, vor den Augen und Ohren ihrer Vorgesetzten auf seine Fragen zu antworten. Es fiel ihm aber auf, dass der Vorarbeiter ihm verstohlene Blicke zuwarf, sich aber nicht traute, sich ihm zu nähern. Also beschloss Mehi, es am späten Abend erneut zu versuchen, wenn sich die Arbeiter unbehelligt von ihren Vorgesetzten in ihrem Wohnviertel befanden.

***

Am Abend gab der Oberaufseher ein kleines Fest zu Ehren des Pharaos. Ramses hatte sich neben Maj niedergelassen und starrte enttäuscht zur Estrade hoch, auf welcher es sich die obersten Beamten des memphitischen Hofes und des Steinbruchs von Sunu mit seinem Vater bequem gemacht hatten und es sich gut gehen ließen. Natürlich fehlte auch Mehi nicht.

»Hat Seine Majestät dir nicht erlaubt, an seiner Seite zu speisen?«, erkundigte sich Maj, obwohl er wusste, wie dumm diese Frage war. Ramses säße sicher nicht neben ihm, wenn sein Vater ihn zu sich gebeten hätte.

Betrübt schüttelte Ramses den Kopf. »Vielleicht möchte er mit den anderen ungestört plaudern«, mutmaßte er und griff nach seinem Wein. »Warum auch nicht? Ich bin ja nur der Sohn von seinem Leib, die anderen aber, das sind seine treuen Beamten«, fügte er mit einem Anflug von Sarkasmus hinzu.

Tröstend legte Maj ihm den Arm um die Schulter. »Sei nicht traurig, Ramses. Sethos weiß, was er tut. Immerhin hat er dir endlich erlaubt, ihm auf einer seiner Reisen folgen zu dürfen. Es ist ein Anfang. Sei dankbar dafür, mein Freund.«

Unwirsch schüttelte Ramses Majs Arm von seiner Schulter.

»Möglich, dass ich undankbar bin«, zischte er gereizt und wandte sich ihm zu, um ihm in die Augen zu sehen. »Er hat mich auf diese Reise mitgenommen, doch er behandelt mich noch immer wie einen Fremden. Ich spüre zwar seinen Blick auf mir ruhen und fühle mich beobachtet und überwacht. Warum ruft er mich nicht zu sich und spricht mit mir? Immer nur Mehi hier und Mehi dort! – Weißt du, Maj, hier tut es weh, wenn ich sehe, dass sich mein Vater einem Fremden näher fühlt als mir, seinem eigenen Sohn – auch wenn es tausendmal der Freund aus Kindheitstagen ist.« Er hatte die rechte Hand auf die Stelle gelegt, wo sich sein Herz befand. Dann knallte er den Weinkelch, den er in der anderen hielt, auf den Tisch, erhob sich und rannte aus dem Saal. Er war wütend und verärgert, und er fühlte sich zutiefst verletzt.

Ziellos stapfte er durch den Garten des kleinen Anwesens, der für diesen, in seinen Augen, trostlosen Flecken Land am ersten Katarakt herrschaftliche Ausmaße aufwies. Die Wege wurden durch Fackeln erhellt. Immer wieder traf er auf lautstark scherzende Männer und Frauen oder leise flüsternde Würdenträger, die sich ehrerbietig vor ihm verneigten, wenn sie ihn erkannten. Einige Pärchen kicherten verliebt und drückten sich in den Schatten der üppig wachsenden Gehölze. Ramses nahm es alles nur am Rande wahr.

Irgendwann wusste er nicht mehr, wie lange er schon so umhergelaufen war. Überrascht stellte er nur fest, dass er sich gar nicht mehr auf dem Anwesen des Oberaufsehers befand, sondern dieses verlassen hatte und nun mitten in einer dorfähnlichen Siedlung stand, die von den einfachen Menschen Abus bewohnt wurde. Zumindest wirkte alles hier nicht ganz so pompös.

»Wie bin ich denn hierhergekommen?«, murmelte Ramses verwirrt. Er konnte sich nicht entsinnen, vom Anwesen spaziert zu sein. Da er nun aber mitten in einer Siedlung stand, musste er es wohl getan haben. Ratlos schüttelte er den Kopf und drehte sich einmal im Kreis. Von Nachtamun, Intef oder Paheri war weit und breit nichts zu sehen. Das verwunderte ihn umso mehr, denn normalerweise gelang es ihm fast nie, seinen Leibwächtern zu entwischen. Einzig ein paar Männer saßen vor einem der Hauszugänge um eine einzelne Feuerstelle herum und unterhielten sich leise.

Ramses wollte gerade kehrtmachen, um sich zum Anwesen zurückzubegeben, als er Mehi erblickte, der mit einem gebeugten Mann in einer dunklen Ecke zusammenstand.

Aufmerksam taxierte er die beiden. Der Fremde kam ihm irgendwie bekannt vor. Er wusste nur nicht, wo er ihn schon einmal gesehen hatte. Mehi allerdings schien ihn zu kennen, denn er redete eindringlich auf ihn ein. Plötzlich zog er sich einen Ring vom Finger und reichte ihn dem Mann. Geschwind ließ dieser das Kleinod in den Falten seines Schurzes verschwinden.

Was trieben die beiden da? Ramses' Neugierde war geweckt.

Gespannt darauf, was als Nächstes folgen würde, verharrte er und starrte zu den beiden Männern. Sie redeten und redeten, bis der Gebeugte in seine Richtung sah und ihn erkannte. Sofort verneigte er sich vor ihm. Verwundert folgte Mehi dem Blick des Mannes, drehte den Kopf in seine Richtung und wandte sich ihm schließlich gänzlich zu.

»Prinz Ramses, du bist hier?« Mehis Stimme klang verwirrt und zugleich beschämt, als wäre er bei etwas Unrechtem ertappt worden. Schnell hatte er sich wieder gefasst und lächelte ihm freundlich zu. »Komm doch her zu uns.« Mit einer einladenden Handbewegung forderte er Ramses auf, näher zu treten. »Wir haben uns gerade darüber unterhalten, wie lange es noch dauern wird, bis der Obelisk komplett vom Muttergestein getrennt ist«, erklärte er, nachdem Ramses sich zu ihnen gesellt hatte.

»Ich glaube, darüber muss man sich wohl nicht unterhalten«, entgegnete Ramses barsch. »Ganz davon abgesehen, dass die Arbeiten ohnehin bereits in Verzug sind, hat der Oberaufseher Seiner Majestät versichert, dass spätestens morgen früh mit dem Heben des Obelisken begonnen werden kann. Und auch das dauert sicher noch mal eine kleine Ewigkeit, bis er endlich auf der Transportbarke ruhen wird.« Er warf dem General und Fächerträger seines Vaters einen finsteren Blick zu, den dieser mit einem milden Lächeln erwiderte.

»Das stimmt, Hoheit. Dieser Vorarbeiter sagt allerdings«,

Mehi wies auf den Unbekannten an seiner Seite, und nun fiel Ramses wieder ein, wo er ihn kurz zu Gesicht bekommen hatte, »dass es nicht ratsam sei, den Monolithen mit Gewalt vom Untergrund zu trennen, vor allem noch nicht morgen. Er ist nämlich mit seiner Unterkante an einigen Stellen noch mit dem Felsen verbunden.«

»Das kann nicht sein«, gab Ramses murrend zurück. »Und wenn doch, dann werden es nur noch unbedeutende Verbindungen sein, die getrost beim Heben des Obelisken abgesprengt werden können.«

»Aber Hoheit!« Mehi schüttelte verständnislos den Kopf. »Es wird noch mindestens eine Woche dauern, bis der Obelisk vollständig unterhöhlt sein wird. Ein vorzeitiges Absprengen hätte fatale Folgen. Es könnte zu solch gewaltigen Spannungen kommen, dass der Stein Risse erhält, welche die Arbeit eines ganzen Jahres zunichtemachen. Das würde Pharaos Zeitplan noch mehr verzögern. Oder was meinst du dazu, mein Prinz?«

»Wird dieser nicht schon dadurch immens verzögert, dass es noch gut eine Woche dauern wird, bis der Obelisk vom Untergrund gelöst werden kann? Ganz zu schweigen davon, dass er dann noch immer im Graben liegt und gehoben werden muss? Wenn ich es recht verstanden habe, sollte der Obelisk morgen auf das Transportschiff verladen werden«, gab Ramses gereizt zurück und sah nun fragend den Vorarbeiter an.

»Das stimmt, Hoheit«, bestätigte dieser. »Dennoch, niemand konnte ahnen, dass sich im unteren Bereich des Felsens ein paar extrem harte Gesteinsschichten befinden, welche die Arbeiten verzögert haben. Zudem war die Zeitspanne einfach zu knapp bemessen. Bei dieser Größe dauern die Ausschachtungsarbeiten normalerweise immer rund ein Jahr. Danach erfolgt das Heben des Monolithen, welches nochmals gut ein bis zwei Monate in Anspruch nehmen wird.« Entschuldigend hob der Mann die gebeugten Schultern. »Wir haben die letzten anderthalb Monate bereits Tag und Nacht geschuftet, doch es war einfach nicht zu schaffen.«

Unwirsch warf Ramses den Kopf in den Nacken. »Diese Antwort wird Pharao sicher nicht zufriedenstellen, denn in Memphis verzögert sich ebenfalls nun alles um gut zwei Monate.«

Er drehte sich auf dem Hacken um und ließ die beiden Männer stehen.

»Ich fürchte, Seine Hoheit hat nicht ganz verstanden, worum es eigentlich geht«, wagte der Vorarbeiter anzumerken, nachdem Ramses außer Hörweite war.

Innerlich grinste Mehi. Ramses hatte ihn nicht enttäuscht. Er hatte sich genauso verhalten, wie er es vorhergesehen hatte. Auf diesen dummen Jungen war eben Verlass. Er räusperte sich und hob bedauernd die Augenbrauen.

»Wie sollte er auch. Ramses ist fast noch ein Knabe, dem man die Locke der Jugend abgeschnitten hat. Er hat keinerlei Erfahrungen als Baumeister, doch zum Glück besitzt der König genug davon.« Er nickte dem Vormann zu und schlenderte alsdann gemächlich zurück zum Haus des Oberaufsehers.

Fröhliche Musik und lautes Stimmengewirr sowie Gelächter wehten ihm entgegen, als er sich dem Anwesen näherte. Er war bester Laune, denn soeben hatte er den Grundstein gelegt, um Ramses am morgigen Tag vor seinem Vater lächerlich zu machen. Geplant hatte er das nicht, als er in Sethos' Auftrag Erkundungen einholen ging. Nachdem er jedoch den Prinzen aus dem Augenwinkel bemerkt hatte, war ihm eine Idee gekommen, und Ramses hatte ihn nicht enttäuscht. Er war so berechenbar. Auf das durch seine Emotionen beeinflusste Handeln konnte Mehi sich eben verlassen. Und dieser Vorarbeiter hatte ebenfalls völlig ahnungslos mitgespielt und den Ring ohne jeglichen Hintergedanken von ihm angenommen.

Zufriedenheit malte sich in Mehis Gesicht. Es lief hervorragend für ihn. Selbst wenn Ramses sich bei seinem Vater beschweren sollte und ihm unterstellte, das Ganze geplant und ihm eine Falle gestellt zu haben, wäre da noch der Aufseher, der ihn von jeglicher bösen Absicht freisprechen und den Wahrheitsgehalt seiner Worte bestätigen könne. Sein Plan war einfach, aber genial. Er begann, eine fröhliche Melodie zu pfeifen, während er auf das hell erleuchtete Haus des Oberaufsehers zuhielt.

Als er um die Ecke eines Nebengebäudes bog, vernahm er gedämpfte Stimmen, die aus den Stallungen drangen, welche sich unweit von ihm befanden.

»Nun zier dich nicht so. Ich denke, du wolltest das auch«, war die trunkene Stimme eines Mannes zu hören.

Alle Sinne geschärft, blieb Mehi stehen und lauschte, doch konnte er nur die Stimmen von zwei weiteren Männern ausmachen, nicht aber die einer Frau.

»Nun mach schon. Wir haben nicht die ganze Nacht Zeit«, hörte er einen zweiten Mann leise fluchen.

»Ja, und ich will auch noch ein wenig Spaß haben. Also sieh zu, dass du fertig wirst!«, vernahm er die trunkenen Worte eines dritten Kerls.

Was ging dort vor? Ihm schwante Böses. Leise näherte er sich der Tür, die in das Innere der Stallung führte.

»Diese Kleine ist recht widerspenstig«, drang erneut die Stimme des ersten Mannes an seine Ohren. »Erst trinkt sie mit uns Bier, und dann darf man sie nicht einmal anrühren«, beschwerte er sich.

Mehi hatte genug mitbekommen. Sein Verdacht hatte sich bestätigt. Hier wurde einer Frau Gewalt angetan! Er riss, die rechte Hand am Dolchgriff, die Stalltür auf.

»Was geht hier vor?«, brüllte er und sah sich geschwind im Innern der Stallung um.

Im gelblichen Schein einer einzigen Öllampe erblickte er einen Krieger, der mit entblößtem Unterleib auf einer Frau lag, während die beiden anderen Männer, ebenfalls Soldaten, diese an Armen und Beinen festhielten, damit sie sich nicht wehren konnte.

»Was tut ihr hier?«, schrie er erneut. Mit drei, vier Schritten war er bei ihnen, packte den verdutzten Mann, der bäuchlings auf der Frau lag, am Genick und zerrte ihn von ihr herunter. »Henut?«, rief er alsdann verstört, als er das Gesicht der Frau erkannte. »Bist du das wirklich?«

Die Dienerin wimmerte stumm. Ihre Gesichtszüge waren vor Angst verzerrt, während ihr die Tränen über die Wangen liefen.

»Lasst sie los! Sofort!«, befahl er den beiden anderen Männern, die ihn noch immer verdattert anstarrten und nicht wussten, wie ihnen geschah. »Seid ihr von allen Dämonen der Unterwelt besessen?«, brüllte er. »Wie könnt ihr es wagen, euch an einer Frau zu vergehen! Ihr wisst doch, welche Strafe darauf steht.«

»Aber ... aber ...«, versuchte, sich einer der Soldaten zu rechtfertigen, doch Mehi schnitt ihm das Wort mit einer herrischen Geste ab.

»Schweig! Ich will nichts von dir hören, und von den anderen ebenfalls nicht! Ihr werdet Gelegenheit bekommen, euch zu verteidigen. Allerdings glaube ich kaum, dass es euch viel nützen wird. Was ich gesehen und gehört habe, genügt, um euch für dieses schändliche Verbrechen zu bestrafen.«

Er bückte sich, packte Henut am Oberarm und half ihr auf die Beine, die sich Schutz suchend zu seinen Füßen zusammengekauert hatte. Dann stapfte er erbost zur Stalltür und rief nach einer Wache, welcher er befahl, die Vergewaltiger in Gewahrsam zu nehmen. Anschließend brachte er Henut in sein Quartier und kehrte schließlich in das Haus des Oberaufsehers zurück.

»Was war da draußen los?«, wollte Sethos wissen, nachdem Mehi neben ihm Platz genommen hatte. Zwei der betrunkenen Männer hatten bei ihrer Festnahme lautstark protestiert, waren aber durch ihre Kameraden schnell zum Schweigen gebracht worden. Trotzdem war der Tumult so manchem Feiernden nicht entgangen.

In knappen Worten schilderte Mehi das Vorkommnis, und Sethos' Stirn umwölkte sich.

»Morgen werde ich persönlich über diese Männer zu Gericht sitzen«, versprach er. »Du wirst an meiner Seite als Übersetzer deiner Dienerin fungieren. – Was hast du ansonsten herausgefunden?«

Mehi neigte ihm den Kopf zu und raunte ihm ins Ohr: »Du hattest recht, Sethos. Ich habe mit einem der Vorarbeiter gesprochen. Er war bereit, zu reden. Er gestand mir, dass der Obelisk noch immer nicht komplett vom Untergrund getrennt ist. Nach seiner Einschätzung wird es noch gut eine Woche dauern, bis er gehoben werden kann.«

Erzürnt sah Sethos auf. »Was sagst du da? In einer Woche erst? Warum wurde mir das heute Nachmittag verschwiegen?«

»Bitte, Majestät«, versuchte Mehi, Sethos zu besänftigen.

»Der Oberaufseher fürchtete, dass du ihn bestrafst. Immerhin hat er dich schon nicht über die Verzögerung in Kenntnis gesetzt. Nach Aussage des Vorarbeiters ließ er die Männer in den letzten Wochen bis an ihre Grenzen schuften, sowohl tags als auch in der Nacht. Der Termin war nicht zu halten. Aus Furcht vor deinem Zorn wies er schließlich die Arbeiter an, die noch mit dem Gestein verwachsenen Stellen an der Basis durch ihre gebeugten Körper zu verdecken. Ihm war klar, dass du sofort das Problem erkannt hättest, da dort noch nicht ausgemauert ist. Der Vormann allerdings fürchtet, dass Risse auftreten, wenn man mit Gewalt versucht, den Obelisken zu lösen.«

»Mein Reden!«, schnaubte Sethos. Er sprach nun ebenfalls gedämpft, um nicht die Aufmerksamkeit der anderen Gäste auf sich zu lenken, von denen einige bereits verstohlen zu ihm und Mehi aufsahen. »Sie wollten mich täuschen, und fast hätte ich mich von ihnen täuschen lassen«, knurrte er. Erzürnt wanderte sein Blick zu den beiden obersten Beamten des Steinbruchs, die sich seinen köstlichen Wein munden ließen und nicht ahnten, dass ihr Betrug soeben aufgeflogen war. »Was hätten sie morgen getan, wenn nicht dieser Vorarbeiter den Mut aufgebracht hätte, die Wahrheit zu sagen? Hätten sie es tatsächlich riskiert, dass der Obelisk beschädigt wird?«

»Ich weiß es nicht. Ich glaube aber, dass der Vorarbeiter nicht geschwiegen hätte. Ihm liegt die Arbeit seiner Leute am Herzen. Er möchte nicht, dass sie durch überstürzte Eile zerstört wird.«

»Dieser Mann scheint gut und verlässlich zu sein«, sinnierte Sethos. »Wie ist sein Name?«

»Samut, Majestät.«

Sethos' Blick schweifte zum anderen Ende des Saals, wo Ramses in den warmen Schein der vielen Lichter trat und unschlüssig verharrte. Er blickte kurz zu ihm herüber, wandte den Blick wieder ab und schlenderte verdrossen zu Maj, der ihn freudig begrüßte. Sethos fragte sich, wo er wohl gewesen sei. Er verdrängte diesen Gedanken und richtete seine Aufmerksamkeit wieder Mehi zu, dem das Erscheinen des Prinzen ebenfalls nicht entgangen war.

»Ich danke dir, mein Freund, dass du das für mich herausgefunden hast. Morgen früh, noch bevor die Arbeiter ihren Tag beginnen, werde ich mich in den Steinbruch begeben, um mich mit eigenen Augen vom Stand der Arbeiten zu überzeugen. Mir ist zwar bekannt, dass ein Obelisk nicht vom Untergrund gesprengt werden soll, doch bei ganz geringfügigen Verwachsungen mit dem Muttergestein könnte es vielleicht gewagt werden.« Er blickte Mehi eindringlich in die Augen. »Bewahre Stillschweigen darüber. Der morgige Tag wird für einige meiner Beamten ein paar unerwartete, doch vor allem höchst unerfreuliche Überraschungen bereithalten, das schwöre ich.«

Nicht nur für sie, dachte Mehi schadenfroh und verkniff sich ein Grinsen. Sethos wollte sich erheben und das Fest verlassen, doch er hielt ihn zurück. »Wäre das nicht eine gute Gelegenheit, um Ramses seine erste praktische Unterweisung zu erteilen?« Listig spähte er zu Sethos. »Frage ihn, wie er die Situation einschätzt. Ist er der Meinung, der Obelisk kann gehoben werden oder nicht? Immerhin hat Ramses schon einiges in der Schule über das Herauslösen eines Monolithen aus dem Gestein gehört und worauf man dabei zu achten hat. Der Block für eine Statue ist anders zu behandeln als beispielsweise unser Obelisk. Bisher war das alles nur Theorie für ihn. Sollte er nun nicht versuchen, das Gelernte in der Praxis anzuwenden?« Aufmunternd lächelte er Sethos zu.

»Eine ausgezeichnete Idee!«, befand dieser. »Du hast recht, Mehi. Es wird allmählich Zeit, dass ich meinen Sohn zu unterrichten beginne, um ihn auf seine zukünftigen Aufgaben vorzubereiten.«

16. Kapitel

PRÜFUNG IM STEINBRUCH

Am nächsten Morgen standen alle im Steinbruch vor dem riesigen Obelisken aus Granit. Sethos hatte eine undurchdringliche Miene aufgesetzt. Kaum jemand wusste, dass er bereits im Morgengrauen die Baustelle inspiziert hatte. Umringt von seinen Beamten und argwöhnisch bewacht von den Getreuen ließ er den Blick über den Handwerkertrupp schweifen, der darauf wartete, mit der Arbeit zu beginnen. Dann richtete er ihn auf den Oberaufseher, der die Männer herbeigerufen hatte, damit sie die seit Jahren getrockneten Holzkeile unter der steinernen Nadel platzierten. Würde er es tatsächlich wagen, die Arbeit eines fast kompletten Jahres aufs Spiel zu setzen, nur um sich nicht die Blöße geben zu müssen, eine weitere Verzögerung einzugestehen?

»Die Männer sind bereit, Majestät«, hörte er ihn sagen. »Soll ich ihnen befehlen, mit der Arbeit zu beginnen?«

»Warte!« Sethos wandte sich um und suchte nach seinem Sohn, der etwas abseits hinter ihm stand und wie alle anderen erstaunt zu ihm herübersah. »Komm her zu mir!« Ramses gehorchte, trat näher und verneigte sich vor ihm. »Du hast in der Schule viel über die Arbeiten im Steinbruch gelernt. Deine Lehrer bescheinigten mir, dass du ein sehr gutes Verständnis dafür besitzt. Sage mir also, ob dieser Obelisk fertiggestellt ist und gehoben werden darf.«

Verdutzt sah Ramses zu seinem Vater, während um ihn herum überraschtes Gemurmel ertönte. Er bemerkte den knappen Seitenblick, den Sethos den beiden obersten Beamten des Steinbruchs schenkte, und konnte sich keinen Reim darauf machen. Was wollte sein Vater von ihm? War das eine Prüfung?

Sein Blick glitt zu Mehi, der emotionslos hinter seinem Vater verharrte und auf seine Sandalen starrte. Hatte er ihm diesen Test zu verdanken? Seine Wachsamkeit war geweckt.

»Was ist los, mein Sohn?« Aufmunternd nickte Sethos ihm zu.

Ramses trabte zu dem tiefen Graben, in welcher die steinerne Nadel lag, und überquerte die Bohle, die den Schacht überspannte. Mit aufmerksamem Blick lief er auf dem Monolithen entlang und sah an seinen Seitenflächen hinunter. Dort gab es bis auf die glatten Oberflächen nicht viel zu sehen. Also stieg er eine der Leitern hinab und kroch in die schmalen, gerade einmal anderthalb Ellen breiten Gräben. Der Stein, der ihn umgab, war warm.

Aufmerksam betrachtete er die Unterseite des Obelisken. Viel von ihr zu sehen war natürlich nicht. Sie war weitestgehend unterhöhlt, und die Leerräume waren fachgerecht ausgemauert. In gleichmäßigen Abständen hatten die Maurer Lücken gelassen, in welche die Holzbalken zum stückweise Anheben versenkt werden sollten. Deren Holz war trocken. Käme es mit Wasser in Berührung, quoll es auf und beförderte die Granitnadel ein kleines Stück in die Höhe. Im Anschluss kämen dann an anderer Stelle neue Balken zum Einsatz, während die entstandenen Hohlräume erneut ausgemauert werden mussten. Eine zeitaufwendige Arbeit, aber sehr effektiv und kräfteschonend, um einen solch gewaltigen Koloss zu heben. Ramses befand, dass alles seine Richtigkeit hatte. Dennoch hämmerte sein Herz wie wild gegen seine Rippen.

Was sollte er seinem Vater antworten? Was bezweckt er überhaupt mit diesem Test? Stand es nicht eindeutig fest, dass der Obelisk bereit sei, aus der Grube befördert zu werden?

Verdammt! Er wusste keine Antwort darauf.

Erneut stieg er die Leiter empor und trat auf den Monolithen. Dabei schaute er kurz über die Schulter zu den wartenden Beamten, den Arbeitern und seinem Vater. Der Oberaufseher hatte gestern versichert, dass der Obelisk fertig sei; andererseits erinnerte er sich an die Worte von Mehi und diesem Vorarbeiter. Beide hatten ihm weismachen wollen, dass es noch Stellen gab, die vom Untergrund gelöst werden mussten.

»Und warum suche ich dann nicht nach ihnen?«, murmelte er vor sich hin.

Erneut tauchte er in den Graben ab und lief einmal um den

gesamten Block. Aufmerksam spähte er dabei in die Hohlräume, in welchen die Hölzer versenkt werden sollten, doch viel sehen konnte er nicht. Als er an der Basis ankam, bemerkte er, dass noch beinahe eine Elle des Obelisken mit dem Untergrund verwachsen war. Er ging weiter, um zu sehen, über welche Breite sich das hinzog, und es blieb ihm nichts weiter übrig, als dem Vorsteher beizupflichten. Der nach oben spitz zulaufende Pfeiler war noch zu sehr mit dem Muttergestein verbunden. Würden die Hölzer aufquellen und ihn mit Gewalt vom Untergrund trennen, bestand die Gefahr, dass der Monolith Schaden nahm. Doch warum war der Oberaufseher dann ganz anderer Meinung als sein Untergebener?

Ratlos wischte Ramses sich den Schweiß von der Stirn, kletterte aus dem Graben und ging an die gegenüberliegende Kante, wo er verharrte und verzweifelt in die Tiefe starrte. Dabei hatte er seinem Vater und den anderen den Rücken zugewandt, während seine Gedanken sich überschlugen. Was hatte man ihn in der Palastschule von Memphis denn nun gelehrt? Er wusste, dass er neben Maj einer der Besten war. Er musste dieses Wissen nur hervorkramen und anwenden. Doch es gab da noch eine innere Stimme, vermutlich sein Herz, die sich warnend zu Wort meldete und meinte, Mehi und der Arbeiter hätten ihm eine Falle gestellt. Eine andere Stimme, es war sein Verstand, widersprach dieser Annahme. Sie stellte die berechtigte Frage, warum ein Vorsteher das tun sollte? – Weil er bestochen wurde, meinte sein Herz. Am liebsten hätte sich Ramses die Ohren zugehalten.

»Das kann doch aber nicht sein!«, murmelte er niedergeschlagen vor sich hin und wischte sich erneut den Schweiß aus dem Gesicht. Re meinte es gut. Seine wärmenden Strahlen waren in dem stickigen Steinbruch kaum zu ertragen. Hinzu kam seine Ratlosigkeit!

Er legte den Kopf in den Nacken und blickte hoch zum Himmel. Ein einsamer Falke zog über ihm seine Bahnen. Sein Schrei war das Einzige, was die angespannte Ruhe störte. Alle schienen gebannt auf sein Urteil zu warten, selbst dieser Vogel. Doch wie sollte er es fällen?

Kurz entschlossen verschwand Ramses erneut in dem tiefen

Spalt zwischen Obelisk und Gestein. Hier war es zwar schattig, doch die Luft so heiß wie in einem Ofen. Er prustete und zollte den Arbeitern seinen Respekt. Zum wiederholten Mal begutachtete er die Basis des Obelisken, und wieder kam er zu derselben Einschätzung, dass der Vorarbeiter eindeutig recht hatte. Der Obelisk war noch nicht fertiggestellt, und ein Herausbrechen konnte ihn unbrauchbar machen. Und überhaupt, so erinnerte er sich mit einem Mal, hatten die Priester des Ptah ihn nicht gelehrt, dass ein Heraussprengen mittels feucht gehaltener Holzkeile allenfalls bei Blöcken, nicht aber bei einem Obelisken anzuwenden sei?

»Genau!«, traf ihn mit einem Mal die Erkenntnis, um im selben Moment von Zweifeln angenagt zu werden. »Doch warum sind dann der Oberste Schreiber und der Oberaufseher anderer Meinung?« Ratlos rutschte er mit dem Rücken die warme, etwas holprige Schachtwand herunter und hockte sich auf seine Hacken. »Und warum steht das gesamte Gefolge mit meinem Vater an der Spitze hier im Steinbruch herum?«

Fragen über Fragen, auf welche er keine befriedigende Antwort wusste. Am liebsten wäre er seinem Vater die Entscheidung schuldig geblieben. Dann riss er sich zusammen und ordnete seine Gedanken. Sein Vater hatte sich am gestrigen Tag mit eigenen Augen von der Arbeit der Männer überzeugt. Er war, so wie er, auf dem Obelisken entlanggelaufen und hatte sich vom Stand der Arbeiten überzeugt ...

Er ist aber nicht in den Schacht geklettert und konnte unmöglich sehen, dass es noch Verwachsungen mit dem Muttergestein gibt, meldete sich sein Verstand zu Wort.

»Und wenn schon«, murmelte Ramses verärgert. »Mein Vater besitzt genug Sachkenntnis. Zudem werden die obersten Beamten des Steinbruchs es nicht wagen, ihn zu belügen«, schlug er den berechtigten Einwand in den Wind. Zwar waren noch immer nicht all seine Zweifel besiegt; er tauchte aber aus dem Graben wieder auf und kletterte die Leiter empor auf die steinerne Nadel.

Als er schließlich vor dem Graben stand, in welchem der Monolith lag, klopfte er sich den Staub vom Schurz und von seinem Hemd. Dabei warf er einen flüchtigen Blick in Mehis Richtung. Zu seinem Erstaunen schüttelte dieser kaum merklich den Kopf, während seine Lippen das Wort *Nein!* formten.

Konnte er diesem Mann trauen? Mit eigenen Augen hatte er gesehen, wie dieser dem Arbeiter einen Ring zugesteckt hatte. Wer wusste schon, wofür der gewesen war! Vielleicht stellte er die Belohnung dar, damit der Vormann ihm eine falsche Information zukommen ließ. Sein Herz stimmte dieser Annahme bedenkenlos zu.

Ramses richtete seine Aufmerksamkeit auf seinen Vater, der die Arme vor der Brust verschränkt hatte und geduldig auf seine Antwort wartete. Aus welchem Grund hatte er ihn überhaupt nach seiner Meinung gefragt? Hatte Mehi ihn dazu überredet, weil er zuvor ihm, Ramses, das Fehlurteil eingetrichtert hatte? Wollte dieser Thronräuber, dass er sich vor seinem Vater, dem Pharao, lächerlich machte?

Ramses' Augen glitten suchend über die versammelten Beamten. Die meisten sahen ihn erwartungsvoll an. Ein paar wenige hatten ihre Konzentration auf andere, wahrscheinlich bedeutendere Dinge gerichtet, oder sie unterhielten sich leise, womöglich lästerten sie gerade über ihn. Von seinem Freund Maj allerdings war weit und breit nichts zu sehen. Wo steckte er bloß, wenn er ihn brauchte? Verzweifelt hefteten sich seine Augen erneut auf seinen Vater, der seinen Falkenblick fest auf ihn gerichtet hatte.

Unbehaglich verlagerte Ramses sein Gewicht von einem Bein auf das andere.

»Nun, Ramses, wie lautet dein Urteil?«, fragte Sethos.

Ramses seufzte und trat auf seinen Vater zu. »Ich denke, Majestät, es kann mit dem Heben des Obelisken begonnen werden. Er ist zwar an seiner Basis noch ein wenig mit dem Muttergestein verbunden. Die aufquellenden Hölzer werden ihn vom Untergrund lösen.«

»Ist das deine Einschätzung, Ramses? Und du gehst davon aus, dass der Obelisk dabei keinen Schaden nimmt?«

Unsicher nickte Ramses und wusste im selben Moment, dass seine Einschätzung nicht richtig war.

»Wie du meinst, mein Sohn«, hörte er die Stimme seines Vaters.

Sethos drehte sich um und richtete das Wort an die hinter ihm wartenden Beamten und Arbeiter.

»Der Prinz hat noch nicht diesen Erfahrungsschatz, über den ich verfüge. Sein Urteil lautet, es kann mit dem Heben begonnen werden. Ich aber sage, dass ein Herausbrechen schwere Schäden am Obelisken hinterlassen kann, die ihn unbrauchbar machen. Ich werde den Prinzen für seine Fehleinschätzung nicht tadeln, denn es ist das erste Mal, dass er so etwas vor Ort beurteilen muss.« Sethos machte eine Pause und wandte den Kopf in die Richtung, wo der Oberaufseher und der Oberste Schreiber standen und zu Boden starrten. »Aber dass ihr beiden mich täuschen wolltet, mich sogar belogen habt, was den Stand der Arbeiten betrifft, ist nicht nur eines Tadels wert, sondern wird strengere Folgen nach sich ziehen. Vorerst enthebe ich euch eurer Ämter. Ihr könnt euch mit Hammer und Meißel bewaffnen und den Arbeitertrupps beim weiteren Herauslösen behilflich sein.«

Sethos drehte sich um und stapfte an Ramses vorbei dem Ausgang des Steinbruchs zu. Ramses entging dabei nicht der wütende Gesichtsausdruck seines Vaters, der allem Anschein nach aber nicht ihm und seinem Fehlurteil galt. Dennoch fühlte er sich mies. Er ließ den Kopf hängen und wäre am liebsten im Boden versunken. Er hatte sich komplett blamiert! Als er Mehi auf sich zukommen sah, wandte er sich ab und wollte verschwinden, doch der Thronfolger hielt ihn zurück.

»Warte bitte, Hoheit.« Er trat auf ihn zu. »Warum hast du nicht gesagt, was wir dir gestern Abend erzählt haben? Das wäre die beste Gelegenheit gewesen, deinem Vater zu beweisen, dass du den Verstand eines Mannes besitzt.«

»Und wozu hätte das gut sein sollen?«, blubberte Ramses beleidigt und schenkte Mehi einen wütenden Blick. Immerhin war dieser Kerl an allem schuld! Er hatte ihn total verunsichert, sodass er die falschen Schlüsse gezogen hatte. Er kochte vor Wut und wäre Mehi am liebsten an die Gurgel gegangen. »Du stehst meinen Vater doch näher als ich; er vertraut lieber dir als mir. Warum sollte ich ihm also beweisen, dass ich den Verstand eines Mannes besitze? Ich werde sowieso niemals sein Nachfolger sein. Freue dich, Mehi. Du bist der nächste Herrscher vom Nil!« Abrupt wandte Ramses sich um und ließ Mehi stehen.

***

Am späten Nachmittag hielt Sethos Gericht über die drei Soldaten, die sich an Henut vergehen wollten. Mit auf dem Rücken gebundenen Armen knieten sie vor ihm. Finster musterte er jeden Einzelnen. »Es wird euch zur Last gelegt, dass ihr der Dienerin Henut Gewalt antun wolltet«, hob er an. »Wäre deren Gebieter nicht rechtzeitig erschienen, hättet ihr sie vergewaltigt. Was habt ihr zu eurer Verteidigung zu sagen?«

»Es tut mir leid, was gestern Abend vorgefallen ist«, antwortete einer der drei Männer, ohne dabei den Blick zu heben. »Da sie freiwillig mit uns in den Stall ging, dachten wir, dass sie es ebenfalls will.«

»Und dass sie sich gewehrt hat, hat euch nicht auf den Gedanken gebracht, dass dem nicht so ist?«

Betreten schüttelte der Mann den Kopf. »Wir hatten etwas zu viel getrunken, Majestät, und es deshalb wohl nicht bemerkt.«

»Nicht bemerkt?« Sethos schnaubte erzürnt, denn Vergewaltigung, auch nur der Versuch, gehörte neben Mord und einem Kind Gewalt anzutun zu den schlimmsten Verbrechen in Kemi. »Wie betrunken müsst ihr wohl gewesen sein, wenn es euch nicht aufgefallen ist, dass ihr sie an Händen und Füßen festhalten musstet, damit sie euch zu Willen ist?« Sein flammender Falkenblick glitt über die drei Angeklagten hinweg, die beschämt die Köpfe gesenkt hielten. »Die Dienerin Henut soll vor mich hintreten!«, gebot er und sah zu den Anwesenden. »Ich will von ihr hören, was am gestrigen Abend geschehen ist!« Er blickte zu seinem General und nickte ihm aufmunternd zu. »Mehi wird ihre Gebärden in verständliche Worte übersetzen.«

Henut trat vor, und Mehi stellte sich neben sie.

»Mein Gebieter gab mir für den Rest des Abends frei«, erklärte sie in ihrer Gebärdensprache, und Mehi fasste es in Worte. *»Ich saß im Garten unter einen Baum und lauschte den Vögeln. Da kamen diese drei Soldaten.«* Sie wies auf die knienden Männer. *»Sie sprachen mich an, doch ich konnte nicht antworten, denn*

ich bin stumm. Sie dagegen verstanden nicht meine Zeichenspra-che.« Entschuldigend zuckte Henut mit den Schultern, eine Geste, die keiner Übersetzung bedurfte. Dann zeigte sie auf den Mann, der zugegeben hatte, zu viel getrunken zu haben. »*Der da reichte mir seinen Krug. Ich lehnte ab. Da hockte er sich vor mich hin und reichte mir erneut seinen Krug, und nun nahm ich ihn und trank einen kleinen Schluck. Er setzte sich zu mir und die anderen beiden Soldaten nahmen ebenfalls Platz. Sie waren freundlich. Ich hatte keine Furcht vor ihnen, denn es sind Soldaten Deiner Majestät.«* Ihre Augen wurden feucht. »*Ich trank noch ein wenig Bier, aber nicht sehr viel. Sie erzählten lustige Geschichten, und wir lachten. Als es dunkel war, kamen die Mücken.«* Sie schniefte und senkte den Blick. »*Dieser da schlug vor«*, erneut zeigte sie auf einen der drei Männer, dieses Mal allerdings nicht auf denselben Mann, »*wegen der Mücken in den Stall zu gehen. Und ich war so dumm und folgte ihnen, weil ich ihnen mein Vertrauen geschenkt hatte. Im Stall wurden sie dann zudringlich. Ich wehrte mich, doch sie waren zu stark. Wäre mein Gebieter nicht in jenem Augenblick erschienen, hätten sie mir Gewalt angetan.«* Henut stand mit hängendem Kopf vor Sethos und wagte nicht, den Blick zu heben. Tränen benetzten ihre Wangen, die vor Scham rot angelaufen waren.

»Also bist du ihnen freiwillig in den Stall gefolgt?«, forschte Sethos nach, und bestätigend nickte Henut. »Sie haben dir vorher aber nicht gesagt, was sie dort tun wollten?«

Henut schüttelte energisch den Kopf und wedelte mit ihren Händen umher, was Mehi so deutete, dass Henut ihnen sonst niemals gefolgt wäre.

»Und du bist überhaupt nicht auf die Idee gekommen, dass sie mehr vorhatten, als nur mit dir zu reden?«

Erneut schüttelte Henut verneinend den Kopf und warf Sethos einen verzweifelten Blick zu. Dabei legte sie ihre Hand auf die Stelle, wo sich ihr Herz befand, während sie mit der anderen Hand auf die drei Gefangenen wies. Anschließend zeigte sie dann auf sich selbst, machte weitere Zeichen, fasste sich anschließend an den Mund und strich ihn mit ihrem Zeigefinger förmlich durch ...

Sethos gab es auf. Er wusste nicht, was sie ihm mitteilen wollte. Er verstand ihre Gebärden nicht. Also blickte er erwartungsvoll seinen Fächerträger an.

»*Sie waren freundlich zu mir. Kaum jemand redet mit mir, weil keiner meine Zeichensprache versteht. Diese Männer hat es nicht gestört, dass ich nicht sprechen kann*«, übersetzte er ihre Handbewegungen.

Sethos konzentrierte sich wieder auf Henut. Sie trug einen so treuseligen Gesichtsausdruck zur Schau, der ihm bestätigte, dass sie in der Tat völlig ahnungslos gewesen war, als sie den Männern in den Stall folgte. Er seufzte. »Natürlich störte es sie nicht, weil es für ihr verwerfliches Vorhaben von Vorteil war, da du nicht um Hilfe rufen kannst. Wer von ihnen war der Rädelsführer? Wer von ihnen hat angefangen, dich zu belästigen?«

Henuts Hand wies auf jenen Soldaten, der den Vorschlag gemacht hatte, in den Stall zu gehen. Dann fasste sie sich an die Brüste und zwischen die Schenkel, und dieses Mal benötigte Sethos nicht unbedingt Mehis Übersetzung.

»Sie sagt, er hat sie unsittlich belästigt«, erklärte Mehi und ließ dabei Henut nicht aus den Augen. »Sie hat seine Hände weggestoßen, doch er packte sie an den Armgelenken, während er mit der anderen Hand ihr das Kleid hochschob.«

Henuts Augen schwammen bei Mehis Übersetzung förmlich in ihren Tränen. Stumm schluchzte sie, sodass Mehi sich genötigt fühlte, ihr beruhigend den Rücken zu tätscheln.

»Und die anderen beiden?«, fragte Sethos sanft. Sie tat ihm leid.

»*Sie haben zugeschaut, und dann hat der andere sie angeschnauzt, dass sie ihm helfen sollten, mich festzuhalten.*« Henut zitterte am ganzen Leib, und die Tränen rannen ihr die Wangen hinab.

Sethos genügte, was er erfahren hatte. Er wollte sie nicht unnötig quälen. Es war ihm zuwider, noch mehr Details zu erfahren. Zudem wollte er sie Henut ersparen. Sie sollte sie nicht noch einmal durchleben und vor aller Ohren preisgeben. Sie hatte schon genug gelitten.

»Du darfst wieder an deinen Platz zurückkehren«, richtete er das Wort an sie. »Halte dich aber bereit, falls ich noch wietere Fragen an dich habe.«

Die Dienerin fiel vor ihm in den Staub und begab sich zusammen mit Mehi zurück zu ihrem Platz, während Sethos sich wieder den Angeklagten zuwandte.

»Ihr habt die Schilderung der Frau gehört. Ist es so abgelaufen oder nicht?«

Eine ganze Weile herrschte betretenes Schweigen, bis endlich einer der Männer den Kopf hob und zu reden begann.

»Im Großen und Ganzen, ja, Majestät«, gestand jener Soldat ein, den Henut bezichtigt hatte, ihr den ersten Schluck Bier angeboten zu haben. »Sie trank und lachte mit uns. Wir erzählten lustige Geschichten, die auch ihr gefielen. Mein Kamerad hatte ihr schon ein- oder zweimal den Arm um die Schulter gelegt, ohne dass sie etwas dagegen unternahm. Als er vorschlug, dass wir in den Stall gehen sollten, damit uns die Mücken nicht zerstechen, habe ich mir überhaupt nichts Böses dabei gedacht. Die Viecher waren aggressiv und lästig. Im Stall wurde er dann sehr schnell zudringlich, und mir wurde endlich bewusst, was der eigentliche Grund gewesen ist.«

»Willst du jetzt die ganze Schuld auf deinen Kameraden schieben?«, fuhr Sethos grob dazwischen.

Der Mann verneinte. »Mitnichten, Majestät, denn mir ist klar, dass auch ich mich schuldig gemacht habe und dafür bestraft werde. Und ich verfluche den Tag, an dem ich zum ersten Mal Bier oder Wein getrunken habe. Er benebelt die Sinne und das Herz und lässt dich Dinge tun, die man nüchtern niemals gemacht hätte.« Er seufzte hörbar. »Ich schäme mich zutiefst, dass ich nicht eingeschritten bin, sondern auch noch mitgeholfen habe, und möchte die Frau um Vergebung bitten.« Er drehte sich um und sah zu Henut. »Ich habe das nicht gewollt. Hätte ich vorher gewusst, was passieren würde, hätte ich dich niemals angesprochen.« Er wandte sich wieder Sethos zu.

»Deine Reue kommt zu spät«, stellte dieser fest. »Sie zeigt allerdings, dass du nicht gänzlich verdorben bist. Du hast als Einziger von deinen Kameraden den Mut aufgebracht, zu reden und deinen Fehler einzugestehen. Zudem hast du dich soeben entschuldigt. Ich werde das bei meiner Urteilsfindung berücksichtigen.«

Wie auf Befehl hoben die anderen beiden Krieger den Kopf

und öffneten den Mund. Bevor sie etwas sagen konnten, schnitt Sethos ihnen barsch das Wort ab.

»Schweigt, alle beide, denn nun braucht ihr nichts mehr zu sagen! Ihr hattet die Gelegenheit dazu und habt sie – verstockt und verdorben wie ihr seid – ungenutzt verstreichen lassen. Drum schweigt auch weiterhin und vernehmt meinen Urteilsspruch: Ihr beiden werdet wegen versuchter Vergewaltigung zu Strafarbeit auf Lebenszeit hier in den Steinbrüchen von Sunu verurteilt. Und du«, wandte er sich an den reuigen Mann, »erhältst einhundert Stockhiebe und wirst im nächsten Gefecht in vorderster Reihe stehen. Wenn du dich gut und tapfer schlägst, kannst du überleben, und deine Schuld ist in diesem Leben gesühnt. Doch deine Kameraden werden nie wieder in Freiheit gelangen, denn ihre Verfehlung kann nicht ausgelöscht werden.«

Sethos hatte geendet und erhob sich, während die Verurteilten, von ihren Waffenkameraden flankiert, abgeführt wurden.

***

Nach dem Vorfall im Steinbruch war Ramses mit hängendem Kopf in sein Zimmer getrottet, das er während des Aufenthalts in Abu im Haus des Oberaufsehers bewohnte. Er hatte Nebsumenu und Pentawer vor die Tür gescheucht und ihnen befohlen, niemanden hereinzulassen. Er wollte keinen sehen.

Wieso war er nur so dumm gewesen und hatte seinem Vater eine solch törichte Antwort aufgetischt? Er hätte sich ohrfeigen können, da er doch genau gesehen hatte, dass der Obelisk noch mit dem Muttergestein verwachsen war. Zudem wusste er, dass Obelisken niemals mit Gewalt vom Untergrund getrennt werden durften.

»Mehi!«, knurrte er vor sich hin, wütend auf sich und den General. »Allein Mehi ist daran schuld! Er hat mir diese Falle gestellt und genau gewusst, dass ich in sie tappe! Und ich kann eigentlich nichts dagegen tun, denn er hat mir keine Lügen erzählt!« Zornig griff er nach dem Tuch auf seinem Kopf und warf es in eine Ecke des Raums. Dann schleuderte er die versandeten Sandalen hinterher und stapfte zu seinem Bett. Es war frisch bezogen, und er war verschwitzt und staubig, doch das interessierte ihn herzlich wenig. Mit einem Wutschrei schmiss er sich bäuchlings auf das saubere Laken.

Je länger er vor sich hinschmollte, umso mehr steigerten sich sein Hass und sein Zorn auf den General, obwohl eine innere Stimme ihm flüsterte, dass allein er für sein Versagen verantwortlich war. Dennoch beschloss er kurz vor dem Abendmahl, seinen königlichen Vater aufzusuchen und ihn um eine Audienz zu bitten. Zum einen musste er jemandem sein Herz ausschütten, zum anderen wollte er Sethos die Gründe seiner Fehlentscheidung erklären.

Wahrheitsgetreu berichtete er ihm, was am Abend zuvor geschehen war. Er legte ihm die Beweggründe für seine Urteilsfindung dar und hoffte, dass sein Vater ihn verstehen würde, doch Sethos' Reaktion fiel gänzlich anders aus als erwartet.

»Du bezichtigst also Mehi und diesen Vorarbeiter, dass sie dir eine Falle stellen wollten?«, fasste sein Vater zusammen und maß ihn mit einem Blick, sodass sich Ramses unwillkürlich duckte. »Glaubst du wirklich, dass Mehi so verdorben ist? Er ist der treueste Mann, den ich kenne. Er ist derjenige, den ich als meinen Freund bezeichne, dem ich so viel Vertrauen entgegenbringe, dass ich ihn zu meinem Nachfolger auserkor. Doch mein Sohn, der überhebliche Prinz Ramses, denkt, dass genau dieser Mann ihn belogen hat, nur um ihn vor mir lächerlich zu machen!« Sethos' Stimme glich einem Donnergrollen. Seth hätte ihm sicher anerkennend auf die Schulter geklopft, hätte er sie vernommen.

»Aber Vater ...«, hob Ramses verzweifelt an. Dann biss er sich auf die Zunge, schluckte das, was er hatte sagen wollen, hinunter und senkte den Blick auf seine Sandalen.

»Was! Erwartest du jetzt etwa Verständnis von mir für dein törichtes Handeln? – Nein, das wirst du nicht erhalten, Ramses. Ich lege dir nicht zur Last, dass dein Urteilsvermögen noch nicht so weit gereift ist, wie ich es mir erhofft hatte. Zwar nahm ich an, dass du dich an den Grundsatz erinnern würdest, dass ein Obelisk niemals vom Felsen gesprengt werden darf, doch da lag ich falsch. Ich schrieb es der Aufregung zu, die dich bei deiner ersten Prüfung durch mich verunsichert hat. Deshalb befahl ich meinem Obersten Baumeister bereits, sich deiner anzunehmen. Zusammen mit Maj solltest du eine kleine Baustelle unter seiner Aufsicht leiten. Ich habe mich aber in dir getäuscht, Ramses. Wieder einmal hast du bewiesen, dass du zwar körperlich zum Manne gereift bist, aber in deinem Herzen bist du noch immer ein unbelehrbarer Knabe, verstockt und eigensinnig.« Sethos atmete schwer und massierte sich die rechte Brust. »Ich kann und ich will dir nicht vergeben, dass du dir aus niederen Beweggründen heraus eine Meinung gebildet hast. Das wäre verkehrt. Zudem denunzierst du einen redlichen Beamten Meiner Majestät. Ein Mensch darf sich nicht durch seinen Hass leiten lassen. Er muss seinem Herzen vertrauen und seinem Verstand. Du hast mir heute gezeigt, dass du dazu nicht imstande bist. Geh mir aus den Augen, Ramses! Die Audienz ist vorbei!«

Betroffen verneigte sich Ramses und begab sich in sein Zimmer zurück, aus dem er bis zur Abreise nicht gedachte, wieder herauszukommen. Selbst Maj verwehrte er den Zutritt, der noch am selben Abend vor seiner Tür stand. Er wollte nicht dessen mitleidigen Blick über sich ergehen lassen, doch der Sohn des Obersten Baumeisters ließ sich nicht so einfach abweisen. Hartnäckig sprach er am folgenden Tag erneut bei ihm vor und ließ ihm durch Nebsumenu ausrichten, dass er nicht eher gehen würde, bis er mit ihm geredet hätte. Zähneknirschend gab Ramses schließlich nach.

»Es tut mir leid, was vorgefallen ist«, begrüßte Maj ihn und lümmelte sich ohne Aufforderung in einen der Sessel, die in der Mitte des Raumes um einen Tisch verteilt standen.

»Wen interessiert das schon«, gab Ramses zerknirscht zurück. Er kauerte auf der Kante seines zerwühlten Bettes und starrte verdrießlich in seinen halb geleerten Kelch. »Ich habe mich komplett lächerlich gemacht – vor meinem Vater, vor Mehi, den Arbeitern und Würdenträgern. Sie werden sich in ihren Unterkünften vor Lachen gebogen haben, und ich kann schon jetzt das Widerhallen ihrer Spötteleien im Palast von Memphis hören!«

»Aber mein Freund ...«, hob Maj mitleidig an, und wurde von Ramses unwirsch unterbrochen.

»Erspare mir dein Mitgefühl«, blaffte er. »Das wäre das Letzte, das ich derzeit gebrauchen und ertragen kann.« Er setzte den Kelch an die Lippen und trank ihn in einem Zug aus. »Das Schlimmste ist, dass ich auch noch meinen Vater gegen mich aufgebracht habe, und er mir nun zürnt.« In knappen Worten schilderte er die Audienz bei Sethos, die wahrlich nicht so abgelaufen war, wie er es sich erhofft hatte.

Entsetzt hielt Maj die Luft an. »Wie konntest du nur so dumm sein«, keuchte er. »Was hast du denn geglaubt, wie dein Vater auf diese Anschuldigungen reagieren wird? Mehi ist sein Freund. Zudem bedenke, er hat dir die Wahrheit gesagt, vergiss das nicht. Außerdem konntest du dich von der Richtigkeit seiner Worte mit eigenen Augen überzeugen. Hätte er dich belogen, wäre das etwas anderes gewesen.«

»Du verstehst das nicht«, verteidigte sich Ramses. Er war vergrätzt, dass niemand ihn und sein Handeln verstand. »Mehi drückte dem Vorarbeiter einen kostbaren Ring in die Hand, den dieser sofort in den Falten seines Schurzes verschwinden ließ. Und kurze Zeit später erzählt mir dieser Kerl, dass der Obelisk noch lange nicht vom Untergrund gelöst sei, obwohl ein paar Stunden zuvor sein Vorgesetzter ganz andere Töne verlauten ließ. Was hättest du denn an meiner Stelle davon gehalten?« Empört schnappte er nach Luft, und ohne Majs Antwort abzuwarten, setzte er hinzu: »Und dann fragt mich doch prompt am folgenden Tag mein Vater, ob der Obelisk bereit sei, gehoben zu werden. Da lag die Vermutung doch nahe, dass Mehi mir eins auswischen will!«

Nachdenklich stützte Maj den Kopf in die Hand und dachte nach. »So betrachtet hast du nicht ganz unrecht«, gab er nach einer Weile zu und kratzte sich gedankenversunken mit der anderen Hand den Nacken. »Trotzdem kann ich eins nicht verstehen: Wenn du bemerkt hast, dass der Monolith noch mit dem Untergrund verbunden ist, hätte dir doch klar sein müssen, dass es keine Finte von Mehi ist. Zudem, hast du eigentlich schon einmal daran gedacht, Ramses, dass dich Sethos mit Mehis Ernennung zum Thronfolger nur strafen will?«

Verärgert musterte Ramses den Freund und schnaubte: »Natürlich, was sollte er sonst damit bezweckt haben? Diese Strafe fühle und sehe ich seit jenem vorletzten Tag im Monat *Mechir* fast jeden Tag!«

»Nein, so habe ich das nicht gemeint«, erläuterte Maj. »Ich denke, dein Vater wollte dich für deine Hochnäsigkeit strafen, nachdem dein Bruder gestorben und der Platz des Horus-im-Nest wieder zu vergeben war.« Er hob besänftigend die Hand, da Ramses erneut zu einem Protest ansetzen wollte. »Lass mich bitte ausreden, mein Prinz! – Du hast dich nach Nebus Tod aufgeführt, als wärest du bereits Pharao. Zugegeben, wir anderen waren auch nicht viel besser. Auch wenn wir damals noch Kinder waren, es war nicht recht. Meiner Meinung nach ist das der Grund, warum Mehi zum Nesthorus erhoben wurde und nicht du. Ich glaube allerdings, dass er das nicht auf ewig bleiben wird.«

»Mit Sicherheit nicht!«, fuhr Ramses mit zusammengebissenen Zähnen dazwischen. »Irgendwann, wenn mein Vater zu den Göttern gegangen ist, wird Mehi auf dem Platz sitzen, der rechtmäßig mir zusteht!«

»Das genau denke ich gerade nicht«, beharrte Maj und griff nach dem Krug und einem Kelch, um sich ebenfalls etwas Wein einzuschenken. »Du allein bist Sethos' leiblicher Sohn. Er muss zwar nicht unbedingt seinen eigenen Sohn zu seinem Erben ernennen, doch es wäre schon einigermaßen ungewöhnlich, täte er es nicht. Ich denke, eines Tages wird er Mehi seinen Titel wieder nehmen, um ihn dir zu geben. Davon bin ich überzeugt!«

»Mögen deine Worte die Gehörgänge der Götter erreichen«, klagte Ramses. Sein Zorn war verraucht und machte Platz für Selbstmitleid. »Ich für meinen Teil glaube nicht mehr daran. Mit meinem gestrigen Fehltritt habe ich mir all meine Zukunftsaussichten verbaut.«

»Sei nicht so pessimistisch«, forderte Maj und drehte bedächtig den Weinkelch in seiner Hand. »Zusammen schaffen wir das schon.«

»Ach ja, und wie?« Ramses konnte sich nicht vorstellen, wie er seine dummen Worte, seine Fehleinschätzung und sein törichtes Handeln ungeschehen machen sollte.

Maj schmunzelte indes. »Zieh dir etwas Bequemes an, und setze dir ein Tuch auf den Kopf. Wir erkunden den Steinbruch.

Es gibt hier so viele neue und interessante Dinge zu sehen. Wir schauen den Arbeitern zu, wie sie die letzten Handgriffe am Obelisken verrichten, beobachten die anderen, die weiter hinten einen riesigen Block für eine Sitzstatue deines Vaters aus dem Gestein lösen, und wir greifen selbst zu Hammer und Meißel, um das Gefühl für den Stein zu erlangen. Was hältst du davon, mein Prinz?«

Unschlüssig zuckte Ramses mit den Schultern. Es stand ihm nicht im Geringsten der Sinn nach einem Ausflug in den Steinbruch. Er spürte jetzt schon die Blicke der Arbeiter und Aufseher in seinem Rücken, hörte ihr nur mit Mühe unterdrücktes Gespöttel über seine Unfähigkeit.

»Was ist los? Wovor fürchtest du dich?«, fragte Maj.

Unentschlossen strich Ramses sich mit der Hand durch sein dichtes Haar. Es war ihm bewusst, dass Maj seine Einwände nicht gelten lassen würde. Zudem war er kein Feigling. Er räusperte sich und drückte das Rückgrat durch. »Meinetwegen. Wenn ich allerdings merke, dass irgendjemand über mich lästert, kann ich für nichts mehr garantieren. Und hoffentlich läuft mir Mehi nicht über den Weg!«

Maj musste grinsen und wurde gleich wieder ernst. »Vergiss ihn einfach. Je mehr du ihm deine Ablehnung zeigst, umso mehr weidet er sich an deinem Schmerz. Wenn es so ist, wie ich annehme, dann wird ihm schon recht deutlich bewusst sein, dass seine Tage neben Sethos irgendwann gezählt sind. Aus diesem Grunde muss ich dir sogar recht geben: Mehi dürfte erfreut sein, wenn du in der Gunst deines Vaters gesunken bist.«

Sie redeten noch gut eine Stunde miteinander, tranken dabei den Krug bis zur Neige und verschoben ihren Erkundungsgang auf den kommenden Tag. Sethos gedachte, noch mindestens einen Monat lang Abu und Sunu mit seiner Anwesenheit zu beehren. Somit verblieb ihnen noch genügend Zeit, um ihr Wissen in der Praxis zu erweitern. Mit einem weinumnebelten Herz und einem schweren Kopf war das sicher nicht angebracht.

***

Am nächsten Morgen trafen Ramses und Maj kurz nach den Arbeitsmannschaften im Steinbruch ein. Neugierig wurden sie von den Männern beäugt, die von ihren Vorarbeitern gerade für ihr Tagewerk eingeteilt wurden. Die beiden jungen Männer warteten, bis diese Aufgabe erledigt war, und wandten sich dann an jenen Vorsteher, dessen Leute mit dem Herausbrechen des Obelisken betraut waren.

»Ihr wollt nicht nur zusehen, ihr wollt auch mit Handanlegen?«, fragte der Vormann, nachdem Ramses ihm ihr Begehr mitgeteilt hatte. Seine Verwunderung konnte er nicht verbergen.

Ramses bejahte. »Nur so erlangen wir das Gespür für den Stein. Also bitte ich dich, meinem Freund und mir praktischen Unterricht zu erteilen. Natürlich nur, wenn es deine Zeit erlaubt«, fügte er an. Immerhin stand es ihm nicht zu, über die Arbeitskraft des Mannes zu bestimmen.

Unschlüssig zuckte der Vorarbeiter mit den gebeugten Schultern. Ramses fragte sich, ob es ihm missfiel, zwei hochgeborene Lehrlinge unterweisen zu müssen, einer von ihnen derjenige, der seine Fachkenntnis einfach ignoriert hatte, oder er nur nicht wusste, ob er es ohne die Erlaubnis seiner Vorgesetzten machen durfte. Doch seine beiden höchsten Vorgesetzten hatte Sethos am gestrigen Tag degradiert. Beide Männer standen jetzt selbst in den Reihen der Hilfskräfte und schleppten den anfallenden Schutt in großen Binsenkörben hinunter zum Nil.

»Dann bitte, meine Herren, erlaubt, dass ich vorausgehe, um euch den Weg zu weisen«, sagte der Vormann nach einer kurzen Bedenkzeit und deutete eine Verneigung an.

»Genug der Höflichkeiten«, meinte Ramses. »Du bist unser Lehrmeister und wir deine Lehrlinge. Also nur zu! Du scheinst von deiner Tätigkeit viel zu verstehen. Es tut mir leid, dass ich deinen Hinweis einfach in den Wind geschlagen habe. Ich war überzeugt, selbst in der Lage zu sein, mir eine Meinung zu bilden. Eine Fehleinschätzung, wie ich zugeben muss. Mein Urteilsvermögen sowie mein Sachverstand sind noch nicht so weit gereift. Beide wurden bisher nur durch bloße Theorie geprägt.« Das tat weh, seinen Fehler und seine Überheblichkeit offen einzugestehen. Ramses war sich dafür jedoch nicht zu schade.

Überrascht sah der Mann ihn an, neigte den Kopf und trabte los, ohne weiter auf seine Entschuldigung einzugehen. Er führte sie zum Obelisken, der schnurgerade in seinem Graben lag.

Lautes Hämmern drang aus den Schächten heraus an Ramses' Ohren. Die am Zugang zum Steinbruch noch frische Luft des jungen Morgens war hier bereits schon wieder stickig und vermischte sich mit dem Geruch nach Schweiß. Unwillkürlich rümpfte Ramses die Nase.

»Wie heißt du?«, erkundigte sich derweil Maj.

»Samut«, antwortete der Vorarbeiter über die Schulter hinweg und blieb am Rand des Grabens stehen, in dem seine Männer die letzten Arbeiten verrichteten. »Dieser Obelisk hat eine Länge von vierundvierzig Ellen«, erklärte er seinen beiden Lehrlingen. »Bis zu einhundertdreißig Arbeiter haben zeitgleich seit knapp elf Monaten acht Tage die Woche an seiner Fertigstellung gearbeitet, in den vergangenen anderthalb Monaten sogar Tag und Nacht. Zuerst wurden seine exakte Höhe und Breite auf dem Granit vorgezeichnet. Je weniger unnützer Überstand an ihm ist, um so einfacher wird es sein, ihn zu transportieren.« Das war ein Scherz. Ein schelmisches Lächeln huschte über Samuts Gesicht.

Ramses hatte es zwar noch nie mit eigenen Augen gesehen, doch schätzte er, dass Hunderte von Männern vonnöten waren, um diesen Koloss zu bewegen.

In der Zwischenzeit fuhr Samut fort: »Dann begannen die Steinhauer, den Block in groben Zügen aus dem Fels zu schälen. Ihnen folgten die Steinmetze, die genau wissen, wie sie eine perfekte Kante und gerade sowie glatte Oberfläche aus dem Granit gewinnen. Sie arbeiten genau und präzise, sodass die steinerne Nadel bereits hier vor Ort ihre zukünftige Form erhält. Nun steht der große Moment bald bevor, dass sie fertig ist. Meine Männer legen letzte Hand an. Sie sind dabei, die Unterseite im Bereich der Basis komplett vom Felsen zu lösen. Du, Hoheit, wirst es gestern sicher bemerkt haben, dass der Hohlraum unterhalb des Obelisken bereits ausgemauert wurde. Die Öffnungen für die ersten Hölzer wurden dabei ausgespart. Es ist immer ein erhebendes Gefühl, wenn der Monolith jeden Tag ein wenig mehr aus dem Graben lugt, bis er schließlich ebenerdig auf den Transportschlitten ruht und hinunter zum Kanal gehievt werden kann, wo der Lastkahn ihn erwartet.« Sein ausgestreckter Arm wies in die Richtung, wo sich der Fluss befand. »Auch dabei ist äußerste Vorsicht geboten. Es wäre nicht das erste Mal, dass ein Obelisk beim Transport vom Steinbruch zum Hafen in die Brüche ging oder beim Verladen versehentlich im Kanal versank.« Er gab Ramses und Maj einen Wink. Sie sollten ihm folgen. Flink stieg er die Leiter hinab in den schmalen Graben und zeigte ihnen alles, was sie wissen mussten.

»Das ist doch etwas anderes als der trockene Stoff in der Palastschule«, raunte Maj Ramses zu.

Bestätigend nickte dieser. Hätte er zuvor eine solche Unterrichtsstunde genossen, wäre ihm eine solche Torheit sicher nicht passiert. Er musste sich allerdings eingestehen, dass er an seinem Fehlurteil selbst schuld war. Er hatte erkannt, dass der Monolith noch nicht komplett aus dem Felsen geschält worden war, und es war ihm bekannt, dass er nicht vom Untergrund gesprengt werden durfte. Allein seinem blinden Hass auf Mehi hatte er es zu verdanken, all das zu ignorieren. Sein Herz gaukelte ihm vor, der General und Fächerträger seines Vaters hätte ihm eine Falle gestellt.

Seufzend verdrängte Ramses diese plagenden Gedanken und wandte sich an Samut: »Ich möchte das Gespür für den Stein erlangen. Deshalb will ich selbst Hammer und Meißel in die Hand nehmen, um mich auch praktisch im Herausmeißeln unterrichten zu lassen.«

Nachdenklich runzelte Samut die Stirn. »Vielleicht solltest du es nicht unterhalb eines Obelisken tun, Hoheit. Auch wenn er inzwischen fast zur Gänze auf Ziegeln ruht. Es besteht immer die Gefahr, dass ein Unfall geschieht. Ich möchte Seiner Majestät nicht erklären müssen, was du in jenem Moment unter dem Obelisken zu suchen hattest.« Verständnis heischend blickte er zu Ramses auf. »Wenn du dennoch wünschst, Hammer und Meißel zu schwingen, übergebe ich dich und deinen Freund gern vertrauensvoll in die Hände eines Kollegen, der sich um die Bearbeitung der vielen Statuen deines Vaters kümmert.«

Ramses schmunzelte. Er wäre auch unter dem Monolithen auf den Knien herumgekrochen. Allerdings konnte er Samuts Beweggründe verstehen. Und wenn er ehrlich war, verspürte er wenig Lust, von der steinernen Nadel zerquetscht zu werden, auch wenn er sich nicht vorstellen konnte, wie das passieren sollte.

Von diesem Tag an fanden sich er und Maj jeden Morgen mit den Arbeitern im Steinbruch ein und halfen tatkräftig mit, die riesigen Blöcke für die Statuen des Pharaos aus dem Gestein zu lösen oder unter der Aufsicht eines Meisters kleinere Steinmetzarbeiten auszuführen. Die harte Arbeit tat Ramses gut und stärkte sein Ansehen nicht nur in den Augen der Arbeiter. Auch Sethos blieb sein Engagement nicht verborgen, der sich maßlos über die unhaltbaren Anschuldigungen seines Sohnes geärgert hatte. Trotzdem hatte er sie nicht in den Wind geschlagen, sondern Mehi mit ihnen konfrontiert.

»Aber, Majestät«, hatte Mehi verstört erwidert, »ich kann nicht glauben, dass Ramses mich dessen bezichtigt. Ich habe ihn zusammen mit dem Vorsteher der Steinhauer im Arbeiterdorf getroffen, doch es lag nicht in meiner Absicht, ihn zu verwirren. Und sollte ich den Anschein erweckt haben, ihn in eine Falle locken zu wollen, so tut es mir aufrichtig leid.« Verzweifelt hatte er die Hände gerungen. »Es ging mir vielmehr darum, Ramses eine Möglichkeit zu verschaffen, sich vor dir zu bewähren. Das war auch der Grund, weshalb ich dir den Vorschlag unterbreitet habe, ihn nach seiner Meinung zu befragen. Doch glaube mir, es geschah nur zu seinem Wohl. Befrage diesen Vorsteher. Er wird dir das geführte Gespräch bestätigen können.«

»Ich glaube dir«, hatte Sethos geantwortet und Mehi beruhigend die Hände auf die Schultern gelegt. Nichts ließ ihn an den redlichen Absichten seines Freundes zweifeln. Der Hass musste seinen Sohn komplett verblendet haben.

Zwei Monate später war der Obelisk dann endlich fertiggestellt und gehoben und ruhte auf mehreren Transportschlitten. Von einer Anhöhe aus beobachteten neben Sethos und seinem Gefolge auch Ramses und Maj, wie die vierundvierzig Ellen lange Steinnadel auf den Transportkahn verladen wurde. Dieser war tags zuvor mit Sand und Steinen gefüllt worden, um ihn so tief wie möglich ins Wasser zu drücken. Nun wartete er darauf, dass die steinerne Nadel über den künstlichen Kanal gehievt wurde, damit er ihn aufnehmen konnte.

Der Monolith wurde von den Arbeitern hinunter zum Kanal gezogen und quer über diesen geschoben. Anschließend wuchteten andere Helfer das schwer beladene Schiff unter ihn und richteten es mit dem Obelisken aus. Als sich der Lastkahn endlich in der richtigen Position befand, sprangen die Männer in sein Inneres und begannen, die Steine zu entladen und den Sand aus seinem Bauch zu schaufeln, sodass sich das Boot langsam aus dem Wasser hob, bis es den Obelisken trug. Anschließend wurde der Lastkahn vorsichtig gewendet und von kleineren Barken aus dem Kanal hinaus auf den Nil manövriert. Dort erwarteten ihn mehrere Schleppkähne, die das Lastschiff mit seiner kostbaren Fracht flussabwärts in den Norden ziehen sollten.

»Das war schon beeindruckend«, gestand Ramses. Die Anspannung wich aus seinem Körper.

Auch Maj war derselben Meinung. »Hast du schon einmal gesehen, wie ein Obelisk aufgerichtet wird?«, fragte er, und Ramses musste verneinen. »Ich aber!«, prahlte Maj und errötete. »Das solltest du dir auf keinen Fall entgehen lassen, wenn sich dir die Möglichkeit dazu bietet.« Er dachte kurz nach. »Weißt du was? Ich werde meinen Vater bitten, dass er uns mitnimmt, wenn das nächste Mal einer aufgestellt wird. Immerhin wird das hier nicht die letzte Steinnadel für einen der vielen Tempel in Memphis sein.«

Ramses konnte nicht anders. Er musste über Majs Begeisterung schmunzeln, und mit einem Mal erschien ihm seine Zukunft nicht mehr in so düsteren Farben wie noch ein paar Wochen zuvor. Das Leben ging weiter, egal ob nun er oder Mehi der Nestfalke war.

Freundschaftlich legte er Maj den Arm um die Schulter. »Und bis dahin, mein Freund, werden wir uns hier die Hände schmutzig machen und tüchtig lernen.«

***

Sethos verbrachte nach dem zweiten einen weiteren Monat in Abu und Sunu und kehrte anschließend in den Norden zurück. Zuvor ernannte er in Theben den Vater von Wesir Paser zum Ersten Propheten des Amun-Re. Mehi, dem er dieses Amt ursprünglich versprochen hatte, stand dafür nicht zur Verfügung, denn Sethos gedachte nicht, ihn seiner Position zu entheben. Immerhin war Ramses noch nicht soweit, eine solche Verantwortung übertragen zu bekommen. Das hatte er in Sunu erneut unter Beweis gestellt. Er hatte zwar im Nachgang Reue und Einsicht gezeigt. Das langte nicht, um ihn zu versöhnen.

Sethos wollte jedoch die Ernennung eines neuen, königstreuen Oberhauptes für das mächtigste Heiligtum der beiden Reiche nicht hinauszögern. Amun-Re war wohlhabend und mächtig, und das traf auch auf seinen Hohepriester zu. Somit benötigte er für dieses Amt einen königstreuen Mann, mit dem an der Spitze der Priesterschaft er sich keine Sorgen machen musste. Er hatte lange darüber nachgedacht, bis ihm Pasers Vater eingefallen war, der für eine solche Funktion äußerst geeignet schien. Zudem arbeiteten der Wesir des Südens und der Erste Prophet von Opet-sut eng zusammen. Dass die beiden nun Vater und Sohn waren, machte die ganze Sache um einiges unkomplizierter.

Und so stand Mehi auch weiterhin als Horus-im-Nest unangefochten an seiner Seite, und niemanden überraschte es, nicht einmal Ramses. Dieser hatte eingesehen, dass es seine eigene Schuld war, dass sein Vater ihm zürnte. Hätte er seinem Wissen und seinem Verstand vertraut und nicht diese Zweifel in seinem Herzen gehegt, wäre es nicht zu jenem Vorfall im Steinbruch gekommen. Es war eine Erfahrung, die ihn lehrte, dass Hass und Zorn den Blick eines Menschen trüben, ihn sogar blind machen können, und er schwor, sich nie wieder bei seinen Entscheidungen von dererlei Gefühlen leiten zu lassen.

17. Kapitel

Ein perfider Plan

Tachat hatte das vergangene halbe Jahr genutzt, in welchem Mehi mit dem Pharao auf Reisen war, um sich Anat zu nähern. Sie wollte sie für ihre Zwecke einsetzen, doch das junge Ding hatte sich zwar höflich, aber abweisend gezeigt. Um ihr Misstrauen nicht zu wecken, hatte Tachat sie schließlich nicht weiter bedrängt. Es gab noch genug andere Menschen, die Ramses mit seiner eingebildeten, überheblichen Art vor den Kopf gestoßen hatte. Da würde sich sicher jemand finden, den sie für ihren Plan gewinnen konnte, den Prinzen vom Thron fernzuhalten und ihren Mann auch weiterhin in der Gunst des Pharaos zu sehen. Mit Versprechen müsste sie nicht geizen. Immerhin hielte ihr Mann später die absolute Macht in Händen, und es gab nichts und niemandem, dem er sich beugen musste, außer vielleicht der Maat und den Göttern.

Umso erfreuter war sie, als Mehi ihr nach seiner Rückkehr von den Ereignissen im Steinbruch erzählte und davon, dass Henut beinahe vergewaltigt worden war und er sie vor diesem Schicksal bewahren konnte. Das waren gute Neuigkeiten. Tachat konnte ihr Glück kaum fassen. Auch ohne ihr Zutun blieb ihr Mann Sethos' unangefochtener Favorit! Und ganz nebenbei hatte er sich seine Dienerin komplett gefügig und hörig gemacht. Sie würde nun sicher alles für ihn tun.

»Mein Held, mein zukünftiger Pharao!« Sie strahlte übers ganze Gesicht und fiel ihm um den Hals, um ihn zu küssen. Er duftete so gut. Wie hatte sie den Geruch seiner Haut vermisst. Ihre Zunge spielte mit der seinen. Ihre Lippen pressten sich verlangend auf seinen Mund, und ihre Hand glitt bereits seine Brust hinab Richtung Schurz, um diesen aufzuknoten, als sie es sich anders überlegte.

»Das kann warten«, meinte sie und erwiderte den enttäuschten Blick ihres Gemahls mit einem koketten Lächeln. »Was gibt es sonst für Neuigkeiten, die ich wissen sollte?« Sie ließ von ihm ab und setzte sich auf einen Stuhl, um nicht vor Freude über Ramses' Dummheit durch den Raum zu tanzen. Sie war wie berauscht, doch ihre Glücksgefühle erhielten bereits im nächsten Moment einen kräftigen Dämpfer, als Mehi ihr sagte, dass Sethos Pasers Vater zum Ersten Propheten des Amun-Re ernannt habe.

»Solltest nicht du dieses Amt von Seiner Majestät erhalten?«, zeterte sie gereizt. Ihre Hochstimmung war verflogen, und ihr Blick bohrte sich in ihren Mann.

»Allerdings. Doch ist nicht der Titel des Thronfolgers besser?« Mehi grinste listig. »Als Pharao werde ich der Hohepriester aller Götter sein, meine Liebe, nicht nur der von Amun-Re.«

Tachat schmunzelte verstohlen. Die Ansichten ihres Mannes hatten sich anscheinend in den zurückliegenden Monaten komplett geändert. Inzwischen war er ebenfalls nicht mehr gewillt, auf seine glorreiche Zukunft zu verzichten. Ihre Sticheleien und ihr Gift, welches sie ihm vor seiner Reise nach Abu in die Ohren getröpfelt hatte, hatten ihre Wirkung nicht verfehlt.

»Welche Töne und das aus deinem Mund.« Ihr Schmunzeln wurde breiter. Dann wurde sie wieder ernst. »Dennoch bedenke, Mehi, du hast mich oft genug daran erinnert, dass Sethos nicht vorhat, dir diese Position ewig zuzugestehen. Irgendwann wird er Ramses zu seinem Erben erheben. Oder hat sich während eures Aufenthaltes im Süden etwas an seiner Meinung geändert? Dann könnte er uns allmählich gestatten, dass wir beide ehrfürchtig mit *Hoheit*, nein mit *Majestät* angeredet werden!« Noch immer konnte sie es nicht verwinden, dass die Höflinge sie und ihren Mann nicht gebührend betiteln durften. »Und auch der heilige Uräus stände dir zu«, giftete sie, »mein zukünftiger Starker Stier.«

Mehi lachte. »Der Zeitpunkt wird schon noch kommen, meine Große Königin.« Er trat auf sie zu und ging vor ihrem Stuhl in die Knie. Dann nahm er ihre Hände in seine und blickte ihr zuversichtlich ins Gesicht. »Eines Tages wird mir Sethos auch meine Titel zugestehen. Und Ramses?« Verächtlich rümpfte er die Nase. »Nur wenn er beweisen sollte, dass er würdig ist, Sethos' Nachfolge anzutreten, muss ich weichen. Und wenn ich ein wenig nachhelfe, schafft er das nie.«

»Dein Wort in die Ohren der Götter! Auf ihre Hilfe will ich mich aber nicht verlassen und auch nicht auf das Fehlverhalten dieses missratenen Prinzen. Vielleicht vergibt Sethos ihm auch seine Dummheiten, und was ist dann?« Sie entzog ihm ihre Hände und fuhr sich durch ihr kurz geschnittenes Haar. »Wir müssen handeln, Mehi, bevor es zu spät ist. Wenn du es nicht tust, werde ich es tun.«

»Und was genau willst du tun?«

Nachdenklich kräuselte Tachat die Stirn. »Das weiß ich auch noch nicht. Mir wird schon etwas einfallen. Während du dich mit Sethos im Süden vergnügt hast, habe ich bereits meine Fühler ausgestreckt. Aschtaras Tochter hat sich bockiger angestellt, als ich vermutet hätte. Ich bin immer davon ausgegangen, dass sie und Ramses sich nicht ausstehen können ...«

»Was auch stimmt«, fiel Mehi ihr ins Wort.

»Jetzt wohl nicht mehr, wo sie älter geworden und keine Kinder mehr sind«, antwortete Tachat. »Es hatte fast den Anschein, als würde Anat etwas für Ramses empfinden.«

»Du meinst, sie hat sich in ihn verliebt?« Ungläubig runzelte Mehi die Stirn. Er erhob sich und setzte sich Tachat gegenüber an den Tisch.

»Das nicht unbedingt, doch sie empfindet etwas für ihn. Da bin ich mir sicher. Neuerdings nimmt sie ihn und sein Handeln in Schutz. Anscheinend ärgern sie sich auch nicht mehr gegenseitig. Die Zeit der kindlichen Streiche scheint vorbei. Wir müssen uns also nach jemandem anderen umsehen, und mir fiele da auf Anhieb auch jemand ein.«

Ihre Gedanken schweiften zu Henut. Die stumme Dienerin wäre ein williges Werkzeug, vor allem nach der durch Mehi vereitelten Vergewaltigung. Tachat wusste allerdings, dass sie zuvor Mehi davon überzeugen musste, gegebenenfalls Henut für ihre Ziele zu opfern. Und hier genau lag das Problem. Mehi mochte dieses stumme, einfältige Ding. Ihr hingegen war Henut einerlei. Sie war nur eine von vielen; sie war entbehrlich und konnte durch jede andere jederzeit ersetzt werden – außer natürlich für ihren noch nicht voll ausgereiften Plan. Dafür kam nur Henut infrage, niemand sonst von der Dienerschaft. Und sollte sie dabei ihr Leben verlieren. – Pah, dann war es eben so!

»An wen genau denkst du?«, erkundigte Mehi sich. Mit zusammengezogenen Augenbrauen forschte er in ihrem Gesicht nach einer Antwort und erriet ihre Gedanken. »An Henut?«

Tachat enthielt sich einer Antwort. Sie wusste, dass er ihrem Einfall nicht zustimmen würde, noch nicht. Dafür bedurfte es etwas mehr Fingerspitzengefühl und den passenden Moment, und dieser schien gerade nicht gegeben.

»Willst du Ramses ermorden lassen, damit er uns nicht mehr im Wege steht?«, stocherte Mehi weiter, weil sie nicht antwortete.

Unmerklich zuckte Tachat zusammen. »Daran hatte ich auch schon gedacht«, gab sie ehrlich zu. »Wahrscheinlich ist das die einzige Lösung für unser Problem.«

Entsetzt schnappte Mehi nach Luft. »Bist du von einem bösen Dämon besessen?«, rief er empört und senkte sofort wieder die Stimme. »Auch ich will meine Position inzwischen nicht mehr hergeben. Ich begehe dafür allerdings keinen Mord, vor allem nicht an einem Mitglied des Königshauses!«

»Dann bist du selbst schuld, wenn Ramses dir deine glänzende Zukunft entreißt«, zischte sie. »Willst du das wirklich?« Sie wartete seine Antwort nicht ab. »Ich werde dabei nicht tatenlos zusehen.«

Nachdenklich blickte Mehi an ihr vorbei hinaus in den Garten. Mit einem Mal sprang er von seinem Platz auf und eilte mit langen Schritten auf die geöffnete Tür zu, um sie zu schließen. Er hatte einen der Gärtner erspäht. Dann kam er zum Tisch zurück und setzte sich wieder. »Wir sollten vorsichtiger sein, wenn wir uns über solch gefährliche Dinge unterhalten. Jemand könnte uns dabei belauschen.«

»Wer sollte dieser Jemand denn sein?«, fragte sie. Das hier war ihr Haus. Die Dienerschaft stand treu zu ihr und ihrem Mann.

»Zum Beispiel ein Gärtner, der einen Rosenbusch zurechtstutzt«, antwortete er. »Nehmen wir einmal an, wir wollen Ramses aus dem Weg räumen«, begann er ihren Gedanken hypothetisch fortzuspinnen. »Wie sollen wir das anstellen? Ramses mag bei seinem Vater zwar in Ungnade gefallen sein, doch dessen Soldaten wachen Tag und Nacht über ihn, nebenbei bemerkt auch unser Spross. Immerhin ist und bleibt Ramses der Sohn des Pharaos, selbst wenn er sich nicht wie dieser benimmt.«

»Ist er nicht jetzt ein Mann?«, fragte Tachat. Fragend hob sie die fein geschwungenen und mit Kohol nachgezeichneten Brauen, während sich bei ihrem Mann Verständnislosigkeit ins Gesicht malte.

»Ja und?«, fragte er.

Sie schmunzelte verschlagen. »Bisher wachen jene Männer über ihn, die von Sethos dafür bestimmt wurden. Ich denke, es ist nur noch eine Frage der Zeit, bis Ramses eine eigene Leibwache um sich scharen wird. Das ist unsere Chance. Gut wäre es, wenn Intef dazugehört.«

»Ach ja?«, entgegnete Mehi. »Hast du vor, unseren Sohn mit einem Meuchelmord zu betrauen?«

»Nicht unbedingt. Es sollte sich aus der neuen Dynastie niemand die Hände mit Blut besudeln. Die Götter wären darüber sicher nicht erfreut.«

»Das sind sie auch sicher nicht, wenn du jemanden anderes die Drecksarbeit verrichten lässt«, warf er giftig ein.

»Dafür gibt es Opfergaben, die sie wieder besänftigen«, hielt sie dagegen. »Ich hatte Intef aber nicht im Sinn. Ich weiß jedoch, dass sich in jeder auserlesenen Ernte immer noch eine faule Frucht befindet, die dem wachsamen Auge entgangen ist. Und die müssen wir finden und uns zunutze machen.«

»Wie willst du das anstellen, ohne dass jemand misstrauisch wird? Du kannst unmöglich jeden befragen, der in Ramses' Diensten steht. Keiner wird offen zugeben, dass er den Königsspross nicht mag, wenn ihn dieser gerade in seine Dienste genommen hat.«

»Das ist mir bewusst.« Tachat stützte die Ellenbogen auf den Tisch und legte ihr Kinn in ihre verschränkten Hände. »Es gibt eine ganze Reihe von jungen Beamten, die nicht gerade gut auf Seine Hoheit zu sprechen sind. Mit seiner überheblichen Art hat Ramses schon so manchen vor den Kopf gestoßen. Denke doch bloß an den fetten Meriptah, den Sohn des Obersten

Schreibers. Schon immer wurde er von Ramses und seinen Freunden wegen seiner Leibesfülle verhöhnt. Und dann Nachtamun. Er stammt aus gutem Hause und war unglaublich stolz, dass er in die Reihen der Getreuen Seiner Majestät aufgenommen wurde. Und dann trat Sethos auf ihn zu und bestimmte, dass er fortan auf seinen aufgeblasenen Sohn aufzupassen habe, dessen Chancen zudem ziemlich gering sind, dass er einmal herrschen wird. Meinst du ernsthaft, dass Nachtamun das passt? Immerhin muss er ständig den Kopf dafür hinhalten, wenn Ramses in seiner unglaublichen Dummheit etwas ausgefressen hat.«

»Das stimmt zwar«, gab Mehi zu, »doch sieh dich vor, Tachat. Pass auf, was du zu wem sagst. Auch wenn du zehnmal glaubst, dass Meriptah oder Nachtamun bestechlich seien ... Ich wäre mir da nicht so sicher, vor allem nicht bei Nachtamun.«

»Dann sollten wir Erkundigungen über Meriptah einholen. Er steht noch nicht in den Diensten von Ramses, auch wenn ich bezweifele, dass er ihn jemals in seine Dienste nimmt. Aber man weiß ja nie. Was ich aber weiß, Meriptah hegt für Ramses keinerlei freundschaftliche Gefühle, denn seit Jahren ist er das Ziel des Spotts von ihm und seinen Freunden. Und wenn auch er sich als zu loyal erweist, dann ist es eben ein anderer, der zu Ramses' Haushalt zählen wird.« Tachat schüttelte den Kopf.

Warum war Mehi nur so stur? Er wollte zwar Sethos' Nachfolger bleiben, doch scheute er sich davor, die nötigen Schritte zu unternehmen. Sie griff nach dem Krug, der auf dem Tisch zwischen ihnen stand, und schenkte sich etwas Wein ein eine Schale. Man musste auch mal etwas riskieren, um seine Träume zu verwirklichen. Und wenn sie es geschickt anstellten, brächte sie niemand mit einem Mord in Verbindung. Vielleicht wäre Henut doch die beste Wahl. Sie war ihnen komplett ergeben und zudem stumm, sodass sie sich auch nicht verplappern konnte.

»Ramses wird sich bei der Wahl seiner Garde und seiner engsten Vertrauten unter den Soldaten umsehen«, hörte sie Mehi sagen und konzentrierte sich wieder auf ihn. »Schon sein Vater und sein Großvater, sogar Osiris Haremhab, sie alle haben sich ihre Getreuen und obersten Beamten unter dem Militär ausgewählt …«

»Was auch gut war«, fiel Tachat ihm ins Wort und lächelte. »Anderenfalls wärest du dich nicht in dieser herausragenden Position, mein Lieber. Wurde anfänglich über uns getuschelt, nachdem die meisten bei Hofe die List durchschaut hatten, so sind ihnen inzwischen ihre Lästereien im Hals stecken geblieben. Immerhin sonnst du dich seit über drei Jahren in Sethos' Glanz. Alle meine Freundinnen blicken wieder neidvoll zu mir auf, und meine Feindinnen liegen mir zu Füßen und schmeicheln sich ein. Sie küssen mir die Sandalen und überschlagen sich vor Freundlichkeiten, um sich bei mir einzuschleimen.« Ihr Ton wurde hart. »Was aber wird geschehen, wenn Sethos doch eines Tages seinen Sohn zum Horus-im-Nest erhebt? – Sie werden mit dem Finger auf mich zeigen, mich verspotten und verhöhnen, aber das werde ich nicht zulassen, Mehi. Ich werde jemanden finden, der Ramses so abgrundtief hasst, dass er bereit ist, ihn zu beseitigen. Und wenn es nicht anders geht …« Sie biss sich auf die Lippe.

»Was dann?« Lauernd ließ Mehi sie nicht aus den Augen.

»Ach nichts.« Tachat führte die Schale an die Lippen und trank einen Schluck.

»Was heckst du gerade aus?«, fragte er. »Egal, was es ist, ich glaube kaum, dass du jemanden aus den Reihen der Krieger für einen hinterhältigen Meuchelmord rekrutieren wirst. Die Soldaten mögen ihn. Oder hast du schon jemanden ins Auge gefasst?« Kritisch musterte er sie.

»O ja, mein Gemahl, das habe ich! Allerdings wird dir meine Wahl sicher nicht gefallen.« Sie stellte die Schale zurück auf den Tisch.

»Wer?«, zischte er.

»Henut!«

»Henut? Ein Meuchelmord?« Mehi sah aus, als hätte ihn ein Blitz getroffen. Dann fing er schallend an zu lachen. »Das ist nicht dein Ernst?«

»Warum nicht? Henut können wir voll und ganz vertrauen. Sie ist dir blind ergeben und würde alles für dich tun, um in deiner Nähe zu sein. Verspreche ihr, dass du sie zur Nebenfrau machst, und sie metzelt Ramses bedenkenlos nieder. Denke mal darüber nach.«

»Niemals!«, empörte sich Mehi. Das Lachen war ihm vergangen. Er sprang von seinem Stuhl auf, sodass dieser nach hinten kippte und polternd auf die Fliesen fiel. »Schlage dir das aus dem Sinn. Ich mag Henut und werde nicht zustimmen, dass du sie für deine finsteren Pläne missbrauchst.«

»*Für meine finsteren Pläne*?« Nun war es an Tachat, belustigt zu sein. Dann senkte sie die Stimme. »Werde endlich wach, Mehi! Auch dir ist bewusst, dass es die einzige Lösung ist. Ramses muss zu den Göttern gehen!«

»Aber doch nicht durch die Hand von Henut. Sie ist eine schwache Frau.«

»Pah! Dafür gaben die Götter uns schwachen Frauen Gift. Damit mordet es sich leicht.«

Tachat entging nicht, wie Mehi erschauerte. Anscheinend war er sich nie darüber bewusst gewesen, welch starken Willen sie entwickeln konnte, wenn es darum ging, ihre Ziele zu verwirklichen. Sie besaß keinerlei Bedenken, würde sogar über Leichen gehen, um ihn eines Tages mit der Doppelkrone auf dem Haupt auf dem Horusthron zu sehen. – Und sie natürlich an seiner Seite als seine Königin!

Mit gerunzelter Stirn musterte er sie. »Es scheint dein voller Ernst zu sein.« Seine Stimme klang rau. Er griff nun ebenfalls nach dem Krug und schenkte sich etwas ein.

»Ja, Mehi, so ist es! Ramses wird niemals den Thron der Beiden Länder besteigen, wenn ich es verhindern kann!«

Damit erhob sie sich und rauschte aus dem Gemach. Vergessen war, dass sich ihr Körper die vergangenen sechs Monate nach ihrem Mann gesehnt hatte. Es gab viel zu tun. Die Zeit drängte. Lieben konnten sie sich auch ein anderes Mal. Selbst wenn der Prinz sich erneut ins Abseits katapultiert hatte, waren Wachsamkeit und Eile geboten. Nach Mehis Reden zeigte Ramses Einsicht und Reue. Er hatte ihr erzählt, dass der Prinz sich zusammen mit seinem Freund in Sunu freiwillig in praktischer Steinbrucharbeit hatte unterrichten lassen. Zwar hatte Ramses damit seinen Vater nicht besänftigen können, doch was nicht war, konnte sehr schnell werden.

In den folgenden Tagen zog Tachat sich in ihre Gemächer zurück und brütete darüber, wie sie Ramses mittels Henut aus dem Weg räumen konnte. Mehi hatte ihr bewusst gemacht, dass es äußerst gefährlich war, einen Meuchelmörder zu dingen. Henut stand zur Verfügung und war entbehrlich. Ihre Treue musste nicht erst noch erkauft und auf den Prüfstand gestellt werden. Dass es Gift sein würde, mit dem sie Ramses in den Schönen Westen schicken wollte, stand für sie bereits fest, nur noch nicht, wie Henut an den Königssohn gelangen konnte, ohne Aufsehen zu erregen Zudem galt es, Mehis Bedenken zu zerstreuen, der sich schützend vor Henut stellte, doch auch dieses Problem würde aus der Welt zu schaffen sein.

18. Kapitel

Gefühlschaos

Anat hatte ihre Arbeiten erledigt und begab sich in den Garten des Harims. Sie hatte gesehen, wie Tiji zusammen mit Prinzessin Sati sich dort zum Fangeballspielen eingefunden hatte, und gesellte sich zu ihnen. Immer, wenn es ihre Zeit erlaubte, besuchte sie das Mädchen. Sati war wie eine kleine Schwester für sie. Zudem hoffte sie, Ramses wiederzusehen, der seit dem gestrigen Abend in Memphis weilte. Anat verstand es zwar selbst nicht, aber sie hatte ihn die vergangenen Monate vermisst. Niemand mehr, der sie piesackte und über den sie sich hätte ärgern können. Zudem bereitete es ihr im Gegenzug Vergnügen, Ramses mit ihrem kecken Verhalten auf die Palme zu bringen.

Als sie Sati und deren Kinderfrau erreichte, war Ramses nicht da. Enttäuscht gesellte sich Anat zu dem Mädchen und der Frau und wurde von Sati überschwänglich begrüßt.

»Darf ich mitspielen?«, fragte Anat, und die Kleine nickte eifrig und strahlte übers ganze Gesicht.

Sie warfen sich den Ball zu. Anat erhielt ihn von Tiji und warf ihn weiter zu Sati. Nach ein paar Runden bemerkte Anat den Blick und das spitzbübische Lächeln der Kinderfrau, den diese ihr schenkte, und erriet, dass Tiji das Mädchen necken wollte. Unmerklich nickte Anat und warf den Ball zu Tiji zurück.

Verständnislos blickte Sati zu ihr auf. »Ich bin an der Reihe!«, beschwerte sie sich.

Anat lächelte verschmitzt und zuckte die Schultern.

Tiji grinste breit. »Du musst versuchen, den Ball zu erhaschen«, meinte sie und warf den Ball wieder zu Anat.

Sati zog eine Schnute, stellte sich aber brav zwischen sie und Anat. Dann reckte sie die Ärmchen über den Kopf und machte sich ganz groß. Verständlich, dass bereits beim dritten Seitenwechsel der Ball bei ihr landete.

»Ich habe ihn! Ich habe ihn!«, trällerte Sati verzückt und hielt den Ball ganz fest an ihren Körper gedrückt. Dabei strahlte sie mit Re um die Wette.

Anat musste lachen. Ihr Blick fiel auf die Baumgruppe, unter der sich ein paar bunte Kissen und Matten befanden, um der Prinzessin und Tiji Bequemlichkeit zu schenken, und da bemerkte sie ihn. Erstaunt riss sie die Augen auf und starrte Ramses an. Bei der göttlichen Isis, durchfuhr es sie, er ist nun tatsächlich ein Mann! Ich erkenne ihn kaum wieder.

Der Königssohn schien in den vergangenen Monaten noch mehr gewachsen zu sein. War er zuvor schon größer als sein Vater gewesen, so musste er diesen nun um einen halben Kopf überragen. Wahrscheinlich reichte Anat ihm gerade noch bis zur Schulter. Seine Haut war von der südlichen Sonne gebräunt, und seine Augen hatten einen feurigen Glanz angenommen, wie sie es noch nie vorher in ihnen wahrgenommen hatte. Insgesamt wirkte Ramses nun richtig männlich, ja sogar verführerisch auf sie.

Unwillkürlich spürte Anat, wie ihr vor Verlegenheit die Hitze in die Wangen schoss. Trotzdem konnte sie den Blick nicht von ihm losreißen. Ramses war nicht mehr so dünn und schlaksig, stellte sie fest. Seine zwar noch weichen, aber dennoch männlichen Gesichtszüge wurden durch sein rotbraunes Haar eingerahmt, das er sich seit dem Tag wachsen ließ, an dem sein Vater ihm die Locke der Jugend abgeschert hatte. Nur zu feierlichen Anlässen verbarg er es unter einer Perücke. Anat vermutete, dass es mit Ramses' Eitelkeit zusammenhing, dass er seine Haarpacht zur Schau stellte. Die Farbe war ungewöhnlich und machte ihn damit unverwechselbar.

Bei diesem Gedanken musste sie schmunzeln. So ganz schien Ramses seine kindlichen Eigenarten doch nicht abgelegt zu haben. Als er aus dem Schatten der Baumgruppe heraustrat und auf sie zukam, registrierte sie bewundernd das Spiel seiner Muskeln unter der gebräunten Haut.

Ihre Wangen glühten immer mehr. Was war nur mit ihr los, dass sie ihn mit einem Mal so faszinierend fand?

Verschämt riss sie den Blick von ihm und senkte den Kopf, um sich ehrerbietig vor ihm zu verneigen. Tiji, die nun ebenfalls auf den Prinzen aufmerksam geworden war, wandte sich ihm zu und tat es ihr nach.

»Sati!«, rief Ramses freudig und schritt an Anat vorbei, ohne sie eines Blickes zu würden.

Wie schade, dachte Anat, doch was hatte sie denn erwartet? Sie war eine gewöhnliche Dienerin. Hinzu kam, dass sie füreinander kein Fünkchen Sympathie empfanden, bisher jedenfalls. In gewisser Weise war sie sogar erleichtert, dass Ramses sie nicht wirklich wahrgenommen hatte, denn das Glühen ihrer Wangen zeugte von dem Gefühlschaos, welches ihr das Herz verwirrte, und das war ihr einigermaßen unangenehm. Inständig hoffte sie, dass es endlich nachlassen würde und ihr Gesicht wieder eine normale Farbe annahm. Es genügte, dass ihr das Herz so stark pochte, als wolle es ihren Brustkorb sprengen. Trotzdem konnte sie nicht anders. Sie musste wieder zu ihm schauen. Da Ramses ihr den Rücken zuwandte, bestand keinerlei Gefahr, dass er es bemerkte. Sie sah, wie er in die Hocke ging, während Sati überrascht den Kopf hob und ihn erkannte. Mit einem Jauchzer flog sie auf ihn zu und ihm in die Arme.

»Vater!«, rief sie und schmiegte sich an seine Schulter. Überglücklich drückte Ramses sie an seine Brust und gab ihr unzählige Küsse.

Wie sanft er ist!, durchfuhr es Anat. Richtig zärtlich, obwohl sie wusste, dass von Zärtlichkeit nicht die Rede sein konnte, wenn es um die Beziehung zwischen einem Vater und seiner Tochter ging. Trotzdem rührte sie der Anblick. Sie wusste kaum noch, wie sie sich verhalten sollte. Verlegen trat sie von einem Fuß auf den anderen.

»Ich habe dich vermisst, meine kleine Prinzessin«, sagte Ramses. Liebevoll strich er dem Mädchen über den kahl geschorenen Kopf, und seine Finger spielten mit der Locke der Jugend, die ihr auf die Schulter fiel. »Bist du auch immer gehorsam gewesen?« Sati bejahte und sah sich Bestätigung heischend zu Tiji um, die das mit einem lächelnden Nicken bezeugte. »Gut, dann habe ich auch ein Geschenk für dich. Es ist aus Abydos.«

Ramses griff in die Falten seines Schurzes und holte einen kleinen, ledernen Beutel hervor, den er ihr reichte. Verzückt nahm die Kleine das Säckchen und versuchte, es mit ungeschickten Händen zu öffnen. Als es ihr nicht gelang, blickte sie Hilfe suchend zu ihm auf, bevor ihr Blick weiter zu Anat und von der Dienerin zu ihrer Kinderfrau schweifte, die beide über ihre fruchtlosen Bemühungen schmunzelten. Ramses half ihr schließlich, und mit staunenden Augen holte Sati ein kleines Udjat-Auge hervor, welches an einem dünnen Lederband befestigt war.

»Das ist das Auge des Horus«, erklärte Ramses seiner Pflegetochter, während er ihr das Amulett um den Hals legte. »Horus ist der Sohn von Osiris und Isis. Er verlor dieses Auge im Kampf gegen seinen Onkel Seth, doch der göttliche Thot gab es ihm zurück. Es wird dich vor dem bösen Blick beschützen, meine Kleine, und dir Gesundheit schenken.«

»Danke, Vater.« Das Kind schlang die Ärmchen um Ramses' Hals und drückte ihn, so fest es konnte. »Spielen wir nun wieter?«, fragte es mit piepsiger Stimme, und Ramses bejahte.

»Ich habe zwar nur einen kurzen Moment Zeit, aber die soll ganz alleine dir gehören, mein Töchterchen.« Er gab dem Mädchen einen Kuss auf die Stirn und sah sich anschließend nach dem Stoffball um.

Anat erwachte aus ihrer Starre. Mit weichen Knien trat sie ein paar Schritte auf Ramses zu und reichte ihm den Ball. Dabei entging ihr nicht der verstohlene Blick, mit dem sie von ihm gemustert wurde.

»Möchtest du mitspielen, Anat?«

Verlegen senkte Anat den Blick und war sich sicher, dass ihr Kopf inzwischen wie ein überreifer Granatapfel leuchtete. »Wenn ich dich und die Prinzessin nicht störe, Hoheit?«, antwortete sie mit belegter Stimme und räusperte sich.

Entgeistert riss Ramses kurz die Augen auf und starrte sie an, hatte sich aber schnell wieder unter Kontrolle.

Anat war sich sicher, dass sie ihn mit ihrer förmlichen Anrede überrumpelt hatte. Es passte nicht zu ihr und dem Verhältnis, das zwischen ihnen beiden bisher geherrscht hatte. Zum Glück erwiderte er nichts darauf, sondern warf ihr den Ball zu, während sich Tiji diskret in den Schatten der Baumgruppe zurückzog und ihnen zusah.

Ramses war unschwer anzumerken, wie er die Zeit mit Sati

genoss, und auch Anat überwand ihre Verlegenheit, die sie in seiner Gegenwart noch niemals verspürt hatte. Was war bloß mit ihr los? Hatte sie sich etwa in ihn verliebt? Sie war ratlos, wollte aber ihre Gefühle vor Ramses nicht offenbaren.

Eine halbe Stunde später musste er schon wieder gehen. Er war kein Kind mehr, sondern ein Mann mit Verpflichtungen. Zuvor versprach er aber Sati, dass er sie bald wieder besuchen würde. Dann wandte er sich um und strebte mit langen Schritten dem Ausgang zu.

Verträumt sah Anat ihm hinterher und schämte sich sogleich für ihre ungebührliche Gefühlsduselei. Sie war nur eine Dienerin und Ramses der Sohn des Pharaos.

***

Bereits am Abend löste Ramses sein Versprechen ein, das er Sati gegeben hatte. Er beauftragte Pentawer, die Prinzessin in seine Gemächer zu bringen, wo er ihr aus einer Rolle zwei Märchen vorlas, bis die Kleine vor Müdigkeit kaum noch die Augen offenhalten konnte.

»Ich denke, es wird Zeit, dass du schlafen gehst«, meinte Ramses und strich Sati über den kahl geschorenen Kopf. Das Kind lag zusammengerollt neben ihm auf dem Bett, hatte den Daumen im Mund und gähnte.

»Darf ich heute Nacht bei dir schlafen, Vater?«

Ramses lächelte. »Meinetwegen.« Er legte die Rolle zur Seite, griff nach der Leinenzudecke und breitete sie über dem Körper des Kindes aus. Kurze Zeit später schlief Sati tief und fest.

»Ruhe gut, meine süße Prinzessin, und träume etwas Schönes.« Liebevoll strich er dem Kind über die Wange. Dann erhob er sich und schlich aus dem Gemach.

Pentawer harrte geduldig vor der Tür zu seinen Gemächern auf einem kleinen Schemel aus und plauderte mit den beiden Wachleuten, die den Zugang sicherten. Er wollte aufspringen, doch Ramses gab ihm zu verstehen, dass er seine Dienste heute Abend nicht mehr benötigte. »Du kannst dich entfernen, Pentawer. Zuvor gehe zu Tiji und richte ihr aus, dass die Prinzessin die Nacht in meinen Gemächern verbringt. Auch sie kann sich zur Ruhe begeben.«

Sich verbeugend entfernte sich sein Leibdiener, während Ramses zu seinem Badehaus schlenderte, um sich das warme, parfümierte Wasser über den Körper rinnen zu lassen und anschließend gut gesalbt und massiert zu werden. Er war ebenfalls müde und sehnte sich nach Schlaf.

Während ihrer Rückreise von Abu nach Memphis hatte er die Städte und Dörfer entlang des Nils aus einem anderen Blickwinkel betrachtet. Er sah in den Tempeln, Palästen und Wohnvierteln jetzt nicht nur reine Bauten, die einem bestimmten Zweck dienten. Er betrachtete sie nun mit den Augen des Baumeisters. Die letzten Monate waren kräfteraubend gewesen. Jeden Tag hatten er und Maj bei den Arbeitern und ihren Aufsehern verbracht. Sie hatten sich alles beibringen lassen, das sie wissen musste, um ein geübtes Auge bei der Suche nach dem geeigneten Stein zu bekommen sowie eine sichere Hand beim Herausschlagen eines Monolithen. Sie hatten selbst Hand angelegt und die schweren Hämmer aus Dolerit geschwungen, um mit ihren Kupfermeißeln mühsam Stück für Stück den Block vom harten Muttergestein zu trennen. Ramses hatte diese körperlich schwere Arbeit gefallen. Sie hatte seine Muskeln gestählt und seinen Körper gefestigt, doch er wusste, dass eine solch eintönige Tätigkeit auf Dauer nichts für ihn war. Er wollte lieber derjenige sein, der wie Majs Vater zusammen mit dem König diese Dinge plante oder besser noch, sie als Pharao ...

»Nein!«, murmelte er vor sich hin und genoss die Massage seiner verspannten Waden. »Darüber mache ich mir keine Gedanken mehr.«

»Ist etwas nicht in Ordnung, Hoheit?«, fragte der Mann, der ihn massierte.

Ramses verneinte und setzte sein Zwiegespräch mit sich ab sofort wieder lautlos fort.

Zu viele Dummheiten hatte er in der Hoffnung auf die alleinige Macht über die Beiden Länder begangen. Nun endlich akzeptierte er sein Schicksal, das die Götter für ihn ausgewählt hatten. Welche Wahl blieb ihm denn auch? Sie hatten ihn geprüft und ihr Urteil über ihn gefällt. Letztlich straften sie ihn für seine Eitelkeit durch seinen eigenen Vater, den lebenden Horus, und wenn er ehrlich war, hatte er es auch nicht anders verdient!

Reumütig seufzte er, was der Masseur sicher als Wohlbefinden interpretierte, und die Behandlung tat ihm in der Tat richtig gut. Sie gewährte ihm die nötige Zeit, über alles nachzudenken, über sich, seine Unzulänglichkeiten, aber auch darüber, wie er es besser machen konnte. Im kommenden Monat wäre er fünfzehn Jahre alt. Er hatte sein ganzes Leben noch vor sich. Warum wartete er nicht einfach ergeben darauf, was die Götter für ihn vorgesehen hatten? Früher oder später würden sie sich ihm schon offenbaren. Er musste nur lernen, nicht immer so ungeduldig zu sein.

***

Am folgenden Tag bat Ramses bei seinem Vater um eine Audienz, die ihm Sethos zwei Tage später gewährte.

»Was kann ich für dich tun?«, empfing er ihn in seinem Arbeitszimmer. Sie waren allein. Sethos hatte selbst seinen Schreiber vor die Tür geschickt.

Zögernd blickte Ramses sich im Arbeitszimmer seines Vaters um. Es war nicht protzig eingerichtet, eher praktisch. Der große Arbeitstisch aus Zedernholz dominierte die Wirkungsstätte des Herrn der Beiden Länder. Der Stuhl, auf dem sein Vater saß, war ein Meisterwerk, wie Ramses wusste. Auch er bestand aus kostbarem Holz und war mit Gold überzogen. Rituelle Szenen schmückten sowohl die Rücken- als auch die Armlehnen, und die Füße endeten in Löwentatzen. Ein paar Truhen standen entlang der Wände und enthielten wichtige Korrespondenzen. Ein wundervoller Schrein, zwei Kohlenbecken sowie jede Menge an Ständern, auf denen Öllampe standen, rundeten das Bild zusammen mit einer kleinen Sitzlandschaft in der Nähe des Zugangs zum Garten ab. Und zu dieser lud sein Vater ihn ein, Platz zu nehmen.

Vorsichtig ließ sich Ramses auf der mit einem Kissen gepolsterten Sitzfläche nieder. Sethos nahm ihm gegenüber Platz und griff nach dem Krug, der zwischen ihnen auf dem Tisch stand, um sich und ihm etwas Bier einzuschenken. Nachdem er den Krug zurückgestellt hatte, lehnte er sich mit dem Becher in der Hand bequem zurück und sah ihn erwartungsvoll an.

Ramses seufzte. »Ich wollte dich bitten, Vater, dass ich zusammen mit Maj unter der Aufsicht von Majs Vater oder einem anderen deiner Beamten die Bauarbeiten am Tempel des Ptah überwachen darf. Es wäre mir eine Freude und Ehre, wenn du uns deine Zustimmung dafür erteilst.«

Bedächtig musterte Sethos ihn, bevor er antwortete: »Mir scheint, der Vorfall im Steinbruch ist dir eine Lehre gewesen. Meinetwegen. Beaufsichtige zusammen mit deinem Freund und meinem Obersten Baumeister die Arbeiten. Doch vor allem, lerne etwas dabei. Wissen hat noch keinem geschadet.«

Ramses verneigte sich. »Das habe ich vor, Majestät.« Er strahlte übers ganze Gesicht.

»Gut, dann sollst du deine erste Unterweisung erhalten.« Sethos setzte den Becher an den Mund und trank einen Schluck, während Ramses ihn entgeistert anstarrte.

Hatte er sich eben verhört? Hatte sein Vater tatsächlich gesagt, dass er ihm die erste Unterweisung erteilen wolle? Er konnte sein Glück kaum fassen und wartete förmlich darauf, dass sich das Ganze als Streich erwies, den ihm seine Ohren gespielt hatten. Sethos stellte jedoch den Becher vor sich auf den Tisch, wischte sich mit dem Handrücken über die Lippen und lehnte sich wieder bequem an die Lehne seines Stuhls.

»Wie dir bekannt sein dürfte«, hob er an und verschränkte die Arme vor der Brust, »hat mein Vater, der zu Osiris gewordene Menpehtire Ramses, begonnen, die Pläne seines Vorgängers in die Tat umzusetzen, und ich führe diese Arbeiten fort. In Opet-sut entsteht ein mächtiger Wald aus ellenhohen Säulen, dessen Vollendung noch Jahre, wenn nicht Jahrzehnte dauern wird. Ich will aber auch den Schöpfergott und Schutzpatron von Memphis ehren. Vor allem geht es mir darum, sein Heiligtum immens zu erweitert, um es dem des Amun-Re in Theben gleichzustellen. Neben Amun zählt auch Ptah zu den wichtigsten Gottheiten in Kemi. Und so habe ich beschlossen, in Memphis ebenfalls einen steinernen Wald aus bis zu vierzig Ellen hohen Papyrussäulen zu errichten. Die Arbeiten schreiten gut voran. Der große Obelisk, bei dessen Verschiffung du in Sunu zugegen warst, hat die nördliche Hauptstadt erreicht und wurde in der vergangenen Woche aufgerichtet. Täglich legen Lastkähne mit den zweimannhohen Säulenteilen im Hafen an. Sie werden auf Schlitten verladen und von dort zum Ptah-Tempel gebracht. Und genau dieses Ver- und wieder Entladen werden du und dein Freund überwachen. So lautet mein Wille!«

Ramses neigte den Kopf. Er hatte gespürt, wie ihm kurzzeitig die Hitze in die Wangen schoss, als Sethos den Obelisken ansprach. Jetzt glühten seine Wangen erneut, doch dieses Mal vor Freude und Stolz. »Ich danke dir, Vater, Majestät, dass du mir eine so wichtige und verantwortungsvolle Aufgabe überträgst.«

»In der Tat, sie ist verantwortungsvoll, mein Sohn. Die Säulenteile sind riesig und schwer. Es bedarf der Muskelkraft vieler Männer, um sie unbeschadet zum Tempel zu bringen. Denke immer daran, wenn auch nur einer unbrauchbar wird, verzögert sich die Fertigstellung des Saals.«

»Natürlich, Vater, das ist mir bewusst. Ich werde alles in meiner Macht Stehende tun, damit das nicht geschieht.«

Nachdenklich ruhte Sethos' Blick auf Ramses. »Es scheint dir alles zu gefallen, das mit dem Bauen zusammenhängt«, stellte er fest, und Ramses bejahte.

»Es ist schön, zu sehen, wie aus einem unbehauenen Stück Fels ein behauener Block wird, der, vom Muttergestein getrennt, unter den fachkundigen Händen der Steinmetze Deiner Majestät zu einer Statue oder einem Obelisken wird. Es ist faszinierend, wie sich Scheibe um Scheibe zu gewaltigen Säulen aufschichten, die kunstvoll verziert und farblich gestaltet werden – zum Ruhme der Götter und zum Ruhme deiner, Vater, des gottgleichen Pharaos.«

Sethos' Lippen umspielte ein Schmunzeln. »Gut gesprochen, mein Sohn. Ich merke, du beherrschst inzwischen auch die Sprache des Hofes.«

»Ich wollte dir nicht schmeicheln, Majestät. Meine Worte waren allerdings mit Bedacht gewählt und nicht so stürmisch, wie ich es eigentlich tue.« Nun grinste auch Ramses.

»Dann geh und enttäusche mich nicht.«

Die Audienz war beendet und Ramses froh, endlich wieder etwas zu tun zu haben. Er eilte zu Maj, um ihm die Entscheidung seines Vaters mitzuteilen, und fortan fand man die zwei Freunde von früh bis spät im Hafen oder auf der Baustelle des Tempels. Erst wenn Re von Nut verschluckt worden war, kehrten sie müde und staubig nach Hause zurück.

Ramses genoss seinen neuen Aufgabenbereich, auch wenn er keine Zeit mehr für andere Dinge fand, weil er jeden Abend hundemüde auf sein Lager fiel und kurz darauf eingeschlafen war. Er war zufrieden mit dem Leben, welches er nun führte. Seine neue Tätigkeit brachte ihn auf andere Gedanken. Die Zeit des Grübelns schien endgültig vorbei. Er hatte sich mit seinem Schicksal abgefunden. Dennoch saß die ihm zugefügte Schmach sehr tief, und die Wunde wollte nicht gänzlich verheilen. Jedes Mal riss sie wieder ein kleines Stück auf, wenn sein Vater in Begleitung von Mehi persönlich im Hafen oder auf der Baustelle erschien, um sich über die Güte der gelieferten Sandsteinteile zu informieren.

»Vergiss ihn einfach!«, ermahnte Maj ihn stets, dem nicht entging, dass Ramses unbehaglich von einem Bein auf das andere trat, wenn Mehi in der Nähe war. »Gönne ihm nicht die Freude zu sehen, wie gekränkt und verletzt du noch immer bist.«

»Leichter gesagt als getan«, brummte Ramses stets und wandte sich verbissen einer Aufgabe zu, die ihn aus dem Blickfeld des verhassten Thronräubers brachte, der ihn seinerseits nicht aus den Augen ließ. Er wusste, dass Maj recht hatte. Dennoch war die Umsetzung seines Rates nicht ganz so leicht. Bei Intef hatte Ramses es geschafft. Die Ähnlichkeit seines Leibwächters mit dessen Vater störte ihn nicht mehr. Mehi selbst brachte sein Blut allerdings noch immer zum Kochen.

Und so vergingen die Tage, wurden zu Wochen und schließlich zu Monaten. Ramses bewies große Fähigkeiten bei der Bewältigung seiner Aufgaben, sodass es keinerlei Beschwerden oder Klagen über ihn gab. Insgeheim hoffte er natürlich, dass auch sein Vater das zur Kenntnis nahm. Er wollte, dass Sethos endlich stolz auf ihn war.

Zumindest Majs Vater war schon bald voll des Lobes über den Königssohn, denn Ramses schonte sich nicht und packte kräftig mit an, was ihm wiederum den Respekt der Arbeiter bescherte. Befriedigt nahm auch Sethos es zur Kenntnis, während bei Mehi die Alarmglocken zu läuten begannen. Für den Nestfalken und dessen Gemahlin stand fest, dass nun die Zeit gekommen war, um zu handeln. Mehi gedachte nicht mehr, seine herausragende Position an Ramses zu verlieren.

Ein halbes Jahr später

19. Kapitel

Ein Korb mit Rosen

Abgearbeitet und müde stolperte Ramses in seine Gemächer und rief nach Pentawer. Es war Mitte der Überschwemmungszeit in Sethos' fünftem Regierungsjahr, und der Kreislauf des Lebens hatte von Neuem begonnen.

Er schlüpfte aus seinen versandeten Sandalen und beförderte sie mit einem Tritt in eine Ecke des Wohngemachs, um sich anschließend stöhnend auf einen weich gepolsterten Sessel fallen zu lassen. Seit Monaten war er an acht Tagen die Woche entweder auf der Baustelle oder im Hafen zu finden, manchmal wurden es auch neun oder zehn. Immerhin konnten die täglich anlandenden Frachtschiffe nicht einfach die beiden arbeitsfreien Tage sinnlos im Hafen liegen. Das sah er natürlich ein und nahm es klaglos hin. Heute allerdings schmerzten ihm die Füße wie lange nicht mehr. Von morgens bis abends war er, einem Laufburschen gleich, über die Baustelle des Ptah-Tempels gehetzt. Es gab so vieles noch vorzubereiten, bevor am übernächsten Morgen ein weiterer Obelisk aus den Steinbrüchen von Sunu aufgerichtet werden sollte. Und dieses Mal würden er und Maj zugegen sein!

Plötzlich fiel sein Blick auf den kleinen Beistelltisch in der hinteren Ecke des Raums. Ein Korb mit Blumen und Wein stand neben dem obligatorischen Krug mit frischem Wasser und zwei sauberen Bechern.

Neugierig stand Ramses auf und ging an das andere Ende des Zimmers, um sich den Korb anzusehen. Von wem er wohl kam? Die Zeit, eine Antwort darauf zu finden, verblieb ihm nicht. Es klopfte, und er sagte: »Herein!« Die Tür schwang auf, und sein Leibdiener trat in den Raum. »Was ist das hier?« Mit einer Kopfbewegung wies Ramses auf den Korb.

»Das hat der Hohe Herr Mehi gesandt, seines Zeichens General des Herrn der Beiden Länder, Fächerträger zur Rechten

Seiner Majestät, Thron...« Weiter kam Pentawer nicht, denn Ramses unterbrach ihn ungehalten.

»Ich kenne alle seine Titel«, fauchte er. »Es ist nicht erforderlich, sie aufzuzählen!« Pentawer errötete und senkte beschämt den Blick. »Hat der Bote etwas ausgerichtet, warum Mehi mir das schickt? Immerhin besteht kein Anlass für irgendwelche Aufmerksamkeiten, und mein Geburtstag ist schon wieder fast ein halbes Jahr her.«

»Nein, Hoheit, der Korb wurde durch seine stumme Dienerin gebracht. Sie hat zwar mit den Händen herumgewedelt, doch begriffen habe ich nicht, was sie mir mitteilen wollte.« Entschuldigend hob Pentawer die Schultern.

»Ist denn kein Schreiben beigelegt?«, murmelte Ramses mehr zu sich selbst. Er hatte zwar nicht vor, Geschenke von Mehi anzunehmen; dennoch interessierte es ihn, was den Thronräuber veranlasste, ihm dieses Präsent zu schicken. Er reckte den Hals und spähte in den Korb. Neben einem Krug Wein und einer Schale, deren Inhalt durch ein blütenweißes Leinentuch verdeckt war, konnte Ramses nur noch einem Strauß Rosen sehen. »Rosen!«, grummelte er vor sich hin. »Will er mich zum Gemahl?«

Pentawer musste seine Worte verstanden haben; zumindest grinste er mit einem Mal.

»Lass den Korb samt seinem Inhalt an den Absender zurückbringen!«, befahl Ramses ihm. »Der Bote soll Mehi ausrichten, dass es keinen Grund gibt, mich zu beschenken. Und Freundschaft verbindet uns nun nicht gerade.« Er räusperte sich. »Letzteres soll der Bote natürlich nicht ausrichten. Ich habe nur laut gedacht. Doch zuvor lass für mich etwas zum Essen aus den Küchen holen, vor allem zwei Krüge Bier. Ich verdurste fast. Mein Mund ist trockener als die westliche Wüste und meine Zunge geschwollener als Mins göttliches Zeugungswerkzeug.« Er klatschte aufmunternd in die Hände. »Und nun spute dich, Pentawer, sonst bin ich eingeschlafen, bevor du meinen Befehlen nachgekommen bist!«

Gehorsam verneigte sich sein Leibdiener, schnappte sich den Korb und verschwand eilig aus dem Raum.

Ramses schlenderte zur Tür, die ins Freie führte, und spähte hinaus in den Garten. Ein paar Gärtnergehilfen waren noch mit dem Bewässern der Grünflächen beschäftigt. Von der gegenüberliegenden Seite der Mauer drang Gelächter an seine Ohren. Dort befanden sich die Privatgemächer seines Vaters. Ob Sethos dort gerade mit Mehi zusammensaß, Wein trank und sich gut amüsierte?

Schnell verdrängte er diese Fragen. Warum ließ er sich schon wieder von solchen Gedanken plagen? Er wollte doch nicht ständig an den Kerl denken, der ihm seinen rechtmäßigen Platz gestohlen hatte. Es reichte, dass er ihm wie ein giftiger Stachel im Herzen saß. Dennoch schmerzte es Ramses sehr, Mehi stets an der Seite seines Vaters zu sehen.

Ein diskretes Hüsteln ließ ihn aus seinen Grübeleien schrecken.

»Dein Abendmahl, Hoheit, es steht bereit.«

Höflich verneigte sich Pentawer. Er stellte das Tablett auf einen Tisch und nahm das Leinentuch von den Speisen. Anschließend schenkte er Bier in einen Becher und reichte ihn Ramses, der an den Tisch getreten war und sich setzte. Dankbar nahm dieser ihn entgegen und trank ihn in einem Zug aus.

»Hast du sonst noch einen Wunsch?«, erkundigte sich Pentawer.

Ramses verneinte. Er griff nach einer gebratenen Gänsekeule und begann zu essen, während Pentawer sich in eine abgelegene Ecke des Raumes zurückzog, ihn immer im Auge behaltend, sollte er nach ihm winken.

Nachdem Ramses sich gestärkt hatte, ließ er sich bequem an die Lehne des Sessels gleiten, in der Linken den halb gefüllten Becher. Das gute Essen und das Bier hatten ihn müde gemacht. Er gähnte, trank den letzten Rest des aus Gerste und Datteln hergestellten Getränks und stellte den Becher zurück auf den Tisch. Mit einer Handbewegung gab er Pentawer zu verstehen, dass er die Reste des Abendmahls abräumen durfte.

Nachdem sein Leibdiener aus dem Gemach verschwunden war, erhob Ramses sich und streckte die Arme über den Kopf. Er war satt und zufrieden – und er war noch immer verschwitzt und staubbedeckt. Zudem stank er nach Schweiß! Angewidert ließ er die Arme wieder sinken und trottete zum Badehaus.

Eine Stunde später erschien er wieder in seinen Gemächern. Lange hatte er sich das warme Wasser über den Körper rinnen lassen und sich anschließend den sachkundigen Händen eines Masseurs anvertraut, der ihm die Verspannungen aus seinen Gliedmaßen massiert hatte. Nun fühlte er sich einigermaßen munter und trat hinaus in den Garten, um die angenehm milde Nachtluft zu genießen. Sie war rein und klar. Zwar war die Wärme des Tages noch zu spüren, denn Re hatte vor noch gar nicht langer Zeit seine nächtliche Barke bestiegen. Trotzdem genoss Ramses diesen Moment und sah hinauf zu Thots runder Scheibe, die wie ein silbernes Juwel zwischen all den funkelnden Sternen am dunklen Himmel prangte.

Plötzlich drangen leise Stimmen an sein Ohr. Er riss den Blick vom Mond, schärfte die Sinne und lauschte. Es waren zwei Frauen, die miteinander flüsterten, doch konnte er nicht verstehen, worum es ging. Vorsichtig trat er in jene Richtung, aus der er die Stimmen vernahm, und gewahrte zwischen den Bäumen zwei weiß gekleidete Gestalten.

»Halt, stehen bleiben!«, rief er ihnen befehlend zu.

Erschrocken zuckten die beiden Gestalten zusammen und erstarrten förmlich in ihrer Bewegung. Es dauerte einen kurzen Moment, bis sie sich gefasst hatten.

Diesen nutzte Ramses. Er schnappte sich eine der Fackeln, die entlang des Weges im Boden steckten, und trat näher auf sie zu. »Wer seid ihr beiden?«, herrschte er sie an.

Verschüchtert wandten sie sich ihm zu und hielten dabei ihre Köpfe gesenkt. Dennoch erkannte Ramses ihre Gesichter im Schein der Fackel.

»Ah, Anat und Henut!«, knurrte er. »Was treibt ihr hier in meinem Park?« Er richtete seine Aufmerksamkeit auf Anat, weil er wusste, dass er Henuts Herumgefuchtel nicht verstand. »Ich habe dich was gefragt, Anat!«

»Ich war bei Sati«, erklärte die Dienerin.

Deutlich konnte Ramses spüren, dass sie erschrocken darüber war, dass er sie in seinem Privatbereich ertappt hatte. Sicher hatte sie nicht damit gerechnet, ihm in die Arme zu laufen. »Und Henut?«

»Sie ist mir auf dem Weg zu den Kindergemächern begegnet.« Einen kurzen Moment sah Anat zu ihm auf. »Zusammen haben wir Prinzessin Sati besucht.«

Missmutig wanderte Ramses' Blick zwischen den beiden Frauen hin und her. Wahrscheinlich war Henut gerade von ihrem Botengang zu seinen Gemächern gekommen, als sie mit Anat zusammengetroffen war, mutmaßte er. Seine Laune verschlechterte sich, als er an das Geschenk des Mehi dachte.

»Sei bitte nicht böse, Hoheit«, fügte Anat nach einer Weile hinzu, da er nichts erwiderte. »Die Kleine ist mir richtig ans Herz gewachsen. Ich mag sie sehr und sie mich auch, genau wie Henut.«

»Genau wie Henut?« Ramses horchte auf. Er wusste zwar, dass Anat sich fast täglich bei seinem Töchterchen blicken ließ, wenn es ihr ihre Zeit erlaubte. Dass aber auch Mehis Dienerin in den Kindergemächern ein- und auszugehen pflegte, war ihm bisher nicht bekannt gewesen. Unwillkürlich steigerte sich seine Wut. »Stimmt das, Henut?«

Verängstigt nickte die stumme Dienerin.

»Bitte, Ramses, sei nicht böse«, bat Anat und sah ihm mit flehendem Blick offen in die Augen. »Sati freut sich, wenn sie uns sieht. Es gibt niemanden in ihrem Alter in den Gemächern der königlichen Nachkommenschaft. Sie ist dort allein. Keine anderen Kinder, mit denen sie spielen kann. Wir werfen uns den Ball zu oder halten mit ihren Puppen Hof ... Na ja, du weißt schon, was kleine Mädchen ebenso gerne spielen.«

»Ach, weiß ich das?« Ramses' Zorn war noch lange nicht verraucht. Es passte ihm überhaupt nicht, dass sich Henut – *also Mehis Dienerin!* – mit seiner Sati angefreundet hatte und mit ihr spielte. Bei Anat drückte er ein Auge zu, so lange sie deshalb nicht ihre Aufgaben vernachlässigte. Aber Henut! Gleich darauf besann er sich und schalt sich kleinlich und gemein.

Was konnte dieses stumme Ding dafür, dass sein Vater sie dem Thronräuber überlassen hatte? Henut war ein armes, bemitleidenswertes Geschöpf – ohne Stimme, ohne Familie, ohne Freunde. Sie war in Kemi geboren, hatte mit ihrem Herrn die Beiden Länder verlassen müssen, um irgendwo in der Fremde zu leben. Dann hatte sich herausgestellt, dass ihr Wohltäter ein schlechter Mensch, ein Mörder war, und sein Vater hatte ihn töten lassen und sie Mehi zum Geschenk gemacht. Nun war sie wieder in ihrer Heimat, doch deshalb fand sie nicht unbedingt Anschluss. Weil sie stumm war, wurde sie von den anderen Dienern ignoriert. Keiner gab sich mit ihr ab, denn niemand verstand ihre Zeichensprache. Er gehörte dazu. Welchen Grund gab es also, sich mit ihr zu befreunden? Erstaunlich, dass Anat sich mit ihr umgab.

»Meinetwegen, besucht meine Tochter«, sagte er in freundlicherem Ton. »Sollte mir allerdings zu Ohren kommen, dass du deine Aufgaben vernachlässigst«, wandte er sich direkt an Anat, seine Stimme hatte wieder an Schärfe zugenommen, »verbiete ich es dir! Und nun macht, dass ihr in eure Unterkünfte verschwindet. Und das nächste Mal rennt ihr nicht quer durch meinen Garten! Habt ihr das verstanden? – Wer hat euch eigentlich die Pforte zu meinem Privatbereich geöffnet?«

»Der Wächter, der am südlichen Eingang steht«, gab Anat kleinlaut zu.

Natürlich, dachte Ramses. Sie liegt dem Harimsbereich am Nahesten. »Das war das letzte Mal«, stellte er entschlossen fest. »Dieser Weg ist zwar bequemer und kürzer. Es gehört sich aber nicht! Oder würdet ihr auch frech durch den Privatbereich des Herrn der Beiden Länder stolzieren?«

Diese Frage war eher rhetorischer Natur. Dennoch schüttelten Henut und Anat den Kopf. Mit einer Handbewegung wedelte er die beiden Dienerinnen aus seinem Blickfeld. Froh, nur mit einem Tadel davongekommen zu sein, suchten beide Frauen schleunigst das Weite.

Ramses hingegen drehte sich um und stapfte zu der Pforte im südlichen Bereich. Die Tür war ordnungsgemäß verschlossen. Der Posten schob auf der anderen Seite seinen Dienst. Er nahm sofort Haltung an, als Ramses die Tür öffnete und vor ihn hintrat. Es war einer der wechselnden Wächter, die weder ihm noch Nachtamun direkt unterstellt waren. Sie gehörten zum Palastpersonal und versahen ihren Dienst für keinen speziellen Gebieter.

»Du wachst hier, um dafür zu sorgen, dass kein Fremder meine privaten Gemächer betritt«, kam Ramses sofort zur Sache. »Und dazu gehört auch der dazugehörige Garten! Wie kann es also möglich sein, dass zwei Dienerinnen, die nicht in meinen Diensten stehen, munter durch meinen Park spazieren?«

Verängstigt zuckte der Mann nur die Schultern. Er stand mit hängendem Kopf vor ihm und wusste augenscheinlich nicht, wie ihm geschah. Seine Hand umkrampfte den Speer. Nun schien ihm bewusst zu werden, welchen Fehler er begangen hatte und welche Folgen es für ihn haben würde. Dennoch kam nicht einmal ein Wort der Reue über seine Lippen.

»Verschwinde mir aus den Augen«, knurrte Ramses. »Einen Wachmann wie dich brauche ich nicht! Du bist von deinem Dienst an meiner Pforte entbunden! Wenn deine Ablösung erscheint, will ich dich hier nie wieder sehen!«

Wütend drehte Ramses sich um und marschierte zurück ins Haus. Dort rief er nach Pentawer, doch sein Leibdiener befand sich noch auf seinem Botengang. Also beauftragte er Nebsumenu, umgehend Nachtamun in seine Gemächer zu bringen und einen neuen Wachmann zur Sicherung der Pforte im südlichen Bereich abzustellen.

Nachdem der Oberst seiner Wachmannschaft vor ihm stand, erzählte er ihm, was vorgefallen war, und befahl ihm, zukünftig einen verlässlicheren Mann auf diesem Posten einzusetzen. »Zudem gedenke ich, mir schon bald meine eigene Garde zusammenzustellen«, offenbarte Ramses sich dem Getreuen. »Dann wird so etwas hoffentlich nicht mehr passieren. Du hast mir bisher gute Dienste geleistet, Nachtamun. Das gilt im Übrigen auch für Intef und Paheri. Bist du bereit, mir auch in Zukunft treu zu dienen? Ich werde dann zu meinem Vater gehen und ihn bitten, dich aus seinen Diensten zu entlassen.«

Nachdenklich starrte der hochgewachsene Mann vor sich auf die Fliesen des Bodens, die in floralen Mustern den Pflanzenreichtum des Deltas wiedergaben. Fische verschiedenster Arten tummelten sich neben Enten und Gänsen im kühlen Wasser des Nils. Weißer und blauer Lotos schwamm majestätisch dahin, umgeben von Papyrusstauden und Schilf.

Nachtamun riss den Blick vom Boden und sah ihn offen an. Da sie beide dieselbe hochgewachsene Gestalt besaßen, musste der junge Getreue nicht zu ihm aufschauen, ein Umstand, der recht selten vorkam, wie Ramses in diesem Moment bewusst wurde. Die meisten seiner Landsmänner waren inzwischen kleiner als er. Einzig einige Männer aus den Fremdländern konnten mit seiner Körpergröße konkurrieren.

Er verdrängte diesen Gedanken und konzentrierte sich wieder auf Nachtamun, der mit seinen zwanzig Jahren gerade einmal sechs Nilschwemmen älter war als er selbst. Ramses hatte durch Nebsumenu ein paar Nachforschungen über ihn anstellen lassen und wusste nun, dass er aus einer angesehenen Familie stammte und schon sehr früh den Getreuen seines Vaters zugeteilt worden war. Kurz darauf hatte ihm Sethos den Oberbefehl über die Wachmannschaft seines Sohnes übertragen, den er bis zum heutigen Tag ohne Fehl und Tadel versah.

»Es ist mir eine Ehre, Hoheit, dass du mir dein Vertrauen schenkst«, hob Nachtamun bedächtig an, ohne Ramses' Blick auszuweichen. »Wenn es dein Wunsch ist, werde ich dir auch weiterhin dienen.« Eine geschmeidige Verbeugung folgte, während Ramses ihn aufmerksam taxierte.

»Es ist mein Wunsch, aber ist es auch deiner, oder verbietet es dir deine Erziehung, mir zu widersprechen?«

Nachtamun schüttelte den Kopf. »Nein, Hoheit. Es wäre mir eine Ehre, dir auch weiterhin zu dienen.«

»Du verlierst dadurch deine Stellung als Getreuer des Herrn der Beiden Länder«, erinnerte Ramses ihn, doch Nachtamun zuckte unbeeindruckt mit den Schultern.

»Das ist mir bewusst, und ich nehme es in Kauf.«

»Wahrscheinlich werde ich niemals auf dem Doppelthron sitzen.«

»Auch das ist mir einerlei.«

»Dann sei es so, Nachtamun.« Ramses schmunzelte zufrieden. »Ich beauftrage dich, mir treu ergebene Krieger zu suchen und mir ihre Namen zu unterbreiten. Ich hingegen werde meinem königlichen Vater meinen Entschluss mitteilen, mir eine eigene Leibwache zu rekrutieren. Ich hoffe, er kann es verschmerzen, dass er dich aus seinen Diensten verliert. Mit Paheri und Intef spreche ich selbst. Sie sollen deine Vertreter sein. Dich hingegen ernenne ich zum Oberst meiner Getreuen.« Ramses wusste zwar noch nicht so recht, ob er Intef auch weiterhin um sich haben wollte, doch der junge Mann hatte bisher ohne Fehl und Tadel seinen Dienst versehen. Auch er konnte nichts dafür, dass ihn etwas mit dem Thronräuber Mehi verband, genau wie die Dienerin Henut.

Am darauffolgenden Tag traf Ramses seinen Vater im Quartier der obersten Bauleitung. Sethos befand sich gerade in einem Gespräch mit seinem Architekten, und Mehi war natürlich auch dabei.

»O verzeih!« Ramses verneigte sich vor Sethos. »Ich wusste nicht, dass ich in eine Beratung hineinplatzen werde, als ich das Zelt betrat.«

»Tritt näher, mein Sohn.« Sethos winkte ihn an seine Seite. »Wie mir mein Oberster Baumeister gerade versicherte, steht dem Aufrichten des Obelisken nichts mehr im Wege.«

»Das stimmt, Majestät«, bestätigte Ramses. »Morgen Abend werden, so die Götter es wollen, Res Strahlen seine vergoldete Spitze zum Glühen bringen.«

»Beten wir, dass alles gut verläuft«, sagte Sethos und wandte sich dem Zeltausgang zu.

»Majestät.«

Sethos drehte sich Ramses wieder zu. »Was kann ich für dich tun?«

»Ich hätte dich gern gesprochen«, antwortete Ramses. »Es geht um Nachtamun.«

»Um den Oberst deiner Leibwache?« Verwundert hob Sethos die Augenbrauen.

»Ja, Vater. Er hat sich nichts zuschulden kommen lassen. Ich wollte dich nur bitten, ihn aus deinen Diensten freizugeben, damit er meiner neu zu gründenden Wachmannschaft vorstehen kann.«

»Heißt das, du willst dir eigenes Personal suchen?«

»Ja, Majestät. Ich denke, ich bin dafür alt genug. Nachtamun hat mir stets gute Dienste geleistet. Ich habe ihn gefragt, ob er mir auch weiterhin dienen will, und er hat bejaht.«

»Dann sei es so. Ich gebe ihn aus meinen Diensten frei.« Sethos verließ, von Mehi gefolgt, das Zelt.

***

»Wir müssen handeln!« Mit diesen Worten begrüßte Mehi Tachat, als er am Abend staubbedeckt und müde in seinem Haus erschien.

»Das sage ich schon seit Monaten«, erwiderte sie und scheuchte Henut aus dem Raum, die dabei war, frische Blumen in den großen, bauchigen Vasen zu drapieren. Tachat lag entspannt auf einer Liege und trug nur ihren goldenen Schmuck auf dem Leib. Mehis lüsterner Blick blieb ihr nicht verborgen.

»Als ich heute mit Sethos auf der Baustelle im Tempel des Ptah war«, hob er an zu erzählen, »platzte Ramses in die Unterredung mit dem Obersten Baumeister und bat seinen Vater, Nachtamun aus seinen Diensten zu entlassen. Er will sich eine eigene Garde rekrutieren.«

»Ja und? Was ist daran so ungewöhnlich?«, fragte Tachat und rekelte sich auf ihrer Liege. »Es war uns beiden klar, dass das eines Tages geschehen wird.« Sie schmunzelte verschmitzt. »Unser Sohn wird ebenfalls dazugehören.«

Erstaunt trat Mehi auf sie zu und setzte sich auf die Kante der Liege. »Woher weißt du das?«

»Von Intef natürlich. Er war heute Nachmittag hier, um es mir zu erzählen.«

»Hat er sonst noch was gesagt?« Mehis Fingerspitzen fuhren sanft die Kontur von Tachats linker Wade nach.

»Nein, mein Lieber! Er meinte nur, dass auch er den Zeitpunkt nahen sieht, an welchem Sethos seinen Sohn zum Nestfalken erhebt.«

»Das fürchte ich ebenfalls.« Mehis Finger liebkosten mit kreisenden Bewegungen die Innenseite des Oberschenkels.

Lustvoll stöhnte Tachat. »Dann sollten wir endlich was unternehmen«, presste sie zwischen zusammengebissen Zähnen hervor. Ein kehliger Laut folgte ihren Worten. Sie rollte sich auf den Rücken und öffnete ihre Beine.

»Ich hatte im Anschluss mit Sethos ein Gespräch, während wir zum Palast zurückgekehrt sind.« Mehi stand auf und entledigte sich seines verstaubten Schurzes. »Er meinte«, fuhr er fort, während er sich sein verschwitztes Hemd über den Kopf zog, »dass die Arbeit auf der Baustelle seinen Sohn Verantwortung gelehrt habe. Er sei in der vergangenen Zeit vernünftig geworden, sodass er ihm nun bald andere, verantwortungsvollere Aufgaben übertragen könne …«

»Die des Thronfolgers?«, fiel Tachat ihm ins Wort.

Mehi nickte und schlüpfte aus den Sandalen. »Er hat es zwar nicht wörtlich gesagt, doch er hat genau das gemeint, als er von verantwortungsvolleren Aufgaben sprach.« Er legte sich neben Tachat auf die Liege und stützte den Kopf in die Handfläche, während seine andere Hand den Körper seiner Frau zu erforschen begann.

»Ich hätte nie geglaubt, dass dieser dumme Junge sich einmal wie ein Mann benehmen wird«, schnurrte Tachat und zog seinen Kopf zu sich herunter, um ihn zu küssen. »Und nun komm, du verschwitzter Kerl, und mach mir den starken Stier!«

Mehi grinste. Das ließ er sich nicht zweimal sagen. Er liebkoste ihre Brüste, knabberte an ihren Ohrläppchen und kitzelte mit seiner Zungenspitze ihren Bauchnabel. Dann glitt er über sie und drang in sie ein. Tachat stöhnte voller Lust unter seinen harten Stößen und schrie schließlich auf, als sie ihren Höhepunkt erreichte. Er hingegen keuchte und ergoss sich in ihr.

Als sie schließlich erhitzt nebeneinanderlagen und hoch zur Decke starrten, sagte Tachat: »Stimme endlich zu, dass Henut für uns die Drecksarbeit erledigt. Sie ist sowohl dir als auch mir treu ergeben. Sie wird alles für dich tun. Bei ihr müssen wir nicht befürchten, dass sie uns hintergeht oder verrät.«

»Du hast recht«, stimmte Mehi zu ihrer Überraschung ohne Umschweife zu. »Weihe sie in deinen Plan ein, Tachat. Du hast meine Zustimmung.« Er stand auf und ging zum Tisch, um sich etwas Wein einzuschenken. »Möchtest du auch?«

Sie nickte.

Als er mit den Kelchen zur Liege zurückkehrte, setzte sie sich auf und nahm ihm einen ab.

»Ich habe damals geschworen, zu gegebener Zeit den Platz für den rechtmäßigen Erben des Doppelthrons zu räumen«, sagte er und nahm neben ihr Platz. »Das ist lange her. Inzwischen bin ich nicht mehr gewillt, auf meine Position zu verzichten.« Mehi trank einen Schluck und starrte anschließend nachdenklich in seinen Wein. »Selbst wenn ich niemals gekrönt werden sollte, weil ich vor Sethos zu den Göttern befohlen werde ...«

»Auch da kann nachgeholfen werden«, fiel Tachat ihm erneut ins Wort und stellte ihren Kelch neben der Liege auf den Boden, um ihn zu umarmen. »Du willst doch nicht als Thronfolger sterben, oder?«

»Natürlich nicht. Wenn ich Thronerbe bin, will ich natürlich auch vor meinem Tod das Gewicht der beiden Kronen auf meinem Kopf spüren. Doch was willst du tun? Willst du auch Sethos beseitigen?«

»Wie ich dir schon mal sagte, Geliebter: Sethos ist nicht göttlicher als du oder ich.« Sie küsste ihn, während ihre Hand verlangend zwischen seine Schenkel glitt. Sein lustvolles Stöhnen und die Härte des Penis' zeigten ihr, dass er bereit war, sie erneut zu lieben.

20. Kapitel

Der Obelisk

Einen Tag später waren auf der Baustelle des Ptah-Tempels alle in heller Aufregung. Überall rannten Arbeiter, Aufseher und Baumeister umher und bereiteten alles vor, um den Obelisken aufzurichten.

Ramses hatte sich zusammen mit Maj auf den erhöhten Stand des Obersten Baumeisters begeben, von wo aus die verantwortlichen Beamten einen guten Überblick über das Geschehen hatten und mittels bunter Wimpel mit den einzelnen Arbeitskolonnen kommunizieren konnten. Von dieser erhöhten Stelle aus glichen die vielen Menschen einem Ameisenhaufen, der kopf- und ziellos über die weite Fläche vor dem Tempel umherirrte. Doch genau wie in einem Ameisenhaufen stimmte das auch hier nicht. Alles lief genau nach Plan, und die niederen und höheren Aufseher hatten alles unter Kontrolle.

Ramses' Blick schweifte zum Pylon, der den Tempelvorhof von der Außenwelt trennte. In den Wochen zuvor hatten die Arbeiter und Hilfskräfte einen gewaltigen Wall aus Ziegeln, Steinen und Sand errichtet, der über beide Seiten durch eine Rampe verbunden war. Den Obelisken hatte man tags zuvor auf diesen Wall gehievt, und er harrte nun seiner Aufrichtung. Vom Stand der Bauleitung aus gesehen, befand sich die Basis des Obelisken auf der linken und seine Spitze auf der rechten Seite. Armdicke Seile umwanden ihn. Seine Unterseite, die am ehesten brechen konnte, war mit dicken Holzbrettern ummantelt, um der langen schweren Nadel Stabilität zu verleihen. Hunderte von kräftigen Männern standen beiderseits des Obelisken an armdicken Tauen bereit, um ihn durch Ziehen und Gegenziehen aufzurichten und am Kippen zu hindern.

Auf ein Zeichen von Majs Vater gaben die Diener mit ihren Wimpeln das Signal, dass mit dem Aufrichten begonnen werden sollte. Von den einzelnen Arbeitskolonnen kam die Rückmeldung, dass sie verstanden hatten. Befehlsfetzen wehten zum Baumeisterstand herüber, während die Männer sich in die Seile stemmten, um den Monolithen zu bewegen.

»Wie ihr wisst«, erläuterte Majs Vater, während sich die steinerne Nadel kaum merklich in Bewegung setzte, »wurde in den Wall ein riesiger rechteckiger Schacht eingearbeitet, der auf dem Fundament des Obelisken endet. Die Seitenwände des Schachtes sind in Zugrichtung des Obelisken abschüssig geneigt, während die anderen beiden Seiten gerade laufen. Der gesamte Hohlraum wurde mit feinkörnigem Wüstensand gefüllt, um die steinerne Nadel langsam und gleichmäßig absenken zu können. Bis dahin steht den Männern noch eine gewaltige Schufterei bevor, doch es ist zum Ruhme des Ptah!«

Ramses und Maj blickten fasziniert zum Pylon. Das angestrengte Ächzen Hunderter Männer beiderseits des Schachtes wehte bis zu ihnen herüber, dazwischen die anfeuernden Rufe der Aufseher. Ganz allmählich bewegte sich die Basis des Obelisken über die Schachtöffnung. Trotzdem war die steinerne Nadel noch weit davon entfernt, ihren Schwerpunkt zu überschreiten, der sie zum Kippen bringen würde. Dieser Punkt sollte zum Mittag erreicht sein.

Re fuhr wie jeden Tag in seiner Barke über das Firmament und lachte beglückt auf die Arbeiter hinab. Schon mehrmals waren die Mannschaften an den Zugseilen gegen neue, frische Männer ausgetauscht worden, doch nun gab Majs Vater das Zeichen, vorerst die Arbeiten einzustellen. Es war Mitte der Überschwemmungszeit und noch immer in den Stunden des höchsten Sonnenstandes unerträglich heiß.

Dankbar ließen die Männer die Seile aus den Händen gleiten und schlurften schwatzend und ausgelaugt zu den Sammelplätzen, welche die niederen Priester im Schatten der mächtigen Tempelmauern errichtet hatten. Müde und erschöpft fielen sie auf den Boden, holten erst einmal Luft, um sich wenig später in die Reihe der Wartenden vor den Essenausgaben einzureihen, zu speisen und anschließend ein kurzes Schläfchen zu halten.

Ramses und Maj eilten indes zusammen mit Majs Vater auf den Wall, um sich mit eigenen Augen über die perfekte Lage des

Monolithen zu überzeugen. Mit Pendel, Visier- und Fluchtstab überprüften sie die Ausrichtung des Obelisken, der sich schnurgerade oberhalb der Schachtöffnung befand. Majs Vater war zufrieden, und so kehrten sie auf den Hochstand zurück, um ebenfalls zu essen und anschließend ein paar anstehende Probleme zu besprechen.

Als Re etwas tiefer stand, wurden die Arbeiten erneut aufgenommen. Sethos' Baumeister und seine beiden Assistenten hatten in der Mittagspause festgestellt, dass es nur noch weniger Ellen bedurfte, um den Obelisken zum Kippen zu bringen. Und dann war es endlich so weit.

Unmerklich begann die lange Steinnadel zu zittern. Der Mann, der während der gesamten Zeit die gerade Lage des Obelisken im Auge behielt, gab das Signal, dass in jedem Moment der Monolith seinen Schwerpunkt überschreiten werde.

Gespannt hielten alle auf dem Hochstand den Atem an und starrten gebannt zum Pylon. Jetzt nahte der Augenblick, in welchem die Arbeit eines ganzen Jahres zerstört werden konnte, sollte die Spannung auf den Stein zu groß werden. Er konnte Risse bekommen oder sogar in die Brüche gehen.

Die Zugmannschaften auf der rechten Seite des Walls begaben sich sofort in ihre neue Position hinter die Spitze des Obelisken, um diesen nun nicht mehr zu ziehen, sondern ihn zu halten, sodass der Koloss nicht unkontrolliert in den sandgefüllten Trichter absacken konnte oder womöglich auf die linke Seite des Damms kippte. Für die am Fuße der Rampe bereitstehenden Hilfskräfte schlug jetzt ebenfalls die Stunde ihres Einsatzes. Die übermannshohen Luken wurden geöffnet, und feiner Wüstensand rieselte heraus und bildete alsbald Haufen vor den Öffnungen. Sofort eilten die Männer mit ihren Körben herbei, um die Sandhügel abzutragen, und allmählich begann sich der Schacht zu leeren.

Da ertönte der Schrei, auf den alle seit dem Morgengrauen gewartet hatten. Bunte Wimpel wurden geschwenkt, und mit anderen farbigen Wimpeln erfolgte die Antwort: Es war so weit; der Obelisk hatte seinen Schwerpunkt überwunden. Er schwankte hin und her wie ein langer, dürrer Ast im Wind und rutschte schließlich in den Schacht hinein. Dabei begab er sich aufgrund der angeschrägten Schachtwand in eine Schräglage und senkte sich ganz langsam zum Fundament hin ab.

»Unglaublich!«, staunte Ramses, als der Obelisk Stück für Stück in der Öffnung des Walls zu versinken begann. Er sah zu seinem Freund, der neben seinem Vater stand und ebenfalls tief beeindruckt war.

»Es wird jetzt eine ganze Weile dauern, bis der Obelisk das Fundament erreicht«, erklärte Majs Vater und wandte sich vom Baugeschehen ab. »Ist er erst einmal genau auf das Fundament aufgetroffen, beginnt der schwierigste Teil des Unterfangens.« Er trat auf das Modell des Tempelpylons mit der davor aufgeschütteten Rampe und dem Obelisken zu und winkte seine beiden Lehrlinge näher heran. »Dann muss nämlich die Basis des Obelisken mit dem Fundament exakt verzahnt werden, damit der Monolith fest und sicher steht. Dafür müssen meine Baumeister in die Öffnungen am Fuß der Rampe klettern und von dort aus das genaue Auftreffen des Obelisken auf das Fundament dirigieren. Erst wenn alles perfekt passt, können die Arbeitermannschaften mit dem Aufrichten der steinernen Nadel aus ihrer derzeitigen Schräglage beginnen. Doch bis dahin wird es wiederum noch eine ganze Weile dauern. Hoffen wir, dass uns Re am heutigen Tag noch lange sein Licht schenken wird.«

Die Hoffnungen des Obersten Baumeisters gingen in Erfüllung. Als der Sonnengott in seiner himmlischen Barke glutrot am Horizont versank, berührten seine Strahlen die Spitze des aufgerichteten Monolithen und tauchten sie in ein rötliches Gold. Der pyramidenförmige Abschluss der steinernen Nadel, der die Form des heiligen Benben-Steins von Heliopolis hatte und für die ewig währende und sich stets wiederholende Schöpfung stand, wurde durch Re zum Leben erweckt und durch sein Licht geheiligt. Die spätere Weihung des Obelisken oblag dem Pharao.

***

»Das war einfach unglaublich!«, gestand Ramses seinen Freunden, mit denen er sich noch am selben Abend traf. Setau und

Amuneminet waren bereits in den prinzlichen Gemächern erschienen, nur Maj ließ noch auf sich warten. »Das hättet ihr sehen müssen«, schwärmte Ramses begeistert. Setau und Amuneminet verkniffen sich derweil ein Grinsen. »Ihr könnt ruhig feixen«, knurrte Ramses, dem das nicht entging. »Es war ein beeindruckendes Erlebnis, das keiner von euch beiden erlebt hat!« Beleidigt wandte er sich ab und starrte in die Flammen des Kohlenbeckens, das unweit der geöffneten Tür zum Garten stand und angenehm wohlige Wärme spendete.

In diesem Moment öffnete sich die Tür und Maj erschien. »Verzeih, Ramses. Mir ist da noch so ein liebreizendes Geschöpf untergekommen.« Er grinste anzüglich, und unwillig verzog der Prinz das Gesicht.

»Man sollte dich von Maj in Min umbenennen!«, schnaubte er, und Majs Grinsen wurde breiter.

»Warum nicht, mein Prinz? Was gibt es Schöneres, als eine Frau in den Armen zu halten und sie zu lieben.« Sein Blick glitt über die drei Freunde, von denen er der Älteste war. »Auch wenn ich mich wiederhole, werdet etwas älter, und ihr werdet verstehen, was ich meine.« Majs Blick glitt von Amuneminet zu Ramses und wieder zurück. »Ihr beiden werdet doch wohl schon eure ersten Erfahrungen gemacht haben, oder?«

Beschämt senkte Amuneminet den Blick und wurde feuerrot im Gesicht.

»Das geht dich überhaupt nichts an!«, fauchte dagegen Ramses. Sein Falkenblick bohrte sich in seinen Freund.

»Sei doch nicht gleich so gereizt«, erwiderte Maj beleidigt. »Immerhin bist du vierzehn Jahre alt, und Amuneminet gerade mal eine halbe Nilschwemme jünger. Da kann man getrost davon ausgehen, dass ihr euch schon einmal mit einer Dienerin vergnügt habt. Ich jedenfalls hatte das in eurem Alter bereits, und das nicht nur einmal.«

»Und wenn nicht?«, stichelte Setau mit Unschuldsmiene und grinste breit; immerhin ging es nicht um ihn.

Majs Stirn legte sich in Falten. »Das wäre dann doch schon einigermaßen ungewöhnlich«, stellte er fest und war völlig ernst. »Immerhin ist dieses Ding da zwischen euren Beinen nicht nur zum Wasserlassen da.« Sein ernsthafter Gesichtsausdruck verflog, und er grinste schelmisch. »Man kann damit auch noch ganz andere nette Dinge tun.«

»Vielen Dank für die Aufklärung!«, zischte Ramses gereizt. »Der Gelehrte Maj hat zu uns ungebildetem Gewürm gesprochen!« Er deutete eine Verneigung in Majs Richtung an, und Setau kugelte sich fast vor Lachen.

»Der Gelehrte Maj ...«, kicherte er, und seine dunklen Augen sprühten belustigte Fünkchen. Seit Amuneminet zum Beginn des Monats das Mannesalter erreicht hatte, trug er als Einziger noch die Locke der Jugend auf dem ansonsten kahl geschorenen Kopf, zumindest das kommende halbe Jahr noch. Dann wäre auch er der Kindheit entwachsen. Doch wie Amuneminet und Ramses waren auch ihm Mädchen völlig einerlei, außer vielleicht Anat. Sie aber ignorierte ihn seit jenem Vorfall am Ufer des Nils. Typisch Mädchen eben. Sie konnten so nachtragend sein.

»Da gibt's nichts zu lachen«, mahnte Maj, jetzt wieder vollkommen beherrscht. »Das war kein Spaß! Es wird Zeit, Ramses, dass du dir endlich ein nettes Mädchen suchst ...«

»... und mit ihr Kinder zeugst?«, unterbrach ihn Ramses rüde und zog ein verächtliches Gesicht. »Ich denke, dafür ist noch Zeit genug. Erst einmal muss ich ein nettes Mädchen finden. Die wachsen nämlich nicht auf den Bäumen!«

»Dann solltest du dich vielleicht mal am Boden umsehen«, konterte der Sohn des Obersten Baumeisters frech. »Es wimmelt nur so von wahren Schönheiten am Hof deines Vaters. Zudem vermute ich, dass sich deine Dienerinnen, die auch nicht zu verachten sind, in Liebe nach dir verzehren. Du bist ein attraktiver Mann, zudem der Sohn des Pharaos. Hol dir ein paar von ihnen ins Bett und übe schon mal. Bereuen wirst du es nicht.«

»Vielen Dank für deine Ratschläge«, entgegnete Ramses säuerlich. Er hasste es, wenn Maj mit seinen Liebesabenteuern prahlte. »Können wir das Thema wechseln?« Er taxierte ihn mit einem finsteren Blick. »Ich habe euch nicht herbestellt, um über dein oder das Liebesleben eines anderen von uns zu plaudern!« Ohne eine Antwort abzuwarten, wandte er sich beleidigt um und stapfte hinaus in den nächtlichen Garten, der durch Fackeln erleuchtet wurde.

Er hatte sich selbst schon oftmals gefragt, warum er sich nicht längst eine Dienerin geschnappt hatte, um sich mit ihr zu vergnügen. An Angeboten mangelte es nicht. Sethos hatte dafür gesorgt, dass es liebreizende, junge Dinger waren, die sich um ihn und sein Wohlbefinden kümmerten. Ramses war auch bewusst, dass sich kaum eine von ihnen lange bitten lassen würde, mit ihm das Lager zu teilen. Ihre verlangenden Blicke, ihr Geplapper und Gekicher, wenn er sich in ihrer Nähe aufhielt, waren selbst ihm nicht entgangen. Irgendwie hatte er jedoch das Gefühl, sich für seine wahre große Liebe aufsparen zu müssen. Immerhin war er kein gewöhnlicher Mann; in seinen Adern floss das Blut des Pharaos!

»Das ist Blödsinn!«, schalt er sich selbst. »Und das weißt du genau!« Unwillig rupfte er ein paar Blätter von den Rosenstöcken und warf sie achtlos auf den gepflegten Rasen.

Plötzlich musste er an Anat denken, und sofort spürte er, wie ihm die Schamesröte in die Wangen schoss. Was war nur los mit ihm? Immer häufiger schlich sich die Dienerin in seine Gedanken, und jedes Mal wurde ihm befremdlich warm ums Herz, und es kribbelte in seinem Bauch. Es war seltsam. Er konnte es nicht beschreiben. Nie zuvor hatte er so etwas bei dem Gedanken an ein Mädchen verspürt – außer bei Sati. Sati war aber seine Adoptivtochter, wohingegen Anat bisher seine Todfeindin gewesen war. Sollte sich daran etwas geändert haben?

Nachdenklich schritt Ramses über den kurz geschnittenen Rasen. Aus der geöffneten Tür zu seinen Gemächern vernahm er die hitzige Diskussion der drei Freunde, die das Thema Liebe und Frauen scheinbar noch nicht beendet hatten.

Anat war zu einem liebreizenden und wunderschönen Geschöpf gereift; das musste selbst er neidlos eingestehen. Sie war so zart wie eine Lotosblüte, glich nicht im Geringsten einer gewöhnlichen Dienerin. Fast schien es, als flösse in ihren Adern göttliches Blut. Ihr Gang war federnd und leicht, ihr Gebaren grazil und fein. Sie hatte schon von Kindesbeinen an den Kopf hocherhoben getragen und war sich ihrer Schönheit bewusst gewesen; dennoch verhielt sie sich stets höflich und ihrer Stellung gemäß untergeben – nur nicht ihm gegenüber! Anat hatte es immer verstanden, ihn zur Weißglut zu treiben. Ramses kannte sie schon sein ganzes Leben, und sein ganzes Leben lang hatte er dieses, in seinen Augen, völlig unnütze Geschöpf verachtet und gehasst. – Aber kannte er Anat wirklich?

»Die Frage lautet wohl eher: Kenne ich meine Gefühle für Anat?«, murmelte er vor sich hin, blieb stehen und sah zu seinen Gemächern zurück.

Maj nahm das Leben, so wie es kam. Und er nahm jede Frau, die ihm gefiel. Amuneminet stand kurz davor, erwachsen zu werden. Für ihn war es in dieser Zeit des Übergangs vom Kind zum Mann unangenehm, über solche Dinge zu reden. Allein das Abschneiden der kindlichen Locke machte noch keinen Erwachsenen aus ihm. Setau hingegen war noch immer ein Junge und fand alles, was mit Liebe und Mädchen zu tun hatte, einfach nur zum Totlachen komisch.

»Und was ist mit mir? Bin ich mehr als Setau oder Amuneminet?« Resigniert schüttelte Ramses den Kopf und trottete zu seinen Gemächern zurück.

Nein, er war ebenfalls noch nicht erwachsen. Sein Vater hatte völlig recht. Zwar war er inzwischen körperlich zum Mann gereift, doch in seinem Herzen war er in vielen Dingen noch ein unerfahrenes Kind. Er hatte noch nicht einmal seine Unschuld verloren, aber das war seine eigene Schuld. Er hatte es bisher nicht gewollt.

Mit sich selbst nicht im Reinen, kehrte er in sein Gemach zurück und setzte sich trübsinnig abseits der anderen auf einen Stuhl.

Erstaunt hielten seine Freunde in ihrer Diskussion inne und blickten ihn fragend an.

»Was ist los?«, wollte Amuneminet wissen. »Du machst so einen bedrückten Eindruck? Bist du vom heutigen Tag erschöpft? Sollen wir dich lieber alleine lassen?«

Nachdenklich hob Ramses den Kopf und nickte schließlich. »Bitte verzeiht mir, Freunde, dass ich euch erst rufen ließ und nun bitte, wieder zu gehen. In der Tat, ich will jetzt lieber alleine sein.«

»Dann auf ein anderes Mal«, verabschiedete sich Amuneminet, und Maj trottete ihm hinterdrein.

Nur Setau trat auf Ramses zu und betrachtete ihn besorgt. »Es geht dir aber gut?«, erkundigte er sich. Noch immer fühlte Setau sich als Ramses' ehemaliger Diener dem Prinzen gegenüber verpflichtet.

Ramses bejahte. »Es geht mir gut, Setau. Ich bin nur von der vielen Arbeit müde.« Lächelnd ruhten seine Augen auf dem angehenden Schreiber des Wesirs.

»Dann schlafe gut. Wir sehen uns morgen.« Setau verneigte sich und lief den anderen hinterher.

Ramses hingegen rief nach seinem Leibdiener und ließ sich von ihm beim Entkleiden helfen. Als er schließlich in seinem frisch bezogenen Bett lag, zog er sich die Decke bis hoch zum Kinn und schloss die Augen. Einen letzten Gedanken verschwendete er noch an die Diskussion mit Maj; wenig später war er eingeschlafen.

21. Kapitel

DAS ATTENTAT

Hast du verstanden, was du zu tun hast?« Henut nickte. »Du weißt, was passiert, wenn dir ein Fehler unterläuft oder du zu langsam bist?« Tachats Stimme hatte einen scharfen Ton angenommen, dennoch nickte Henut auch weiterhin, ohne ihren freundlichen Gesichtsausdruck zu verlieren. Ihr Blick glitt verstohlen zu ihrem Herrn, der lässig an einem Pfeiler lehnte und wortlos zu ihnen herübersah.

Die Herrin hatte ihr einen riesigen Schreck eingejagt, als sie sie in ihren perfiden Plan eingeweiht hatte, den Sohn des Pharaos zu ermorden. Im ersten Moment hatte Henut geglaubt, sie hätte sich verhört oder die Gebieterin spielte ihr einen bösen Streich. Sie sollte Ramses töten, aber warum? Der Prinz hatte ihr doch nichts getan!

Nachdem ihr bewusst geworden war, dass die Herrin keinen Schabernack mit ihr trieb, war ihr das Herz in die Sandalen gerutscht. Sie fürchtete die Strafe der Götter, die sie im Jenseits für eine solch frevelhafte Tat ereilen würde. Sie zitterte aber auch jetzt schon am ganzen Leib, wenn sie an die Strafe der Menschen im Diesseits dachte, sollte man ihr auf die Schliche kommen. Selbst die Versprechungen der Herrin, mit welcher sie ihre Befürchtungen zerstreuen wollte, hatten keine Wirkung gezeigt. Erst dem Gebieter war es gelungen, ihr ihre Ängste zu nehmen.

Mehi versprach ihr die Freiheit. Zudem wollte er sie zu seiner zweiten Hauptfrau machen, wenn er auf dem Horusthron saß. Henut konnte sich noch gut daran erinnern, wie ihr bei dieser Aussicht die Schamesröte in die Wangen geschossen war. Gleichzeitig hatte eine Explosion der Glücksgefühle in ihrem Bauch eingesetzt, die sie noch lange hatte spüren können. Begeistert hatte sie über das ganze Gesicht gestrahlt und zustimmend genickt. Sie liebte den Herrn so sehr, dass sie für die

Aussicht, seine zweite Gemahlin zu sein, bereit war, einen Mord zu begehen.

»Vergiss nicht, den Wachmann vor dem Schlafgemach zu erdolchen und die Tür zum Garten zu öffnen, damit es wie ein Einbruch aussieht«, wurden ihre Erinnerungen durch die Ermahnungen der Herrin verdrängt. Tachat griff neben sich und reichte ihr einen spitzen, kleinen Dolch. »Hier! Stecke ihn in einen der Krüge, und nun geh! Es wird Zeit. Wenn du alles richtig machst, ist dein Gebieter schon heute Nacht der alleinige Erbe des Horusthrons, und du wirst später einmal eine seiner Nebengemahlinnen sein.«

Tachat machte eine kurze Pause und musterte sie von Kopf bis Fuß. Der herablassende Blick, mit welchem sie Henut dabei bedachte, entging der Dienerin nicht. Es störte sie wenig, da sie wusste, dass sie der Herrin nie das Wasser reichen konnte. Der Gebieter liebte zwar auch sie. Seine Gefühle für seine Gemahlin waren aber viel, viel stärker.

»Sind das nicht erfreuliche Aussichten für jemanden wie dich?« Die letzten Worte stieß Tachat verächtlich heraus, doch Henut lächelte unbeirrt.

Sie nahm den Dolch und ließ ihn in einen der beiden Krüge gleiten. Im Anschluss nahm sie das Tongefäß auf, griff sich das andere und eilte leichtfüßig zur Tür. Dabei schenkte sie Mehi ihr freundlichstes Lächeln, zu dem sie fähig war.

»Sie wird alles richtig machen«, stellte Tachat zufrieden fest, nachdem sich hinter Henut die Tür geschlossen hatte. »Es darf einfach nichts schiefgehen«, fügte sie an, und plötzlich klang ihre Stimme nicht mehr ganz so überzeugt. Sie trat auf Mehi zu, der noch immer an dem Pfeiler lehnte, und verschränkte ihre Hände hinter seinem Kopf.

»Es wird schon nichts passieren«, sprach Mehi ihr Mut zu und wunderte sich, wieso sie mit einem Mal so verzagt klang. Es bestand überhaupt keine Veranlassung dafür. Ihr Plan war einfach, aber genial.

Mit Henut hatten sie die beste Wahl getroffen; das sah auch er inzwischen ein. Als seine persönliche Bedienstete durfte sie sich fast überall im Palast frei bewegen und kam in Bereiche, die anderen zu betreten, strikt verboten war. Es war für sie ein

Leichtes, bis zu den Gemächern des Prinzen vordringen, ohne dass jemand daran Anstoß nahm. Selbst wenn herauskam, dass sie Ramses' Räumlichkeiten betreten hatte, würde niemand sie für schuldig halten, denn Tachat hatte davon abgesehen, den Prinzen einfach zu vergiften. Sie hatte eine weitaus schlauere Möglichkeit ausgetüftelt, ihn in den Schönen Westen zu befördern, und machte sie sich dabei den Umstand zunutze, dass Henut nur eine schwache Frau war, die nie einen Wachmann überwältigen könnte.

In den vergangenen Monaten hatte Henut sich das Vertrauen des Prinzen erschlichen, indem sie zusammen mit Anat regelmäßig dessen Tochter besuchen ging. Ramses hegte ihr gegenüber keinerlei Misstrauen, und auch seine Wachen würden bei Henuts Erscheinen weniger aufmerksam sein. Zwar hatte der Prinz Mehis Gunstbeweis in Form von Wein, Gebäck und Blumen wieder zurückgesandt; dennoch konnte Mehi es getrost ein weiteres Mal versuchen, dem Sohn des Pharaos eine Aufmerksamkeit zukommen zu lassen.

Er riss sich aus seinen Gedanken und nahm Tachats Gesicht in seine Hände, um sie zu küssen. »Sorge dich nicht, meine Große Königin. Heute Nacht wird Ramses sterben, und niemand wird in uns die Mörder sehen!«

***

Intef befand sich auf seinem allabendlichen Rundgang. Als Erstes inspizierte er die beiden Wachmänner, die den Privatbereich des Prinzen sicherten. Es waren zwei neue Leute, die ihren Dienst heute erst zum zweiten Mal versahen. Nachtamun hatte sie zum Beginn der Woche für Ramses' Wachmannschaft rekrutiert. Ihre Namen hatte Intef sich noch nicht gemerkt. Sehr wahrscheinlich würde es heute Abend sowieso ihre letzte Wache in den Diensten des Prinzen sein. Deshalb war der Ältere für ihn nur der Dicke, und sein Kumpan wurde von ihm aufgrund seiner Körpergröße der Lange genannt.

Die beiden Soldaten nahmen Haltung an, als er sich ihnen näherte. Jeder hielt einen Speer in der Hand und trug einen Dolch an seinem Gürtel. Ihre Kleidung war militärisch und bestand aus einem ledernen Brustpanzer, unter dem sie ein leinenes Hemd trugen, und einem ledernen Schurz. Ihren Kopf schützte eine Kappe, und die Füße steckten in derben Sandalen.

»Gibt es etwas Ungewöhnliches zu vermelden?«, wandte Intef sich ihnen zu.

»Nein, Hauptmann, alles ist ruhig«, vermeldete der Dicke zackig und äugte neugierig zu dem mit einem Tonpfropfen versiegelten Krug in Intefs Hand. Der Lange bestätigte die Worte mit einem Nicken.

»Gut so«, meinte Intef. Er ging auf die Tür zu, die der hoch aufgeschossene Krieger ihm sofort öffnete, und betrat Ramses' Privatbereich.

Es oblag ihm, die Flure und Räume zu kontrollieren und nach möglichen Eindringlingen und Gefahren zu sondieren. Wenn die Wachmannschaften ihre Arbeit ernst nahmen, durfte kein Fremder aufzuspüren sein; bei möglichen Gefahrenquellen sah das bei Weitem anders aus. Eine geöffnete Tür konnte auf so manchen ungebetenen tierischen Gast einladend wirken. Allein die Fensteröffnungen boten zum Eindringen reichlich Möglichkeit.

Aufmerksam inspizierte er die Gemächer und fand in der Tat einen kleinen Skorpion, der es sich unter einem der Stühle im Wohngemach bequem gemacht hatte. Mit geschickten Handgriffen fing er das Spinnentier ein und beförderte es zurück in den Garten. Dann begab er sich zum letzten Raum, dem Schlafgemach des Prinzen.

Dieses Zimmer war innerhalb des Wohnbereichs das einzige, welches mit Einbruch der Nacht oder während der Mittagsruhe bewacht wurde. Für diese Aufgabe war stets ein erfahrener Krieger abgestellt, und für die heutige Nacht hatte Nachtamun Paheri eingeteilt.

»Alles ruhig«, begrüßte ihn der junge Mann, als er in den kurzen Flur einbog, der zum Schlafraum führte.

»Ist seine Hoheit drin?« Intef nickte in Richtung des Schlafzimmers.

Paheri verneinte. »Seine Hoheit hat vor ungefähr einer halben Stunde seine Gemächer verlassen.«

»Hat er erwähnt, wohin er wollte?«

»Nein. Er ist mir natürlich auch keine Rechenschaft schuldig.«

»Stimmt.« Intef grinste verschmitzt und reichte Paheri den versiegelten Krug. »Es ist heute Abend schwül. Ich habe dir einen gut gekühlten Schluck mitgebracht. Trinke ihn, bevor er wieder warm geworden ist.« Er zwinkerte Paheri zu.

Dankbar nahm der Getreue die unerwartete Erfrischung entgegen, entfernte den Tonpfropfen und nahm einen tiefen Schluck. »Hm, lecker, Melonensaft. Gut gekühlt, das tut gut«, meinte er und leckte sich die Lippen. Dann trank er erneut und stellte den Krug neben sich auf dem Boden ab.

»Ich werde jetzt noch den Schlafraum kontrollieren; anschließend ist für mich heute Schluss«, meinte Intef. Er hatte schon die Hand am Türriegel, als ihm einfiel, dass er den Zugang zum Garten noch kontrollieren musste. Also wandte er sich wieder um und steuerte auf den Ausgang zu, der ordnungsgemäß verschlossen war. Als er sich wieder dem Schlafgemach zuwandte, fuhr Paheri sich unbeholfen mit der Hand über die Stirn und machte einen Ausfallschritt.

»Mir wird mit einem Mal so anders«, sagte er, gähnte und rieb sich die Augen.

Intef konnte ihm ansehen, dass er Mühe hatte, sie offen zu halten. Er ignorierte seine Worte und belauerte seinen Kameraden, den Nachtamun ihm vor die Nase setzen wollte. Der Oberst der Leibwache hatte festgelegt, dass die Rangfolge Nachtamun, Paheri und dann erst Intef lauten sollte – ein Zustand, der in Intefs Augen unhaltbar war.

»Ich bin mit einem Mal so müde«, stammelte derweil Paheri. Seine Hand tastete nach der Wand hinter ihm und verfehlte sie. »Was ist los mit mir, Intef? Mir fallen von allein die Augen zu. Hast du dem Melonensaft Schlafmohn beigemengt?« Paheri sackte zusammen und verdrehte die Augen. Ein paar Atemzüge später lag er ausgestreckt auf den Fliesen und schnarchte.

Emotionslos sah Intef auf seinen Kameraden hinab. Der Mohn hätte selbst einen Nilpferdbullen umgehauen. Er bückte sich, nahm den Krug an sich und stopfte den Tonpfropfen in den Hals des Gefäßes. Anschließend machte er kehrt und schlenderte leise summend den Flur zum Ausgang zurück.

***

Henut lungerte schon eine Weile in einem der Gänge herum, die zu Ramses' Privatgemächern führten. Es gab zwar jede Menge Wachleute; dennoch stand nicht in jedem Flur einer herum. Schon beim Betreten des Männerflügels wurde streng darauf geachtet, dass niemand diesen Bereich betrat, der hier nichts zu suchen hatte. Das war ihr Glück, denn sie wartete darauf, dass der Sohn des Gebieters endlich aus den prinzlichen Räumlichkeiten kam.

Die Zeit zog sich für sie in die Länge. Inständig betete sie, dass niemand den Flur passieren und sie hier sehen würde. Es war schon spät; dennoch bestand die Gefahr, dass ihr irgendjemand über den Weg laufen konnte. Viele der Räume wurden von Beamten bewohnt, die während ihres Aufenthalts in Memphis im Palastbezirk nächtigten. Sicher würden diese sich fragen, was sie hier mit zwei Krügen unter dem Arm verloren hatte.

Endlich vernahm Henut das Klatschen von Ledersohlen auf dem steinigen Boden und hoffte, dass es der Sohn des Gebieters war. Als er um die Ecke bog, stieß sie die angehaltene Luft aus und kam hinter der Säule hervor, hinter welcher sie bei seinem Nahen vorsichtshalber Schutz gesucht hatte.

»Eile dich!«, sagte Intef barsch. »Ramses ist seit gut einer Stunde in seinen Gemächern und schläft. Bis auf den Wachmann hält sich niemand in den Räumlichkeiten auf. Er ist betäubt.« Dann ging er weiter und verschwand im nächsten Gang.

Henut atmete einmal durch und trat in den Flur, der direkt zu den prinzlichen Gemächern führte. Schon von Weitem spürte sie die aufmerksamen Blicke der beiden Wachmänner auf sich ruhen und lächelte ihnen freundlich zu.

»Wohin des Wegs?«, fragte der Korpulentere. Sein Blick fiel auf die Krüge, die sie unter ihren Armen trug. »Willst du die Seiner Hoheit, Prinz Ramses, bringen?«

Henut nickte und war froh, dass der Wachmann sofort begriffen hatte, was sie wollte.

»Ist es dafür nicht ein wenig spät?« Unschlüssig wanderte der Blick des Wächters zu seinem hoch aufgeschossenen Kameraden. »Was sollen wir jetzt tun?«

Ratlos zuckte der Gefragte mit den Schultern. »Sie ist die persönliche Dienerin des Horus-im-Nest«, meinte er. »Es wird sich um eine Aufmerksamkeit für Seine Hoheit handeln. Schade, wäre sie etwas früher aufgetaucht, hätten wir uns bei Intef erkundigen können.«

»Wenn er davon überhaupt weiß«, antwortete der beleibte Mann und musterte seinen jüngeren Kameraden. »Wie wäre es, wenn du ihr einfach die Krüge abnimmst und sie in den Empfangssaal bringst?«

»Und warum muss ich das schon wieder tun?«, murrte der Lange. Er lehnte seinen Speer an die Wand und wollte sich Henut zuwenden, als seine und die Aufmerksamkeit seines Waffenbruders auf das Zetern eines Kranichs gelenkt wurde, der, wild mit den Flügeln um sich schlagend, in den Säulengang einbog und auf die beiden Männer und Henut zuhielt.

»Was ist denn nun los? Was macht dieser Vogel hier?« Schnell hatte der Lange wieder seinen Speer gepackt und näherte sich dem verängstigten Tier, das mit seinem Schnabel um sich hackte. Der Dicke folgte ihm.

Diesen Moment nutzte Henut und schlüpfte an den beiden Männern vorbei zum Zugang der prinzlichen Gemächer. Zum einen verspürte sie keine Lust, mit dem spitzen Schnabel des Kranichs Bekanntschaft zu machen; zum anderen bot sich ihr die Möglichkeit, in Ramses' Privatbereich zu gelangen. Als sie die Tür öffnete, vernahm sie die Stimme des jüngeren Mannes.

»Wo willst du hin?«, rief er ihr zu. Gleichzeitig wehrte er eine Attacke des Vogelschnabels ab.

»Lass sie«, meinte der Dicke, während er das Tier mit seinem Speer auf Abstand hielt. »Sie fürchtet sich. Was soll schon passieren?«

»Meinetwegen«, brummte der Lange. Er wandte sich wieder an Henut: »Auf der gegenüberliegenden Seite des Vorraums steht ein Tisch. Stelle deine Krüge dort ab, und dann nichts wie raus mit dir aus den Gemächern! Komme nur nicht auf die Idee, sie Seiner Hoheit persönlich übergeben zu wollen! Wehe dir, du spazierst durch seine Räumlichkeiten!« Er schenkte Henut einen grimmigen Blick, die eifrig nickte und im Empfangssaal verschwand.

Als sie in der Vorhalle stand, sah sie sich kurz um. Nirgends war ein Diener oder eine Wache zu sehen. Alles war ruhig und still. Nur ein paar Öllampen erhellten spärlich den riesigen Raum. Der Sohn ihres Gebieters hatte nicht untertrieben, als er erzählte, dass Ramses es mit seiner Sicherheit nicht ganz so ernst nahm.

Ich muss mich beeilen und vorsichtig sein!, besann sie sich, auch wenn sie wusste, dass die beiden Wachen für eine kurze Zeit beschäftigt waren. Irgendwann hätten sie den Vogel erfolgreich verscheucht.

Sie eilte zu dem Tischchen und stellte die beiden Krüge ab. Dann holte sie den Dolch aus dem einen heraus und lief zu dem Gang, der in einen kurzen Flur mündete, der zum Schlafraum des Prinzen führte. Intef hatte ihr den Weg genau beschrieben.

Als sie in diesen Flur einbog, blieb sie beim Anblick des betäubten Wachmanns wie angewurzelt stehen, obwohl sie gewusst hatte, dass er dort lag.

Reiß dich zusammen!, ermahnte sie sich und trat auf den leblosen Krieger zu.

Du musst den Wachposten mit dem Dolch erstechen, wenn er schlafend am Boden liegt, fielen ihr die Worte der Herrin ein. *Es muss aussehen, als hätte es einen Kampf gegeben. So kommt niemand auf die Idee, dich zu verdächtigen, denn du bist zu schwach, um einen Krieger zu überwältigen.*

Henut kniete sich neben den Mann, umfasste den Dolch fester und stieß ihn ihm in die Brust. Als sie die Klinge wieder herauszog, quoll Blut aus der Wunde. Sie wandte den Blick ab und erhob sich. Anschließend trat sie auf die Tür zum Schlafgemach zu und öffnete sie.

Mit angehaltenem Atem schlüpfte sie in den Raum und schloss die Tür hinter sich aus Furcht, Ramses durch den hellen Schein zu wecken, der vom Flur ins Zimmer fiel. Nun war es fast völlig dunkel. Einzig ein schwacher Schimmer drang durch die mit Binsenmatten verhängten schmalen Fenster unterhalb der Decke.

Vorsichtig bewegte Henut sich auf das Bett des Prinzen zu. Ihre Füße tasteten über den Boden, immer auf der Suche nach einem Hindernis, während sie die Arme nach vorn gestreckt hielt, um eventuelle Gefahren, die sie stolpern lassen könnten, ausfindig zu machen.

Mit der Zeit gewöhnten sich ihre Augen an die Dunkelheit. Unscharf nahm sie ihre Umgebung wahr, sah das Bett und erkannte darauf einen Körper, der unter einem Laken lag.

Jetzt oder nie!, spornte sie sich an. Mit beiden Händen umfasste sie fest den Dolchgriff und wisperte stumm ein kurzes Gebet. Dann hob sie die Arme über den Kopf und stieß die Klinge mit aller Kraft, die sie aufbringen konnte, in den Leib des Prinzen.

Ein leises Stöhnen drang unter der Bettdecke hervor, das Henut einen eisigen Schauer über den Rücken jagte.

Geschwind zog sie das Messer wieder heraus und stach noch mehrmals zu, um sicherzugehen, dass Ramses auch wirklich tödlich getroffen war. Dann warf sie den Dolch achtlos auf den Boden und lief aus dem Zimmer hinaus in den Gang. Die Tür zum Schlafraum ließ sie offenstehen. Einen letzten flüchtigen Blick gönnte sie dem toten Wachmann; dann eilte sie zur Tür, die zum Garten führte, und öffnete sie.

Hatte sie auch nichts vergessen?

Aufmerksam sah Henut sich um.

Nein, alles war so, wie es ihr die Herrin befohlen hatte.

Im Laufschritt eilte sie zum Empfangssaal und durchquerte diesen. Sie hatte bereits den Riegel in der Hand, um die Tür zu öffnen, als ihr Blick auf ihre Füße fiel. Der Schreck fuhr ihr in die Knochen, denn an ihrem linken Fuß klebte Blut. Panisch irrte ihr Blick durch den Raum. Sie konnte unmöglich mit einem blutigen Fuß den Wachen unter die Augen treten. Was sollte sie tun? – Ihr kam eine Idee.

So schnell, wie es ihr das enge Kleid erlaubte, spurtete sie zurück zum Tisch, schnappte sich einen der Krüge und ließ ihn auf den Boden fallen. Scherben und Wein verteilten sich auf den bunten Fliesen. Sie bückte sich und hob einen Tonsplitter auf. Ihre Hand zitterte, als sie diesen an ihren Fuß führte, um sich damit zu verletzen. Sie wusste, dass ein Schmerzensschrei sie nicht verraten konnte. Dennoch raubte ihr der Schmerz fast die Sinne. Kurz musste sie verharren; dann ließ sie den Splitter fallen und humpelte zum Ausgang zurück.

Die beiden Wachmänner waren noch mit dem verirrten Kranich beschäftigt. Hartnäckig weigerte sich der Vogel, wieder in den dunklen Garten zurückzukehren. Intef musste ihm einen gehörigen Schreck eingejagt haben. Die Männer waren im Begriff, das verängstigte Tier den Gang hinunter in Richtung Garten zu scheuchen, als ihre Aufmerksamkeit kurzzeitig auf Henut gelenkt wurde. Sie wollten sich wieder abwenden, als der Lange ihren blutbeschmutzten Fuß bemerkte. Sofort ließ er von dem Kranich ab.

»Was ist das?«, schrie er und wies auf ihren Fuß. Er stürzte auf sie zu und packte sie derb am Arm.

Geschickt entwand Henut sich seinem Griff und versuchte, ihm verständlich zu machen, dass sie sich geschnitten habe.

Der Dicke begriff als Erster, was sie ihnen mitteilen wollte. »Sie hat sich verletzt.« Er trat auf die Tür zu und spähte in den Empfangssaal. »Schöne Schweinerei«, meinte er und winkte seinen Kameraden an seine Seite.

»Und wer macht das jetzt sauber?«, wollte der Lange wissen, nachdem er den zerbrochenen Krug und den ausgelaufenen Wein gesehen hatte. »Um diese Zeit einen Diener zu finden, ist nicht so leicht.«

Der Dicke zuckte mit den breiten Schultern. »Ich werde erst mal zu Paheri gehen und Entwarnung geben. Der wird sich sicher fragen, was das für ein Lärm gewesen ist. Muss 'nen ziemlichen Krach gemacht haben, als der Krug auf die Fliesen fiel.« Er stapfte los.

Henut wollte verschwinden und humpelte den Flur hinab. Dabei gab sie acht, dem Vogel nicht in die Quere zu kommen, als ein entsetzter Schrei aus den Gemächern an ihre und die Ohren des langen Wachmannes drang. Henut verharrte. Es erschien ihr nicht ratsam, das Weite zu suchen. Die natürliche Neugier des Menschen hätte jeden veranlasst, zu erfahren, was vorgefallen war.

Der Lange hingegen eilte, ohne weiter darüber nachzudenken, dass er seinen Posten nicht verlassen durfte, in die Gemächer hinein. Als er in den Gang einbog, der zum Schlafgemach des Prinzen führte, blieb er beim Anblick seines toten Vorgesetzten wie angewurzelt stehen.

»Bei allen Götter!«, keuchte er entsetzt. »Was ist denn hier passiert?«

»Ich weiß es nicht«, antwortete sein untersetzter Kamerad. »Für Paheri jedoch kommt jede Hilfe zu spät.« Er erhob sich aus seiner knienden Haltung.

»Amun möge uns gnädig sein!«, hauchte der Lange. Er wies auf die geöffnete Tür zum Schlafraum, und ein Frösteln durchfuhr seinen Körper. »Hast du schon hineingesehen?«

Der Dicke verneinte und zückte seinen Dolch.

Erst jetzt bemerkte der Lange auch die zum Garten geöffnete Tür, und er stöhnte auf. »Seine Majestät lässt uns pfählen. Wie konnte das nur geschehen?«

Sein korpulenter Waffenbruder blieb ihm die Antwort schuldig. Mutig trat er auf Türöffnung des Schlafraumes zu, die wie ein finsteres Loch auf ihn wirkte, in dem sich sämtliche Dämonen der Unterwelt versammelt hatten und auf ihn und den Langen warteten. Er war gerade im Begriff, seinen Fuß in diesen Schlund zu setzen, als eine wohl vertraute Stimme vom Eingangsbereich zu ihm und seinem Kameraden herüberwehte.

»Was ist hier los? Wo sind die Soldaten?«

Erleichtert atmeten die beiden Krieger auf, und eine Last fiel ihnen vom Herzen und nahm ihnen jegliche Angst. Henut hingegen erstarrte, denn auch ihr war sie bekannt.

»Bei Seth! Ich lass euch auspeitschen, wenn ihr euren Posten grundlos verlassen habt!« donnerte Ramses und stürmte ihr vorbei, ohne von ihr, Notiz zu nehmen.

Henut war einer Ohnmacht nahe. Sie merkte, wie ihr der Boden unter den Füßen wegbrach. Dann sank sie auf die warmen Fliesen. Wie konnte das nur möglich sein? Sie hatte den Prinzen eben noch in seinem Bett gesehen, und sie hatte ihn erdolcht! Sie spürte, wie sich ihr Magen zusammenzog. Mit einem Mal drängte sich ihr eine Frage auf, die ihr fast die Sinne nahm: Wenn es nicht Ramses gewesen war, wer hatte dann unter der Leinendecke gelegen? Wen hatte sie getötet?

Ihr Herz begann zu rasen, und sie zitterte am ganzen Leib. Bei allen Göttern, was hatte sie nur getan!

22. Kapitel

Ein ungeheuerlicher Verdacht

Mit langen Schritten näherte sich Ramses seinem Privatbereich und stürmte wortlos an Henut vorbei, die vor der Tür zu seinen Gemächern herumlungerte. Was ging hier vor? Wo waren die Wachen? Was machte Mehis Dienerin vor seiner Tür? Er war schon diesem aufgescheuchten Vogel ausgewichen, der bei seinem Anblick wild mit den Flügeln um sich schlug und ihn mit dem Schnabel attackieren wollte. Er trat in den Empfangssaal und blickte verwundert zu dem zerborstenen Krug am Ende des Raums. Dann vernahm er die Stimmen der Soldaten, die aus Richtung seines Schlafgemachs kamen, und begann zu rennen.

»Was ist hier geschehen?«, brüllte er erneut, denn bisher hatte niemand ihm geantwortet.

Angst breitete sich in seinem Herzen aus. Der ausgelaufene Wein hatte die Farbe von Blut. Er wich den Scherben aus und bog in den Flur ein, der zum hinteren Teil seiner Zimmerflucht führte. Beim Anblick des leblosen Körpers von Paheri blieb er wie angewurzelt stehen. Es bedurfte keiner weiteren Worte. Paheris blutgetränkter Brustpanzer sagte ihm, dass sein Leibwächter nicht mehr am Leben war. Erst dann gewahrte er die offen stehenden Türen und sah die beiden Soldaten, die aus dem Schlafraum getrottet kamen.

Ramses gefror das Blut in den Adern.

Er stürzte auf die beiden zu und drängte sich an ihnen vorbei in den Raum. Nach nur wenigen Schritten blieb er wie von einem Blitz des Gottes Seth gerührt stehen. Es war zwar keine Öllampe entzündet; trotzdem reichte der schwache Schein des vom Flur hereinfallenden Lichtes aus, um die Blutlache zu erkennen, die sich auf seinem Bett gebildet hatte. Die Zudecke war durch mehrere Stiche zerfetzt.

»Sati!« Ohnmächtig vor Schmerz stürzte er auf sein Lager

zu, wagte aber nicht, das Laken wegzuziehen. »Sati!« Er fiel vor dem Bett auf die Knie und hämmerte mit der Stirn auf die Matratze, während sich seine Hände in der Zudecke verkrampften. »Sati!« Seine Stimme glich dem Wimmern eines waidwunden Tiers und wurde von den Tränen erstickt, die er vergoss. »Mein liebes, kleines Töchterchen, wer hat dir das angetan?«

Ramses' verzweifelter Aufschrei hallte durch die Gemächer und war auch noch im Flur vor seinen Räumlichkeiten zu hören. Henut versagte die Beherrschung. Stumm schluchzend brach sie zusammen. Was hatte sie nur getan? Sie hatte ein fünfjähriges Kind getötet, ein kleines, unschuldiges Mädchen, das ihr vertraut und welches sie lieb gewonnen hatte!

Durch den Tumult und die lauten Schreie des Prinzen neugierig geworden, kamen einige Beamte aus ihren Zimmern getreten und näherten sich den prinzlichen Gemächern, wurden aber sofort von den herbeigeeilten Wachleuten zurückgedrängt. Henut lag derweil noch immer auf dem Boden und zitterte am ganzen Leib. Plötzlich wurde sie derb am Oberarm gepackt und auf die Füße gezerrt.

»Was hast du hier zu suchen?«, schnauzte Ramses sie an und taxierte sie wütend aus geröteten Augen.

Erschrocken fuhr Henut zusammen. Mit einer Hand wollte sie ihm klarmachen, dass sie ihm Wein gebracht habe, doch Ramses begriff nicht, was sie ihm sagen wollte.

»Ach, vergiss es, Henut. Ich kann deine Zeichensprache nicht verstehen.« Er ließ von ihr ab und ging zum Schemel seines Leibdieners, der verwaist neben dem Eingang zu seinen Gemächern stand, um sich zu setzen.

»Sie hatte zwei Krüge dabei, die sie dir bringen wollte«, versuchte der hagere Soldat, auf Ramses' Frage zu antworten. »Wahrscheinlich ein Geschenk ihres Gebieters, zumindest nahmen wir es an. Ich wollte die Krüge in den Empfangssaal bringen, als dieser verrückte Vogel auftauchte.« Er zuckte hilflos mit den Schultern. »Ich habe ihr gesagt, dass sie die Krüge auf dem Tisch am anderen Ende des Eingangsbereiches abstellen soll ...«

»Du hast ihr erlaubt, meine Gemächer zu betreten?« Ramses glaubte, sich verhört zu haben.

Die Gesichtsfarbe des Langen wurde dunkelrot. Schweißperlen bildeten sich auf seiner Stirn. »Ja, Hoheit. Wir waren mit dem Vogel beschäftigt, und dessen Attacken machten ihr augenscheinlich Angst. Vergib mir, Hoheit. Ich habe ihr gedroht, bloß nicht durch deine Gemächer zu spazieren, um dir persönlich die Krüge zu übergeben.«

»Das wäre auch schwer möglich gewesen«, fauchte Ramses. »Ich war nämlich nicht da.« Missmutig musterte er den Unglücksraben. »Was ist weiter geschehen?«

»Wir haben versucht, den Vogel in den Garten zurückzuscheuchen«, berichtete nun der korpulentere Wachmann. »Dann kam die Dienerin wieder aus deinen Gemächern und hatte Blut am Fuß.«

Erst jetzt wurde Ramses dieser Umstand bewusst. Er hatte es gesehen, doch verdrängt. Der zerbrochene Krug, durchfuhr es ihn. Sie musste sich an einer Scherbe geschnitten haben.

»Als wir ihren blutigen Fuß bemerkten, wollte ich zu Paheri, um Entwarnung zu geben. Er musste den Knall gehört haben, den der Krug beim Auftreffen auf die Fliesen verursacht hat. Er sollte sich keine unnötigen Sorgen machen.«

»Von denen hatte ihn sein Mörder ja bereits erlöst«, schnaubte Ramses. Es war eine etwas pietätlose Bemerkung, das war ihm bewusst, aber derzeit einerlei. Der Verlust seiner Tochter schmerzte sehr.

Der Wächter seufzte. »Paheri war bereits tot, als ich ihn fand. Ich rief nach meinem Kameraden. Wir wollten gerade deinen Schlafraum inspizieren, als deine Stimme zu uns drang. Wir waren erleichtert, fürchteten wir doch, dass dir etwas zugestoßen sei. Trotzdem sahen wir nach, ob alles in Ordnung ist – und dabei fanden wir ...« Er wagte nicht, den Namen der Prinzessin auszusprechen. Niedergeschlagen trat er von einem Fuß auf den anderen. »Was soll mit ihr geschehen?« Er wies mit dem Kopf auf Henut, die wieder zusammengesunken auf dem Boden kauerte.

Resigniert zuckte Ramses mit den Schultern. Er hatte sich und seine Gefühle vorerst wieder unter Kontrolle, und sein Verstand arbeitete messerscharf. »Wie lange hat sie sich in meinen Gemächern aufgehalten?«

Nachdenklich kräuselten beide Wachen die Stirn.

»Nicht sehr lange«, meinte der hagere Soldat und blickte zu seinem Kameraden.

Dieser widersprach ihm. »Wir wissen es nicht. Wir waren abgelenkt.«

Ramses wurde hellhörig. Es widerstrebte ihm zu glauben, dass Henut etwas mit dem Mord an Sati zu tun haben könne. Dennoch musste allen Hinweisen nachgegangen werden. Er blickte auf die Dienerin herab.

»Wir können sie ohne Mehi nicht befragen. Niemand versteht ihre Gesten. Wir brauchen ihn, um uns ihre Gebärden übersetzen zu lassen.« Er fuhr sich durch das kurz geschnittene Haar. Sie ist nur eine schwache Frau, meldeten sich seine Zweifel erneut. Zudem hat sie Sati gemocht. »Doch vielleicht hat sie den Mörder gesehen?«, murmelte er vor sich hin. »Hast du das, Henut?«, wandte er sich an die Dienerin, welche so geschockt war, dass sie nicht auf seine Frage reagierte, oder hatte sie sie nicht gehört? »Hast du den Mörder gesehen?« Ramses beugte sich zu ihr herunter und berührte sie sacht an der Schulter, doch Henut starrte nur vor sich hin. Also beließ er es dabei. Sie musste den Schock erst einmal überwinden, so wie er.

»Hoheit«, machte der Dicke auf sich und seine Frage aufmerksam, »was soll mit ihr geschehen? Könnte nicht sie ...«

Ramses schüttelte den Kopf. »Nein, nicht Henut. Zum einen wäre sie viel zu schwach, um Paheri zu überwältigen, zum anderen hat sie meine Tochter gemocht. Ich kann mir nicht vorstellen, dass sie ihr hätte ein Leid zufügen können.« Er blickte hinunter auf die Dienerin. Sie kauerte zu seinen Füßen auf den Fliesen und starrte noch immer teilnahmslos vor sich hin, während sich ihr Oberkörper rhythmisch vor- und zurückzuwiegen begann.

»Hat sie dieses Unglück in die Hand eines Gottes getrieben?«, wagte der Lange zu fragen.

»Ich weiß es nicht.« Misstrauisch legte Ramses den Kopf schief und musterte Henut. Sie hatte seine Tochter lieb gewonnen, das stand eindeutig fest. Waren diese Gefühle so stark gewesen, dass deren grausamer Tod sie nun in den Wahnsinn trieb, oder war ihr Gemüt einfach zu schlicht, um ein solches Unglück zu ertragen?

Aus seinem anfänglichen Zweifel wuchs ein ungeheuerlicher Verdacht. Es stand für ihn fest, dass dieser feige, hinterhältige Anschlag ihm gegolten hatte und es nur ein schrecklicher Irrtum war, dass nicht er, sondern Sati ermordet worden war. Doch warum sollte ihm jemand nach dem Leben trachten? Und wem, wenn nicht dem Thronräuber Mehi, käme sein Tod zupass?

Ein Schluchzer würgte in seiner Kehle. Er schluckte ihn hinunter und sah auf die stumme Dienerin hinab.

Es bestand absolut kein Zweifel daran. Satis Tod hatte Henut in die Hand eines Gottes getrieben. Was aber war der Grund dafür? Sie konnte unmöglich wissen, dass Sati gestorben war. Einzig seinen verzweifelten Schrei hatte sie vermutlich vernommen. Hatte sie sich daraus alles Weitere zusammengereimt, oder war sie womöglich sogar in seinem Schlafraum gewesen?

»Bringt sie fort und bewacht sie!«, befahl er mit rauer Stimme. »Ich habe eine Menge Fragen an sie.«

***

Die Nachricht über den Mord an Prinzessin Sati verbreitete sich in Windeseile im Palast und gelangte auch schnell an die Ohren des Pharaos. Noch am selben Abend erschien Sethos persönlich in den Gemächern seines Sohnes, um diesem sein Mitgefühl auszusprechen.

»Ich bin schockiert, und es tut mir unendlich leid, was geschehen ist. Wer tut so etwas Schreckliches nur?« Mitfühlend ruhte Sethos' Blick auf Ramses. Dieser kauerte mit hängenden Schultern auf dem Boden vor der geöffneten Tür des Schreins und versuchte, in Amun-Re seinen Trost zu finden. Anteil nehmend legte Sethos ihm die Hand auf die Schulter.

»Ich weiß es nicht, Majestät.« Ramses wandte seinen Blick von der vergoldeten Figur und sah zu seinem Vater auf. »Doch ich stelle mir seit dem Moment, da ich Satis geschundenen Leib gesehen habe, dieselbe Frage: Wer ist zu solch einer Tat fähig?« Er blickte wieder zu Amun-Re. »Und ich bin zu einer Antwort gekommen, Vater, Majestät, welche dir sicher nicht gefällt.«

Überrascht zog Sethos die königlichen Brauen in die Höhe. »Wie meinst du das?«

»Nein, Vater, nicht *Wie*, sondern *Wen* meine ich.« Ramses stand auf und trat vor seinen Vater hin, sodass sich beide Auge in Auge gegenüberstanden. »Bitte vergib mir, Großer Horus, Starker Stier der Maat, auch wenn ich erneut deinen königlichen Zorn auf mich lade, so glaube ich, dass es dein Freund Mehi war, der diesen Mord befahl. Er wollte zwar nicht Sati töten, sondern mich; er konnte jedoch nicht ahnen, dass heute Nacht meine Tochter bei mir schläft, während ich auswärts weile, um mit Maj alles für den morgigen Tag zu besprechen.«

Sethos schnappte nach Luft. »Das ist eine ungeheuerliche Anschuldigung, Ramses. Hast du Beweise dafür?« Er ging zu der kleinen Sitzgruppe aus mit Kissen gepolsterten Stühlen und ließ sich auf einem nieder. Mit einer Handbewegung forderte er seinen Sohn auf, ihm gegenüber Platz zu nehmen.

Ramses gehorchte. »Ja, Majestät«, erwiderte er und setzte sich. »Henut, seine stumme Dienerin, war in meinen Gemächern. Sie sollte mir angeblich zwei Krüge Wein bringen ...«

»Das ist noch kein stichhaltiger Beweis für Mehis Schuld«, fiel Sethos ihm ins Wort. »Es kann purer Zufall sein, dass Henut bei dir war. Mich wundert allerdings, wie sie in deine Gemächer gelangen konnte.« Fragend kräuselte sich seine Stirn. »Egal! Das wird sich aufklären. Wie sie aber deinen Leibwächter überwältigen und töten sollte, sie, eine kleine, schwache Dienerin, das bleibt mir schleierhaft.«

»Ich kann dir keine Antwort darauf geben, wie sie es fertiggebracht hat, Paheri zu überwältigen. Ich weiß aber, wie sie in meine Räumlichkeiten kam. Das wird für die beiden Wachmänner ein Nachspiel haben, das schwöre ich. Henut muss aber mit dem Mordanschlag zu tun haben, denn als ich eine dreiviertel Stunde zuvor ging, waren meine Tochter und mein Leibwächter noch am Leben.«

Nachdenklich faltete Sethos die Hände vor dem Bauch. »Jemand anderes kann in der Zwischenzeit deine Gemächer betreten haben. Wie mir berichtet wurde, stand die Tür zum Garten offen, als die Soldaten Paheri fanden. Der Mörder muss durch den Garten gekommen sein.«

Verdutzt sah Ramses seinen Vater an und war erstaunt, wie gut dieser bereits unterrichtet war. Immerhin war noch nicht einmal eine Stunde vergangen, seit er seine Tochter erstochen in seinem Bett gefunden hatte. Dann antwortete er: »Als ich ging, nahm ich den Weg durch den Garten. Paheri hat die Tür ordnungsgemäß hinter mir verschlossen und verriegelt.«

»Dann hat womöglich einer deiner Bediensteten sie später wieder geöffnet.«

Ramses schüttelte den Kopf. »Nein. Nachdem ich fort war, war niemand mehr da. Nebsumenu hatte ich für den Rest des Abends freigegeben, und das galt auch für Pentawer. Zudem hätte Paheri es nicht zugelassen. Die Tür ist des Nachts stets verschlossen.« Er seufzte bedrückt. »Der Anschlag galt mir; das steht fest. Und außer Mehi würde mir niemand einfallen, dem mit meinem Tod geholfen wäre.«

Sethos sog hörbar die Luft durch die Nase ein und stieß sie durch den Mund wieder aus. »Ich zweifele nicht daran, dass man dir nach dem Leben getrachtet hat und nicht deiner Tochter. Doch welchen Vorteil sollte der Thronfolger daraus ziehen?«

»Dass er Thronfolger bleibt!« Ramses blickte seinem Vater offen in die Augen. »Immerhin bestände die Möglichkeit, dass du eines Tages den Königssohn von deinem Leib dazu ernennst.«

»Und der Königssohn von meinem Leib wärest du?«

Ramses nickte und senkte den Blick. »Ja, Vater. Bitte verstehe mich nicht falsch. Ich habe meine Lektion gelernt. Ich war eitel und hochtrabend und habe mich nicht wie der Sohn des Pharaos benommen. Du hast mir gezeigt, dass du der Herr über Kemi bist und dass nur derjenige dein Nachfolger werden wird, der sich unter dir bewährt und den einzig und alleine du, Majestät, dazu bestimmst.« Er hob wieder den Blick und sah seinem Vater offen in die Augen. »Ich sage dir das nicht, um dich von meiner Reue zu überzeugen, sondern um dir klarzumachen, dass meine Anschuldigungen gegen Mehi nicht meiner früheren Wut oder meinem Hass gegen ihn entspringen. Und deshalb möchte ich dir eine Frage stellen: Wurde Mehi durch dich auf begrenzte Zeit zum Nestfalken ernannt, bis ich mich gewandelt habe, erwachsen geworden bin? Ist ihm bewusst, dass er niemals den Horusthron besteigen wird, solange ich noch am Leben bin? Wenn ja, Majestät, dann steht seine Schuld für mich eindeutig fest.«

Sethos antwortete nicht. Stattdessen starrte er bestürzt vor sich auf den Boden und massierte sich mit Daumen und Zeigefinger die Stirn, über der sich der königliche Uräus aufbäumte. Eigentlich sollte er den Pharao und seine ihm nahestehenden Familienmitglieder vor allem Unheil bewahren. Bei dem kleinen Mädchen hatte die heilige Kobra kläglich versagt.

Mit versteinerter Miene blickte er wieder zu seinem Sohn. »Ich kann einfach nicht glauben, dass Mehi darin verwickelt sein soll. Er ist derjenige, den ich als meinen Freund bezeichne.« Er griff sich an die Brust und massierte sie, um den stechenden Schmerz zu vertreiben, der sein Herz mit einem Mal peinigte. »Doch ich werde meine Ohren nicht vor deinen Worten verschließen oder sie ignorieren, Ramses. Paser wird sich der Sache annehmen, und ich verspreche dir, dass der Schuldige ermittelt und bestraft werden wird. Doch hüte dich, etwas Unüberlegtes zu tun! Behalte deine Anschuldigungen für dich. Unternimm nichts auf eigene Faust gegen den Horus-im-Nest. Wenn du im Unrecht bist, kann selbst ich dich nicht mehr beschützen.« Sethos erhob sich und verließ schnellen Schrittes Ramses' Gemach.

Schweren Herzens ging Ramses wieder in sein Schlafzimmer. In der Zwischenzeit waren Priester erschienen und sprachen Gebete für die ermordete Prinzessin. Weihrauchwölkchen zogen durch den Raum, und monotoner Singsang erfüllte die Stille. Auf seinen Wink hin nahmen sie das Mädchen und legten es auf eine Trage, um es zu den Balsamierern zu bringen, die es auf seine Reise zu den Göttern vorbereiten sollten.

In knappen Worten wies Ramses seinen Haushofmeister an, das Zimmer zu säubern und ausräuchern zu lassen. Im Anschluss begab er sich in den angrenzenden Garten. Er musste jetzt mit sich und seinem Schmerz alleine sein. Nachtamun wollte ihm folgen, doch er verbot es ihm.

»Aber, Hoheit«, murrte der junge Oberst, »es wurde ein Attentat auf dich verübt. Du kannst unmöglich ohne Schutz durch den Garten spazieren.«

»Deine Vorsicht in allen Ehren, Nachtamun, ich kann und ich will. Du wirst mich nicht begleiten. Ich glaube kaum, dass ein weiterer Meuchelmörder sich in den Büschen versteckt.« Damit drehte Ramses sich um und verschwand in der Dunkelheit.

Wie betäubt schritt er die sauber geharkten Wege entlang. Aus der Ferne drang leise Musik an seine Ohren. Als er die Pforte im südlichen Bereich seines Gartens passierte, blieb er stehen und öffnete sie, um aus seinem Privatbereich in den öffentlichen Teil des Palastbezirks zu treten. Ob das in Anbetracht des Umstandes, dass irgendjemand ihn heute Nacht hatte ermorden wollen, ratsam war, bezweifelte selbst er. Es interessierte ihn aber nicht. Für Ramses stand fest, dass Mehi und dessen Dienerin in das Attentat verwickelt waren, und beide würden ihn sicher hier nicht vermuten, geschweige einen weiteren Angriff auf ihn unternehmen. Zudem stand Henut unter Arrest.

Ziellos steifte er die verwaisten Wege entlang und überquerte den Platz vor dem Palast seines Vaters. Hinter diesem schloss sich ein öffentlicher Teil der wundervollen Parkanlage an, in welcher die Höflinge nicht nur des Tags gerne lustwandelten. Als er schließlich einen etwas abgelegenen kleinen Fischteich erreichte, setzte er sich an dessen Rand ins kühle Gras und ließ seinen Gefühlen freien Lauf.

Der Mond war aufgegangen und hing wie eine prächtige silberne Scheibe am nachtschwarzen Firmament, das mit unzähligen Sternen übersät war. Der Wind spielte in den Wipfeln der Bäume. Die Frösche quakten, und ab und an war ein Plätschern zu hören, wenn einer von ihnen ins Wasser sprang.

Ramses bekam von alledem nicht viel mit. Er wandte den Blick zum Himmel hinauf und fragte sich, ob eines Tages auch Satis Stern dort oben leuchten würde. Er wusste keine Antwort darauf, doch er haderte mit den Göttern, die ihm erst ein Töchterlein gaben, um es ihm schließlich auf solch brutale Weise wieder zu nehmen. War das eine weitere Strafe der Ewigwährenden für seine arrogante, überhebliche Art, für seine Verfehlungen als unmündiger Knabe?

»O bitte, Amun-Re, warum strafst du mich derart hart? Warum nahmst du an einem unschuldigen Kind Vergeltung für meinen Eigensinn?«

Die Tränen liefen ihm übers Gesicht. Auch wenn Sati durch die Hand eines Meuchelmörders gestorben war, für ihn fühlte es sich an, als hätte er die Klinge selbst geführt, die das Herz seiner Tochter getroffen hatte. Wäre er nach dem Tod seines Bruders nicht so überheblich gewesen, wäre es zu diesem schrecklichen Verbrechen niemals gekommen. Ramses wusste es zwar nicht offiziell, doch auch er ging inzwischen davon aus, dass Mehis Ernennung zum Thronerben nur eine Finte gewesen war, um ihn zur Vernunft zu bringen. Sethos hatte aber niemals beabsichtigt, dem General den Weg auf den Thron der Beiden Länder zu ebnen.

»Wenn es aber anders gekommen wäre, hätte ich dann überhaupt Satis Pflege übernommen?«, fragte er sich und richtete seinen Blick vom Himmel auf die glatte Oberfläche des Teichs, in der sich Thots silberne Scheibe spiegelte. »Ich weiß es nicht«, führte er seinen Monolog fort und wischte sich die Tränen von den Wangen. »Allerdings glaube ich kaum, dass ich so edel gehandelt hätte, wenn es nicht zu meinem Vorteil gewesen wäre.«

Plötzlich spürte er die Gegenwart eines anderen Menschen hinter sich und verstummte abrupt. Ruckartig drehte er sich um, zum Sprung bereit, die Fäuste zum Schlag geballt, und gewahrte ein Paar schlanker Füße, die in einfachen Sandalen aus Binsen steckten.

»Darf ich mich zu dir setzen?«

Ramses entspannte sich, nickte und wischte sich die letzten Tränen aus dem Gesicht. »Du darfst, Anat.«

»Es tut mir unsagbar leid, was geschehen ist.« Seufzend ließ sich die Dienerin neben ihm im kühlen Gras nieder und sah ihn verstohlen von der Seite an. Selbst in der Dunkelheit konnte sie sehen, dass er Tränen vergossen hatte. Auch sie hatte geweint, als sie vom Tod der Prinzessin erfahren hatte. Sati war ihr ans Herz gewachsen, und schon jetzt vermisste sie deren piepsige Kinderstimme, ihr helles Lachen und die gemeinsamen Nachmittage im Garten der königlichen Nachkommenschaft.

Mitleidig ruhte ihr Blick auf Ramses. Er tat ihr aufrichtig leid. Auch wenn sie ihm früher mehr als einmal die Pest an den Hals gewünscht hatte; einen solchen Schmerz hatte er nicht verdient.

Schüchtern streckte sie ihre Hand nach ihm aus und berührte ihn sanft am Oberarm. »Weiß man schon, wer es gewesen ist?«

Ramses verneinte, und eine weitere Welle des Schmerzes überrollte ihn. Verzweifelt barg er den Kopf zwischen seinen Knien, sein Körper wurde vom Weinen geschüttelt.

Anat wusste nicht, wie sie sich verhalten sollte. Einem inneren Impuls folgend, legte sie ihm tröstend den Arm um die Schulter, und Ramses ließ es geschehen.

»Es ist so schrecklich, Anat«, brach es unvermittelt aus ihm heraus, und es war ihm einerlei, was die Dienerin von ihm dachte. Er war auch nur ein Mensch, hatte Gefühle, und der Schmerz fraß ihn förmlich auf. »Warum meine kleine Sati? Sie war noch ein Kind! Ich habe sie über alles geliebt, als wäre sie von meinem Leib.«

Er hob den Kopf und sah Anat in die Augen. Es tat so weh. Der Verlust dieses kleinen Menschen hatte ein Loch in seinen Körper gerissen. Es kam ihm vor, als hätte Ammit sein Herz gefressen, und das bei lebendigem Leib.

»Ich weiß.« Sie streichelte seinen Rücken.

Ramses' Gesicht war dem ihrem ganz nah. Das fahle Licht von Thots runder Scheibe genügte, dass er den Gram in Anats sonst so wunderschönen Gesichtszügen erkennen konnte. Ihre Lippen zitterten leicht, und mit einem Mal überkam ihn das Verlangen, diese verführerischen Lippen zu kosten.

Impulsiv nahm er Anat in seine Arme und drückte sie fest an seine Brust. Dabei atmete er den betörenden Duft ihres Körpers ein, der sein Verlangen steigerte. Seine Lippen fanden die ihren. Begierig küsste er sie. Seine Zunge drang in ihren Mund, seine Hände erforschten voller Neugier ihren Körper, und Anat gab sich ihm hin. Als er ihre knospenden Brüste berührte, fühlte er, wie deren Spitzen hart geworden waren. Lustvoll stöhnte sie unter seinen forschenden Händen. Als sie sich ins Gras sinken ließ, zog sie ihn mit sich mit.

Erneut küsste Ramses sie, während seine Finger verlangend über ihren flachen Bauch strichen und schließlich ihren Schoß fanden. Anat stöhnte, und ihr Atem ging stoßweise, als er ihr das Kleid hochschob, damit seine Finger ihre Erkundungstour besser fortsetzen konnten.

Aber auch bei ihm regte sich was. Da war dieses Kribbeln in seinem Bauch, welches er seit geraumer Zeit in ihrer Nähe verspürte. Es steigerte sich zu einem nie da gewesenen Verlangen, Anat zu berühren, sie zu liebkosen, zu streicheln und zu küssen, ihren Körper zu erforschen, ihn sanft zu berühren, ihren schweren Atem auf seiner Haut zu spüren, wenn er sich über sie beugte. Als er schließlich die Stelle fand, nach der seine Finger auf der Suche waren, stieß er begierig hinein. Zu seiner Überraschung bäumte Anat sich auf, sog die Luft scharf ein, um sie mit einem lustvollen Schrei wieder auszustoßen.

»Was tust du da?«, keuchte sie.

»Ich weiß es nicht«, gab er kehlig zurück, denn Anats Hände machten sich nun ebenfalls auf, seinen Körper zu erforschen. Dabei fanden sie Stellen, von denen Ramses nicht einmal gewusst hatte, dass eine Berührung durch eine begehrenswerte Frau ihm solch wohlige Gefühle bescheren würde. Hitzestöße brandeten durch seinen Leib, und er spürte, wie das Blut in seinen Penis schoss und sich dieser aufzurichten begann. Von dem unbändigen Verlangen seiner Lenden beseelt, glitt er über Anat und raunte ihr leidenschaftlich ins Ohr: »Lass es uns tun!« Dann drang er mit der Unerfahrenheit des ersten Mals ungestüm in sie ein.

Anat stieß einen spitzen Schrei aus und bäumte sich unter ihm auf. Kurz fragte sich Ramses, ob er ihr wehgetan hatte. Dann übermannte ihn seine Lust und trug ihn auf einer Welle der Leidenschaft in unbekannte Sphären. Auch Anat schien sein Verlangen zu teilen. Ihre beiden Leiber waren im Rhythmus der Liebe gefangen.

Als sie später erhitzt nebeneinander auf dem Rücken im weichen Gras lagen, schloss Ramses die Augen und seufzte bedrückt. Für einen kurzen Moment des Glücks hatte er vergessen können, was heute Abend Schreckliches geschehen war. Nun brach es erneut mit aller Macht wie eine riesige Woge über ihn herein und riss ihn mit sich fort. Schluchzend rollte er sich auf den Bauch und barg den Kopf in seinen Armen. Selbst Anats tröstenden Worte und ihre zärtlichen Küsse vermochten nicht, seinen Schmerz zu lindern.

Eng umschlungen lagen sie nebeneinander, bis sich der nächtliche Himmel am östlichen Horizont durch das Blut der getöteten Apophisschlange rötlich verfärbte. Die Zeit war gekommen, sich zu trennen. Wortlos kleideten sie sich an und stahlen sich wie Diebe aus dem Park. Niemand sollte erfahren, dass sie in dieser Nacht einander die Unschuld genommen hatten.

23. Kapitel

Die Ermittlungen beginnen

Nachdem Sethos aus den Gemächern seines Sohns zurückgekehrt war, begab er sich in sein Arbeitszimmer und befahl den Wachen, jeden abzuweisen. Er wollte nicht gestört werden. Zu viele Gedanken verwirrten sein Herz. Es schmerzte ihm, seit Ramses den ungeheuerlichen Verdacht gegen Mehi geäußert hatte. Wenn er die Augen schloss, sah er den geschundenen Leib des Kindes und das viele Blut vor sich. Es hatte bereits zu trocknen begonnen, als er in den Gemächern seines Sohnes eingetroffen war. Und dazwischen hallten wieder und wieder Ramses' Worte in seinen Ohren, Mehi sei jener, der aus seinem Tod Nutzen schlug.

»Ich kann es nicht glauben«, murmelte Sethos vor sich hin. Er nahm das Nemes-Tuch vom Kopf und legte es auf den Schreibtisch. »Nicht doch Mehi. Er ist mein Freund. Ich kenne ihn schon so lange, fast mein gesamtes Leben. Zu einer solchen Tat kann er unmöglich fähig sein.«

Er setzte sich an den Arbeitstisch, der aus kostbarer libanesischer Zeder gefertigt war, und massierte sich die Schläfen. Ein pochender Schmerz peinigte ihn und dazwischen seine rastlosen Gedanken. Er war so in seinen Grübeleien vertieft, dass er das Klopfen an der Tür überhörte. Erst als diese sich öffnete und der behelmte Kopf eines der beiden Wachmänner im Spalt erschien, sah er auf.

»Was gibt's?«, fragte er unwirsch. »Hatte ich nicht gesagt, dass ich nicht gestört werden will?«

»Vergib mir, Majestät«, erwiderte der Mann und senkte demütig den Blick. »Ihre Majestät, die Große Königliche Gemahlin Tuja, wünscht, dich zu sehen.«

»Meine Frau? Sie soll hereinkommen!«

Der Soldat verneigte sich zackig, riss die Tür weit auf und bat Tuja, einzutreten.

»Warst du bei unserem Sohn?«, erkundigte sich die Königin und kam auf Sethos zu, um ihm einen Kuss zu geben, während sich hinter ihr die Tür wieder schloss.

Sethos bejahte. »Ramses ist völlig entsetzt über Satis Tod.«

»Nicht nur er«, bestätigte Tuja. »Auch ich bin bestürzt über diese abscheuliche Tat.« Sie ging zur Sitzecke und nahm auf einem der Stühle Platz, die um einen Tisch herum standen. »Als ich ihn aufsuchte, war er nicht in seinen Gemächern. Sein Haushofmeister sagte, er wüsste nicht, wohin er gegangen sei.« Sie seufzte, griff nach dem Krug und füllte sich etwas Bier in eine Schale. »Sicher hat er sich einen stillen Platz gesucht, um seiner Trauer und dem Schmerz freien Lauf zu lassen.«

»Ich hoffe doch, in Begleitung von Nachtamun«, merkte Sethos an.

»Nein, von Nachtamun sicher nicht. Ich sah seinen Oberst, wie er die Gemächer nach Spuren untersuchte, die Licht in das Dunkel bringen sollen.« Sie stellte den Krug zurück und nahm die Schale in ihre beringte Hand. »Gibt es schon Hinweise, wer es getan haben könnte?«

»Bis jetzt noch nicht.« Sethos erhob sich hinter seinem Schreibtisch und setzte sich seiner Frau gegenüber auf einen Stuhl. »Ramses beschuldigt Mehi, dafür verantwortlich zu sein.«

»Und ist das auch deine Meinung?«

»Ich weiß es nicht. Mein Herz weigert sich, zu glauben, dass Mehi zu einer solchen Tat fähig ist. Unser Sohn brachte jedoch Argumente, die mich innerlich aufgewühlt haben.« Nachdenklich starrte Sethos auf den Boden. »Ramses hat inzwischen erkannt, dass alles nur eine Finte war und dass ich nicht gedenke, Mehi die beiden Kronen zu vererben. Und genau das hat er als Motiv für das missglückte Attentat auf ihn genannt.«

Ein kurzes Schmunzeln erhellte Tujas Gesicht. »Ich hätte es nie für möglich gehalten, dass unser Sohn so lange braucht, um die Wahrheit zu erkennen.« Sie wurde wieder ernst. »Dass Mehi allerdings verdächtig ist, ist nicht von der Hand zu weisen. Ich will damit nicht behaupten, dass er diesen Mord in Auftrag gab. Es kann genauso gut ein Fremder sein, der Ramses nach dem Leben trachtet, stattdessen aber Sati ermordet hat. Dennoch liegt die Vermutung nahe.«

»Ramses sagt, er war ungefähr eine dreiviertel Stunde fort, und die Tür zum Garten wurde hinter ihm geschlossen und verriegelt, als er ging. Der Mörder hat somit innerhalb dieser dreiviertel Stunde zugeschlagen. Ich gehe sogar davon aus, dass die beiden Morde kurz vor Ramses' Wiederkehr geschehen sind. Dafür spricht die Tatsache, dass sowohl Paheris Blut als auch das von Sati noch nicht getrocknet war, als ich unseren Sohn besuchte. Der Anschlag kann somit noch nicht lange her gewesen sein. Henut muss kurz nach dem Mord die Gemächer betreten haben. Wieso ihr Eintritt gewährt wurde, ist mir rätselhaft.«

»Ist sie nicht Mehis Dienerin?« Erstaunt hoben sich Tujas fein mit Kohol nachgezogenen Augenbrauen. »Und sie war in Ramses' Gemächern?« Dieser Umstand schien ihr nicht bekannt gewesen zu sein.

Sethos nickte.

»Dann lass sie und die Wachmänner verhören!«, empfahl sie schlicht.

»Bei Henut geht es nicht mehr. Der Schock hat sie in die Hand eines Gottes getrieben.«

»Dann verhöre Mehi«, mahnte Tuja eindringlich. »Egal ob er dein Freund ist und du ihm ein solches Verbrechen nicht zutraust, Sethos, er hätte in der Tat ein sehr starkes Motiv, Ramses zu töten.«

»Du sprichst schon wie unser Sohn«, erwiderte er und schenkte sich ebenfalls eine Schale Bier ein. »Auch Ramses glaubt, dass Mehi seine Position als mein Nachfolger nicht mehr verlieren will.«

»Ist das so unvorstellbar für dich?« Mit zusammengezogenen Augenbrauen musterte Tuja ihn. »Vergiss nicht, du hast mir erzählt, dass Mehi anfangs von deinem Plan nicht begeistert war. Ich kann das sogar verstehen. Die Vorstellung, sich dem Spott des Hofes auszusetzen, wenn du ihn seiner Privilegien wieder beraubst, ist nicht sehr angenehm. Später sagtest du mir, dass er nur mit Mühe seine Enttäuschung verbergen konnte, als du ihm eröffnet hast, nun sei der Zeitpunkt gekommen, Ramses sein Geburtsrecht zuzugestehen. Kannst du dir nicht vorstellen, dass in Mehis Herzen irgendwann der Plan gereift sein könnte, unseren Sohn zu beseitigen, um selbst Pharao zu werden?«

Sethos schwieg und starrte verbissen in sein Bier. Ihm war das alles bekannt. Er selbst hatte Mehi getadelt, als ihm dessen Unmut aufgefallen war, und er hatte ihn gefragt, ob er tatsächlich angenommen habe, ewig der Nestfalke zu sein. Doch sollte sich sein Freund zu einem solchen Dämon gewandelt haben, der über Leichen ging?

Plötzlich fielen ihm die Ereignisse im Steinbruch wieder ein. Ramses hatte Mehi bezichtigt, ihm eine Falle gestellt zu haben, um ihn der Lächerlichkeit preiszugeben. Er hatte Mehi mit diesen Anschuldigungen konfrontiert, der ihm glaubhaft versicherte, nichts dergleichen im Sinn gehabt zu haben. Im Gegenteil, Mehi schwor, einzig edle Beweggründe hätte er verfolgt. Und auch der Vorarbeiter konnte nur bestätigen, dass weder Mehi noch er Ramses etwas Falsches über den Stand der Arbeiten untergejubelt hatten.

»Aber diese Sache mit dem Ring ...«, sinnierte Sethos laut vor sich hin.

Fragend blickte Tuja ihn an. »Worüber denkst du nach?« Sie setzte die Schale an ihre hennarot gefärbten Lippen und trank, während sie ihn über den Rand hinweg aufmerksam musterte.

»Ich musste gerade an die Ereignisse in Sunu denken«, antwortete er. »Vor unserer Abreise hatte ich Mehi gesagt, dass ich Ramses an seinem vierzehnten Geburtstag an meine Seite holen werde. Und dann passiert plötzlich das.«

»Du hast mir aber auch gesagt, dass Mehis Absichten rein freundlicher Natur gewesen sind, und dieser Steinhauer hat es bestätigt.«

»Das stimmt, doch die Sache mit dem Ring. Sie ließ auch Ramses zweifeln und veranlasste ihn zu seinem Fehlurteil.« Sethos nippte an seinem Bier, stellte die Schale auf den Tisch und schlug die Beine bequem übereinander. »Mehi erklärte mir, dass dieser Ring ein Dankesbeweis für die Bereitschaft des Vorarbeiters war, die Wahrheit zu erzählen. Und das klingt auch heute noch plausibel für mich. Ich hätte nicht anders gehandelt. Ramses hingegen behauptete, dass gerade das ihn misstrauisch werden ließ.«

»Du meinst also«, nahm Tuja den Faden auf und spann ihn weiter, »Mehi hat dem Aufseher bewusst den Ring zugesteckt, weil er ahnte, Ramses würde daraus die falschen Schlüsse ziehen?«

»So erklärte es mir unser Sohn. Hinzu kommt, dass es Mehi war, der mir den Vorschlag unterbreitete, Ramses am nächsten Tag nach seinem Urteil zu befragen. Ich wäre in jenem Moment nie auf diese Idee gekommen. Dafür war ich viel zu wütend und zu aufgebracht über das hinterhältige Verhalten der beiden obersten Steinbruchbeamten. Mehi meinte, dass es an der Zeit sei, das in der Schule gewonnene Wissen von Ramses zu testen. Ich fand diesen Einfall lobenswert und beherzigte ihn. Das war womöglich ein Fehler.«

»Woher hättest du ahnen sollen, was Mehi damit bezweckt, wenn es stimmt, was wir ihm unterstellen? Doch egal, wie dem auch sei. Sollte Mehi der Auftraggeber sein, gäbe es zuvor zu klären, wie Henut es geschafft hat, den Wachmann zu überwältigen. Sie allein war zum Zeitpunkt der Morde in Ramses' Gemächern. Somit kommt sie als Mörderin infrage, oder hat ihr jemand geholfen?«

»Wer sollte das gewesen sein? Die beiden Wachen vor Ramses' Zimmerflucht?« Sethos' Blick wanderte zu der Statue des Amun-Re, die neben der von Ptah und Re in seinem Arbeitszimmer stand. »O mein Vater, habe ich meinem Sohn unrecht angetan? Ist er das Opfer einer infamen Intrige? Hat ein Mann, dem ich mein Vertrauen schenkte, dieses schamlos ausgenutzt?« Verzweifelt ruhten seine Augen auf dem Abbild des Königs der Götter, doch nichts geschah. Kein Sonnenstrahl erhellte Amuns Antlitz. Sein aus Granit bestehender Körper beugte sich nicht nach vorn. Sein göttlicher Vater blieb ihm die Antworten schuldig und verlangte, dass er sie selber fand. »Ich werde morgen früh Paser befehlen, sich um die Ermittlungen zu kümmern«, wandte Sethos sich wieder seiner Frau zu. »Die beiden Wachmänner müssen befragt werden, die am Zugang Wache hielten. Und Mehi muss mir schwören, dass er unschuldig ist.«

»Mache das, Majestät«, entgegnete Tuja und unterdrückte ein Gähnen. »Wenn du erlaubst, ziehe ich mich jetzt in meine

Gemächer zurück. Ich bin müde und will noch ein paar Stunden ruhen.« Sie erhob sich, trat auf ihn zu, um ihn zu küssen, und entschwand alsdann aus seinem Arbeitsraum.

***

Als sich der erste helle Streifen am Horizont zeigte, hatte Sethos eine schlaflose Nacht hinter sich.

Er trat hinaus auf den Balkon und stützte sich mit den Handflächen auf die gemauerte Brüstung. Irgendwo in der Ferne bellte ein Hund. Die Vögel waren erwacht und begrüßten den neuen Tag. Die ersten Bediensteten eilten ihrem Tagewerk entgegen, während der Horizont im Osten in Flammen stand. Die Silhouette von Memphis hob sich dunkel vom erwachenden Morgenhimmel ab, und Sethos wusste, dass es Zeit wurde, sich auf den Weg zum Tempel zu machen, um Ptah zu erwecken und ihn in seiner Weisheit und Güte um Rat zu befragen. Als er zwei Stunden später wieder in den Palast zurückkehrte, stand für ihn fest, was zu tun war.

Nach seinem gemeinsamen Frühstück mit Tuja, begab er sich in den Audienzsaal, um die allmorgendlichen Berichterstattungen der beiden Wesire und des Vizekönigs entgegenzunehmen. Anschließend zog er sich mit seinem Schreiber und Wesir Paser in sein Arbeitszimmer zurück und befahl, die beiden Soldaten und Ramses' Haushofmeister zum Verhör zu holen.

»Schildere mir genau den Hergang des gestrigen Abends!«, befahl er Nebsumenu, als dieser vor ihm stand. Er wollte sich selbst ein Bild der Ereignisse machen und benötigte dazu die Aussagen der verschiedenen Zeugen.

»Nach dem Abendessen befahl mir Seine Hoheit, Prinzessin Sati in seine Gemächer zu bringen«, hob Nebsumenu an. »Er wollte ihr etwas vorlesen, und wenn die Kleine eingeschlafen sei, so sagte er mir, wollte er noch einmal zu Maj. Mehr weiß ich zum gestrigen Abend nicht zu berichten, Majestät. Da Seine Hoheit meine Dienste nicht mehr benötigte, zog ich mich in meine Kammer zurück, las noch ein wenig, betete und legte mich frühzeitig ins Bett. Ich bin erst wieder durch den Lärm im Flur erwacht.«

»Waren die Wachen darüber informiert, dass mein Sohn auswärts weilt?« Eigentlich war diese Frage überflüssig. Es stand den Soldaten nicht zu, einen Fremden ohne die Erlaubnis von Nebsumenu, Nachtamun oder Ramses in die Gemächer einzulassen, egal ob ihr Gebieter anwesend war oder nicht. Dennoch interessierte es ihn, weil er wissen wollte, ob sie die Wahrheit sprachen.

»Das entzieht sich meiner Kenntnis, Majestät. Von mir erfuhren sie es nicht, denn als ich ging, war Seine Hoheit noch anwesend. Es bestand somit kein Grund, die Soldaten zu diesem Zeitpunkt über die Absichten des Prinzen zu informieren. Seine Hoheit befahl es mir nicht, und so wäre es von mir anmaßend gewesen, seinen Entscheidungen vorzugreifen. Sie hätten sich jederzeit ändern können.« Entschuldigend hob Nebsumenu die Schultern. »Ich ging davon aus, dass sie es spätestens dann erführen, wenn Seine Hoheit die Gemächer verlässt. Dass Prinz Ramses die Abkürzung durch den Garten nimmt, konnte ich nicht ahnen.«

»Hatte Pentawer sich ebenfalls schon zurückgezogen, als du gegangen bist?«

»Ja, Mächtiger Horus. Seine Hoheit sagte in meinem Beisein zu ihm, er würde ihn gegebenenfalls wecken lassen, wenn er zurückgekommen sei und seine Dienste benötigen sollte.«

»Und sonst ist dir nichts Ungewöhnliches aufgefallen?«

»Nein, Majestät.« Bedauernd deutete Nebsumenu eine Verbeugung an.

»Ich danke dir.« Sethos winkte den Hausverweser seines Sohnes fort und befahl, die beiden Soldaten eintreten zu lassen.

Diese schilderten wahrheitsgetreu den Hergang des Abends bis zu dem Zeitpunkt, als die Dienerin wieder die Gemächer verließ.

»Wann dürft ihr einen Fremden die Räume eures Gebieters betreten lassen?«, erkundigte sich Sethos im Plauderton, nachdem der hoch aufgeschossene Wachmann mit seinem Bericht fertig war.

Verdutzt wechselten die Männer einen knappen Blick.

»Normalerweise ist immer ein Diener in der Nähe«, wich der Lange einer konkreten Antwort aus.

»Gestern Abend war es nicht so. Und trotzdem habt ihr Henut passieren lassen, obwohl sie noch nicht einmal zur persönlichen Dienerschaft meines Sohnes zählt.« Sethos' Stimme hatte an Schärfe zugenommen. Er fragte sich, wie es zu einem solchen Dienstverstoß kommen konnte. Auch Nachtamun würde sich deshalb einen Tadel anhören müssen. Immerhin hatte er diese Männer für den Dienst in der Wachmannschaft seines Sohnes ausgewählt.

»Sie ist die Dienerin des Thronfolgers und darf sich in vielen Bereichen des Palastes frei bewegen ...«, hob der Lange an, sich zu rechtfertigen, doch Sethos unterbrach ihn sofort.

»Und dazu zählen die Privatgemächer meines Sohnes?«

»Nein, Majestät, natürlich nicht.« Der hoch aufgeschossene Krieger wagte kaum, zu atmen, während sein dicklicher Kamerad verbissen schwieg und auf die Fliesen zu seinen Füßen starrte. »Da war aber dieser Vogel, wie ich dir bereits erzählte«, erklärte er. »Wäre er nicht aufgetaucht ...«

Paser unterbrach ihn. »Um welche Art hat es sich gehandelt, dass ihr mit ihm vollauf beschäftigt wart? Ein Strauß sicher nicht. Den hätten die anderen Wachleute schon vor euch bemerkt. Er kann nicht fliegen und hätte somit durch den Haupteingang spazieren müssen.«

»Ich weiß es nicht, Tjati«, gab der Lange ehrlich zu und sah Hilfe suchend zu seinem Kameraden. »Er war gute zweieinhalb Ellen groß, lange dünne Beine, spitzer, gerader Schnabel. Er hatte gewisse Ähnlichkeit mit einem Storch.«

»Ein Kranich?« Fragend glitt Pasers Blick zu Sethos, der unschlüssig die Schultern hob. Kraniche wurden nur zu bestimmten Zeiten gesichtet und dann in sumpfigen Gebieten wie dem Delta, nicht aber in der Stadt.

»Kann schon sein, Tjati«, antwortete der Lange. »Wäre er jedoch nicht aufgetaucht, hätte ich ihr die Krüge abgenommen, um sie selbst in den Empfangssaal zu bringen. Das Tier kam auf uns zu, schlug mit den Flügeln um sich und hackte mit seinem Schnabel auf alles und jeden, der sich ihm zu nähern wagte. Die Frau erschrak fast zu Tode und flüchtete sich hinter uns, während wir versuchten, das Tier wieder zurück in den angrenzenden Garten zu scheuchen. Es war völlig desorientiert und verängstigt, Majestät. Irgendetwas muss es bei seiner Nachtruhe aufgeschreckt haben ...«

»Oder irgendjemand«, stellte Paser fest. »Ein Kranich hier im Palastgarten ist nicht gerade normal. Er muss von jemandem in den Männerflügel gebracht worden sein.«

»Genau«, bestätigte Sethos seine Worte. Der Vogel war ein Ablenkungsmanöver gewesen. Dennoch war er wütend, dass die Soldaten so unbedacht gehandelt hatten. Auch wenn Henut sich vor dem Kranich gefürchtet hatte; es bestand kein Grund dafür, ihr deshalb Einlass in die Gemächer seines Sohnes zu gewähren. »Das wird ein Nachspiel haben!«, grummelte er leise vor sich hin.

Die beiden Wachleute hüllten sich in betretenes Schweigen, während der Schreiber den Kopf hob und verstohlen zu ihm aufsah.

»Ich schätze«, fuhr Paser fort, »der Vogel war einzig dazu da, die Aufmerksamkeit der Wachen auf sich zu lenken und um Henut einen Grund zu verschaffen, unerlaubt die Gemächer zu betreten. Wie lange hielt sie sich da drinnen unbeobachtet auf?«

Verlegen tauschten die beiden Männer einen unschlüssigen Blick.

»Ich weiß es nicht«, erwiderte der Lange.

Paser beugte sich zu Sethos herab. »Angenommen, Henut verblieb genügend Zeit, um bis in Ramses' Schlafgemach vorzudringen«, flüsterte er ihm zu. »Wie hat sie es geschafft, Paheri zu überwältigen?«

»Das ist der Knackpunkt«, entgegnete Sethos, und an die Soldaten gewandt: »Wem wurde, nachdem Nebsumenu die Gemächer verlassen hat, Einlass gewährt?«

»Nur noch Oberst Intef zu seinem allabendlichen Kontrollgang.«

Paser und Sethos tauschten einen knappen Blick. Mit einem Mal erschien Intefs Anwesenheit in den prinzlichen Gemächern in einem völlig neuen Licht.

»Hatte er was zu beanstanden? Sprach er vielleicht davon, dass die Tür zum Garten nicht ordnungsgemäß verschlossen war?«

»Nein, Tjati. Er ging hinein, kam nach einer Weile wieder heraus und wünschte uns eine gute Nacht. Kurz darauf stand seines Vaters Dienerin vor der Tür.«

»Henut ist kurz nach Intef aufgetaucht?« Das hatte der hoch aufgeschossene Wächter zuvor nicht erwähnt. Paser sah zu Sethos. »Die beiden müssten sich eigentlich über den Weg gelaufen sein.«

»Und der Dienerin folgte auch schon der aufgescheuchte Vogel«, beteiligte sich zum ersten Mal der wohlgenährte Soldat an der Befragung.

»Schon einigermaßen ungewöhnlich«, meinte Paser. Erneut beugte er sich zu Sethos herab. »Wir sollten umgehend Intef verhören«, raunte er ihm zu. »Mir sind es der Zufälle allmählich zu viel.«

Sethos nickte. »Es ist allerdings erstaunlich, was alles ans Tageslicht tritt, wenn man die beiden hier immer wieder und wieder befragt«, stellte er fest, und seine Hand massierte die Stelle der Brust, an welcher sich das Herz befand, das ihm erneut zu schmerzen begann. »Allein die zwei Krüge mit Wein, die Henut meinem Sohn bringen sollte«, sinnierte er. »Warum schickt Mehi Wein? – Hole Nebsumenu noch einmal herein!«, befahl er Paser. Dieser gab dem Langen ein Zeichen, worauf dieser zur Tür trabte, diese öffnete und Ramses' Haushofmeister hereinbat.

»Ist es in der Vergangenheit schon einmal vorgekommen, dass Mehi meinem Sohn Geschenke gemacht hat?«, fragte Sethos.

Nebsumenu runzelte die Stirn und bejahte. »Einmal, Majestät. Das ist vielleicht ein oder anderthalb Wochen her. Ich erinnere mich, dass Seine Hoheit sehr erzürnt war und Pentawer alles an den Thronfolger zurücksenden musste.«

Müde fuhr Sethos sich über sein Gesicht. »Ihr dürft gehen. Ich habe keine weiteren Fragen mehr an euch, doch behaltet Schweigen über diese Unterredung! Ich will nicht, dass die Schuldigen ihren Vorteil daraus ziehen oder sich aus dem Staub machen können.«

Die Soldaten und der Haushofmeister verneigten sich ehrerbietig und verließen den Arbeitsbereich des Pharaos.

Nachdem sie den Raum verlassen hatten, nahm Sethos eine der Schriftrollen und drehte sie nachdenklich in seinen Händen. Dabei wanderte sein Blick zu seinem Schreiber, der seinerseits abwartend zu ihm aufblickte. »Ich will mit meinem Sohn reden. Lass ihn holen!«

Der Oberste königliche Schreiber erhob sich von seinem Platz zu Füßen des Pharaos, schritt zur Tür und erteilte den vor der Tür herumlungernden Dienern einen knappen Befehl.

In der Zwischenzeit wandte sich Sethos Wesir Paser zu. »Ich will, dass du Mehi genau überprüfst. Gehe dabei diskret vor, Tjati. Sollte er unschuldig sein, will ich ihm nicht zu viel Ungemach bereitet haben. Er zählt aber in meinen Augen zu den Verdächtigen, genau wie sein Sohn. Auch Intef soll verhört werden, und ich will schnelle Ergebnisse. Enttäusche mich nicht. Es wurde ein Attentat auf ein Mitglied der königlichen Familie verübt. Menschen wurden getötet. Das ist Chaos! Das werde ich nicht akzeptieren!«

Die Tür öffnete sich erneut, und Ramses trat mit hängendem Kopf in das Arbeitszimmer seines Vaters. Er verneigte sich und blieb mit gesenktem Blick vor Sethos stehen.

»Kannst du dir erklären, warum dir Mehi ein Geschenk machen wollte?«

»Nein, Majestät, ich habe nie darum gebeten. Ich bin ihm zwar nicht mehr feind; dennoch will ich mich nicht von ihm beschenken lassen. Wozu auch? Ich habe alles, was ich benötige. Ich brauche keine mildtätigen Gaben von ihm. Er verhöhnt und beleidigt mich mit seinem gepanschten Wein!« Ramses' Gesicht hatte sich vor Zorn erhitzt, obwohl er nicht mehr vorgehabt hatte, sich von dem Thronräuber aus der Fassung bringen zu lassen. Der Mord an Sati hatte die alte Wunde wieder aufgerissen.

Beschwichtigend hob Sethos die exakt manikürten Hände. Ihre Innenflächen waren mit Henna rot gefärbt. »Nun beruhige dich wieder«, versuchte er, ihn zu besänftigen. »Wie ich hörte, hat Mehi dir schon einmal etwas geschickt.«

»Ja, Majestät. Das ist jetzt anderthalb Wochen her. Ich weiß nicht, warum er es tat. Es ist ja nicht so, dass wir gut miteinander befreundet wären.« Unbehaglich trat Ramses von einem

Bein auf das andere und lugte zu den beiden Beamten. »Können wir das bitte unter vier Augen besprechen?«

Überrascht zog Sethos die Brauen in die Höhe, nickte jedoch und gab seinem Schreiber und dem Wesir ein Zeichen, ihn mit seinem Sohn allein zu lassen. Nachdem sich die Tür hinter den Männern geschlossen hatte, sagte er: »So, Ramses, und nun erzähle, was mein Schreiber und der Wesir nicht hören sollen.«

»Ich habe noch einmal über gestern nachgedacht«, hob Ramses an. »Davon abgesehen, dass diese beiden Dummköpfe eine fremde Dienerin in meine Gemächer einließen ... Woher kam dieser aufgescheuchte Vogel, ein Kranich, wenn ich mich recht entsinne, der nachts durch den Männerflügel rennt und meine Soldaten ablenkt, während sich eine Fremde in meinen Zimmern aufhält? Wieso fanden sich blutige Fußabdrücke im Empfangssaal, die nicht in Richtung Ausgang weisen?«

»Es wurden Fußabdrücke gefunden, die in die verkehrte Richtung gehen?«, fragte Sethos überrascht dazwischen.

»Ja, Vater. Nachtamun hat meine Zimmer genau untersucht und dabei festgestellt, dass sich diese Spur nicht nur im Empfangssaal, sondern auch im Gang zu meinem Schlafraum sowie vor dessen Tür befindet. Im Schlafzimmer selbst konnte er keine finden.« Er seufzte. »Doch es verbleibt eine weitere, in meinen Augen alles entscheidende Frage, Vater: Warum hat der Tod meiner Tochter Henut in die Hand eines Gottes getrieben, wenn ihr Herz durch keinerlei Schuld belastet ist?«

»Berechtigte Fragen«, gab Sethos zu und bedeutete Ramses, sich einen Stuhl zu holen und zu setzen. »Eine weitere entscheidende Frage ist jedoch, mein Sohn: Wie konnte Henut Paheri überwältigen?«

»Vielleicht hat sie ihn mit Gift oder Mohn außer Gefecht gesetzt«, antwortete Ramses, während er sich einen Stuhl heranzog und sich darauf niederließ. »Es war gestern sehr heiß, auch abends noch. Ich schätze, Paheri war einem kühlen Schluck Wein gegenüber nicht abgeneigt.«

Sethos musterte seinen Sohn. Ramses war über Nacht zum Mann gereift. Der schmerzliche Verlust hatte die letzten kindlichen Züge aus seinem Gesicht gewischt.

Was habe ich bloß getan?, dachte er, als er ihn so bekümmert vor sich sitzen sah. Irgendwie empfand er eine gewisse Mitschuld am Tod der Prinzessin. Wenn es wirklich Mehi gewesen war, der die Ermordung seines Sohns in Auftrag gegeben hatte, war auch er nicht ganz unschuldig an Satis Tod. Hätte er Ramses zum Falkenjungen ernannt, wäre Mehi niemals auf den Geschmack gekommen, eines Tages den Thron der Beiden Länder besteigen zu wollen. Ein eisiges Frösteln durchfuhr seinen Körper.

»Mir ist bekannt«, sagte er, »dass Henut sich regelmäßig in den Gemächern der königlichen Nachkommenschaft blicken ließ. Weißt du, seit wann sie Sati besuchen ging?«

Nachdenklich kräuselte sich Ramses' Stirn. Dann schüttelte er den Kopf. »Genau weiß ich es nicht. Ich habe es selbst erst vor Kurzem erfahren.« Er kniff die Augen zusammen und dachte angestrengt nach. »Es war genau an dem Tag, als mir Mehi zum ersten Mal einen Korb sandte mit Rosen, Wein und Gebäck«, erinnerte er sich. »Also vor anderthalb Wochen. Vielleicht solltest du Anat befragen. Sie wird es wissen.« Als Ramses den Namen der Dienerin aussprach, wurde er an die vergangene Nacht erinnert und geriet ins Stocken, sodass Sethos fragend zu ihm aufblickte. Verlegen räusperte er sich und setzte rasch hinzu: »Sie und Henut besuchten stets zusammen mein Töchterlein.«

»Ich weiß«, erwiderte Sethos und seufzte. »Wenn dir nichts mehr einfällt, das für die Aufklärung dieses Verbrechens dienlich wäre, darfst du wieder gehen, Ramses. Ich will dich nicht länger mit meinen Fragen quälen. Mein Versprechen bleibt bestehen, dass ich den Schuldigen ermitteln werde. Satis Mörder wird seiner gerechten Strafe nicht entgehen!« Selbst wenn es Mehi sein sollte!, fügte er in Gedanken hinzu. Mitfühlend ruhte sein Blick auf seinem Sohn, der sich verneigte und das Zimmer verließ.

Nachdem Ramses gegangen war, lehnte Sethos sich zurück und verschränkte die Hände hinter dem Kopf. Wie konnte es nur so weit kommen? Wie konnte einer seiner Untertanen es wagen, einen Mordanschlag auf seinen Sohn zu verüben, auf den rechtmäßigen Erben des Doppelthrons?

Ein diskretes Hüsteln riss ihn aus seiner Nachdenklichkeit.

Er sah zur Tür, wo der Kopf seines Schreibers im Türrahmen erschienen war.

»Verzeih, Majestät. Benötigst du meine oder Wesir Pasers Dienste noch?«

»Nein, doch schicke einen Herold zu Mehi, der ihn sofort zu mir bringen soll! Und lass die Dienerin Anat holen. Ich habe auch ein paar Fragen an sie.«

Sethos erhob sich und lief unruhig im Raum auf und ab, bis Mehi schließlich vor ihm stand. Sein Fächerträger zur Rechten, der ruhmreiche General und seines Zeichens Kronprinz war allem Anschein nach beim Baden überrascht worden, und der Bote hatte ihm nicht die Zeit gewährt, sich standesgemäß zu kleiden. So erschien Mehi nun barfüßig vor ihm mit einem einfachen weißen Schurz bekleidet und einem Amulett des Amun-Re um den Hals. Sein gelocktes Haar war noch feucht, und sein Gesicht ungeschminkt.

Höflich verneigte er sich vor ihm und sah ihn etwas ratlos an.

Sethos nahm wieder hinter seinem ausladenden Schreibtisch Platz und faltete die Hände vor sich auf der Arbeitsplatte. »Schwöre mir hier und jetzt, dass du mit dem Attentat auf meinen Sohn, dem Prinzessin Sati gestern Abend zum Opfer fiel, nichts zu tun hast, Mehi!«

Verständnislosigkeit malte sich auf das Gesicht seines Vertrauten. »Wie meinst du das? Glaubst du etwa, dass ich oder Henut mit diesem schrecklichen Mord etwas zu tun haben?«

»Ich will nicht mit dir darüber diskutieren, wer oder wer nicht damit etwas zu tun hat, Mehi! Knie einfach nur nieder, lege deine rechte Hand auf dein Herz, und dann schwöre mir bei allen tausend Göttern Kemis, dass du unschuldig bist!«

Mehi tat völlig verwirrt, kam aber umgehend dem Befehl seines Königs nach. Er kniete zu Sethos' Füßen nieder und leistete, ohne mit der Wimper zu zucken, diesen Schwur.

Sethos war sich nicht sicher, ob da nicht ein kurzes Zögern gewesen war oder ein leichtes Zittern in Mehis Stimme. Dennoch sagte er: »Du hast deinen Schwur geleistet. Also muss ich nach dem Schuldigen weitersuchen.« Mit einer fahrigen Handbewegung entließ er seinen General.

Mehi erhob sich wieder. »Darf ich erfahren, warum du diesen Eid von mir verlangt hast, Majestät? Du kannst doch unmöglich annehmen, dass ich Ramses nach dem Leben trachte?« Er schluckte bestürzt. »Wodurch habe ich dein Misstrauen erweckt, oder wurde ich durch jemand denunziert?«

»Du bist entlassen, Mehi!«, erwiderte Sethos scharf.

Sethos' Blick ruhte ausdruckslos auf Mehi, sodass dieser nicht erraten konnte, was er dachte. Er sah jedoch ein, dass es zwecklos war, etwas aus Sethos herauszubekommen, und so verneigte er sich knapp und verschwand genauso schnell, wie er gekommen war.

Während Sethos sich Gedanken über die weitere Vorgehensweise zur Aufklärung der Morde machte, begab Mehi sich unverzüglich zu seinem Anwesen am Ufer des Nils zurück, wo er schon von Tachat besorgt erwartet wurde.

»Was wollte er von dir?«, fragte sie und zwirbelte nervös eine Strähne ihrer Perücke.

»Er hat Verdacht geschöpft«, erwiderte Mehi und ließ sich auf einen Sessel fallen. »Irgendjemand muss ihm eingeredet haben, dass ich an Satis Ermordung schuldig bin. Oder es liegt nur daran, dass sich Henut kurz vor dem Auffinden der Leichen in Ramses' Gemächern aufgehalten hat.«

»Möglich, doch wenn jemand ihm Gift ins Ohr getröpfelt hat, kann es nur sein missratener Bengel gewesen sein«, zischte Tachat, und ihre Augen verengten sich zu schmalen Schlitzen. »Konntest du Sethos von deiner Unschuld überzeugen?«

»Ich denke schon. Er ließ mich schwören, dass ich nichts mit der Sache zu tun habe, und ich habe diesen Schwur geleistet.«

»Sehr schön«, entgegnete Tachat. Sie war sichtlich erleichtert und setzte sich. »Warum hat sich dieses törichte Ding auch nicht davon überzeugt, wen sie erdolcht«, schimpfte sie und massierte sich gereizt den Nacken. »Ich dachte, Henut wäre klüger. Hat sie denn nicht auf Intef gewartet? Er sollte ihr doch bestätigen, ob Ramses anwesend ist oder nicht.« Sie schnaubte erzürnt. »Es hätte alles so schön passen können, doch nun ...«

»Nun können wir nur hoffen und beten, dass Sethos keinen Verdacht mehr gegen mich hegt«, antwortete Mehi. Auf seiner

Stirn hatten sich Sorgenfalten gebildet. »Das Problem ist, dass Henut sich in die Hand eines Gottes begeben hat.«

»Und was ist daran schlecht? Immerhin kann sie uns nicht mehr verraten.«

»Wenn sie das nicht schon getan hat, meine Liebe. Jeder wird sich fragen, warum ihr der Tod des Mädchens einen solchen Schock versetzt, dass sie nicht mehr bei klarem Verstand ist.«

»Sie hat ein schlichtes Gemüt und zudem Sati gemocht«, erwiderte Tachat gelassen.

»Das haben andere auch, doch keiner von ihnen ist dem Irrsinn verfallen.« Mehi fuhr sich durch sein kurzes Haar. »Ich hoffe, das bricht uns nicht das Genick. Henuts plötzlicher Geistesverlust kommt schon fast einem Schuldeingeständnis gleich.«

»Das sehe ich nicht ganz so wie du«, hielt Tachat dagegen. »In meinen Augen ist das noch lange kein stichhaltiger Beweis für ihre Schuld. Es wäre gegen die göttliche Maat, wenn Henut nur aufgrund ihres Geistesverlustes verurteilt wird.«

»Sie sicher nicht, meine Liebe«, entgegnete Mehi kühl. »Henut hat sich dem Schuldspruch entzogen, doch unsere Leben hängen an einem dünnen Faden. Wo steckt eigentlich Intef? Warum hat er ihr nicht gesagt, dass Ramses gar nicht in seinem Bett lag und schlief?«

»Woher soll ich das wissen?«, zischte Tachat. »Vielleicht konnte er es nicht, weil dieses dumme Ding sich nicht an den Plan gehalten hat.«

Mehi ballte die Fäuste. »Wir können jetzt nur noch beten und hoffen, dass mein Schwur sämtliche Zweifel bei Sethos ausgeräumt hat.«

24. Kapitel

Schreckliche Gewissheit

Sethos' Zweifel waren nicht gänzlich ausgeräumt. Nachdem Mehi gegangen war, starrte er noch einige Zeit grübelnd auf die geschlossene Tür, und seine Gedanken überschlugen sich. Sein Vertrauter hatte zwar den von ihm verlangten Schwur geleistet; eine innere Stimme flüsterte ihm jedoch zu, dass es ein Meineid gewesen war, um die eigene Haut zu retten. Es fehlten ihm allerdings die Beweise dafür.

Als es klopfte, schreckte er aus seinen Grübeleien auf. Die Tür öffnete sich, und Anat trat mit ehrfürchtig gesenktem Blick in den Raum und warf sich ihm zu Füßen.

»Erhebe dich, Anat, und sage mir, seit wann hat Henut zusammen mit dir Prinzessin Sati besucht!«

Verstört trat die junge Frau von einem Bein auf das andere. Sie wagte nicht, den Kopf zu heben aus Angst, Sethos könne ihr an der Nasenspitze ansehen, was in der Nacht zuvor im Garten zwischen ihr und Ramses geschehen war.

»Ich weiß nicht recht, Majestät«, hob sie zaghaft an. »Es war irgendwann so Mitte der Erntezeit, als Henut begann, mich regelmäßig zu Prinzessin Sati zu begleiten.« Bei der Erinnerung an das Mädchen traten ihr unwillkürlich die Tränen in die Augen, und verstohlen wischte Anat sie fort.

»Mitte der Erntezeit sagst du?«, wiederholte Sethos. Also ungefähr zur selben Zeit, als sie aus dem Süden zurückgekehrt waren. Er räusperte sich. »Ist Henut deine Freundin?«

Anat verneinte. »Das würde ich so nicht sagen, Majestät. Es fällt schwer, jemandes Freundin zu sein, wenn man sich nicht mit ihm oder ihr richtig austauschen kann, und Henuts Gebärdensprache kann ich nur bedingt deuten. Ich mag sie und habe mich immer gefreut, zusammen mit ihr in die Kindergemächer zu gehen, aber als Freundin würde ich sie nicht bezeichnen.«

»Du sagst, du kannst Henuts Gebärden bedingt verstehen?«

»Ja, nein, Majestät.« Anat errötete. »Ich versuche stets zu erfragen, was sie will, und Henut nickt oder schüttelt mit dem Kopf. Manchmal etwas zeitaufwendig«, gab sie ehrlich zu.

Sethos musste schmunzeln. »Das glaube ich gern.«

Verlegen trat Anat zum wiederholten Mal von einem Fuß auf den anderen. »Stimmt es, Majestät, was man hinter vorgehaltener Hand munkelt, dass Henut Prinzessin Sati getötet haben soll?«

Überrascht runzelte Sethos die Stirn. »Ach, munkelt man das?«

»Ja, Majestät. Einige von der Dienerschaft glauben, der Hohe Herr Mehi hätte seine Finger im Spiel, denn dieser Anschlag galt Seiner Hoheit und nicht seinem Töchterlein.«

Sieh mal einer an, dachte Sethos bestürzt, selbst die Diener mutmaßen, dass der Nestfalke meinen Sohn ermorden lassen wollte. Nur ich, ich kann nicht glauben, dass mein Freund so verdorben ist.

»Ich habe keine weiteren Fragen mehr an dich, Anat. Gehe jetzt und bewahre Stillschweigen über unsere Unterhaltung! Und vor allem hüte dich, solche Beschuldigungen laut zu äußern.«

Anat erblasste und fiel erneut vor Sethos in den Staub. Als sie sich erhob und rückwärts zur Tür zurückzog, kreisten ihre Gedanken weiter um die Gerüchte, die seit dem Morgen ihre Runde im Palast machten. Sollte der General tatsächlich schuldig sein, dann fühlte sich auch Anat schuldig. Immerhin war sie es gewesen, die vier Jahre zuvor Ramses und seine Freunde beim Pharao verpetzt hatte. Es schien der Tropfen gewesen zu sein, der den Krug zum Überlaufen gebracht hatte. Zumindest war Ramses drei Tage später nicht zum Horus-im-Nest ausgerufen worden, sondern der Vertraute und Freund des Pharaos.

Bei diesem Gedanken wurde ihr speiübel, doch es kam ihr auch eine Idee, wie sie vielleicht ein klein wenig ihrer Schuld abtragen konnte. Dafür musste sie Sethos nur erzählen, was sie sonst noch wusste und was ihr seltsam erschien. Sie verharrte in ihrer Bewegung und lugte zu Sethos, der schon wieder in seinen Gedanken versunken war und dabei vor sich auf die blank polierte Platte seines Arbeitstisches starrte. Er schien, sie bereits vergessen zu haben. Also nahm Anat all ihren Mut zusammen und hüstelte diskret, um erneut auf sich aufmerksam zu machen.

»Gibt's noch was?« Sethos musterte sie.

»Ja. Majestät.« Verlegen trat Anat einen Schritt auf den Arbeitstisch des Herrschers zu und wischte sich ihre vor Aufregung schweißnassen Handflächen an ihrem Leinenkleid ab. »Du hast mich gerade davor gewarnt, nichts Unüberlegtes zu sagen, und ich möchte niemanden verleumden oder ihm ein Verbrechen anlasten, welches er nicht begangen hat. Weil aber seit dem Morgen diese Gerüchte um den Nestfalken im Palast kursieren und du mich nach Henut befragt hast, ist mir noch etwas eingefallen.«

»Dann rede, Anat!«, forderte Sethos sie auf und konzentrierte sich wieder auf sie.

»Es geht um die Herrin Tachat.«

»Um Mehis Gemahlin?«

»Ja, Majestät. Es ist jetzt ungefähr ein Jahr her, da sprach mich die Herrin Tachat im Garten an und unterhielt sich mit mir. Sie erkundigte sich nach Seiner Hoheit und fragte, ob der Prinz mich wieder einmal geärgert habe. Ich verneinte und antwortete, dass sich ...« Verlegen senkte Anat den Blick auf ihre Füße und errötete erneut.

»Dass sich was, Anat?«

»... dass sich Seine Hoheit geändert habe, seit er erwachsen geworden ist, und er mich nicht mehr beleidigt. Die Herrin Tachat war einigermaßen erstaunt, diese Worte aus meinem Mund zu hören. Das sah ich ihr an. Dennoch versprach sie mir, sich darum zu kümmern, sollte Seine Hoheit mir gegenüber wieder frech sein. Ich war verwirrt und wusste nicht, wie mir geschah. Die Herrin Tachat sprach zu mir wie zu einer Gleichgestellten, nicht wie zu einer Dienerin. Hinzu kam, dass sie auf meinen Vater verwies und meinte, schon allein aus diesem Grund müsse sich Seine Hoheit mir gegenüber freundlicher verhalten. Ich war entsetzt, Majestät, und ziemlich froh, als ich endlich gehen durfte. In der folgenden Zeit sprach sie mich immer wieder an, doch ich schwieg beharrlich und antwortete nur einsilbig auf ihre Fragen. Sie wollte wohl nett zu mir sein, obwohl es mir seltsam erschien, vor allem, weil es so plötzlich kam. Irgendwann war ihr Interesse an mir dann erloschen, und ich war wieder Luft für sie.« Zaghaft hob Anat ihren Blick zu Sethos. »Ich dachte, Majestät, dass du das wissen solltest.«

»Du hast gut daran getan, es mir zu erzählen«, lobte Sethos, der nicht glauben konnte, was er soeben erfahren hatte. »Doch nun gehe, Anat, und vergiss nicht, was ich dir gesagt habe.«

Sich verneigend, zog Anat sich zurück, passte in ihrer Aufregung nicht auf und stieß mit dem Hinterteil gegen die Tür. Entschuldigend lächelte sie zu Sethos und war alsdann aus dem Arbeitsraum verschwunden.

Nun stand für Sethos endgültig fest, dass Mehi genauestens überprüft werden musste. Die Annäherung Tachats an Anat war in der Tat recht ungewöhnlich. Sethos wusste zwar auch, wer Anats Vater war, doch da Ramesse sie als seine Tochter niemals anerkannt hatte, stand es auch niemandem zu, auf ihre Abstammung anzuspielen.

Er rief sofort nach Paser und unterrichtete ihn über seine Unterhaltung mit Anat.

Paser machte sich sofort ans Werk. Das Netz seiner vertrauenswürdigen Informanten reichte bis in die höchsten Kreise und schloss den Haushalt des Thronfolgers mit ein. Sethos hatte ihn nicht nur über das Gespräch mit Anat ins Bild gesetzt, sondern auch die eigene Anweisung widerrufen, Mehi behutsam und ohne großes Aufsehen zu befragen. Zudem wusste Paser nun ganz offiziell, dass dessen Ernennung zum Horus-im-Nest nur eine Finte gewesen war. Sethos hatte niemals vorgehabt, seinem Freund aus Jugendtagen Krummstab und Geißel zu übergeben. Dieses Wissen erhärtete den Verdacht gegen den derzeitigen Thronfolger, den wahren und rechtmäßigen Erben des Horusthrons beseitigen zu wollen. Von Nachtamun erfuhr Paser schließlich, dass Teilabdrücke blutiger Fußspuren in den prinzlichen Gemächern gefunden worden waren. Sie führten vom Schlafzimmer bis zum Ausgang und von dort wieder zurück zum Tisch, auf welchem Henut ihre Krüge abstellen sollte, bevor ihr einer angeblich entglitten und zerbrochen war.

»Ich denke«, hatte der junge Oberst von Ramses' Getreuen ihm gegenüber die Vermutung geäußert, »Henut ist beim Verlassen der Gemächer aufgefallen, dass sie Blut am Fuß kleben hat. Daraufhin ist sie zu ihren Krügen zurückgeeilt, hat einen auf den Boden fallen lassen und sich mit einer Scherbe selbst am Fuß verletzt. Dass sie bereits eine Spur auf den Fliesen hinterlassen hatte, ist ihr weder in den Sinn gekommen noch aufgefallen.«

»Wie aber hat sie Paheri überwältigt?«, wollte Paser wissen, doch auf diese Frage musste Nachtamun ihm die Antwort schuldig bleiben.

Da Henut sich nachweislich in der Hand eines Gottes befand und zum betreffenden Abend nicht mehr befragt werden konnte, erteilte Paser den Befehl, die Bediensteten des Mehi und der Tachat zu verhören. Die Befragung der Herrschaft behielt er sich selber vor. Die Eheleute stritten natürlich alles ab. Waren sie anfänglich noch erstaunt, dass sie einer solchen Tat verdächtigt wurden, schlug ihre Stimmung schnell in Empörung um.

»Was fällt dir ein, mir einen solchen Frevel zu unterstellen?«, schrie Tachat. Sie war außer sich vor Zorn, das Gesicht hochrot verfärbt. »Weißt du nicht, wessen Gemahlin ich bin?«

»Aber sicher doch, Herrin Tachat.« Paser klang völlig beherrscht. »Dein Mann ist der Horus-im-Nest, aber nur so lange, bis Seine Majestät ihn seiner Position zugunsten seines Sohnes wieder enthebt. Allerdings scheinst du zu vergessen, mit wem du gerade sprichst! Ich bin der Wesir der südlichen Landeshälfte. Ich fordere den nötigen Respekt von dir!«

Der Schreiber zu seinen Füßen hielt die Luft an. Die offene Zugabe, dass Mehis Ernennung zum Thronfolger nur eine Finte gewesen war, hatte den Mann mit offenem Mund zu ihm aufblicken lassen. Nun waren seine Gesichtszüge förmlich erstarrt, denn die unterschwellige Drohung in Pasers letzten Worten war nicht zu überhören gewesen.

Auch bei Tachat zeigten sie Wirkung. Demütig senkte sie den Kopf und sah auf ihre Füße. Dennoch brachte ihr Verhör kein Licht in das Dunkel, das zu lüften Paser verpflichtet war, und auch Mehis Befragung erwies sich als äußerst unbefriedigend. Erst als ein Gärtnergehilfe berichtete, dass er ungewollt Ohrenzeuge einer Unterhaltung zwischen seinem Gebieter und dessen Frau geworden sei, kam Bewegung in die Untersuchung.

»Was genau hast du gehört?«, fragte Paser den Mann und ließ ihn nicht aus den Augen.

»Der Gebieter hatte der Herrin gerade erzählt, dass Seine Majestät – er lebe, sei heil und gesund! – jemandem anderen als meinen Herrn das Amt des Hohepriesters des Amun-Re übertragen habe. Die Herrin Tachat war darüber sehr erbost, weil Seine Majestät diese Funktion ihrem Gemahl versprochen hatte, wie sie sagte. Danach unterhielten sie sich gedämpfter, sodass ich nichts mehr verstehen konnte. Bevor der Gebieter jedoch die Tür zu den Privatgemächern seiner Gemahlin schloss, hörte ich meine Herrin sagen, dass er selbst daran schuld sei, wenn Seine Hoheit, Prinz Ramses, ihm seine glänzende Zukunft entreißt.«

»Und das hast du mit eigenen Ohren gehört?«, fragte Paser noch einmal nach.

»Ja, Tjati, das schwöre ich.«

Paser ließ auf der Stelle Mehi und Tachat erneut verhören, dieses Mal streng. Mehi stritt sämtliche Anschuldigungen ab, und auch Tachat wies erstaunlich viel Durchhaltevermögen auf, als sie unter Stockhieben befragt wurde. Immerhin sage man solche Dinge, wenn man aufgebracht ist, begründete sie ihre Worte. Erst ihr Sohn erhellte die Dunkelheit.

Intef war im Vorfeld ebenfalls schon einmal vernommen worden, hatte aber nichts Interessantes zur Aufklärung beigetragen. Seine Anwesenheit in Ramses' Gemächern beinahe zeitgleich mit der Ermordung Paheris und Satis, konnte er nachvollziehbar erklären. Umso erstaunter war Paser, als er am selben Abend, nachdem seine Eltern erneut verhört worden waren, um eine Audienz bei ihm bat.

»Was kann ich für dich tun?«, empfing Paser ihn. »Geht es um deine Familie?«

Intef bejahte.

Paser konnte ihm ansehen, dass ihm dieser Gang nicht leichtzufallen schien. Er mutmaßte, dass sich der schneidige Leibwächter in der Funktion eines Bittstellers nicht wohlfühlte, es aber aus Liebe zu seinen Eltern auf sich nahm. Er gewährte ihm die Zeit, die er benötigte, um sein Anliegen ihm vorzutragen.

»Ich bin hier«, hob Intef schließlich an und knetete nervös

seine Hände, »weil mein Herz keine Ruhe mehr gibt. Ich möchte nicht, dass es wegen einer falschen Aussage nach meinem Tod vor dem Richter der Unterwelt die Waagschale in die Tiefe senkt. Kurzum, Tjati, ich war nicht ganz ehrlich zu dir, als du mich verhört hast.« Betreten sah er auf den Boden zu seinen Füßen.

Paser wagte kaum, zu atmen. Er hätte mit allem gerechnet, dass Intef um das Leben seiner Eltern fleht, ihm weismachen will, dass sie unschuldig seien, nicht aber, dass er hier war, um seine Aussage zu revidieren. In welchem Punkt hatte er ihn belogen? Gespannt ruhte sein Blick auf dem jungen Getreuen.

»Was ich dir über mein Verhältnis zu Seiner Hoheit erzählt habe«, fuhr Intef fort, »entspricht der Wahrheit. Auch zu meinem Alibi für den betreffenden Abend gibt es nichts hinzuzufügen. Paheri war noch am Leben, als ich ging, und natürlich auch die Prinzessin. In Bezug auf meine Eltern, Tjati, habe ich allerdings gelogen.« Er schluckte schwer, und kleine Schweißtröpfchen bildeten sich auf seiner Stirn. »Mehi und Tachat sind meine Eltern, meine Familie«, sagte er. Es klang Verständnis heischend. »Ich bin ein ehrlicher und gottesfürchtiger Mann, Tjati, doch ich konnte nicht anders. Ich musste dir die Wahrheit verschweigen. Nun aber gibt mein Herz keine Ruhe mehr ...« Verzweifelt hielt er inne.

»Dann entlaste es von der Schuld, die du auf dich geladen hast, und erzähle die Wahrheit, die du in deinem Herzen vor der Welt verschließen wolltest», sagte Paser sanft und bot Intef, der vor seinem Arbeitstisch stand, einen Stuhl an.

»Es entspricht der Wahrheit, dass ich nicht gewusst habe, was meine Eltern planen«, hob Intef an, nachdem er sich einen Stuhl herangezogen und sich gesetzt hatte. »Anderenfalls hätte ich dagegen rebelliert.« Er seufzte. »Du musst mir glauben, Paser, sie ließen mich und meine jüngere Schwester darüber im Ungewissen, welche Dämonen sich in ihren Herzen eingenistet hatten. Ich wusste jedoch, dass sowohl meinem Vater als auch meiner Mutter ihre Stellung zu Kopf gestiegen ist und sie diese nicht mehr freiwillig hergeben wollten. Ich hätte nur niemals angenommen, dass sie so weit gehen würden, ein Attentat auf Ramses zu verüben.«

»Woher nimmst du die Gewissheit, dass sie den Mord in Auftrag gaben?«, fragte Paser interessiert.

»Weil meines Vaters stumme Dienerin sich zum Zeitpunkt der Morde in den Gemächern des Prinzen befand. Henut ist meinem Vater völlig hörig. Er holt sie regelmäßig auf sein Lager, und sie liebt ihn dafür. Sie würde alles für Mehi tun, um ihm zu gefallen.« Er seufzte erneut. »Von den beiden Wachleuten, die am Zugang zu Ramses' Zimmerflucht ihren Dienst versahen, weiß ich, dass ich kaum gegangen war, als Henut erschien. Und da Paheri sich kurz zuvor bester Gesundheit erfreute und die Tür zum Garten nicht offen stand, muss sie die Täterin gewesen sein.« Er fuhr sich müde mit der Hand über das Gesicht. »Ich habe meinen Vater damit konfrontiert, doch er hat alles abgestritten, meine Mutter ebenfalls.«

Also hatte Intef mit seinen Eltern darüber gesprochen, dachte Paser, denn er hatte ebenfalls diese Überlegung bezüglich des Erscheinens von Henut kurz nach Intefs Verlassen der Gemächer angestellt. In seiner Vorstellung spielte Intef jedoch eine nicht unbedeutende Rolle bei der Ermordung des Wachmanns und der Prinzessin.

»Aber wie konnte sie Paheri überwältigen und ermorden?«, fragte er.

»Mit Gift? – Vielleicht war in jenem Krug, der im Empfangssaal zu Bruch ging, vergifteter Wein.«

»Und du meinst, sie ist damit zu Paheri gegangen und hat ihm einen Becher angeboten, den er angenommen hat?«

»Warum nicht?«, erwiderte Intef achselzuckend. »Es war schwül an jenem Abend. Die Tür zum Garten war geschlossen. Die Hitze staute sich im Vorflur zu Ramses' Schlafgemach. Ich hielt mich nur kurz dort auf; dennoch perlte mir der Schweiß von der Stirn.«

Paser konnte sich entsinnen, dass drei Abende zuvor in der Tat feuchtwarme Luft aus dem Delta nach Memphis gezogen war, der auch ihm den Schweiß aus den Poren getrieben hatte. Nicht einmal auf dem Dach seiner Gemächer hatte er Erfrischung gefunden. Amuns kühlender Atem hatte einfach versagt.

»Möglich wäre es«, räumte er ein. »Doch dieser Kranich, woher ist er gekommen?«

»Mein Vater hat genug Beziehungen und auch Vermögen, um jemanden dafür zu dingen. Bekannterweise ist diese Vogelart nicht in Memphis beheimatet. Sie wird ab und an im Delta gesichtet. Jemand muss das Tier dort eingefangen und in den Palast geschmuggelt haben, vielleicht in einem Sack.«

Nachdenklich fuhr sich Paser über das glatt rasierte Kinn. »Und du kannst beschwören, dass deine Eltern sich mit dem Gedanken trugen, Ramses aus dem Weg zu räumen?«

Abwehrend hob Intef die Hände. »So habe ich es nicht gesagt, Tjati. Ich weiß aber, dass sie seit gut einem halben Jahr in ständiger Furcht lebten, Sethos könne seinen Sohn an seine Seite holen.« Er setzte eine verschwörerische Miene auf, beugte sich vor und stützte die Ellenbogen auf die Knie. »Denke doch nur an den Vorfall im Steinbruch von Sunu, Tjati. Mein Vater hat genau gewusst, was er tat, als er dem Vorarbeiter einen Ring schenkte, und der war wahrlich nicht nur dafür bestimmt, ihm für seine Ehrlichkeit zu danken.« Er schmunzelte wissend. »Mehi hatte Ramses aus dem Augenwinkel bemerkt, und er hat genau gewusst, dass dieser ihm liebend gern etwas anhängen würde. Die Chance stand halbe-halbe. Es hätte auch schiefgehen können, doch es hat funktioniert. Ramses hat sich zum Gespött gemacht, und mein Vater blieb auch weiterhin der unangefochtene Favorit des Pharaos.«

»Woher weißt du das alles?«, forschte Paser nach und runzelte die Stirn.

»Das ist Wissen, welches ich erst hier in Memphis erhielt«, erwiderte Intef und lehnte sich wieder an die Lehne des Stuhls. »Sicher, es wäre meine Pflicht gewesen, es zu melden«, gestand er reumütig ein. »Mehi ist aber mein Vater. Ich brachte es einfach nicht übers Herz. Wäre der Prinz zu Schaden gekommen, wäre ich eingeschritten. So aber wurden meinem Vater nur ein paar weitere Monate neben dem Pharao geschenkt, während Ramses etwas länger als geplant vom Titel des Nestfalken ferngehalten wurde. Immerhin ist mir seit jeher bekannt, dass Sethos niemals vorhatte, meinem Vater den Weg auf den Thron zu ebnen. Hätte ich geahnt, dass der Wahn meiner Eltern letztlich ein solches Ausmaß annehmen wird ...« Den Rest des Satzes ließ er ungesagt, doch Paser konnte ihn sich denken.

»Ich danke dir für deine Offenheit, Intef, wenn ich es auch nicht gutheißen kann, dass du solange geschwiegen hast. Seine Majestät muss entscheiden, welche Strafe dir deshalb auferlegt werden wird. Ob du auch weiterhin dem Prinzen dienen darfst, liegt in den Händen Seiner Hoheit. Wenn du mir nichts mehr zu berichten hast, darfst du nun gehen.«

Niedergeschlagen verneinte Intef und zog sich zurück.

Paser hingegen befahl den Medjai, den Thronfolger und dessen Frau zu inhaftieren. Die Anschuldigungen waren einfach zu schwer. Sie sollten ein weiteres Mal verhört und dabei mit der Aussage ihres Sohnes konfrontiert werden. Für Paser hatten Mehi und Tachat jetzt nur noch den Status von Schuldigen, deren Mittäterschaft kaum noch infrage stand. Was fehlte, war ihr Geständnis. Die hohen Stellungen, welche die beiden Eheleute bekleideten, schützten sie nun nicht mehr.

Mehi war entsetzt, als ihm Intefs Worte wiedergegeben wurden, und er bezeichnete sie als reine Verleumdungen. Trotz Züchtigung schwor er, keinerlei Schuld auf sich geladen zu haben. Bei Tachat zeigten die Hiebe hingegen Wirkung. Unter Jammern und Wimmern erzählte sie den Medjai, Mehi angestachelt und Henut befohlen zu haben, den Prinzen zu ermorden. Allerdings belastete sie Intef schwer. Sie sagte, er habe von dem Komplott gewusst, und sie bezichtigte ihn, ebenfalls bei der Planung seinen Anteil beigetragen zu haben. Letztlich Henut hätte jetzt noch Licht in die Sache bringen können, doch sie war nicht mehr bei klarem Verstand.

»Ich finde es allerdings ziemlich ungewöhnlich«, merkte Sethos an, nachdem Paser ihn über die Entwicklung im Mordfall Sati unterrichtet hatte, »dass sowohl Tachat als auch Mehi unabhängig voneinander ihren Sohn belasten.«

»Nicht unbedingt, Majestät«, wagte Paser, dem Pharao zu widersprechen. »Immerhin hat ihr eigen Fleisch und Blut sie eines schweren Verbrechens angeklagt. Ich würde einfach auf Rache tippen. So verdorben, wie die beiden sind, schrecken sie sicher auch davor nicht mehr zurück.«

»Und warum beschuldigen dann beide ihren Sohn, die Informationen über die Räumlichkeiten geliefert zu haben und dass Intef Paheri einen Schlaftrunk gab? Zudem soll er für das

Ablenkungsmanöver mit dem Kranich verantwortlich sein, diesen sogar in den Männerflügel eingeschmuggelt haben.«

Diese drei Punkte waren Paser ebenfalls aufgestoßen und hatten ihm eine Weile schwer im Magen gelegen. Er vermutete jedoch, dass die Eheleute sich abgesprochen hatten für den Fall, ihr Sohn würde sie verraten. Immerhin wussten sie, dass Intef ihr Verhalten nicht guthieß, und er hatte sie nach dem Attentat zur Rede gestellt. Das teilte er dem Pharao mit.

»Also glaubst du Intef, dass er nichts mit dem Anschlag zu tun hat?«, hakte Sethos nach.

Paser bejahte. »Es liegen mir keinerlei Hinweise dafür vor. Einer der beiden Wachleute konnte sich zwar erinnern, dass Intef einen versiegelten Krug bei sich trug, als er Ramses' Gemächer betrat. Seiner Aussage zufolge, war dieser aber noch immer mit einem Tonpfropfen versiegelt, als Intef die Räumlichkeiten wieder verließ.«

»Dann sei es so«, meinte Sethos. »Ich beauftrage dich, die Verhandlung zu führen. Klage Mehi und Tachat des versuchten Mordes an meinem Sohn an, dem letztlich Prinzessin Sati zum Opfer fiel.«

»Und Intef?«

»Ich überlasse es dir, ihn wegen seiner Nachlässigkeit zu rügen. Als er über die Vorkommnisse in Sunu schwieg, verhielt er sich wie ein treu liebender Sohn, wobei ihn das seiner Schuld nicht enthebt. Er hätte es melden müssen. Da aber niemand an Leib und Leben zu Schaden kam, wiegt sein Vergehen nicht ganz so schwer. Ob er auch weiterhin der Leibwache meines Sohnes vorstehen soll, muss Ramses entscheiden. Intef dient ihm, nicht mir.«

Nur eine Woche später fand die Verhandlung unter Ausschluss der Öffentlichkeit statt. Da die Schuld der beiden Beklagten eindeutig erwiesen war, dauerte sie auch nur einen knappen halben Tag, an dessen Ende die beiden Eheleute durch Paser zum Tode verurteilt wurden. Da sowohl Mehi als auch Tachat hohe Stellungen bekleidet hatten, wurde ihnen die Gunst gewährt, sich innerhalb von drei Tagen selbst das Leben zu nehmen, anstelle öffentlich hingerichtet zu werden.

Henut entging ihrer Strafe. Ihr Herz befand sich in der Hand eines Gottes, der fortan über die stumme Frau wachen würde. Nach kemitischem Recht stand es niemandem zu, ihr in diesem Zustand ein Leid zuzufügen oder sie für ihr Verbrechen schuldig zu sprechen. Sie wurde in die Obhut eines Tempels gegeben, wo sich die Priesterschaft für den Rest ihres Lebens um sie kümmern würde.

Die minderjährige Tochter des verurteilten Paares wurde ihrem Bruder Intef und dessen Gemahlin anvertraut, während Intef selbst eine Bußleistung in Form von Golddeben an den Tempel der Maat, der Göttin der Rechtssprechung, leisten musste. Da es Sitte war, das Vermögen von verurteilten Verbrechern dem Schatzhaus des Pharaos zu übergeben, traf ihn diese Strafe hart, denn alles Gold und Silber seiner Eltern ging in Sethos' Besitz über. Dennoch konnte er zufrieden sein. Seine Beteiligung an dem Attentat war nicht ans Licht gekommen. Letztlich hatte er sich dafür entschieden, dass es besser sei, Ramses zu dienen, als ihn durch seine größenwahnsinnige Mutter und seinen machtbesessenen Vater töten zu lassen. Die Aussichten, dass sein Vater irgendwann den Horusthron besteigen würde, waren gering, denn Sethos war noch jung. Also hatte Intef befunden, lieber nicht für die Ermordung des Pharaonensohns mitverantwortlich zu sein. Dass das kleine Mädchen dabei ums Leben gekommen war, tat ihm aufrichtig leid. Er hatte nicht gewusst, dass Sati sich zu dem Zeitpunkt in Ramses' Gemächern befand. Doch das Leben ging weiter. Ramses glaubte an seine Unschuld, und so durfte er auch weiterhin in dessen Garde seinen Dienst versehen.

Sati hingegen wurde nach der siebzigtägigen Einbalsamierung auf dem westlichen Ufer von Memphis in der Totenstadt von Sakkara beigesetzt. In Windeseile hatten die Handwerker eine kleine Grabkammer für die Prinzessin aus dem Stein gemeißelt und verziert. Sethos hatte nicht zugestimmt, das Mädchen in Theben bestatten zu lassen. Auch wenn Ramses sie als seine Tochter angenommen hatte, so war sie nicht von seinem Leib.

Ramses akzeptierte widerspruchslos den Befehl seines Vaters, denn nun ruhte Sati nicht weit von ihm entfernt unter dem Schutz des Gottes Sokar und dem des Osiris' Djoser, welcher die Stufenpyramide erbauen ließ. Jeden Tag, wenn Ramses von seinem Balkon hinüber auf das westliche Ufer blickte, erinnerte ihn dieser gewaltige Berg behauener Steinblöcke an sein geliebtes Töchterlein. Sethos hatte ihm zu verstehen gegeben, dass nun die Zeit gekommen sei, dass er ihn in den Stand des Horus-im-Nest erheben würde, doch dafür hatte er einen hohen Preis bezahlt.

Ende des ersten Teils

… UND NUN NOCH EIN PAAR WORTE ZUM SCHLUSS

Ramses II. lebte zur Zeit des Neuen Reichs. Er war der dritte Pharao der 19. Dynastie und regierte von 1279 - 1213 v. Chr. Er zählt zu den schillerndsten Persönlichkeiten, die das alte Ägypten hervorbrachte. Als Sohn von Sethos I. und Enkel von Ramses I. war sein Lebensweg spätestens nach der Thronbesteigung seines Vaters vorgezeichnet.

Doch wie war sein Leben und das seiner Untertanen wirklich?

Wir wissen es nicht genau! All unser Wissen beruht auf den Inschriften an den Wänden der Tempel und Gräber, den Aufzeichnungen auf Papyri und auf den im Laufe der Zeit gefundenen Tonscherben, Ostraka genannt, die über das Leben im pharaonischen Ägypten seiner Zeit berichten. Erst im 19. Jahrhundert, als es dem Franzosen Jean Francois Champollion gelang, die bis dahin unbekannten Hieroglyphen zu entziffern, wurde der Name *Usermaatre Setepenre Ramses Meriamun* zu neuem Leben wiedererweckt. Endlich konnten ihm seine Verdienste und seine Bauwerke zugeordnet werden. Dennoch bleiben viele Dinge nach so langer Zeit im Dunkeln der Vergangenheit verborgen.
War Ramses II. jener machtbesessene, lendenstarke Pharao, der sich wie ein Gott verehren ließ, so wie es häufig in Büchern oder Sendungen über ihn dargestellt wird? Oder war er einfach nur ein Mensch wie jeder andere seiner Zeit, hineingeboren in eine uns völlig fremde Epoche, Sohn des mächtigsten Herrschers der damaligen Welt, der sich nicht anders verhielt, als wie es von ihm erwartete wurde?

Zu Beginn meines mehrbändigen Romans ist Ramses ein Junge von ungefähr zehn Jahren, dessen Großvater Pharao wurde und die Insignien der Macht an den Sohn, Ramses' Vater Sethos, weitergereicht hat. In seinem tiefsten Innern hofft Ram-

ses, selbst einmal den Horusthron zu besteigen. Er wird überheblich und berauscht sich an der Vorstellung, einmal die absolute Macht in Händen zu halten, zum Gottkönig zu werden – Charakterzüge, die nicht nur im alten Ägypten, sondern auch noch in der heutigen Zeit verpönt sind.
Doch wie würde ein zehnjähriger Junge in unserer Zeit reagieren, wenn sein Vater König wird und er selbst zum Prinzen? – Ich glaube, nicht viel anders. Erst mit zunehmendem Alter und dem Verstehen der Dinge wird er die Abgeklärtheit und den Weitblick eines zukünftigen Monarchen erlangen.

Über das Leben des jungen Prinzen Ramses ist uns nichts bekannt. Somit entspringt die im Roman geschilderte Überheblichkeit des Knaben der Fantasie der Autorin. Bekannt ist hingegen die Existenz eines Fächerträgers namens Mehi, der, hinter Sethos stehend, auf den Tempelwänden von Karnak abgebildet war und später durch die Figur des jungen Ramses ersetzt wurde. War er tatsächlich der designierte Thronfolger und stand Ramses später im Weg? Oder hat er vielleicht versucht, Sethos' Sohn zu beseitigen, damit dieser ihm nicht den Rang des Thronfolgers streitig macht? Niemand weiß es genau oder kennt die Gründe, warum Mehis Gestalt von den Tempelmauern getilgt wurde. Es sind alles nur reine Spekulationen, und er möge mir verzeihen, wenn ich ihm in meinem Roman unrecht getan habe. Angemerkt sei allerdings, dass es in der Zwischenzeit neue Quellen gibt, die davon sprechen, dass Mehi in der Tat nach Sethos' Krönung zum Thronfolger erhoben wurde, da Ramses zu diesem Zeitpunkt einfach noch zu jung gewesen ist, um ein Land zu regieren, sollte Sethos in absehbarer Zeit etwas zustoßen.
Ramses II. hatte nachweislich einen Bruder und eine Schwester. Der Name der Schwester ist mit *Tia* überliefert, der des Bruders, der nach Meinung der Ägyptologen früh verstarb, wird fast nie erwähnt. Viele bestreiten sogar, dass es ihn überhaupt gegeben hat. Nur vereinzelt taucht er mit *Nebenchasetnebet* auf, u. a. auch im *Lexikon der Pharaonen*.
Einige von Ramses' Beamten, beispielsweise Setau oder Wesir Paser sowie die Söhne Chaemwaset und der spätere Pharao Me-

renptah, sind recht gut dokumentiert; dennoch bleibt es der Fantasie der Autorin überlassen, wie sie gelebt haben könnten. In diesem Zusammenhang möchte ich gern ein paar Worte an all jene Leser richten, die sich mit dem Leben von Ramses II. auseinandergesetzt haben.
Ich habe in meinem Roman versucht, den bekannten historischen Fakten gerecht zu werden. Dennoch nahm auch ich mir ein paar der sogenannten künstlerischen Freiheiten heraus. Zum Teil vereinfachte ich die Namen der Personen, sodass auch all jene Leser, die nicht zwingend Ägyptenliebhaber sein müssen, sie ohne Schwierigkeiten lesen und behalten können. So heißt beispielsweise Ramses' älterer Bruder einfach *Nebu* anstelle seines richtigen Namens *Nebenchasetnebet*. Zudem gestehe ich ihm in meinem Roman zu, erwachsen zu werden und zum Thronfolger aufzusteigen, wenn auch nur für kurze Zeit. Zum anderen erhielten historisch belegte Personen einen anderen Namen, um Verwechselungen auszuschließen, denn Tias Gemahl hieß nicht Teti, sondern er trug denselben Namen wie seine Frau. Hinzu kommt, dass das ursprüngliche Manuskript zum ersten Band bereits 2004 geschrieben und 2015 für die Veröffentlichung überarbeitet wurde. Dabei habe ich fast keine neuen Recherchen mehr angestellt, sodass der Kenntnisstand über das Leben und Wirken von Ramses II. auf jenem vom 2004 beruht.

Abschließend kann man sagen, dass Ramses II. wie kaum ein anderer Pharao das Land am Nil geprägt und mit seinen Bauwerken übersät hat. Dass er sich dabei die Hinterlassenschaft seiner Vorgänger zum Teil einverleibte, sollte nicht unbedingt als Größenwahn oder Anmaßung verstanden werden.
Es war eine andere Zeit, welche wir nicht mit unseren heutigen Maßstäben und Moralbegriffen messen dürfen. Der Pharao war der Mittler zwischen den Göttern und den Menschen. Ihm allein war es zu verdanken, wenn es dem Volk gut erging. Dazu jedoch bedurfte es der Errichtung gewaltiger Tempel, um den Göttern zu dienen und sie zu ehren. Allein der Name des Pharaos war schon Schutz vor allem Bösen. Genau aus diesem Grunde musste er allerorts präsent sein. Und so wie es Ramses

tat – nämlich die Bauwerke seiner Vorfahren mit seinen Kartuschen zu verzieren, sie zu usurpieren –, so machten es bereits viele seiner Vorgänger und viele andere, die ihm folgten.

Zu den größten baulichen Leistungen von Ramses II. zählen jedoch folgende:
Er errichtete sich eine neue Residenzstadt im Delta, deren Glanz wir heute nur noch erahnen können, da sie gänzlich vom Erdboden verschwunden ist. Er ließ in Abu Simbel die beiden grandiosen Felsentempel errichten, und er vollendete nicht nur den Totentempel seines Vaters in Abydos, sondern auch die beeindruckende Säulenhalle, das sogenannte Hypostyl, im Tempel von Karnak. Seine beiden Totentempel – der eine auf dem Westufer von Theben, der andere in Abydos – sowie die leider ziemlich zerstörte Grabanlage seiner Söhne im Tal der Könige und seine eigene lassen erahnen, welche Meisterleistungen die Handwerker seiner Zeit vollbrachten. Das Grab Nefertaris, welches zu den schönsten neben dem von Sethos I. gehört, gibt uns eine Vorstellung von der Farbenprächtigkeit der Bauwerke zur Zeit des Ramses.
Zu den Verdiensten Ramses II. zählt ebenfalls der erste uns bekannte Friedensvertrag der Welt, den er in seinem einundzwanzigsten Regierungsjahr mit den Hethitern schloss und an den sich beide Parteien zeitlebens hielten.

Mit einer Lebensspanne von ungefähr neunzig Jahren und einer für seine Zeit ungewöhnlichen Körpergröße von 1,73 Meter muss Ramses II. seinen Untertanen in der Tat wie ein lebender Gott erschienen sein. Immerhin war der durchschnittliche pharaonische Untertan ein laufender anderthalb Meter. In einigen Quellen konnte ich nachlesen, dass bei der Untersuchung der Mumie von Ramses II. festgestellt wurde, dass er nicht nur im Alter sein Haar mit Henna rot färben ließ, sondern dass seine natürliche Haarfarbe rotblond bis rotbraun gewesen ist.

Der Name Ramses II. zieht uns auch heute noch in seinen Bann, und das nach mehr als 3.200 Jahren. Seine Mumie kann im Ägyptischen Museum von Kairo bestaunt werden, und sein Name ist unsterblich geworden, so wie er sich das sicher zu Lebzeiten von den Göttern gewünscht haben wird.

Anke Dietrich, 2004/2015

Literaturverweise

Leider ist es mir unmöglich, alle Literaturquellen, egal ob gedruckt oder digital, sowie jede TV-Sendung aufzuzählen, die ich einmal gelesen oder gesehen habe und die sich mit dem alten Ägypten und damit auch mit Ramses II. beschäftigt haben. Ich möchte aber die fünf Bücher dem interessierten Leser ans Herz legen, welche ich im Vorfeld für meinen Roman zurate zog:

- James, T.G.H., Ramses II., Köln 2002
- Time-Life-Bücher, Untergegangene Kulturen, Ramses II. - Machtentfaltung am Nil, Köln 2001
- Tyldesley, J., Ramses, München 2002
- Jacq, C., Die Pharaonen - Große Herrscher des alten Ägyptens, Hamburg 1999
- Schneider, T., Lexikon der Pharaonen, Düsseldorf 2002

Verzeichnis der Personen

Die königliche Familie

Sethos – Pharao Menmaatre Sethos
Tuja – Sethos' Große Königsgemahlin
Ramses – Sohn von Sethos und Tuja
Nebu – Ramses' älterer Bruder
Tia – Ramses' ältere Schwester

Sati – Findelkind, von Ramses adoptiert

Ramses' Freunde, Beamte und Diener

Amuneminet (*Amun-em-inet*) – Freund
Maj – Freund
Setau – Freund und Diener
Nachtamun – Oberst der Leibwache
Intef – Leibwächter, Sohn von Mehi und Tachat
Paheri – Leibwächter
Nebsumenu – Leibdiener, später Haushofmeister
Pentawer – Leibdiener
Ani – Schreiber
Tiji – Satis Kinderfrau

Sonstige Beamte, Diener und Personen

Paser – Vertrauter von Sethos, später Wesir des Südens
Mehi – Vertrauter von Sethos, General der Division Amun, Fächerträger zur Rechten
Tachat – Mehis Gemahlin
Aschahebu – General der Division Ptah
Urhije – General der Division Re
Djehuti – Bandit
Henut – Djehutis, später Mehis Dienerin
Anat – Dienerin

Aschtara – Leibdienerin von Tuja, Mutter von Anat
Meriptah – Sohn des Obersten Schreibers von Sethos
Samut – Vorarbeiter im Steinbruch von Sunu

Erwähnte Pharaonen und Fremdherrscher

Djoser – Pharao der 3. Dynastie
Nebmaatre Amunhotep III. – Pharao der 18. Dynastie
der König, der die Maat in den Beiden Ländern zum Wanken gebracht hat – gemeint ist Echnaton, Pharao der 18. Dynastie
Semenchkare – Pharao der 18. Dynastie
Tutanchamun – Pharao der 18. Dynastie
Eje – Pharao der 18. Dynastie
Haremhab – Pharao der 18. Dynastie
Ramesse – Pharao Menpehtire Ramses I., Vater von Sethos

Muwatalli – Großkönig von Hatti

Die wichtigsten Götter und Göttinnen

Amun/Amun-Re – Götterkönig; Schutzgottheit von Theben; dargestellt als Mann mit zwei steil aufgerichteten Federn auf dem Kopf
Anubis – Gott der Mumifizierung; Schutzgottheit von Cynopolis; dargestellt als Mann mit dem Kopf eines Schakals
Astarte – syrische Göttin der Liebe und der Fruchtbarkeit, aber auch des Krieges; keiner ägyptischen Stadt als Schutzgottheit zugeordnet; Gegenstück der babylonischen Göttin Ischtar; dargestellt als nackte, waffenschwingende Frau zu Pferde mit einer Atef-Krone geschmückt
Hathor – Göttin der Freude und Liebe; Schutzgottheit von Dendera; dargestellt als Frau mit dem Gehörn einer Kuh auf dem Kopf, zwischen dem eine Sonnenscheibe thront
Horus – Schutzpatron der ägyptischen Könige; Vertreter der

Götter auf Erden; Schutzgottheit von Edfu; dargestellt als Mann mit dem Kopf eines Falken
Isis – Universalgöttin der Lebenden und der Toten; keiner Stadt als Schutzgottheit zugeordnet; dargestellt als Frau mit einem Thron auf dem Kopf
Maat – Göttin des Rechts; keiner Stadt als Schutzgottheit zugeordnet; dargestellt als Frau mit einer Feder auf dem Kopf
Min – Gott der Fruchtbarkeit; Schutzgottheit von Koptos; dargestellt als mumifizierter Mann mit erigiertem Penis sowie einer Krone mit zwei aufrecht stehenden Federn auf dem Kopf
Month – Kriegsgott; keiner Stadt als Schutzgottheit zugeordnet; dargestellt als Mann mit einem Falkenkopf, auf dem zwei hohe Federn thronen
Nut – Himmelsgöttin, die jeden Abend den Sonnengott Re verschluckt, um ihn morgens wieder neu zu gebären; keiner Stadt als Schutzgottheit zugeordnet; dargestellt als mit Sternen übersäte Frau, die sich über die Erde beugt
Osiris – Gott der Unterwelt; Schutzgottheit von Abydos; dargestellt als mumifizierter Mann mit der Atef-Krone auf dem Kopf und Krummstab und Geißel in den Händen
Ptah – Handwerks- und Schöpfergott; Schutzgottheit von Memphis; dargestellt als mumifizierter Mann mit einer blauen, eng am Kopf anliegenden Kappe
Re – Sonnen- und Schöpfergott; Schutzgottheit von Heliopolis; dargestellt als falkenköpfiger Mann mit einer Sonnenscheibe auf dem Kopf
Sechmet – Göttin mit zerstörerischen, aber auch heilkundigen Kräften; Hauptkultort ist Memphis; dargestellt als Frau mit dem Kopf eines Löwen
Seth – Gott des Donners, des Chaos und der Fremdländer; Schutzgottheit von Per-Ramses; dargestellt als Mann mit gebogenem Kopf und hohen, rechteckig gestutzten Ohren
Thot – Schutzpatron der Schreiber; Schutzgottheit von Hermopolis; dargestellt als Mann mit dem Kopf eines Ibis' oder Pavians

Die wichtigsten Begriffserklärungen

Abu – die Insel Elephantine
Amurru – küstennahe Gebiete Syriens
Anch – Symbol des Lebens in Form eines Henkelkreuzes
Deben – Gewichtseinheit, ca. 91 g
Elektrum – Legierung aus Gold und Silber
Elle – Längenmaß, ca. 52,5 cm
Erpa-ha – altägyptischer Erbfürstentitel
Gau – altägyptische Verwaltungseinheit
Großes Grün – das Mittelmeer
Harim – Frauengemächer des Königs
Hatti – Hethiterreich, in der heutigen Türkei gelegen
Hattusa – Hauptstadt von Hatti
Hohepriester – oberster Tempelbeamter
Horus-im-Nest – Bezeichnung für den Thronfolger
Horusweg – Verbindung zwischen dem nordöstlichen Delta und dem Sinai
Hut-waret – die Stadt Auaris im Delta, in der sich die Hyksos niedergelassen hatten
Hyksos – ein Geschlecht semitischer Pharaonen während der 2. Zwischenzeit
Ka – geistiger Doppelgänger eines Individuums
Kadesch – Stadtstaat in Syrien
Kanaan – das heutige Israel
Kemi – altägyptisch für das Schwarze Land (Ägypten)
Kohol – Augenschminke aus Bleiglanz (schwarz) und Malachit (grün)
Kuschiten/Kusch – Bewohner des Landes Kusch, einem Gebiet jenseits des dritten Nilkatarakts, im heutigen Zentralsudan gelegen
Medjai – nubische Polizeitruppen
Nemes-Tuch – das gestreifte Königskopftuch
Neun Bogen – die Feinde Ägyptens
Nomarch – oberster Provinzfürst
Nubien – Gebiete südlich des ersten Katarakts bis nach Kusch, im heutigen Sudan gelegen
Opet-resut – Tempel der Göttin Mut (Luxor)

Opet-sut – Tempel des Amun (Karnak)
Phönizien – Hafenstädte am östlichen Mittelmeer
Punt – das Weihrauchland, an der Küste des heutigen Somalia vermutet
Pylon – große Türme beiderseits des Eingangs zu einem Tempel
Senet – altägyptisches Brettspiel
Sile – altägyptische Grenzfestung zu den Ostländern hin
Sothis – der Stern Sirius
Sunu – das heutige Assuan
Tjati – altägyptische Anredeform für den Wesir
Udjat-Auge – das Auge des Horus, beliebtes Motiv von Amuletten
Uräus – Symbol des Königtums in Form einer Kobra, die sich an der Stirn des Pharaos aufbäumte und mit ihren Blicken Feinde töten sollte
Wab / Wab-Priester – niedrigster Priesterrang
Wesir – höchster Beamter des Pharaos, dem die Verwaltung des Staates und die Rechtsprechung zukamen

Printed in Poland
by Amazon Fulfillment
Poland Sp. z o.o., Wrocław

42972963R00174